WER ZULETZT LÜGT

W0365194

L.E. Flynn

WER ZULETZT LÜGT

Aus dem Englischen von Stefanie Frida Lemke

CARLSEN

Für meine Mom, die tollste Frau, die ich kenne.
Wenn ich erwachsen bin, will ich sein wie du.
(Wie mache ich mich bisher so?)

1

Als ich dir das erste Mal begegnete, an diesem krass heißen Tag letzten September, als du in mein Auto gesprungen bist und sagtest, ich solle losfahren, hattest du einen Pixie-Cut. Einen wasserstoffblonden Pixie-Cut mit dunklem Ansatz, die Art von Haaren, die eigentlich keine Frisur, sondern ein Statement sind. Du trugst zu viel Eyeliner und einen Ring in der Lippe, und ich habe es dir zwar nie gesagt, aber ich fand dich schön. Nicht im klassischen Sinne, sondern auf deine eigene Weise. Und das war viel besser.

Du sahst immer gleich aus, jeden Tag. Alle zwei Wochen hast du dir zu Hause in deinem winzigen Badezimmer die Haare blondiert. Und ich durfte dir die Spitzen schneiden, weil du selbst es nicht gerade hinbekamst.

»Meine Haare müssen kurz sein«, sagtest du. »Sie sind zu kaputt, um sie wachsen zu lassen. Ich hätte echt gern lange Haare wie du, aber manche Dinge sollen eben nicht sein.«

»Du kannst meine haben«, sagte ich. »Meine Haare sind viel zu dick. Ich hasse sie.« Ich hätte dir alles gegeben, was du wolltest, echt.

Dann, kurz nach deinem Abschluss, nur Tage nachdem

ich dich mit deinem Zeugnis über die Bühne gehen und dich von mir entfernen sah, bist du mit diesem Pferdeschwanz bei mir zu Hause aufgetaucht. Einem stoppeligen, kurzen, mausbraunen Pferdeschwanz. Dein Haaransatz war fleckig, du hattest dir die Haare offensichtlich selbst gefärbt.

Du warst kaum wiederzuerkennen.

»Ich hab dich mir nie als brünett vorgestellt«, sagte ich.

»Ich wollte es mal ausprobieren«, sagtest du. »Warst du noch nie so genervt von dir, dass du irgendwas daran machen musstest?«

In der nächsten Woche hattest du kupferfarbene Haare mit einem offensichtlich selbst geschnittenen Fransenpony. Wieder hattest du mich nicht gefragt, ob ich dir helfe, und ich war ein bisschen gekränkt. »War eine spontane Aktion«, erklärtest du. »Ich hab die Farbe gesehen und einfach losgelegt.«

Zwei Wochen später trugst du im Internet gekaufte schwarze Extensions. »Ich probier halt was Neues aus«, sagtest du, als ich dich schließlich nach dem Warum fragte. »Es ist Zeit, was zu ändern.«

Danach dachte ich mir nicht mehr viel bei deinen ständigen neuen Looks. Lila Haare und gesträhnte Haare und Ponys und Bobs und Locken und Clip-in-Haarteile. Dann fingst du an, auch mit Make-up zu experimentieren. Du tauschtest deinen geliebten rauchigen Eyeliner gegen falsche Wimpern und Farblinsen und das Lippen-Piercing gegen leuchtend roten Lippenstift, der an deinen Zähnen haftete. Ich verlor den Überblick, welche Version von dir gerade aktuell war, obwohl ich dich den Sommer jeden Tag sah.

Aber ich dachte mir nichts dabei, schließlich machen viele Mädchen so was.

Ich dachte mir gar nichts dabei.

Doch ich hätte mehr darauf achten sollen.

Denn als du nach der Party verschwunden warst, fragte mich die Polizei nach einer Beschreibung von dir. Weil die Polizei kein aktuelles Foto von dir hatte. Weil es kein aktuelles Foto von dir gab. Du hast dich aus Bildern rausgehalten. Du fandest dich nicht fotogen.

»Ich sehe auf Fotos immer komisch aus«, sagtest du. »Außerdem lebe ich lieber im Moment. Warum müssen die Leute ständig alles dokumentieren?«

Ich dachte, dich zu kennen.

Doch als die Polizei mich fragte, wie du ausgesehen hast, und ich die Augen zusammenkniff und versuchte, den Raum, der sich um mich herum drehte, lange genug anzuhalten, um mich zu erinnern, wurde mir klar: Ich wusste es nicht.

2

Woran ich mich an jenem Abend erinnere: alles, was zählt.

Was ich der Polizei über jenen Abend erzähle: alles andere.

Ich weiß, dass Lügen falsch ist, aber ist ein Versprechen zu brechen nicht schlimmer? Versprechen haben etwas an sich, das wichtiger ist. Ein Versprechen ist eine dauerhafte Bindung. Eine in die Luft geschriebene Unterschrift, zusammengepresste blutende Daumen. Etwas zu versprechen heißt die Verzweiflung von jemand anders schlucken. Jemandes größten Fehler vertuschen. Die drei wichtigsten Worte überhaupt aussprechen:

Ich verrate nichts.

Und so schlecht ich mich auch fühle, weil ich die Polizei über den Abend von Trixies Verschwinden angelogen habe, kommt es mir doch richtiger vor, als die Wahrheit zu erzählen. Mit Entscheidungen verhält es sich nämlich so: Wenn man die Optionen gegeneinander abwägt, wiegen sie nie das Gleiche.

Eine Seite ist immer schwerer.

3

Du wolltest unbedingt mit mir zu Alisons Party gehen, was ungewöhnlich war, denn du mochtest Alison noch nicht mal. Du mochtest überhaupt niemanden der Leute, mit denen wir zur Schule gingen.

Trixie hatte im Juni ihren Abschluss gemacht und konnte es gar nicht abwarten, endlich von allen und allem wegzukommen. Ich hatte noch ein Jahr vor mir, und schon Wochen bevor die Sommerferien zu Ende waren, musste ich den Gedanken, dass Trixie nicht mehr dabei sein würde, immer wieder beiseiteschieben.

»Die Party wird super«, behauptete sie, warf ihren Rucksack auf meine Steppdecke und riss sich ihr Shirt über den Kopf. »Und außerdem gibts eine offene Bar. Wir betrinken uns einfach hemmungslos und feiern.«

Was feiern wir denn?, wollte ich fragen. Aber ich fragte nicht.

Sie nahm ein braunes Top aus dem Rucksack und zog es an. Trixie hätte in allem gut ausgesehen, trotzdem wunderte es mich, dass sie ausgerechnet das zur Party anzog – ein viel zu weites Top in Kackbraun mit dem Aufdruck JERSEY GIRL in weißen Blockbuchstaben. Ihre dünnen Arme guckten aus den zu großen Armlöchern, darunter konnte ich ihren BH sehen. Es war noch nicht mal ein schöner BH, nur so ein sandfarbener, den man unter weißen Shirts trägt.

»Was ziehst du an?«, fragte sie und setzte sich rittlings auf den Schreibtischstuhl.

»Keine Ahnung. Ich hab nichts. Die Sachen in meinem Schrank sind alle hässlich.«

»Wovon redest du? Deine Klamotten sind die besten.«

In Wahrheit traute ich mich nicht, die meisten meiner Sachen anzuprobieren. Zwar hatte es schon immer irgendetwas gegeben, was ich an meinem Körper nicht mochte – meine Oberschenkel, meine Hüften, meine breiten Schultern –, aber mehr, weil alle Mädchen mit ihrem Körper auf Kriegsfuß standen, als aus irgendeinem ernsthaften Grund. Doch mir war klar, dass ich über den Sommer zugenommen hatte, ich wollte nur nicht auf die Waage und herausfinden, wie viel. Solange ich es nicht genau wusste, konnte es immer noch sein, dass ich es mir nur einbildete.

»Ich such dir was aus«, sagte Trixie, stand auf und stützte die Hände in die Hüften. »Vertraust du mir?«

»Na klar«, murmelte ich. »Aber was Langweiliges, okay? Ich will mich nicht aufbrezeln.«

Trixie öffnete den Schrank und fing an, meine Sachen zu durchsuchen. Als ich alles so auf den Bügeln hängen sah, nach Farben sortiert und gebügelt, fühlte ich einen Stich. Leuchtend gelbe Sommerkleider. Spaghettiträger-Tops. Jeans, die mal an genau den richtigen Stellen eng gesessen hatten. Jeans-Miniröcke. Meine Cheerleader-Uniform, die ich nie zurückgegeben hatte. Ich starrte auf die Klamotten wie auf alte Freundinnen, die ich nicht mehr kannte. Früher hatte ich mich gerne schick gemacht, selbst wenn ich nirgendwo hingegangen war. Ich hatte mir sogar Stoffe gekauft und mir meine eigene Kleidung genäht, von der ich mir vorstellte, dass die Leute auf der Straße mich darauf ansprechen würden. Aber außer Trixie hatte das nie jemand getan.

»Du hast so tolle Sachen«, sagte sie, drehte sich um und sah mich an. »Warum ziehst du sie nie an?«

»Ich weiß nicht. Ich hab einfach das Gefühl, dass mir nichts davon steht.« *Oder passt.*

»Du könntest dir doch was nähen. Dir eine neue Nähmaschine kaufen. Oder? Du hast so ein unglaubliches Talent.«

»Vielleicht«, sagte ich und blickte auf meine Beine, die den ganzen Sommer über kaum die Sonne gesehen hatten.

Ich nähte mir keine Klamotten mehr, weil ich nicht wusste, wie ich das blasse Mädchen mit dem unordentlichen kastanienbraunen Knoten auf dem Kopf, das mich aus dem Spiegel ansah, kleiden sollte. Ich fühlte mich aufgedunsen, meine Haut spannte. Meine Sommeruniform bestand aus umschmeichelnden langen Röcken und weiten T-Shirts. Mode war mir nicht mehr so wichtig.

»Das hier«, sagte Trixie und holte das Kleidungsstück hervor, das ich am meisten mied. Das rote Kleid, das ich eigentlich den Sommer zuvor zu Alisons Party hatte tragen wollen, vor fast einem Jahr. »Das musst du anziehen.«

»Ist das nicht zu schick? Du hast doch auch nichts Besonderes an.«

»Vielleicht ziehe ich mich nachher noch um. Du musst es

tragen. Du könntest heute Abend die Liebe deines Lebens treffen. Wer weiß?«

Die habe ich schon getroffen, aber ich bin ihm egal, hätte ich am liebsten gesagt, doch stattdessen nahm ich das Kleid und ging mit knallrotem Gesicht ins Badezimmer. Ich versuchte, von oben ins Kleid zu schlüpfen, aber es passte nicht über meinen Hintern. Ich versuchte, es über den Kopf zu ziehen, und mein Herz machte einen kleinen Sprung, als ich es über die Schultern bekam. *Vielleicht habe ich mir umsonst Sorgen gemacht.* Ich zog es über den Bauch und ignorierte den Schweißfilm auf meiner Haut.

Dann fühlte ich, wie die Rückseite riss. Ich biss mir auf die Unterlippe und zählte von zehn runter. Ich wollte nicht weinen. Nicht mit Trixie in meinem Zimmer. Nicht, wenn sie nie weinte, wegen nichts, nie.

»Es passt nicht!«, rief ich und unterdrückte das Zittern in meiner Stimme. »Ich suche mir was anderes raus.«

»Warte, lass mich mal gucken«, sagte sie und platzte herein.

Sie klopfte nie an. Was irgendwie lustig war, denn das eine Mal, als sie an ihrem Laptop saß und ich mich von hinten an sie heranschlich, ist sie völlig ausgeflippt. Es war das einzige Mal, dass ich sie je wütend erlebt habe. »Du musst anderer Leute Privatsphäre respektieren«, hatte sie geschimpft. Aber sie drang in meine ein.

Trixie gab mir ein Bier, und ich trank es, während sie den Riss am Rücken von innen mit einer Sicherheitsnadel schloss und meine Haare so darüberdrapierte, dass er nicht zu sehen war. Ich staunte über die Macht, die sie besaß. Die Macht, alles umzukehren, mir das Gefühl zu geben, das schönste Mädchen der Welt zu sein. Seit ich Trixie kennengelernt hatte, war ich nicht nur in die Breite gegangen. Ich war aus allem herausgewachsen, was mir wichtig gewesen war, aus allem, wovon ich früher gedacht hatte, dass es zählte. Mein altes Leben passte mir nicht mehr. Ich war hineingewachsen in die Rolle von Trixies bester Freundin.

»Siehst du, es passt. Du siehst total hot aus. Ich wünschte, ich hätte auch rote Haare und könnte rote Sachen tragen. Du wirst dich heute Abend vor Typen gar nicht retten können.« Sie schlüpfte in ihre ausgelatschten Flip-Flops.

»Du kannst dir die Haare ja rot färben«, sagte ich. »Du hast doch schon so ziemlich jede Haarfarbe gehabt. Ich kann dir beim Färben helfen.«

»Nein«, sagte sie. »Rot ist mehr dein Ding. Komm, wir gehen.«

Auf dem Weg zu Alisons Haus trank ich noch ein Bier. Trixies Rucksack schlug ihr mit jedem Schritt gegen das Kreuz. Er sah ziemlich schwer aus. Ich fragte mich, warum sie ihn überhaupt zur Party mitnahm.

»Ich kann den Rucksack auch ein Stück tragen«, bot ich an. »Was hast du da eigentlich drin?«

»Schon okay«, sagte sie. »Nur ein paar Bier für den Fall, dass es auf der Party nicht genug gibt und wir etwas Unterhaltung brauchen.«

Aber was auch immer sie darin hatte, klirrte nicht, wie es Bierflaschen getan hätten. *Warum sollte sie deswegen lügen?*, dachte ich. Trotzdem bohrte ich nicht weiter nach.

Später fragte mich die Polizei nach dem Rucksack.

Er war schwarz. Mit weißen Ziernähten. Es war derselbe, den sie immer zur Schule mithatte. Sie sagte, er wäre voller Bier.

Doch am besten erinnerte ich mich an die roten Abdrücke, die er auf ihren Schultern hinterlassen hatte.

Natürlich erzählte ich der Polizei nichts von den roten Abdrücken. Ich erzählte, dass Trixie und ich die Party gleichzeitig verlassen hätten und dann getrennter Wege gegangen seien, weil sie mir gesagt hätte, dass sie am nächsten Morgen was mit ihrem Dad vorhabe und deswegen nicht bei mir schlafen könne.

Ich erzählte nicht, dass ich nur noch verschwommen gesehen hatte, als Trixie mir auf einmal einen Eiswürfel hinten ins Kleid steckte. Ich war dermaßen zusammengezuckt, dass mir der Becher mit meinem Drink aus der Hand flog und die rote Flüssigkeit – etwas Süßes und Starkes – auf Trixies Shirt und dem cremefarbenen Teppich landete, auf dem sich die Flüssigkeit ausbreitete wie ein dunkelroter Tintenfleck.

Es war definitiv nicht lustig. Es würde nicht lustig werden, wenn Alison den Fleck entdeckte, oder wenn ihre Eltern nach Hause kamen und erkannten, dass ihre Tochter eine Party geschmissen hatte, groß genug, so eine Sauerei nicht gleich zu bemerken.

Es war nicht lustig, aber Trixie lachte. Sie schüttelte den Kopf und legte mir die Hände auf die Schultern.

»Ach, Fiona«, seufzte sie. »Was soll ich nur mit dir machen?«

Das war das Letzte, was Trixie zu mir sagte, und es klang

nicht nach einem Abschied. Ich hatte mich Hunderte Male von Trixie verabschiedet, an den verschiedensten Orten. Ihr Abschied war immer gleich. Ein Peace-Zeichen mit über dem Kopf ausgestreckter Hand. Ein Versprechen, später anzurufen.

Sie hatte mir wirklich gesagt, dass sie am nächsten Morgen Pläne mit ihrem Dad hätte.

Aber die Party haben wir nicht zusammen verlassen.

Zwei Tage nach der Party, als die Polizei mit dem Typen am Strand redete und Trixies Sachen fand, wurde mir klar, was sie in Wirklichkeit gemeint hatte. Ich hörte, was ich an jenem Abend schon hätte hören sollen.

Sie fragte: »Was soll ich nur mit dir machen?«

Aber sie meinte: »Was soll ich nur ohne dich machen?«

4

Am ersten Schultag besteht Mom darauf, dass ich frühstücke, obwohl mir schlecht ist. Sie stellt eine Schüssel mit etwas, das aussieht wie Vogelfutter, vor mich hin und sagt, ich solle es aufessen.

»Ich weiß, die letzten drei Wochen waren hart«, sagt sie. »Aber sieh es als Neuanfang. Es ist dein letztes Schuljahr. Ich möchte, dass du deine Möglichkeiten voll ausschöpfst. Du hast nur ein letztes Schuljahr.«

Das ist der Moment, wo ihr Blick ganz verschleiert wird, der Moment, wo ich der Elefant im Raum bin, denn ich bin schuld, dass Mom kein richtiges letztes Schuljahr hatte. Ich bin schuld, dass sie die Schule von zu Hause aus beenden musste. Weil sie als Sechzehnjährige mit mir schwanger wurde, woraufhin meine Oma sie aus der Schule nahm. Als ich mit Cheerleading anfing, war Mom superaufgeregt. Sie kam zu allen Basketball-Spielen in der muffigen Turnhalle und saß während der gesamten Football-Saison auf der harten Tribüne, nur um mir zuzusehen, wie ich die albernen Sprechgesänge der Robson-Highschool rief und Mädchen in die Luft warf. Mom konnte Trixie nicht leiden, weil sie glaubt, Trixie hätte mich vom Cheerleading abgebracht.

Auch wenn sie es so nicht gesagt hat. Aber sie erwähnte einmal ihre »Sorge«, dass ich »zu leicht formbar« sei. Als ob ich ein Klumpen Ton wäre.

Ich würge einen Löffel der körnigen Substanz herunter. Sie kratzt im Hals wie Schmirgelpapier.

»Denk dran, nach der Schule zu Dr. Rosenthal zu fahren.« Mom steht auf. »Ich habe eigentlich noch eine Besprechung um vier, aber ich werde es kurz halten. Wir treffen uns dann da.«

Ich will nicht zu Dr. Rosenthal. Dr. Rosenthal ist Psychotherapeut, der auf Probleme Jugendlicher spezialisiert ist, was mich vermuten lässt, dass er seine eigenen nie verarbeitet hat. Ich weiß nicht, ob Mom will, dass ich mit ihm rede, weil ich zugenommen habe oder weil ich eine tote beste Freundin habe oder beides.

»Du hast ein ganz schönes Trauma hinter dir«, sagte sie, bevor sie den Termin für mich ausmachte. »Mit jemandem darüber zu reden, wird dir helfen, wieder auf den richtigen Weg zu kommen.«

Was ich hörte, war: *Du bist abstoßend. Du bist nicht mehr gut genug. Du lässt dich gehen.*

Sie öffnet den Mund, um noch etwas zu sagen, doch da klingelt ihr Handy und sie nimmt das Gespräch sofort an. Als ich klein war, wohnten wir in einem winzigen Ein-Zimmer-Apartment und Mom arbeitete Teilzeit im Supermarkt. Sobald ich ein bisschen älter war, ging sie auf die Uni, machte ihren Abschluss in Betriebswirtschaft und fing bei einer Marketingfirma an. Jetzt ist sie ständig beruflich auf Reisen. Früher war es nur mal ein Tag hier und da, doch inzwischen ist sie manchmal eine ganze Woche weg. Und im Sommer war sie sogar zwei Monate lang in Tokio. Sie wollte, dass Tante Leslie kommt und hier wohnt, aber ich habe protestiert und gesagt, mit siebzehn Jahren sei ich alt genug, um allein zu Hause zu bleiben, und in einem Jahr würde ich ohnehin auf mich selbst gestellt in einer anderen Stadt oder sogar in einem anderen Bundesstaat leben.

Trixie hatte mir geholfen, sie zu überzeugen. »Sag ihr, du rufst sie regelmäßig an. Sag ihr, du willst dich in Unabhängigkeit üben. Sag genau das. Eltern stehen auf so einen Scheiß.«

Trixie war eine gute Lügnerin. Jetzt bin ich es auch. Ich frage mich, ob Lügen so funktioniert – ob es ansteckend ist, wie eine Krankheit. Früher habe ich Mom nie wegen irgendwas angelogen, aber nachdem ich Trixie kennengelernt hatte, bin ich aus Freundschaft zu ihr zur Lügnerin geworden. Ich redete mir ein, dass es nur Schwindeln war und Mom nicht alles über mich wissen musste. Aber es war mehr als das.

»Ich kann auch allein hin«, sage ich und lasse den Löffel scheppernd in die Schüssel fallen. »Geh du ruhig zu deiner Besprechung.«

Mom runzelt die Stirn. »Bist du sicher, mein Schatz?«

Ich nicke. »Ja, bin ich.«

Ich fürchte mich davor, zu Dr. Rosenthal zu gehen. Ich weiß jetzt schon, dass er lauter falsche Fragen stellen wird. Er wird in meinen Gedanken rumschnüffeln und versuchen, einen wissenschaftlichen Grund dafür zu finden, warum ich durchdrehe, und es sollte mich erleichtern, wenn er einen findet. Er wird denken, das Problem liegt darin, was ich in meinen Körper aufnehme, wen ich in mein Leben lasse.

Aber vielleicht ist das Problem gar nicht, wen ich reinlasse, sondern wer bereits da war.

5

Ich weiß nicht, wie lange es dauerte, bis wir beste Freundinnen waren. Zwei Wochen vielleicht. Zwei Stunden. Oder vielleicht passierte es in den ersten zwei Minuten, nachdem du zu mir ins Auto gesprungen warst, als ich diesen wahnsinnigen Ansturm von Möglichkeiten verspürte.

Das Lustige ist, eigentlich hätte ich Trixie Heller nie begegnen sollen.

Ich hätte beim Cheerleader-Training sein sollen, in der unteren Reihe der Pyramide. Coach Hogan nannte mich gern ihr *Kraftpaket.* »Seht euch diese starken Beine an«, sagte sie immer. Sie meinte es als Kompliment. Aber ich wollte nichts weiter, als so zu sein wie meine beste Freundin Jenny. Das Mädchen, das sich jeder Junge einfach unter den Arm klemmen konnte. Das Mädchen, das jeden Jungen hätte haben können.

Das Mädchen, das den einen Jungen wollte, von dem ich ihr erzählt hatte, dass ich ihn liebte.

Zehn Minuten bevor ich Trixie begegnete, waren Jenny und ich zusammen auf dem Weg zur Sporthalle gewesen. Ich ging. Jenny machte ihre nervigen Hopsschritte, als ob das Leben so toll wäre, dass sie es nicht aushielt, normal zu gehen. Als Trixie später sagte, Jenny sähe mit ihrem Gang aus wie eine verrückte Ente, hätte ich sie knutschen können.

Ich war sowieso schon sauer auf Jenny gewesen. Nicht wegen ihrer lauten Stimme oder ihrer kleinen Stupsnase oder ihres Arschwackelns oder der Tatsache, dass sie mich kaum zu Wort kommen ließ. Ich war sauer, weil wir uns überhaupt nicht mehr unterhalten konnten, ohne dass der Name Toby Hunter fiel. Aber an diesem Tag erwähnte sie einen anderen Namen, und er ließ mir den Atem stocken – Beau Hunter.

»Er hat mich nach einem Date gefragt«, sagte sie, und ihre Worte klangen gehetzt. »Da konnte ich schließlich nicht Nein sagen. Ich meine, wo sein Bruder – na ja, du weißt ja. Sich umgebracht hat.«

Natürlich wusste ich es. Alle in Morrison Beach wussten, was Toby Hunter getan hatte, und die Hälfte der Leute hatte so ihre Theorien darüber. Aber Jenny wusste auch über mich Bescheid. Ich dachte an jenen Abend, als Jenny und ich draußen auf Alisons Terrasse saßen, Weinschorle mit Limo tranken und ich ihr anvertraut hatte, Beau Hunter zu lieben. Sie hatte mich umarmt und gesagt, ich solle ihn nach einem Date fragen, weil er zu schüchtern sei, mich zu fragen.

Acht Minuten bevor ich Trixie zum ersten Mal begegnete, wollte ich Jenny am liebsten erwürgen.

Ich wartete darauf, dass sie noch etwas dazu sagte, irgendetwas, um mir mitzuteilen, dass sie sich an jenen Abend erinnerte, daran, dass wir einander so nah waren, dass ich sogar ihren Lippenstift mit Kaugummi-Geschmack riechen konnte, als ich ihr mein größtes Geheimnis verriet.

Aber sie sagte nichts dazu. Ich hätte mir beinahe einreden können, dass sie den Abend vergessen hatte, doch dann sah ich, wie sie ganz leicht lächelte. Sie wusste es noch. Doch sie redete einfach weiter, von dem Football-Spiel am Freitag und irgendeiner Party danach. Ich ging immer langsamer und bohrte mir die Fingernägel in die Handflächen, bis es richtig wehtat. Dann blieb ich stehen.

»Ich hab meine Uniform im Auto vergessen«, sagte ich mit ausdrucksloser Stimme. »Ich komm nach.«

Sie war meine beste Freundin, sie hätte wissen müssen, dass es gelogen war. Ich vergaß nie etwas. Aber sie winkte nur blöd und hopste weiter.

Mit vor Tränen verschwommenem Blick drehte ich mich um und ging wieder zurück. Auf dem Parkplatz angekommen lief ich zu meinem Auto, öffnete die Tür und ließ mich auf den Sitz fallen. Das Leder war heiß von der Sonne und brannte an meinen Oberschenkeln. Ich umklammerte das Steuer, obwohl es mir die Handflächen versengte. Ich ballte die Hände zu Fäusten und schlug aufs Lenkrad. Ich wollte gerade losbrüllen.

Da ging die Beifahrertür auf, und Trixie sprang in mein Auto.

»Kannst du mir einen Gefallen tun?«, sagte sie, während sie den Sitz runterrutschte, wobei ihre Haut Schmatzgeräusche auf dem Leder machte. »Kannst du mich mitnehmen? Fahr einfach. Ich muss für eine Weile verschwinden.«

Es war keine Frage. Sie sagte, ich solle losfahren, und

rutschte so weit runter, bis ihre Beine im Fußraum ganz angewinkelt waren. Mir fielen die Kratzer auf ihren Knien auf, wie bei einem kleinen Kind, das ständig hinfiel. Sie hielt die Hände mit den runtergekauten Nägeln im Schoß und sah mich aus den Augenwinkeln an, als wollte sie fragen: *Worauf wartest du?*

Und ich hörte auf sie. Ich fragte sie nicht, wer sie war, oder sagte, dass sie sich eine andere Mitfahrgelegenheit suchen oder sich verziehen solle.

Ich fuhr los.

Ich fuhr weg vom Cheerleader-Training, weg von Jenny. Ich fuhr weg von der Robson-Highschool. Ich wartete darauf, ein schlechtes Gewissen zu bekommen, aber es kam nicht.

Als wir vom Parkplatz fuhren, beugte Trixie sich vor und legte den Kopf auf die Beine. Ich wollte sie fragen, vor wem sie sich versteckte, vor wem sie weglief. Wo ich hinfahren sollte. Aber es schien nicht wichtig zu sein. Sie summte und tippte mit den Fingern einen Rhythmus auf ihren nackten Oberschenkel, und ich blickte auf ihren Hinterkopf, den dunklen Ansatz und die Haarspitzen im Nacken, und ich wollte dorthin, wohin ein Mädchen wie sie unterwegs war.

Ich fuhr am Strand und an der Innenstadt vorbei. Ich fuhr so lange, bis sie sich aufsetzte und sich mit dem Handrücken über die Stirn wischte.

»Hey, willst du was essen?«, fragte sie.

Kein *Danke*. Keine Erklärung. Sie war diejenige, die mich etwas fragte.

»Klar«, sagte ich, obwohl ich keinen Hunger hatte.

»Bieg an der Kreuzung links ab. Da gibts die besten Cheeseburger. Tut mir leid, aber ich bin am Verhungern. Ich hab heute das Mittagessen ausfallen lassen.« Sie streckte die Arme überm Kopf aus wie eine Katze. Ich tat so, als würde ich die rosafarbenen Narben unter den vielen Armbändern an ihrem linken Handgelenk nicht bemerken. »Ich bin dir echt was schuldig. Ich kauf dir ein Mittagessen.«

Ich sagte nicht, dass ich schon Mittag gegessen hatte oder dass ich gar kein Fleisch aß. Dass ich keinen Cheeseburger mehr gegessen hatte, seit ich zwölf geworden war und Mom einen Dokumentarfilm darüber gesehen hatte, wie schlecht Fleischkonsum ist. Ich dachte an meine Cheerleader-Uniform, die in meinem Spind auf mich wartete, und wie viel schwieriger ein Cheeseburger es machen würde, mich hineinzuquetschen.

»Klar«, sagte ich. Trixie hatte mich auf einsilbige Antworten reduziert.

»Wirklich«, sagte sie. »Egal was du willst, ich kaufs dir. Was ist dein Lieblingsessen?«

Das hatte mich schon seit Jahren niemand mehr gefragt. »Salat«, sagte ich instinktiv, weil es das war, was Jenny und Alison sagen würden.

Ihre Mundwinkel zuckten. »Ach, komm schon. Salat ist langweilig. Was ist dein echtes Lieblingsessen?«

Ich starrte auf meine Patchwork-Jeans, die, die ich auseinandergenommen und selbst wieder zusammengenäht hatte. Jenny fand sie hässlich, aber auf einmal war es mir egal, was sie dachte.

»Schokolade«, sagte ich, und schon allein das Wort fühlte sich an, als würde ich mir den Bauch vollschlagen. »Alles mit Schokolade.«

Sie grinste breit. »In dem Laden gibt es die besten Schoko-Milchshakes. Siehst du, ist doch perfekt.« Sie machte eine Pause. »Ich bin übrigens Trixie.«

»Ich bin …«

»Fiona, stimmts? Ich hab dich schon mal gesehen.«

Ich unterdrückte ein Lächeln. Sie hatte mich bemerkt, und das gab mir das Gefühl, irgendwie wichtig zu sein. Vielleicht weil es sonst niemand tat.

»Ja. Ich bin Fiona.«

An dem Tag war ich Trixies Retterin in der Not, und ich habe es ihr nie gesagt, aber sie war auch meine.

6

Bei der Schule angekommen muss ich mich zwingen, aus dem Auto zu steigen und über den Parkplatz und durch die roten Türen der Robson High zu gehen. Ich halte den Blick gesenkt, denn das ist das Sicherste. Mit gesenktem Blick kann ich so tun, als wäre er nicht hier, mit schlagendem Herzen. Und ich kann so tun, als wäre sie hier und als würde auch ihr Herz noch schlagen.

Ich renne in ein paar mir entgegenkommende Leute hinein. Sie brummeln: *Pass doch auf* und *Geh mir aus dem Weg* und dann *Oh, das ist die, deren Freundin gestorben ist.* Denn so werde ich an der Robson High in Erinnerung bleiben. Als die mit der toten besten Freundin.

Beau ist hinter jeder Ecke, hinter jeder offenen Spindtür, vor jedem Kursraum. Er ist überall und nirgends. Und dann steht er auf einmal ohne Vorwarnung direkt vor mir.

Ich erwarte gar nicht, dass er irgendetwas sagt. Er guckt mich an wie ein Reh im Scheinwerferlicht. Ich gucke genauso, und meine Gedanken sind auf einmal voller Dinge, die nie passiert sind: verwelkender weißer Rosen und Glasscherben und kalter Fliesen und herausrutschender Geständnisse, die sofort wieder eingesogen werden.

»Hey«, sagt er. »Tut mir leid.«

Ich bin ganz benommen, viel zu benommen, um irgendetwas zu sagen. Was soll das heißen: *Tut mir leid?* Was soll das heißen, wenn es von Beau Hunter kommt? Wie oft hat er diese Worte in seinem Leben schon gesagt, und zu wie vielen Leuten?

Die Wut kocht so schnell in mir hoch, dass es mich überrascht, ich würde ihm am liebsten ins Gesicht schlagen, ihn bluten sehen. Aber das tue ich nicht, weil seine Stimme so brüchig klingt und er immer noch derselbe Beau ist, der aus der Bibliothek Gedichtbände auslieh und in großen Gruppen schüchtern wurde, derselbe Beau, der mir in Südkalifornien Schnee gebracht hat, der mich auf dem Fahrrad mitnahm, als noch niemand von uns Auto fahren konnte, derselbe Beau, der mir beim Mittagessen seinen Kakao gab. Ich will diesen Beau nicht verletzen, denn er würde auch mich nicht verletzen.

»Ich weiß, wie das ist, wenn jemand einfach verschwindet.« Dann räuspert er sich, steckt die Hände in die Hosentaschen, dreht sich um und geht, ganz gekrümmt, als versuche er, sich zusammenzufalten. Ich warte, ob er sich noch einmal umsieht, und die Tatsache, dass er es tut – wenn auch nur eine Sekunde lang, und dabei bedecken seine Haare fast sein ganzes Gesicht –, ist Beweis genug, dass ich ihn immer noch kenne, zumindest ein bisschen.

Ich spüre den Druck hinter meinen Augen und zähle von zehn runter, sage mir, dass ich nicht weinen werde, nicht hier, mitten auf dem Gang, wie eine bemitleidenswerte Verliererin.

Als ich ihn das nächste Mal sehe, hält er Jenny gerade die Tür auf, ganz der Gentleman. Ich frage mich, ob er sie nach der Schule nach Hause begleitet und sie später zusammen ausgehen oder, schlimmer noch, zu zweit zu Hause bleiben. Ich hatte gedacht, ich könnte damit klarkommen, aber gerade fühlt es sich an, als würde ich jeden Moment zusammenbrechen.

Bevor er Jenny in den Kursraum folgt, blickt er sich noch mal um, sieht mich aber nicht. Oder er tut einfach nur sehr überzeugend so als ob.

Darin ist er inzwischen ziemlich gut.

7

Am Abend von Alisons Party war ich ganz schön sauer auf dich. Ich war sauer, weil sich zwischen uns so vieles verändert hatte. Du hattest mich angelogen, und ich wollte dir tausend Fragen stellen warum.

Warum sie ihren Job im Restaurant wirklich hingeschmissen hatte und warum sie glaubte, es mir nicht erzählen zu können. Warum sie Jasper ständig Nachrichten schrieb, obwohl sie behauptete, sie hätten bloß eine »Freundschaft plus«.

Ich war sauer auf sie, hing aber immer noch an ihr wie ein erbärmliches Stück Frischhaltefolie. Ich benutzte sie als Schutzschild, lief ihr hinterher wie ein Schatten, in der Hoffnung, sie würde mir die Macht geben, unsichtbar zu bleiben.

»Was willst du trinken?«, fragte sie. »Ich hole dir was.«

»Hauptsache, was mit Alkohol«, sagte ich. Es war mir egal. Ich wollte einfach nur meinem Körper entfliehen. Sobald Trixie in der Menge verschwunden war, fingen die Blicke und das Flüstern an. Vielleicht bildete ich es mir nur ein, doch so fühlte es sich nicht an. Ich versuchte, ihre Lippen zu lesen, stellte mir vor, was sie sagten.

Oh Gott, sie ist so fett.

Wie kann sie sich so gehen lassen?

Wie kann man so wenig auf sich achten?

Unruhig sah ich mich um. Ich wurde noch wütender auf Trixie, weil sie mich überredet hatte, das rote Kleid anzuziehen. Ich musste aussehen wie eine Wurst. Trixie hatte mein Outfit ausgesucht und mich hierhergeschleppt und mir diesen Albtraum beschert. Es war, als wüsste sie, dass ich mit ihr reden wollte, und würde mir und meinen unbequemen Fragen deswegen permanent ausweichen und mit mir an Orte gehen, an denen wir nicht allein waren. Sie stieß mich weg und zog mich wieder zurück, wie in einer Welle gefangenes Seegras.

Das Badezimmer war die Treppe rauf, die erste Tür auf der linken Seite. Ich lief hoch. Keuchend kam ich oben an und ging rein.

Ich hätte anklopfen sollen.

Jenny saß auf der Waschtischplatte und hatte die Beine um Beaus Taille geschlungen. Sie riss die Augen auf, und ihr Gesichtsausdruck wechselte von schockiert zu verärgert und zurück zu schockiert. Dann machte ich den Fehler, über den Spiegel Beau in die Augen zu blicken.

Und darin sah ich das Eine, was mich zerstören konnte: Sanftheit. Er steckte immer noch da drin, der alte Beau, der, in den ich mich verliebt hatte, der auf einer Party nach dem ruhigsten Zimmer suchte, weil er den Lärm nicht ertrug.

Ich drehte mich um und rannte wieder runter. Ich hasste Trixie. Es war leicht, ihr für alles die Schuld zu geben. Denn wäre sie an jenem Tag nicht in mein Auto gesprungen, hätte ich schreiend aufs Lenkrad eingeprügelt und wäre zurück zum Cheerleader-Training gegangen und hätte mein altes Leben weitergelebt. Vielleicht wäre das eben im Badezimmer ich gewesen, mit meinen Beinen in einer Skinny Jeans um Beau Hunter geschlungen. Ich wäre zu Alisons Party eingeladen gewesen, statt einfach so aufzutauchen. Vielleicht war auf Trixie zu hören, als sie sagte, ich solle losfahren, der größte Fehler meines Lebens gewesen.

Doch als ich unten ankam, wartete sie mit zwei Plastikbechern auf mich. Sie hielt mir einen hin und sagte, ich solle trinken, dann prostete sie mir mit ihrem zu. »Cheers«, sagte sie.

Mein Drink war so stark, dass ich husten musste.

»Hey, stimmt was nicht? Du wirkst irgendwie aufgebracht.«

»Alles okay.« Ich nahm noch einen Schluck. »Wirklich.«

»Okay«, sagte sie und zog das Wort in die Länge. »Du weißt, dass du mich nicht anlügen musst, oder?«

»Ich weiß. Es ist alles okay.«

Als ich beim dritten Drink angelangt war, schmeckte ich den Alkohol kaum noch. In meinem Kopf drehte sich alles, aber auf sehr angenehme Weise. Ich fühlte mich leicht, lässig, unkompliziert.

Trixie war die ganze Zeit neben mir und trank genauso viel wie ich.

Wenn ich allerdings so darüber nachdenke, machte sie überhaupt keinen betrunkenen Eindruck.

8

Das Schlimmste daran, das letzte Schuljahr ohne beste Freundin zu beginnen, ist gar nicht, sich allein zu fühlen. Ich war darauf vorbereitet gewesen, Trixie in diesem Jahr nicht mehr auf den Gängen zu begegnen, aber das war in einer Welt, wo ich sie nach der Schule hätte sehen und ihr erzählen können, wie schrecklich es ohne sie war. Doch die tatsächliche, neue Welt besteht nur aus Phantomschmerzen. Ich habe die ganze Zeit das krankhafte Gefühl, dass sie immer noch da ist, dass sie jeden Moment hinter einer offenen Spindtür hervorspringen und mich fragen könnte, was ich von ihrem lilafarbenen Lippenstift halte, und dann würde ich sagen, dass er toll aussieht an ihr, weil es so ist, denn sie kann alles tragen, was ich mich nie trauen würde.

Ich sehe den Leuten zu, die einfach weitermachen wie zuvor, Leute, die sie nicht kannten und bloß in den Nachrichten von ihr gelesen haben, erst von einem vermissten Mädchen – denn das war sie, achtundvierzig Stunden lang – und dann von ihrem Selbstmord, und daraufhin von ihren Eltern einen Vortrag zu hören bekamen, dass sie immer offen und ehrlich mit ihnen sein könnten. Ich teile die Gänge mit Leuten, die niemals infrage stellen werden, dass Trixie

Heller ins Meer gegangen und ertrunken ist, weil Trixie Heller Luft für sie war, ein Mädchen, das kaum lächelte und sich stets abseitshielt. Trixie Heller war ein abschreckendes Beispiel, eine Tragödie. Bis die Leute studieren, werden sie Trixie komplett vergessen haben, weil andere Tragödien wie ein misslungener Haarschnitt oder eine Trennung sich darübergelegt haben. Ich würde sie gern an den Schultern packen, ihnen auf den Rücken springen und ihnen erzählen, wer Trixie war. Dass ihr oft der Schalk im Nacken saß. Und manchmal auch der Teufel. Dass sie einen tollen Klamottengeschmack hatte. Dass das hässliche JERSEY GIRL-Shirt, das sie ordentlich gefaltet auf ihren Flip-Flops am Strand zurückgelassen hat, überhaupt nicht sie gewesen ist. Dass die Tatsache, dass sie es an dem Abend trotzdem getragen hat, sich anfühlt wie eine Botschaft.

Der Spind, den wir uns letztes Jahr geteilt haben, ist jetzt meiner. Weil die Schule das von allen verlangt, haben wir ihn vor den Sommerferien noch zusammen ausgeräumt. Zum Spaß haben wir ein Foto von uns in einem Magnetrahmen dringelassen. Doch als ich jetzt den Spind öffne, ist nur noch der Rahmen da. Das Foto, eine der wenigen Aufnahmen von uns beiden – Trixies Dad hatte es an ihrem letzten Geburtstag gemacht – ist weg. Irgendwer muss es genommen haben, auch wenn ich mir nicht vorstellen kann, wer und warum.

Ich drehe mich um, denn ich habe das Gefühl, beobachtet zu werden, und tatsächlich. Neben der Tür zum Kunstraum lauert Jasper – okay, eigentlich steht er einfach nur da, aber alles an Jaspers Haltung ist unheimlich. Er hat einen Buckel, als hätten seine Schultern aufgegeben, den Rest seines Körpers zu tragen, und wären einfach zusammengefallen. Außerdem guckt er permanent mürrisch, als hätte er niemal einen schönen Gedanken. Vielleicht ist es wirklich so. Vielleicht ist sein ganzes bisheriges Leben eine lange Reihe von Enttäuschungen gewesen.

Vielleicht haben wir das gemeinsam.

Ich habe das Gefühl, ich sollte etwas zu ihm sagen, wir sollten versuchen, einen Draht zueinander zu finden. Denn außer mir ist er der Einzige an der Schule, der Trixie tatsächlich kannte – der wusste, dass ihr Lachen seinen Klang verlor, wenn sie etwas wirklich lustig fand, der wusste, dass sie null Geduld hatte für Leute, die langsam gingen oder langsam redeten oder langsam Auto fuhren, obwohl sie immer die Beifahrerin war, weil sie nie ihren Führerschein gemacht hat.

Er ist der einzige andere an dieser Schule, der vielleicht nicht glaubt, dass sie absichtlich ins Meer gegangen ist und sich von der Strömung hat davontragen lassen, weil sie auch dafür keine Geduld gehabt hätte.

Doch als ich den Mund öffne und hoffe, dass die richtigen Worte herauskommen, ist es schon egal. Er ist weg.

9

Du wusstest, dass meine Mom dich nicht mochte, aber es störte dich nicht. Du warst an die Beurteilung durch andere gewöhnt und nahmst sie mit derselben Lässigkeit hin, mit der du deine Kleidung trugst.

Trixie war ganz anders als Jenny, die immer versuchte, sich bei meiner Mom einzuschleimen. Ihr ständig Komplimente machte, wie jung sie doch aussähe, sie nach ihrem Rezept für vegetarische Bolognese fragte und sie einlud, mit uns Filme zu gucken. *Hi, Ms Fontaine. Sie sehen mal wieder schön aus heute, Ms Fontaine.* So war Trixie überhaupt nicht.

An jenem ersten Tag kam Trixie, nachdem wir Cheeseburger gegessen hatten, mit zu mir nach Hause. Ich lud sie nicht ein – sie stieg einfach wieder zu mir ins Auto, als hätten wir es so vereinbart.

»Können wir da beim Supermarkt kurz halten? Ich will nur ein paar Snacks kaufen. Ich weiß, wir haben gerade erst gegessen, aber ich hab ständig Hunger.« Sie tätschelte ihren flachen Bauch, und bevor sie in den Laden ging, setzte sie ein blaues Basecap auf, eine ziemlich ungeschickte Tarnung. Es war viel zu groß für ihren Kopf, als gehörte es eigentlich einem Jungen.

Als Trixie Mom zum ersten Mal unter die Augen trat, wusste ich sofort, dass sie Mom nicht in den Kram passte. Mom sah auf die große Tüte Kartoffelchips in Trixies Hand und das Lippen-Piercing, und dann blickte sie mich an und fragte, warum ich nicht beim Training war.

»Ist ausgefallen«, sagte ich. Ich war erstaunt, wie leicht mir die Lüge über die Lippen kam. Sie hatte die ganze Zeit darauf gewartet herauszuschlüpfen.

Trixie hat mich nie gefragt, was für ein Training ich eigentlich gehabt hätte. Sie hat mich nie gefragt, warum ich nicht da gewesen war. Und ich fand, sie musste es auch nicht wissen.

»Du siehst aus wie deine Mom«, stellte sie fest, als wir oben in meinem Zimmer im Schneidersitz auf dem Fußboden saßen.

»Kann sein«, sagte ich. »Ich hab keine Ahnung, wie mein Vater aussieht. Er ist abgehauen, bevor ich geboren wurde.«

Ich weiß nicht, warum ich ihr das erzählte. Ich hatte es noch nie irgendwem erzählt. Jenny und Alison haben beide Eltern, die noch zusammen sind, die immer wollen, dass sie zum Abendessen im Kreis der Familie zu Hause sind. Es war mir peinlich, anders zu sein, und ich rechnete damit, dass Trixie mich verurteilte.

»Die Leute können manchmal echt ätzend sein«, sagte sie und blickte an die Zimmerdecke.

»Was ist mit dir? Siehst du deiner Mom oder deinem Dad ähnlich?«

»Keine Ahnung.« Sie schaufelte sich eine Handvoll Chips in den Mund und wischte sich die Hand an den Shorts ab.

»Ich bin adoptiert. Meine leibliche Mutter wollte mich nicht.«

Ich kam mir vor wie eine Idiotin, aber vielleicht waren wir gar nicht so verschieden. Wir waren beide von jemandem im Stich gelassen worden.

»Ist das deine Leidenschaft?«, fragte sie, berührte meine Jeans und deutete auf die Nähmaschine in der Ecke. »Du nähst Klamotten?«

Noch nie hatte es jemand so ausgedrückt. *Ist das deine Leidenschaft?* Aber ich nickte bloß, in der Hoffnung, nicht für langweilig gehalten zu werden. Jenny kapierte es nicht. Sie ging viel lieber in der Mall shoppen, wo alle Sachen gleich aussahen.

»Cool«, sagte Trixie und fuhr mit den Fingern über einen der Flicken. »Vielleicht kannst du mir ja auch mal ne Hose nähen.«

Meine Wangen brannten. Es fühlte sich verdammt nach Stolz an. Ich wollte allein sein mit dem Gefühl und es genießen, bevor es wieder verschwand.

»Hast du einen Freund?«, fragte Trixie.

»Nein«, sagte ich viel zu schnell. Ich dachte an Beau, an den Tag, als wir uns zum ersten Mal begegnet waren, an den Funken, der mich erwischte, als hätte ich einen Finger in die Steckdose gehalten. Unsere Nachrichten und Fahrradfahrten und den Beinah-Kuss am Ende der Zehnten. Ich dachte an Jenny auf dem Gang, wie sie mich nicht richtig angucken wollte. *Er hat mich nach einem Date gefragt. Da konnte ich schließlich nicht Nein sagen.*

»Gut«, sagte sie. »Freunde werden eh überbewertet.

Wenn sich ein Typ erst mal in dich verliebt, ist alles ruiniert.«

Ich hatte keine Ahnung, wovon sie redete, aber sie sah mich auch gar nicht mehr an. Sie blickte mit seltsamem Lächeln auf meine Fotocollage an der Wand. Ich hatte die Collage im Sommer zuvor gemacht, aus Fotos von Jenny und Alison und mir und aus Zeitschriften ausgeschnittenen Buchstaben, aus denen ich Wörter wie *Beste Freundinnen* und *Liebe* und *Lachen* gebildet hatte. Auf einmal war mir alles peinlich. Die Collage, die violetten Wände, mein Himmelbett. Der Stoffhase auf dem Kopfkissen und die Sammel-Barbies in ihren ungeöffneten Schachteln im Bücherregal. Das ganze Zimmer war total babymäßig und kam mir mit Trixie darin viel zu klein vor.

»Dann hast du auch keinen Freund?« Ich musste etwas sagen, damit sie aufhörte, sich umzugucken, aber irgendwie fühlte es sich nach der falschen Frage an.

Sie verdrehte die Augen und seufzte, ein lautes, bebendes Geräusch. »Ich hatte was mit meinem Laborpartner. Aber das ist vorbei.«

Ich griff in die Chipstüte und warf mir ein paar Chips in den Mund. Das Salz brannte auf der Zunge und das Knirschen übertönte den Lärm in meinem Kopf. Dann aß ich noch ein paar. Ich wusste, ich sollte die Chips nicht essen, aber das machte sie nur noch leckerer.

»Dieser Typ, mit dem ich im Bett war, schreibt mir ständig Nachrichten«, sagte sie schließlich, stand auf und lehnte sich ans Fensterbrett. »Deswegen musste ich weg. Ich brauche Abstand. Verstehst du?«

Ich nickte, auch wenn ich nichts verstand. Ich war noch nie mit irgendwem im Bett gewesen.

»Dein Laborpartner?«, fragte ich.

Sie zündete sich eine Zigarette an und pustete den Rauch aus dem Fenster. Mom würde es bestimmt riechen und ich später Ärger bekommen, aber das war mir egal.

»Wir sollten öfter zusammen Mittag essen«, sagte sie. »Ich weiß schon, wo wir nächstes Mal hingehen. Es wird dir gefallen.«

Sie kannte mich kaum, und doch schien sie mich besser zu kennen als alle anderen. Gut genug, um zu wissen, was mir gefallen würde, bevor ich es selbst wusste.

10

In der ersten Stunde gibt es zwei Durchsagen. In der einen geht es um die Cheerleading-Tryouts. In der anderen um Patricia Hellers Gedenkfeier am Freitag. Trixie hasste ihren richtigen Namen: Patricia. Niemand nannte sie so, noch nicht mal ihr Dad.

Meine beiden alten Leben, direkt hintereinander über den knisternden Lautsprecher. Als hätte sich das Universum gegen mich verschworen, um mir den Tag zu ruinieren. Ich bitte Mr Hanson um einen Flurpass und gehe zur Toilette, wo ich mich zusammengekrümmt in einer Kabine auf den Boden hocke.

Wenn es umgekehrt wäre, wenn ich verschwunden wäre, hätte Trixie den Beweis dafür gefunden. Sie wäre meiner Spur gefolgt, hätte die Brotkrumen entdeckt, selbst wenn ich sie weggefegt hätte, denn sie kannte mich besser als alle anderen. Vielleicht hat sie mir eine Spur hinterlassen, und ich kannte sie nur nicht gut genug, ihr zu folgen.

Was sie wohl denken würde, wenn sie wüsste, dass ich an jenem Abend, als sie verschwand, jemandes Spuren verwischt habe? Was sie wohl denken würde, wenn sie wüsste, dass es nicht ihre waren?

Tränen brennen mir in den Augen, und mein Haaransatz ist schweißnass. Ich lehne mich gegen die Wand, stütze den Kopf gegen den Toilettenpapierspender. Ich denke daran, was Mom heute Morgen gesagt hat, als sie mich zum Abschied umarmte: *Es ist nie zu spät für einen Neuanfang, Süße.*

Ich erinnere mich daran, wie Moms Stimme klang, als sie aus Tokio zurück war und vom Schlafzimmer aus mit Tante Leslie telefonierte, während ich an ihrer Tür lauschte. Vielleicht hatte sie gewollt, dass ich sie höre.

»Sie hängt immer mit dieser Trixie rum«, sagte sie. »Die hat einen schlechten Einfluss auf sie. Die beiden fahren die ganze Zeit nur mit dem Auto in der Gegend rum und essen Junkfood. Und ich glaube, getrunken hat sie auch.«

Ich hielt die Luft an und stellte mir vor, was Tante Leslie am anderen Ende sagte. Hoffentlich etwas zu meiner Verteidigung, aber mir war klar, das Thema Trinken würde sie wegen ihrer eigenen Vergangenheit damit aufhorchen lassen. Dann seufzte Mom schwer. Ich konnte ihr Gesicht vor mir sehen, die Falten, als sie die Stirn runzelte. »Ich mache mir Gedanken. Sie muss andere Freundinnen finden. Sie kann nicht die ganze Zeit nur mit diesem einen Mädchen verbringen.«

Mit klopfendem Herzen war ich davongeschlichen. Mir war richtig schlecht vor Sorge, mir war schlecht und ich war wütend. Sie durfte mich nicht von meiner besten Freundin trennen. Sie durfte mir nicht die eine Person wegnehmen, die mich verstand.

Die Tür zum Vorraum geht auf. Ich schlinge die Arme um die Knie und bleibe still so sitzen.

»Das nennt man Emotional Eating«, höre ich eine Stimme. »Ist meiner Tante passiert, als sie und mein Onkel sich getrennt haben. Früher war sie richtig dünn. Jetzt kommt sie kaum noch ihre Einfahrt runter.«

Ich lege mir eine Hand über den Mund. Die Stimme würde ich überall erkennen. Hoch und dünn, wie ein Windspiel. Alison James, Kapitänin des Cheerleader-Teams, meine ehemalige Freundin. Wenn jemand eine emotionale Esserin ist, dann sie. Als Jenny und ich ihr zum fünfzehnten Geburtstag einen perfekten Schokoladenkuchen gebacken hatten, musste sie weinen.

Sie ist außerdem das Mädchen, das die letzte Party geschmissen hat, auf der Trixie war.

»Nein, das ging schon los, bevor sie dick wurde«, sagt die andere Stimme. Jenny. »Sie hat sich schon letztes Jahr so komisch verhalten. Als wäre sie einer Gehirnwäsche unterzogen worden.«

»Vielleicht waren sie ja verliebt«, flüstert Alison. »Die haben doch praktisch jede Minute zusammen verbracht.«

Ich bohre mir die Fingernägel so fest in die Handflächen, dass sie kleine rote Mondsicheln in der Haut hinterlassen.

»Glaub ich nicht«, sagt Jenny. »Trixie hat doch mit diesem schrägen Typen aus meinem Geografiekurs gevögelt. Jasper. Weißt du noch? Der, von dem ich dir erzählt hab? Die beiden haben zusammen in der letzten Reihe gesessen und er hatte im Unterricht die Hand unter ihrem Rock. Ich schwöre es.«

Das ist gelogen!, will ich schreien. *Trixie hat nie Röcke getragen.*

»Krass«, antwortet Alison, und ich höre an ihrer Stimme, dass sie den Kopf in den Nacken gelegt hat, wahrscheinlich weil sie sich gerade vorm Spiegel Make-up aufträgt, so wie sie es vorm Training immer gemacht hat, obwohl es eh nie lange hielt.

»Ja«, fährt Jenny fort. »Und ich hab sie mal in der Raucherecke gesehen, wie sie es praktisch gemacht haben. Einfach widerlich.«

»Ich wünschte, wir könnten ihr helfen«, sagt Alison und schmatzt mit den Lippen.

»Ja, nur, dass sie jetzt tot ist«, bemerkt Jenny, das Wort ein dumpfer Schlag in der Luft.

»Nicht Trixie«, sagt Alison. »Fiona.«

»Hör zu, auch wenn das hart klingt, aber sie ist genauso wenig unser Problem. Es ist das letzte Schuljahr. Ich lasse mich nicht in anderer Leute Dramen mit reinziehen. Ich hab selbst schon genug davon.«

Ein schnappendes Geräusch, wahrscheinlich hat Alison ihre Puderdose zugeklappt. »Beau?«, fragt sie vorsichtig, und es klingt so zärtlich, dass ich am liebsten aus der Kabine stürmen und sie umarmen würde. Alison ist kein boshafter Mensch. Alison sind andere Leute nicht egal. Vielleicht bin sogar ich ihr nicht egal.

»Er trinkt immer noch so viel«, sagt Jenny. »Und nach deiner Party weiß ich gar nicht mehr, wie ich es ansprechen soll, ohne dass er gleich an die Decke geht. Er hat gesagt, es tut ihm leid, aber ich weiß nie, welche Version von ihm ich bekomme. Das ist ganz schön beängstigend.«

Alison merkt es vielleicht nicht, aber ich höre die Aufregung in Jennys Stimme, auch wenn sie versucht, sie zu verbergen. Jenny hat sich kein bisschen verändert. Sie liebt die Vorstellung der Tragödie: der Junge, der mit einem bösen Geist kämpft, das Drama, das Beau in ihr langweiliges, kümmerliches Leben bringt. Und ich hasse sie aus so vielen unterschiedlichen Gründen, aber vor allem deswegen.

Alison senkt die Stimme. »Ist er immer noch in diese zwielichtigen Sachen verwickelt?«

»Nein«, sagt Jenny, und ich wette, sie schüttelt entschieden den Kopf und der Pony fliegt ihr nur so über die Stirn. »Nein, damit hat er aufgehört.«

»Ich verstehe trotzdem nicht, warum du noch mit ihm zusammen bist. Er tut dir doch nicht gut. Er ist kein bisschen nett zu dir und gibt sich noch nicht mal Mühe, wenn irgendwer anders dabei ist. Und auf meiner Party war er ein totaler Psycho. Eigentlich hätten wir die Polizei rufen müssen. Danach hätte es mir an deiner Stelle echt gereicht.«

»Du kennst ihn halt nicht so gut wie ich«, sagt Jenny, und ihre Worte sind wie Messer, die mich aufschlitzen. »Du weißt nicht, was er zu mir sagt, wenn wir allein sind. Er liebt mich. Er braucht mich.«

»Vielleicht ist genau das dein Problem«, sagt Alison, während sie zur Tür geht. »Er braucht dich viel zu sehr. Und du fängst an, ihn genauso zu brauchen.«

Dann sind sie weg, und die Tür fällt hinter ihnen zu. Ich könnte schreien. Die beiden glauben, alles zu wissen, alles kapiert zu haben. Die ganze Geschichte, die Lüge. Genau wie letztes Jahr bei Toby Hunter. Als die Gerüchte immer mehr wurden, wie sich in den Ecken sammelnder Staub, und die Luft von dem ganzen Mist, der erzählt wurde, so dick war, dass die Leute beinahe daran erstickten.

Ich verlasse die Kabine, wasche mir die Hände und gehe langsam zurück in den Kursraum. Ich tue so, als würde ich Mr Hanson zuhören, doch als er uns auffordert, unsere Gedanken zu der Shakespeare-Szene, die er gerade vorgelesen hat, zu notieren, schreibe ich etwas anderes auf mein Blatt. Etwas, das ich niederschreiben muss, um es tatsächlich zu glauben. Weil Jenny und Alison sich irren und meine Mom und alle anderen genauso. Trixie ist nicht ins Meer gegangen und ertrunken. Das würde sie nicht tun. Sie ist vielleicht nicht hier, aber sie ist auch nicht tot, und ich bin die Einzige, die es beweisen kann.

Die Wörter, die ich tief und schwer ins Papier gedrückt habe, tragen ihre eigene Wahrheit:

GRÜNDE FÜR TRIXIES VERSCHWINDEN

11

Wahrscheinlich gibt es einen Grund dafür, dass die Leute diesem Mann, der erzählt hat, du wärst ins Wasser gegangen, unbedingt glauben wollen. Wahrscheinlich gibt es einen Grund dafür, dass sie so schnell aufgegeben haben. Wahrscheinlich sogar mehrere Gründe. Aber der erste ist noch aus der Zeit, bevor ich dir überhaupt begegnet war.

An der Robson High wissen alle, wer Toby Hunter war, und in Morrison Beach jetzt auch. Sein Selbstmord wurde zum Exempel, zum Beweis dafür, dass man die Warnsignale nicht immer sieht. Ich werde die wahre Geschichte von Toby Hunter und warum er es getan hat, nie erfahren, denn ich kannte den wahren Toby Hunter nicht. Ich kannte nur die gleiche Version wie alle anderen. Den Football-Star, den Kapitän des Schwimmteams, den Typen, der mit dem schönsten Mädchen der Schule zusammen war. Den Typen, der eines Tages Präsident werden würde oder so. Gepflegt, liebenswürdig, schlau. Alles, was ein Mädchen von einem Freund will. Nur, dass ich nicht Toby wollte. Ich wollte seinen Bruder.

Toby Hunter würde es weit bringen, das war allen klar. Bis er etwas tat, womit niemand gerechnet hatte: Er ist betrunken von einer Party abgehauen und vom Pier ins Meer gesprungen.

Ich war damals nicht auf der Party. Ich hatte eigentlich hingehen wollen, lag aber mit Lebensmittelvergiftung zu Hause und musste mich alle fünf Minuten übergeben. Später erzählte mir Jenny flüsternd von dem Streit, den Toby, ehe er davongestürmt ist, mit seinem Bruder gehabt hatte. Er war fuchsteufelswild, sagte sie. Wahrscheinlich betrunken oder high oder beides. Niemand versuchte, ihn aufzuhalten, weil alle dachten, er müsse sich nur abreagieren. Niemand hatte damit gerechnet, was dann kam.

Drei Leute sahen Toby vom Pier springen. Einer ist ihm hinterher und wäre beinahe ertrunken. Die Wellen waren zu groß, die Strömung zu stark. Es wurde sofort als Selbstmord erklärt, als Tragödie, als schrecklicher Verlust, obwohl Tobys Leiche bis heute nicht gefunden wurde.

Die Gerüchte fingen auch sofort an. Vielleicht sei er gefallen, habe bloß das Gleichgewicht verloren. Das waren die Leute, die sich der Realität verschlossen.

Dann gab es noch die anderen. Die glaubten, er wäre überhaupt nicht tot. Sie sagten, er sei ein viel zu guter Schwimmer, um zu ertrinken, und verbreiteten Theorien, warum er seinen eigenen Tod inszeniert haben könnte. Behaupteten, dass er auf einer Ölbohrinsel in Kanada arbeite. Oder dass er in die Ozarkberge gegangen sei, sich den Bart habe wachsen lassen und jetzt Ziegen hüte. Und während die Wahrheit immer weiter absank, sprudelten die ganzen Gerüchte an die Oberfläche. Völlig durchgedreht. Auf einmal schienen alle jemanden zu kennen, der jemanden kannte, der Toby irgendwo auf der Welt gesehen hatte. Niemand wollte Toby Hunter in Frieden ruhen lassen.

Mit Trixie dagegen ist es anders. Sie blieb meistens für sich, hatte keine tausend Freundinnen. Die Leute bedachten sie mit Schimpfworten, die haften blieben. *Einzelgängerin. Spinnerin. Unruhestifterin.* Nachdem alle anderen auf Alisons Party schon wieder gegangen waren, bis auf die, die zu betrunken waren, um zu wissen, wo sie sich befanden, hatte Trixie sich wie ein Schatten aus dem Haus geschlichen. Sie hatte mir nicht Tschüss gesagt. Für die meisten ist es leicht zu glauben, dass sie ins Meer gegangen und ertrunken ist. *Die Anzeichen waren alle da*, hieß es. *Ein klassischer Fall von einer, die es nicht mehr ausgehalten hat.*

Die Anzeichen *waren* alle da. Aber nicht die offensichtlichen, die, die uns noch schnell in letzter Minute von einer gegeben worden waren, die angeblich sterben wollte.

Trixie hatte alle Anzeichen von einer gehabt, die wollte, dass die Leute genau das dachten.

12

Als ich zu Dr. Rosenthal fahre, habe ich die Liste in meiner Tasche. Ich rase, denn ich bin spät dran, weil Mrs Moss, unsere Vertrauenslehrerin, mir nach dem Unterricht noch unbedingt sagen musste, dass ihre Tür immer für mich offen sei, wenn ich reden wolle. Ich werde Moss definitiv nichts erzählen. Ihr würde die Kinnlade runterfallen, wenn sie wüsste, was ich auf der Party gemacht habe und mit wem.

Die Liste ist in meiner Tasche, aber ich sehe die Wörter alle vor mir. Meine schwungvolle Handschrift, die Spiegelstriche, als würde ich für einen Test lernen. Nur, wäre das hier ein Test, dann wäre es der erste, bei dem ich durchfalle.

GRÜNDE FÜR TRIXIES VERSCHWINDEN

Ich frage mich, ob die Liste totaler Quatsch ist, ob Trixie vielleicht wirklich getan hat, was der Mann behauptet, aber dann muss ich plötzlich auf die Bremse treten und komme gerade noch rechtzeitig vor dem Typen, der einfach bei Rot über die Ampel geht, zum Stehen. Meine Brust zieht sich zusammen und mein Puls rast, und ich will schon auf die Hupe schlagen, da sehe ich, wen ich beinahe angefahren hätte. Denselben, der mich heute über den Gang hinweg angestarrt hat.

Jasper Hart, der einzige Name, der im Moment auf meiner Liste steht.

Er guckt noch nicht mal, hebt nur einen Arm und schwingt ihn durch die Luft, als würde er mitten im Verkehr eine Symphonie dirigieren. Dann sehe ich seine Ohrstöpsel und denke, vielleicht tut er das ja wirklich.

Hinter mir hupt jemand, und ich fahre an. Jasper ist jetzt auf der anderen Seite angekommen, und als er in die Nebenstraße geht, entscheide ich spontan, rechts abzubiegen. Ich kenne diese Straße, Alison wohnt hier.

Ich blicke auf die Uhr am Autoradio. Ich werde es nie pünktlich zu Dr. Rosenthal schaffen, aber inzwischen ist mir das völlig egal. Er wird mir eh nur erzählen, dass ich besser essen soll, und mir vielleicht noch einen Vortrag halten, irgendeinen Mist, den ich schon kenne. Nichts davon ist wichtig.

Ich halte ausreichend Abstand zu Jasper, während ich ihm langsam hinterherfahre. Trotz der Hitze trägt er über dem schlaksigen Körper einen langen schwarzen Mantel, der wie ein Pendel von einer Seite zur anderen schwingt. Jasper macht riesige Schritte und schnipst in regelmäßigen Abständen mit den Fingern, während ich am Bordsteinrand entlangtuckere und hoffe, dass mir bald ein Plan einfällt.

Als er auf einmal vor einer Einfahrt stehen bleibt, halte ich an. Ich drücke mich gegen den Sitz und rutsche hinunter.

Dann macht Jasper kehrt und kommt genau auf mich zu.

Ich starre auf den Schlüssel im Zündschloss. Ich sollte einfach wegfahren und Jasper den Rest des Schuljahrs aus dem Weg gehen. Den Rest meines Lebens. Aber ich bin wie gelähmt, entweder aus Angst oder Neugierde oder einer seltsamen Mischung aus beidem. Und es ist sowieso zu spät, denn er steht schon neben mir, klopft ans Fenster und gibt mir ein Zeichen, es runterzulassen. Sein Gesicht ist vollkommen ausdruckslos.

Ich öffne das Fenster, und er stützt die Unterarme in den Rahmen, bis unsere Gesichter nur noch Zentimeter voneinander entfernt sind. »Spionierst du mir nach?«, fragt er. Ich weiß nicht, ob er sauer ist oder amüsiert. »Ich hätte nie gedacht, dass ein Mädchen mich interessant genug finden könnte, mich zu verfolgen.«

Auf einmal wünschte ich, die Fensterscheibe wäre noch zwischen uns. Ohne ist er viel zu nah. Nah genug, dass ich seine dunklen Augen und die dichten schwarzen Wimpern sehen kann, die Schatten auf seine Wangen werfen. Nah genug, dass ich die Aknenarben auf seiner weißen Haut sehen kann. Er hat einen breiten Mund und so rote Lippen, als hätte er gerade Fruchtpunsch getrunken. Trixie hat mir einmal erzählt, er könne gut küssen, aber für mich sieht er eher aus wie ein Vampir, bereit, allem das Leben auszusaugen.

»Ich hab dich gar nicht bei der Beerdigung gesehen«, sage ich, als ich endlich meine Stimme wiederfinde.

Jasper beißt sich auf die Lippe und guckt auf den Boden. Mir fällt zum ersten Mal auf, dass sein Haaransatz blond ist, was ich bei seiner Größe sonst nie sehe. Blonder Ansatz und dunkle Haare, das komplette Gegenteil von Trixie.

»Ich bin nicht so gut mit Trauerbekundungen. Ich kann damit besser allein umgehen.«

Ich nicke, als würde ich ihn verstehen, aber das tue ich nicht. Ich finde es seltsam, was er sagt. Niemand kann gut mit Trauer umgehen. Niemand weiß, was man auf einer Beerdigung sagen soll. Jasper lässt Trauer klingen wie eine Kunstform.

Er sieht mich direkt an, und das macht mich nervös, es kommt mir vor, als wüsste er all meine Geheimnisse. »Also, ich bin neugierig. Warum verfolgst du mich?«, fragt er und betont dabei jedes einzelne Wort.

Ich rutsche unruhig auf dem Sitz umher. Wäre ich doch nur zu Dr. Rosenthal gefahren, wie ich sollte. Mir von Dr. Rosenthal in meinen Gedanken herumstochern zu lassen und von ihm verurteilt zu werden kann unmöglich schlimmer sein als das hier.

»Weil ich nicht glaube, dass sie tot ist«, bringe ich quietschend hervor.

Er schweigt. Bestimmt wird er gleich sagen, dass ich unter Wahnvorstellungen leide, dass ich einfach traurig und einsam bin und mir Sachen ausdenke. Dann blickt er sich um, wie um zu überprüfen, ob uns jemand beobachtet, geht auf die Beifahrerseite und steigt ein. Genau wie Trixie damals. Uneingeladen. Er beugt sich über die Konsole, und die Haare fallen ihm in die Augen.

»Okay«, sagt er, seine Stimme beinahe ein Flüstern, und er legt die Hände aneinander, als würde er beten. »Wenn sie nicht tot ist, wo in aller Welt ist sie dann?«

13

In der zehnten Klasse warst du noch nicht Teil meines Lebens. Ich bin wahrscheinlich unzählige Male an dir vorbeigegangen, aber ich habe dich nicht ein einziges Mal bemerkt.

Am ersten Tag der zehnten Klasse, bevor ich überhaupt wusste, dass es Trixie gab, suchte ich nicht nach einem Mädchen, das angeblich tot ist. Ich hielt nach Jenny und Alison Ausschau, mit denen ich draußen vor der Schule verabredet war. Wir wollten an dem Tag nicht in der Cafeteria essen. Wir wollten feiern, dass wir nicht mehr zur untersten Klassenstufe gehörten – dass wir in der Highschool-Nahrungskette aufgestiegen waren –, indem wir außerhalb der Schule Mittag aßen. Da keine von uns einen Führerschein hatte, war der Plan, zu einem kleinen Laden in der Nähe vom Strand zu gehen, von dem Jenny sagte, dass es dort guten Taco-Salat gäbe.

Während ich auf die beiden wartete, ärgerte ich mich ein bisschen darüber, dass immer ich warten musste, nie sie, und dass ich andauernd das Gefühl hatte, die beiden seien enger miteinander befreundet als mit mir. Aber es war okay, wir waren in der Zehnten, wir würden außerhalb des Schulgeländes Mittag essen, und als mir der Wind im

Nacken durch die Haare fuhr, fühlte ich mich irgendwie frei.

»Gehst du zum Essen nach Hause?« Auf einmal tauchte Beau hinter mir auf und legte mir eine Hand auf die Schulter. Er fand immer einen Anlass, mich zu berühren, aber wenn ich später allein zu Hause war, fragte ich mich jedes Mal, ob es wirklich passiert war oder ich es mir nur eingebildet hatte. »Ich setze mich dort drüben auf eine Bank, falls du dich dazusetzen magst.«

Beau brachte sich sein eigenes Essen mit zur Schule, was irgendwie liebenswert war. Seine Mutter packte ihm und Toby jeden Tag eine braune Papiertüte mit einem Truthahn-Sandwich, einem Joghurt, einem Apfel und einer kleinen Tüte Salzbrezeln. Manchmal war auch noch ein Stück Dattelkuchen dabei, wenn sie am Wochenende gebacken hatte. Ich wollte lieber nicht darüber nachdenken, was es bedeutete, dass ich Beaus Mittagessen auswendig kannte.

»Okay«, sagte ich. Vielleicht sollte ich die Verabredung mit Jenny und Alison einfach sausen lassen. Würde es ihnen etwas ausmachen, wenn ich nicht mitkäme? Wir würden, während wir auf unsere Taco-Salate warteten – ich bestellte letztendlich immer, was sie bestellten –, ohnehin wieder über dasselbe reden wie immer. Alison würde von einer neuen Diät erzählen, die sie gerade ausprobierte, oder einem Shampoo, das sie benutzte, und Jenny würde über irgendeinen Jungen reden, in den sie seit Neuestem verliebt war. Ich würde zuhören und Ratschläge geben, denn das war meine Rolle.

»Super«, sagte er. »Vielleicht können wir ...«

Aber ich bekam nie zu hören, was er vorschlagen wollte, denn Jenny wählte genau den Moment, um heranzuhopsen, und Alison trottete auf ihr Handy starrend hinterher.

»Hey, können wir los? Ich darf zur Fünften nicht zu spät kommen!« Jenny packte mich an der Hand und zog mich hinter sich her, als hätten sie die ganze Zeit auf mich gewartet und nicht umgekehrt.

Ich hätte ihnen sagen sollen, ich habs mir anders überlegt, dass ich dableiben und mit Beau zusammen Mittag essen würde. Aber aus irgendeinem Grund tat ich es nicht. Ich dachte, Beau könnte vielleicht zu viel hineininterpretieren, wenn ich meine Freundinnen für ihn versetzte. Jenny und Alison würden definitiv zu viel hineininterpretieren. Ich hatte ihnen noch nicht erzählt, was ich für ihn empfand, ich konnte es mir ja kaum selbst eingestehen.

»Kein Problem«, sagte Beau. »Dann nächstes Mal.«

Aber es gab kein nächstes Mal. Es gab immer irgendetwas anderes, jemand anderes, einen anderen Plan. Ich frage mich noch heute, wie alles gelaufen wäre, hätte ich mich geweigert mitzugehen.

14

Ob die beiden, wenn sie unter sich waren, Händchen gehalten haben? Ob sie sich hinter verschlossenen Türen verhalten haben wie ein Paar? Ob Jasper es jemals satthatte, dass Trixie in der Öffentlichkeit so tat, als gäbe es ihn nicht? Ob sie in den Mittagspausen, in denen Trixie nicht auftauchte, zusammen zu ihm nach Hause gegangen waren? Ob sie sich freute, Jasper zu sehen, so wie ich mich freute, Beau bei einer Party oder einem Spiel zu sehen?

Es fühlt sich komisch an, als ich bei Jasper zu Hause mit ihm die Treppe zu seinem Zimmer hinaufgehe. Es ist das erste Mal überhaupt, dass ich mit einem Jungen zusammen in sein Zimmer gehe. Es kommt mir falsch vor, dass es ausgerechnet mit diesem Jungen ist, als würde ich Trixie betrügen und damit davonkommen.

Jaspers Zimmer sieht kaum bewohnt aus. Ein schmales Bett, dunkelblaue Wände, schlichte schwarze Vorhänge. Ein Tisch mit nichts weiter als einem Laptop darauf. Es gibt keine Sitzgelegenheit außer seinem Bett, also bleibe ich stehen.

»Okay, das ist interessant«, sagt er, setzt sich auf die Bettkante und legt die Handflächen aneinander. »Du glaubst nicht, dass sie gestorben ist. Aber jemand hat gesehen, dass sie ins Wasser gegangen ist. Und es gab ein Begräbnis.«

»Ohne Leichnam«, sage ich so schnell, dass ich mich beinahe verhaspele. »Ich glaube, sie will, dass alle sie für tot halten. Aber das ist sie nicht. Ich weiß, dass sie es nicht ist. Und du bist der Einzige außer mir, der sie wirklich kennt, von daher brauche ich deine Hilfe.«

Er lehnt sich auf dem Bett zurück. Trixie war bestimmt ein Dutzend Mal in diesem Bett, aber eigentlich wirkt es zu klein für zwei.

»Jemand hat sie gesehen«, sagt er und tippt mit dem Hinterkopf leicht gegen die Wand. »Der Mann hat sie reingehen sehen. Das kannst du nicht widerlegen. Und du weißt bestimmt, dass sie nicht schwimmen konnte.«

Ich beiße mir auf die Wange und korrigiere ihn in Gedanken. Nicht schwimmen *kann*, Präsens. Das weiß ich. Trixie und ich waren im Sommer oft am Strand, aber sie ist nie ins Meer gegangen. Ich war froh, dass sie nicht schwimmen konnte, weil das hieß, dass auch ich keinen Badeanzug anziehen und ins Wasser gehen musste.

»Das klingt vielleicht verrückt«, sage ich langsam und wäge meine Worte genau ab. »Aber findest du nicht, seine Geschichte ist ein bisschen zu perfekt? Er war einfach da und hat zugesehen, wie sie ins Wasser gegangen ist, ohne zu versuchen, sie aufzuhalten? Und ohne die Polizei zu rufen?«

»Er hat gesagt, er hat versucht, die Polizei zu rufen«, erwidert Jasper. »Von einem Münztelefon aus. Aber es hat nicht funktioniert, weil die Leitung durchtrennt war.«

Offensichtlich kennt Jasper die ganzen Zeitungsartikel auswendig, genau wie ich. »Eben. Zu perfekt.«

Jasper starrt an die Decke. Ich folge seinem Blick und sehe, dass er dort diese kleinen, im Dunkeln leuchtenden Plastiksterne kleben hat. Irgendwie kommen sie mir fehl am Platz vor.

»Das finde ich nicht überzeugend«, sagt er. »Ich meine, ich will auch nicht, dass sie tot ist. Ich vermisse sie genauso. Aber ich habe es kommen sehen.« Er senkt die Stimme. »Sie hatte diese Narben. Sie hat nie darüber gesprochen. Aber ich hab sie gesehen, weißt du?«

Ich nicke. Ich weiß. Ich wünschte, ich hätte sie nach den Narben gefragt, als ich es noch konnte. Ich wünschte, sie hätte mir an jenem Tag bei ihr im Garten zu Ende erzählen können, was sie mir sagen wollte, bevor ihr Dad auftauchte.

»Außerdem wissen wir, dass der Typ am Strand sie gesehen hat«, fährt Jasper fort. »Er hat sie perfekt beschreiben können.«

»Zu perfekt«, sage ich, ehe ich mich zurückhalten kann. »Bis zu den weißen Ziernähten an ihrem Rucksack.«

»Na und?«, entgegnet Jasper. »Er konnte vielleicht nicht anders. Man vergisst das nicht so schnell, wenn man jemanden sterben sieht. Das wird zu einem der entscheidendsten Momente in deinem Leben.«

So langsam geht er mir mit seinem Gerede auf die Nerven. Er ist wie ein Zauberwürfel. Total unverständlich.

»Okay, wenn er wirklich am Strand war, wie soll er dann die Nähte an ihrem Rucksack gesehen haben? Er war nah genug, das zu sehen, aber konnte sie nicht aufhalten?«

Jasper verdreht die Augen. »Ich weiß es nicht, Fiona. Was willst du damit sagen? Dass er sich das ausgedacht hat und sie in Wahrheit entführt und an Menschenhändler verkauft hat, oder was?«

»Nein. Nur, dass er genau wusste, was er zu sagen hatte.«

Jasper verschränkt die Arme und seufzt. »Ich kapiers nicht.«

Ich räuspere mich, bevor ich kneifen und es zurücknehmen kann.

»Er wusste genau, was er sagen musste. Als hätte es ihm jemand diktiert.«

15

Jasper wäre nie dein Freund geworden. Aber du hattest gern Sex mit ihm.

»Das ist so eine Freundschaft plus«, erklärte mir Trixie eines Tages in der Mittagspause, während wir uns in meinem Auto eine fettige Pizza teilten. »Du bekommst die ganzen guten Seiten und nichts von dem Mist.«

Seltsam. Es ging hier um denselben Typen, der der Grund dafür war, dass wir uns überhaupt kennengelernt hatten – dass Trixie an jenem Tag in mein Auto gesprungen war. Er war derjenige, vor dem sie weggelaufen war. Und jetzt schrieb sie ihm, um sich mit ihm zu verabreden.

»Entspann dich«, sagte sie und wischte sich mit der Serviette den Mund ab. »Das ist keine große Sache. Hast du noch nie einfach nur Sex mit jemandem gehabt?«

Ich dachte an die Party nach dem letzten Football-Spiel in der zehnten Klasse. An den Becher kaltes Bier in meiner Hand und mein am Rücken klebendes Shirt. An Beaus Arm um meine Schultern, während er sich zu mir vorbeugte. Seine Finger, die meine Taille emporwanderten, bevor wir davon unterbrochen wurden, dass der blöde Rasensprenger auf einmal anging. Die eine Minute meines Lebens, als alles perfekt und voller Möglichkeiten war. Damals, als Beau noch einen Bruder hatte und Jenny und ich wie Schwestern waren und die elfte Klasse einfach das Größte werden würde.

»Nein«, sagte ich, nahm noch ein Stück Pizza und stopfte es mir in den Mund. Der Käse war schon hart, und vom Geruch der Salami wurde mir übel, aber ich aß trotzdem weiter. Besser, ich hatte den Mund voll. Besser, Trixie übernahm das Reden.

»Ach, komm«, sagte sie. »Willst du mir ernsthaft erzählen, du hast noch nie mit einem Typen rumgemacht? Du bist umwerfend. Ich wette, wenn die Jungs dir in diese großen grünen Augen sehen, verlieben sie sich sofort.«

Ich schluckte ein riesiges Stück Rand herunter, und die spitze Ecke bohrte sich mir in den Hals. Ich wollte ihr nicht von Beau erzählen. Nicht nach dem, was passiert war, als ich es Jenny anvertraut und das Wort *verliebt* verwendet hatte. Danach war alles in die Brüche gegangen.

»Du kannst es mir ruhig erzählen«, sagte Trixie und sog Cola durch den zerkauten Strohhalm.

Und dann erzählte ich es ihr. Ich starrte auf die Fettflecken auf meiner Serviette und sprach von Beau, auch wenn die Worte eigentlich nicht herauswollten. Sie klebten mir wie der Pizzakäse am Gaumen fest.

Als ich fertig war, aß ich noch ein Stück Pizza. Weil immer noch welche übrig war, und weil niemand mitzählte. Jenny, die sich ständig in die Haut an ihrem Bauch kniff, war nicht da, und Alison gab auch nicht die Kalorien in diese bescheuerte App ein, die ihr sagte, was sie essen und was sie nicht essen sollte. Mom wachte nicht über mich. Es war bloß Trixie, und ich wusste, dass sie nicht über mich urteilen würde.

Ich wartete, dass sie etwas sagte. Doch sie saß nur da, kaute auf ihrem Strohhalm und war völlig unbeeindruckt von meinem Geständnis.

Schließlich sagte sie etwas, womit ich nicht gerechnet hatte. »Warum magst du ihn? Warum ausgerechnet er?«

Ich wusste nicht, wie ich darauf antworten sollte. Die Gründe klangen albern in meinem Kopf, doch dann sprudelten sie einfach aus mir heraus. »Wenn er mich anlächelt, fühlt es sich an, als würde das Lächeln etwas sagen, was niemand sonst hören kann. Er hat für alles die perfekten Worte, und darunter liegt noch mal eine ganz andere Bedeutung. Als hätten wir unsere eigene Sprache. Als würde er mir noch viel mehr mitteilen wollen.« Ich wurde rot. »Hast du so was noch nie erlebt?«

»Nein.«

Ich senkte den Blick, ich schämte mich unendlich. Alles, was ich ihr gerade erzählt hatte, fiel mit dieser einen Silbe auseinander.

»Beau ist ein Loser.« Ihre Stimme war kalt und ausdruckslos. »Wir müssen wen Besseres für dich finden.«

Ich wollte ihn verteidigen. Ihr sagen, dass sie sich irrte. Beau war kein Loser. Klar, es gab Gerüchte, wie fertig er jetzt war. Gerüchte über sein Trinkverhalten. Und jedes Mal, wenn ich ihn ansah, guckte er weg. Aber Toby war schließlich gerade erst zwei Monate nicht mehr da, was erwarteten denn alle?

Später war es, als hätte das Gespräch nie stattgefunden. Als ich Trixie nach der Schule wiedertraf, waren ihre Worte süß und überschäumend.

»Versprich mir eins«, sagte sie, als wir losfuhren. »Versprich mir, dass wir nie wegen einem Typen unsere Freundschaft beenden, okay?«

Ich nickte. Sie wusste gar nicht, wie dringend ich dieses Versprechen hören musste.

Vielleicht hatte sie zu diesem Zeitpunkt sogar vor, es zu halten.

16

Auf der Fahrt nach Hause mache ich mich auf eine Strafpredigt gefasst. Wahrscheinlich hat Dr. Rosenthal längst bei uns angerufen, und Mom musste erfahren, dass ich den Termin, den sie extra für mich vereinbart hatte, nicht wahrgenommen habe. Auf meinem Handy sehe ich einen verpassten Anruf von Mom und eine neue Sprachnachricht. Ich will sie nicht abhören, denn ich weiß, dass Mom entweder sauer oder besorgt ist, und ich kann mich nicht entscheiden, was von beidem schlimmer wäre.

Aber Moms Auto steht nicht in der Einfahrt, sie ist noch nicht zu Hause. Das grüne Licht am Anrufbeantworter blinkt, und ich drücke auf die Wiedergabetaste.

»Guten Tag, Ms Fontaine. Hier ist Gloria, Dr. Rosenthals Sprechstundenhilfe. Fiona ist zu ihrem Termin heute um halb vier nicht erschienen, und wir wollten nur sichergehen, dass alles in Ordnung ist. Rufen Sie uns gern zurück …«

Ich lösche die Nachricht, bevor ich sie ganz abgehört habe, froh, dass Gloria auf dem Festnetz angerufen hat statt auf Moms Handy. So einfach ist es, Beweise loszuwerden. Dann höre ich die Nachricht auf meiner Mailbox ab. Mom hat bloß irgendein Problem im Büro und wird zum Abendessen nicht zu Hause sein.

»Im Kühlschrank ist Salat«, sagt sie. »Ich liebe dich.«

Doch der Gedanke an Salat verursacht mir Übelkeit. Früher habe ich jeden Tag mittags Salat gegessen. Ich habe ihn runtergewürgt, weil es von mir erwartet wurde, weil Jenny und Alison nichts anderes als Salat aßen und ich unbedingt zu ihnen gehören wollte, genauso wie ich unbedingt in meine Cheerleader-Uniform passen wollte. Die beiden behaupteten, Salat zu mögen, aber ich hatte danach immer noch mehr Hunger.

Als ich oben in meinem Zimmer ankomme, bin ich so erschöpft, dass ich mich einfach nur aufs Bett fallen lassen und den heutigen Tag vergessen will. Ich will meinen seltsamen Nachmittag mit Jasper vergessen und dass er mich für verrückt hält. Ich will die Schule vergessen, die Durchsagen und was Jenny und Alison auf der Toilette über mich gesagt haben. Ich will die auf mich gerichteten Blicke vergessen, die Blicke auf das Mädchen, das seine einzige Freundin verloren hat. Ich lasse mich auf mein Kissen plumpsen, schließe die Augen, und mir wird schwindelig. Dann vibriert mein Handy, und ich öffne ein Auge und tippe auf den Bildschirm.

Als ich sehe, von wem die Nachricht ist, setze ich mich abrupt auf.

Ich weiß, bei dir ist gerade ne Menge los, tut mir leid, dich zu nerven. Ich will nur sichergehen, dass du niemandem davon erzählt hast.

Bevor ich die erste Nachricht zu Ende gelesen habe, kommt noch eine zweite.

Und du es niemandem erzählen wirst.

Mein Kopf dröhnt. Die ganzen Details fallen mir wieder ein, die Details, an die ich mich gar nicht erinnern sollte. Die kalten Fliesen und klammen Hände und der in meinem Hals aufsteigende Tequila. All die Gerüche, Schweiß und Gras und verschüttetes Bier, die sich zu einem unverwechselbaren Party-Geruch vermischen.

Ich antworte nicht sofort. Ein Teil von mir genießt das Gefühl von Macht. Ich habe keine Kontrolle über Trixie oder meinen Körper oder meine ehemaligen Freundinnen, aber hierüber habe ich die Kontrolle. Ich könnte einen Schalter umlegen und jemandes Leben in die Luft jagen.

Aber das Gefühl von Macht vergeht schnell, als mir die Realität bewusst wird:

Wer würde mir denn schon glauben?

17

Nachdem ich erfahren hatte, dass du vermisst wirst, habe ich dich sofort auf dem Handy angerufen. Ich habe damit gerechnet, dass du rangehen und genervt klingen würdest, weil ich dich beim Ausschlafen deines Rauschs störe. Aber du bist nicht rangegangen.

Meine Finger fühlten sich zu groß an, als ich auf den Handybildschirm tippte, auf dem meine Fingerspitzen nasse Flecken hinterließen. Das Display war gesprungen, und ich fragte mich, ob das auf der Party passiert war. Ich glaube, an dem Abend sind eine Menge Dinge kaputtgegangen.

Es klingelte und klingelte und klingelte. Trixie hatte nie ihre Voicemail eingerichtet, weil sie meinte, wenn die Leute sie unbedingt erreichen wollten, würden sie es noch mal probieren. Wahrscheinlich hatte sie recht, denn ich versuchte es noch mal. Ich versuchte es siebzehn Mal an dem Tag, und es klingelte und klingelte und klingelte.

Dann hatte ich eine Idee. Ich wusste, dass sie mit ihrem Handy praktisch verwachsen war, und da sie keinen Facebook- oder Instagram- oder irgendeinen anderen Social-Media-Account mehr hatte, schrieb ich ihr eine E-Mail und eine SMS.

Du machst mir Angst. Komm bitte, bitte nach Hause. Ernsthaft. Du hast gewonnen, alle drehen durch. Komm schon. Trixie, wo bist du?

Sie antwortete nicht. Ich guckte alle fünf Sekunden auf mein Handy, und als es schließlich ein Geräusch von sich gab, erschrak ich, weil es nicht sie war, sondern jemand anders, jemand, der auf mich zählte.

Hey. Haben sie sie schon gefunden? Wie kommst du damit zurecht?

Nein

schrieb ich. Einfach nur *Nein.* Den Rest beantwortete ich nicht, ich konnte es nicht. *Wie kommst du damit zurecht?* klingt nach etwas, was man sagt, nachdem jemand gestorben ist.

Meinst du, irgendwer weiß es?

Wenn es jemand wüsste, würden sie nicht mehr nach ihr suchen. Dann wäre die Polizei nicht involviert.

Die nächste Nachricht machte mich glücklich und traurig und wütend, und ich war aufgeregt, und mir war schlecht, alles zugleich, ein ganzes Kaleidoskop an Farben.

Nein, glaubst du, irgendwer weiß, was wir gemacht haben?

Ich zögerte, bevor ich antwortete. Ich tippte *Wäre das so schlimm?* Dann löschte ich es wieder, denn ich hätte die Antwort nicht ertragen.

Nein

schrieb ich stattdessen. Ein Wort, vier Buchstaben.

Und es wird auch nie jemand erfahren.

18

Aus der Sicherheit meines Autos beobachte ich die Cheerleading-Tryouts. Jenny und Alison sind natürlich da, zusammen mit lauter Möchtegern-Cheerleaderinnen. Alle Mädchen wollen die roten Farben der Robson High tragen und in die Luft geworfen werden. Alle Mädchen wollen Flyer sein, denn die Flyer ernten den ganzen Ruhm.

Mom sagt ständig, ich solle versuchen, mich mit Jenny wieder anzufreunden, dass sie eine gute Freundin war. Mom versteht nicht, warum wir nicht mehr befreundet sind. Ich habe nie versucht, es ihr zu erklären, weil ich genau weiß, was sie sagen würde. *Jungs sind es nicht wert, sich wegen ihnen zu streiten. Ihr dürft keinen Jungen zwischen euch kommen lassen.* Und sie irrt sich, sie irrt sich total. Jenny und Alison und ich haben uns früher über solche Mädchen lustig gemacht, die sich von Jungen die Freundschaft ruinieren ließen. Damals dachten wir noch, ein Junge könnte nie wichtig genug sein, irgendetwas zwischen uns zu verändern.

Als ich die neuen Bases sehe, rutsche ich unruhig auf dem Autositz umher. Sie sind solide, kompakt. Ich versuche, mir mich selbst vor einem Jahr in derselben Position vorzustellen, und meine Beine schmerzen allein beim Gedanken daran. Es gab eine Zeit, da hielt ich mich für unentbehrlich, ich war diejenige, die alle oben hielt, die mit den Füßen fest am Boden. Aber das war dumm. Auf dem Platz sind zehn andere Mädchen, die genauso gut sind, wie ich es war, besser sogar.

Auf einmal klopft jemand ans Fenster, und als ich mich umblicke, steht Jasper da, den Kopf fragend auf die Seite gelegt. Ich zögere kurz, dann lasse ich das Fenster runter.

»Verfolgst du jetzt mich?«, frage ich, und meine Stimme ist unnatürlich hoch.

»Ich hab noch mal drüber nachgedacht«, sagt er. »Ich glaube, du hast recht. Und ich will dir helfen, sie zu finden.«

Wir schenken uns die Gedenkfeier in der Schule am nächsten Tag. Es würde ohnehin keinen Unterschied machen hinzugehen. Für Toby Hunter gab es letztes Jahr auch so eine Feier, und da haben die Leute alle nur geweint. Das ganze Weinen, in derselben miefigen Turnhalle, in der ich schon an tausend Cheerleader-Trainings teilgenommen habe, soll irgendwie therapeutisch sein oder so. Direx Shepherd will garantiert, dass wir das glauben. Und nach der Gedenkfeier wird dann ein Foto von ihr an die Wand der toten Schülerinnen und Schüler gehängt. Neben die Fotos von Toby und den paar anderen Leuten von vor meiner Zeit.

Es ist seltsam, mit Jasper allein zu sein, draußen sogar noch seltsamer als neulich in seinem Zimmer. Trixie war immer zwischen uns, die Wand in der Mitte. Ich hatte nie einen Grund, mit ihm zu reden, und er umgekehrt genauso wenig.

»Ich finde, wir sollten mit ihm sprechen«, sage ich, während wir über den Parkplatz gehen. »Mit dem Mann vom Strand. Vielleicht erzählt er uns etwas, was er der Polizei nicht gesagt hat.«

Der Mann vom Strand. Er hat einen Namen – Byron St. James, ein Name, der an Treuhandfonds und eine große Villa am Stadtrand denken lässt. Doch in den Interviews wirkte er schmutzig und ungepflegt. Er wurde als »langjähriger Einwohner von Morrison Beach« bezeichnet, was in meinen Ohren wie ein Euphemismus klang, bestimmt lebt er am Strand.

»Das ist keine gute Idee«, sagt Jasper. »Ich hatte eher daran gedacht, in der Bibliothek zu recherchieren.«

»Recherchieren? Was denn? Das kommt mir nicht besonders zielführend vor. Das hier ist kein Schulprojekt.«

Jasper sagt nichts, sondern gibt nur ein Grunzen von sich. Sobald wir in meinem Auto sitzen, reibt er sich kopfschüttelnd die Augen. Mir fällt zum ersten Mal auf, wie rot seine Augen sind, und ich frage mich, ob er geweint hat. Oder nicht schlafen kann. Oder beides.

»Keine Ahnung. Gründe, warum Leute verschwinden, vielleicht. Ausstiegsstrategien. Du warst da, oder? Auf der Party? Hat sie etwas zu dir gesagt? Irgendwas Merkwürdiges? Du hast sie als Letzte gesehen.«

Ich höre ihre Stimme in meinem Kopf, so laut, als wäre sie hier. *Was soll ich nur mit dir machen?* »Nein«, sage ich schnell.

»Aber du bist mit ihr gegangen, oder? Ich meine, hat sie irgendwas anderes gesagt, als dass sie nach Hause wollte?«

Es ist, als wüsste er bereits, dass wir nicht zusammen gegangen sind, auch wenn das nicht möglich ist. »Die Polizei hat mich das alles schon gefragt. Wir sind zusammen gegangen.«

Die Lüge fällt mir überhaupt nicht schwer. Vielleicht sollte ich entsetzt darüber sein, wie leicht sie mir über die Lippen kommt, wie wahr sie klingt. Wenn ich sie oft genug erzähle, könnte ich sogar anfangen, sie selbst zu glauben. Ich frage mich, ob ich schon immer so gut lügen konnte und es bisher einfach nicht wusste, oder ob ich nur so gut lügen kann, wenn es darum geht, jemanden zu schützen.

»Okay«, sagt er und reibt sich die Stirn. »Ich versuche bloß, ihre Schritte nachzuvollziehen. Wie wenn man etwas verliert und versucht, sich zu erinnern, wo man an dem Tag überall gewesen ist.«

»Genau das werden wir tun.« Ich lege den Rückwärtsgang ein und fahre aus der Parklücke.

Als wir das Schulgelände verlassen, sehe ich auf dem Besucherparkplatz davor ein mir vertrautes Fahrzeug stehen. Es ist ein alter Kombi mit Holzverkleidung und Heckaufklebern mit Slogans wie I LOVE SURFING und BEACH LIFE. Der Mann hinterm Steuer sitzt vornübergebeugt und schluchzt in seinen Arm, und ich bin hin- und hergerissen, ob ich auf die Bremse treten oder Gas geben soll.

Trixies Dad.

Jasper sieht ihn auch. Er drückt sich gegen den Sitz, und dann beugt er sich vor und vergräbt den Kopf in seinem Schoß.

»Fahr einfach«, sagt er mit flehentlicher Stimme. »So

hab ich es mir nicht vorgestellt, Trixies Dad kennenzulernen.«

Fahr einfach. Das waren die ersten Worte, die sie zu mir gesagt hat. Und ich fahre, genau wie ich es damals getan habe.

Meine Hände zittern, als ich rechts auf die Straße abbiege. »Bist du ihm nie begegnet? Warst du nicht ständig bei ihr zu Hause?«

Jasper lässt sein Fenster herunter, und der Wind bläst ihm die Haare von der Stirn. »Sie ist immer zu mir gekommen, nicht andersrum. Er hatte wahrscheinlich keine Ahnung, dass es mich überhaupt gab. Ich hab sie ja nie abgeholt, um mit ihr auszugehen oder so.«

»Warum nicht?«

»Wir waren Freunde, die ab und zu Sex hatten. Nichts weiter. Keiner von uns beiden wollte mehr, als der andere zu geben bereit war.« Er trommelt mit den Fingern auf seinem Knie.

Ich bin mir nicht sicher, ob er die Wahrheit sagt. Ich weiß, wie viel ihm Trixie bedeutet hat – immer noch bedeutet. Er hat ihr oft kleine Nachrichten geschrieben und sie in unseren Spind gesteckt. Das klingt nicht gerade nach etwas, was man in einer Freundschaft plus macht.

Ich denke daran, was sie gesagt hat, als wir uns zum ersten Mal trafen. *Ich hatte was mit meinem Laborpartner.* Ich denke daran, dass Jasper derjenige war, vor dem sie weggelaufen ist. Sie hat erwähnt, dass er in sie verliebt war, dass seine Gefühle stärker waren, als ihre jemals sein würden. Es klang so, als wäre die Sache zwischen ihnen zu ernst geworden, als hätte er mehr gewollt. Vielleicht hat sie Angst davor gehabt.

»Du verstehst das sicher«, sagt er. »Du hast sie ja auch gekannt.«

Ich kannte sie und ich wusste, wo mein Platz war. Auf einmal frage ich mich, ob sie mich nur deswegen mochte, weil ich mich nicht vom Fleck gerührt habe, weil ich nur dann sprang, wenn sie es wollte, und auf Befehl still saß. Vielleicht war Jasper nicht so gut darin gewesen, auf Befehl still zu sitzen.

»Wie habt ihr euch kennengelernt?«, frage ich, um das Thema zu wechseln, denn so über unsere Freundschaft zu denken, gibt mir das Gefühl, als hätte ich alles, was vorher war, für nichts aufgegeben.

»Hat sie dir das nie erzählt? Aber klar. Niemand konnte ein Geheimnis so gut bewahren wie sie.«

»Wir haben einfach nie über solche Sachen geredet.« Ich weiß nicht, warum ich sie verteidige, zumal sie überhaupt nicht da ist und gar nicht hört, wie ich für sie lüge.

»Natürlich nicht.« Er verschränkt die Hände im Schoß. »Das machen doch alle Mädchen. Wie auch immer, wir haben uns im Unterricht kennengelernt. Ich war in der Neunten und sie ein Jahrgang darüber. Ich war fasziniert von ihr. Und sie bemerkte mich überhaupt nicht.« Er lacht, aber es ist kein amüsiertes Lachen, sondern ein trauriges. Jede seiner Silben klingt dick und schwer. »Sie war wegen einem gemeinsamen Projekt bei mir zu Hause, und es war offensichtlich, dass sie sich unwohl fühlte. Wie ein Vogel im Käfig, der nach einer Möglichkeit zu entkommen sucht.«

Ich warte, dass er fortfährt, aber er sieht bloß auf seine Hände. Seine Fingernägel sind schwarz lackiert, schwarz wie der Rest seines Outfits.

»Aber dann ist sie eines Nachts zu mir gekommen«, sagt Jasper schließlich. »Sie ist um zwei Uhr morgens durchs Fenster gestiegen. Und mein Zimmer ist im ersten Stock. Sie muss einen Baum hochgeklettert sein, um reinzukommen. Die romantischste Geste überhaupt.« Er seufzt. »Wie auch immer. Ich hätte ihr Fragen stellen sollen. Ich hätte ihr ne Abfuhr erteilen sollen.«

»Hast du aber nicht.«

Er schüttelt den Kopf. »Es ist wieder und wieder passiert. Meistens hat sie es angefangen. Irgendwie wusste sie immer, wo sie mich findet.«

Ich denke an die Male zurück, als Trixie in der Mittagspause nicht da war und ich allein in meinem Auto Mittag gegessen habe, in der Hoffnung, sie würde noch auftauchen. Ich habe nie gedacht, dass unser Verhältnis aus einem bestimmten Grund so unausgewogen war.

»Wann hat das aufgehört?«, frage ich, denn auf einmal erscheint mir das wichtig. »Wann ist sie das letzte Mal zu dir gekommen?«

Er beugt sich vor, und aus den Augenwinkeln sehe ich, wie er sich mit dem Daumen über den Unterkiefer fährt. Ich stelle mir vor, wie Trixie genau das getan hat, sein Gesicht berührt hat, seine Umrisse nachgezeichnet hat wie auf einer Karte.

»Das letzte Mal war am Tag ihrer Abschlussfeier«, sagt er. »Sie hatte mir gesagt, dass sie nur zwei Eintrittskarten hat und ich nicht mitkommen kann. Nicht, dass ich es gewollt hätte. Das ist nur was für Leute, die richtig zusammen sind.« Er sagt es, als wäre das etwas Schlimmes.

Zwei Eintrittskarten. Ihr Dad und ich hatten beide eine bekommen und in der heißen Aula nebeneinandergesessen.

»Wie auch immer, abends ist sie dann zu mir gekommen, als wäre nichts gewesen. Aber ich hatte keine Lust auf sie, und wir haben uns gestritten.«

»Wie, und das wars?«

»Ja, sie hat einfach nicht mehr auf meine Nachrichten reagiert. Ich habe sie nur einmal gesehen, als sie im Restaurant gerade Mittagspause hatte. Ich stand draußen, aber sie wollte nicht mit mir reden, also nahm ich an, dass die Zeiten, in denen sie bei mir durchs Fenster gestiegen ist, vorbei waren.« Jaspers Stimme klingt verbittert.

Ich umklammere das Lenkrad fester, Panik steigt in mir auf. »Das kann nicht sein«, sage ich, doch selbst als ich die Worte ausspreche, weiß ich, dass es sehr wohl sein kann. So leicht hat sie mich anlügen können. So leicht habe ich mir etwas vormachen und mich in die Irre führen lassen.

»Es ist die Wahrheit«, sagt er ausdruckslos. »Ich weiß nicht, was ich dir sonst erzählen soll.«

»Aber sie war dauernd mit ihrem Handy beschäftigt, den ganzen Sommer über. Sie hat sich ständig mit jemandem geschrieben.«

Er lehnt sich zurück und presst die Stirn gegen das Fenster. »Und wieso glaubst du, dass ich es war?«

»Weil sie es gesagt hat.« Plötzlich komme ich mir vor

wie eine absolute Idiotin, ich fühle mich total verarscht. Ich hatte ihr jedes einzelne Wort geglaubt. Wahrscheinlich hätte ich ihr sogar geglaubt, wenn sie mir erzählt hätte, dass es den Weihnachtsmann gibt.

»Tja, ich wars aber nicht. Wenn ich eins aus der Zeit mit Trixie gelernt hab, dann, dass sie immer nur das gesagt hat, was man hören sollte. Und kein einziges Wort darüber hinaus.«

Auf einmal wird mir heiß, das Auto ist viel zu klein und eng. Es fährt ein weiterer Passagier mit, der Zweifel verbreitet und Hände voll Unsicherheit austeilt.

Wenn Trixie sich nicht mit Jasper geschrieben hat, heißt das, sie hat sich mit jemand anders geschrieben. Jemandem, der ständig ihr Handy vibrieren ließ wie einen wütenden Käfer in ihrer Hand.

Jemandem, der verdammt viel zu sagen hatte.

19

Du konntest deinen richtigen Namen nicht ausstehen, also hast du ihn genauso behandelt wie alles andere, was du nicht ausstehen konntest. Du hast zugesehen, dass du ihn loswurdest, und dir einen neuen zugelegt.

»Sehe ich etwa aus wie eine Scheiß-Tricia?«, fragte sie, als ich wissen wollte, woher der Name Trixie kam. »Oder eine Patti? Finde ich nicht. Als ich klein war, hat mein Dad immer gesagt, ich hätte ganz schön viele Tricks auf Lager. Er hat mich Tricks genannt. Und ich habe daraus Trixie gemacht.«

»Und damit stand der Spitzname fest«, sagte ich.

Sie schüttelte den Kopf. »Nein, mein Dad war sauer. Er liebte den Namen Patricia. Das war der Name seiner Mom, die gestorben ist, als er noch ein Kind war. Er hat mir nicht erlaubt, meinen Namen offiziell in Trixie zu ändern. Aber das war egal, weil ich auf nichts anderes mehr gehört habe.«

»Cool«, sagte ich. Sie war das genaue Gegenteil von mir. Sie reagierte nur auf das, wie sie genannt werden wollte. Ich reagierte auf alles, egal von wem es kam.

»Könntest du auch machen, weißt du«, sagte sie und zog

am Ende von meinem Pferdeschwanz. »Du kannst sein, wer du willst.«

Was ich wirklich will, ist, du zu sein. Doch das konnte ich ihr nicht sagen.

Die Frage ist: Als sie nicht mehr Trixie Heller sein wollte, in wen hat sie sich da verwandelt?

20

Als wir am Strand ankommen, traue ich mich zuerst gar nicht, aus dem Auto zu steigen, dabei war das hier mein Vorschlag.

»Nur fürs Protokoll: Ich halte es immer noch für eine schlechte Idee«, sagt Jasper und streckt die Arme überm Kopf aus. Sein T-Shirt-Saum rutscht hoch, und zum Vorschein kommt ein Streifen weißer Haut. »Diese Leute sind gefährlich.«

Ich ziehe den Zeitungsartikel aus der Hosentasche, den ich aus unserer Altpapiertonne geangelt habe, kurz bevor die Müllabfuhr kam. Den mit der Überschrift, die ich auswendig kenne:

VERMISSTE SCHÜLERIN DER ROBSON HIGH
HAT SELBSTMORD BEGANGEN

»Ich weiß. Aber wir müssen es versuchen. Ich werde es sonst nicht loslassen können, wenn ich nicht wenigstens jemanden frage.« Von einem unscharfen Foto lächelt Trixie mich an, in der Mitte des Gesichts ist ein Knick. Wo auch immer sie gerade ist – ob sie glaubt, dass ich nach ihr suche?

»Mir ist das echt nicht geheuer«, sagt Jasper, als wir ausgestiegen sind, und greift nach meiner Hand. »Lass uns wenigstens zusammenbleiben.« Seine Hand ist kalt, trotz der Hitze. Es ist das erste Mal, dass ich mit einem Jungen Händchen halte, und ich komme mir erbärmlich vor, überhaupt diesen Gedanken zu haben.

Am Strand von Morrison Beach wimmelt es nur so von Obdachlosen. Sie stehen unterm Pavillon, sitzen im Sand, liegen ausgestreckt unter den Bäumen des Wäldchens, das den Strand von der Straße trennt. In meiner Kindheit waren die Obdachlosen ein großes Thema. Ich weiß noch, wie Mom einmal sagte, wir müssten unsere Stadt aufräumen, wenn wir wollten, dass jemals Touristen kämen, und ich sie fragte, warum Touristen denn so wichtig seien.

Inzwischen hat die Polizei den Versuch wohl aufgegeben, die Obdachlosen vom Strand fernzuhalten. Oder es gibt einen Deal. Ihr macht uns keinen Ärger, und wir machen euch keinen.

Jasper und ich gehen durch den Sand, und auf einmal fällt mir das Atmen schwer. Ich bin nicht mehr hier gewesen, seit sie verschwunden ist, vielleicht ist es noch zu früh. Vielleicht wird es immer zu früh sein. Alles am Strand erinnert mich an sie. Die Stellen, an denen wir auf unseren ausgebreiteten Handtüchern saßen und zusahen, wie der Himmel sich gelb und rosa und dunkelblau verfärbte. Der nasse Sand am Wasser, wo wir eine Sandburg gebaut haben, während uns die Sonne auf den Rücken knallte. Der schattige Fleck hinter der Fish-and-Chips-Bude, wo sie mir gezeigt hat, wie man einen Joint raucht.

Jasper drückt meine Hand, und ich spüre seinen Puls. »Wir können immer noch zurück zum Auto und das Ganze vergessen. Es gibt andere Möglichkeiten, sie zu finden.«

»Nein. Irgendwas ist hier. Ich weiß es einfach.« Ich lüge. Ich bin mir total unsicher, was das hier bringen soll.

Wir gehen an den Obdachlosen vorbei. Ein paar von ihnen sehen zu uns rüber, machen höhnische Geräusche. Die meisten sind mehr oder weniger bewusstlos, manche halten eine Flasche in der Hand. Byron St. James entdecke ich nirgends.

Ich würde ihn sofort erkennen. Er war überall in den Nachrichten und hat seine Geschichte erzählt, davon geredet, dass er helfen wolle, weil er selbst Menschen gekannt habe, die Selbstmord begangen hätten. Den meisten Leuten tat er leid, aber manche sagten auch, er wollte nur seine fünfzehn Minuten Ruhm. Er hatte diese wahnsinnige blonde Matte und sah jünger aus als die meisten von den Typen hier, und er trug immer dieselbe grüne Weste, so eine Schmutz abweisende aus Vinyl.

»Ich finde, wir sollten nach Hause«, murmelt Jasper, den Kopf gesenkt. »Oder in die Bibliothek. Da ist es ruhig und wir können nachdenken.« Seine Hand ist heiß und schwitzig, was bedeutet, dass er entweder nervös ist oder Angst hat. Oder beides.

»Gib mir noch eine Minute.« Ich bleibe stehen und lasse den Blick über die Menschen schweifen. Aber wir sind schon fast bei der mit Graffiti besprühten Betonmauer, die raus zum Highway führt, und er ist nicht hier.

Als ich langsam den Kopf drehe, zieht sich mir die Brust

zusammen. Jasper kneift geblendet von der Sonne die Augen zu und hält immer noch meine Hand. Ein Teil von mir will seine Hand loslassen, aber ein viel stärkerer Teil will sich verzweifelt daran festhalten. Denn da ist jemand, mit dem ich hier absolut nicht gerechnet habe.

Im Sand zwischen den Bäumen sitzt Beau Hunter. Er trinkt aus einer Flasche, dann vollführt er eine Art Handschlag mit einem der Obdachlosen und gibt ihm einen braunen Briefumschlag. Er wird mich und Jasper jeden Moment bemerken, und dann ist alles ruiniert.

»Komm, wir gehen«, sage ich und ziehe Jasper weiter. In der Mauer ist eine Lücke, um die ein Graffito von einem Monster gesprüht ist. Die Lücke ist das Maul des Monsters. Trixie und ich sind hier meistens durchgegangen, statt den weiten Weg außen herum zu nehmen.

Als wir bei der Mauer ankommen, bleibt Jasper wie angewurzelt stehen. Die Lücke ist zu weit entfernt. Ich sehe zu Beau hinüber, er sitzt immer noch im Sand und trinkt aus seiner Flasche. Er hat ein blaues Basecap auf, nicht das, welches er normalerweise zur Schule trägt, sondern das von Alisons Party. Als er es abgenommen hatte, lagen die Haare an seinem Kopf an, und die Spitzen wellten sich in seinem Nacken.

Wenn er mich jetzt sieht, wird er denken, ich wäre ihm an den Strand gefolgt. Er wird sich fragen, wohin ich ihm sonst schon gefolgt bin, mit wem ich alles geredet habe. Es sei denn, er bekommt gar nicht mit, dass ich hier bin. Dann dreht er den Kopf in unsere Richtung.

Ich lehne mich mit dem Rücken an die Mauer und ziehe

Jasper an mich. Beau wird nur seinen Hinterkopf sehen und den schmutzigen Stoff seines Mantels und denken, Jasper wäre ein weiterer Obdachloser.

Ich vergrabe das Gesicht an Jaspers Hals. Er riecht besser, als ich dachte, nach Seife und ein bisschen nach Rasierwasser. Aus irgendeinem Grund vermutete ich immer, wenn ich ihm mit Trixie auf dem Gang begegnete und sie ihm noch nicht einmal zuwinkte, er würde stinken, nach Schweiß und nasser Wolle und Zigaretten. Doch als ich so dicht vor ihm stehe, stelle ich fest, dass er überhaupt nicht raucht.

Und ich weiß nicht warum – vielleicht, weil wir uns nah genug sind, dass wir einander riechen und unsere Herzen schlagen spüren, oder weil das Adrenalin durch unsere Adern strömt –, aber Jasper neigt den Kopf, und unsere Lippen treffen sich, federleicht. Wir sind beide absolut ruhig, halten den Atem an, und ich weiß, ich sollte etwas sagen, *Das ist nicht richtig* oder so, doch als ich den Mund öffne, presse ich die Lippen nur noch fester auf seine. Dann saugt er an meiner Unterlippe, und ich muss unwillkürlich schluchzen. Ich sollte mich von ihm lösen, aber stattdessen lege ich ihm eine Hand in den Nacken und dränge mit der Zunge in seinen Mund. Ich vergesse, dass er er ist und ich ich bin, und es ist, als wären wir aus demselben Grund hier am Strand, aus dem viele andere Leute herkommen. Heimlich mit jemandem rumzuknutschen.

Erst als er mir eine Hand auf die Taille legt, werde ich mir der Realität wieder bewusst, und ich stoße ihn von mir. Ich bin angewidert von mir selbst. Angewidert davon, Trixie so zu hintergehen, auch wenn sie nie richtig mit ihm zusammen war.

»Tut mir leid«, sagen wir beide gleichzeitig. Als ich über seine Schulter blicke, ist Beau nicht mehr da.

21

Ich habe Beau in der Neunten auf einer Party kennengelernt. Ziemlich klischeehaft, ich weiß, deswegen habe ich dir nie davon erzählt. Andererseits hast du auch nie danach gefragt.

Ich war rausgegangen, um frische Luft zu schnappen, und er stand auf der Terrasse und blickte in den Himmel. Sein Adamsapfel stach hervor, und der Kragen seines Poloshirts war weit geöffnet und gab den Blick auf die gebräunte Haut darunter frei. Ich stand einfach nur da und starrte ihn an. Ich wusste nicht, warum ich so gebannt von ihm war. Klar, er war attraktiv mit seinen verstrubbelten Haaren und seiner gepflegten Art, aber es gab Typen, die besser aussahen als er. Und es lag auch nicht an der Unergründlichkeit seiner blauen Augen, sondern vielmehr am absoluten Frieden, den er ausstrahlte und der mir das Gefühl gab, dass alles gut werden würde.

Lange guckte ich ihn so an, dann hob ich den Blick, weil ich wissen wollte, was er sah. Ich rechnete mit etwas Faszinierendem, einem Vollmond oder einer Sternschnuppe, aber da war nur der dunkelblaue Himmel, dasselbe Indigoblau wie von Alisons Skinny Jeans.

Als ich den Blick vom Himmel abwandte, guckte auch

er nicht mehr hoch. Er schaute mich an. »Siehst du ihn auch?«, fragte er.

Ich schüttelte den Kopf. »Wen?«

Er nahm meine Hand, als wäre es das Normalste auf der Welt. »Sieh noch mal hin. Da ist Orion. Ich zeig ihn dir.«

Ich entdeckte ihn immer noch nicht, aber schließlich behauptete ich es, weil ich das Gefühl haben wollte, dass wir beide dasselbe sahen. Und als ich nicht mehr hochguckte, schaute Beau wieder mich an.

Wie ich später erfuhr, war Beau mit Brad Colton befreundet, dem Typen, von dem Alison die ganze Neunte und Zehnte total besessen war. Und so begegnete ich ihm immer öfter. Bei Spielen. Bei Partys. In der Mittagspause in der Cafeteria. Manchmal kaufte er einen Kakao und schenkte ihn mir, weil er wusste, wie sehr ich alles mit Schokolade liebte. Er erinnerte sich an solche Dinge, Kleinigkeiten. Wie er mich zum Lächeln bringen konnte. Wie er mir das Gefühl von Leichtigkeit geben konnte. Mich berühren, ohne offensichtlich zu sein. Er nahm mich auf dem Fahrrad mit, selbst wenn es nicht auf seinem Weg lag, und wenn wir dann bei mir in der Einfahrt standen, wartete ich darauf, dass er sich zu mir vorbeugte und mich küsste. Aber er tat es nie und ich küsste ihn auch nicht.

Jenny und Alison zogen mich damit auf, denn sie wussten, dass er mich mochte und ich ihn. Aber sie wussten nicht, dass ich verliebt war, nicht, bis ich es Jenny an jenem Tag auf der Terrasse erzählte. Verliebt zu sein war so viel mehr.

Er hatte nie eine Freundin. Und ich hatte nie einen

Freund. Ich traute mich nicht, ihn nach einem Date zu fragen, und wartete stattdessen darauf, dass er mich fragte, aber vielleicht wartete er genauso. Ich wurde rot, wenn ich ihn sah, und es war mir peinlich, bis ich bemerkte, dass auch sein Hals rot anlief.

Wir hätten uns damals geküsst, wenn nicht ausgerechnet in dem Moment der Rasensprenger angegangen wäre und uns mit eiskaltem Wasser bespritzt hätte. Vielleicht hatte er es danach nicht noch mal versucht, weil er dasselbe dachte wie ich. Nämlich, dass der Kuss der Anfang von etwas gewesen wäre, wofür damals keiner von uns bereit war. Es wäre nicht nur bei einem Kuss geblieben. Es hätte sich angefühlt, wie in eine bodenlose Tiefe zu fallen, nachdem man das Gleichgewicht verloren hat, und nie wieder Halt zu finden.

Im Sommer nach der Zehnten fragte er mich, ob ich zu Alisons Party kommen würde. Er fragte mich zweimal. Beide Male sagte ich Ja. Doch dann bekam ich in letzter Minute eine Lebensmittelvergiftung. Ich machte mir deswegen keine Sorgen, es würde noch andere Abende mit Beau geben. Tausend andere Abende.

Doch an jenem Abend verschwand Toby, und der Teil von Beau, der mich geliebt hatte, verschwand mit ihm.

22

Schweigend fahren wir zurück zur Schule. Keiner von uns beiden will darüber reden, was passiert ist. Und was nicht passiert ist. Oder was als Nächstes passiert. Ich umklammere das Lenkrad und Jasper sieht aus dem Fenster.

»Vielleicht ist er nicht mehr hier«, sagt Jasper schließlich, und ich höre am gemessenen Ton seiner Worte, dass er sich gut überlegt hat, was er sagt. Er ist das genaue Gegenteil von mir, die ich einfach raushaue, was mir durch den Kopf geht, und es hinterher bereue. »Vielleicht hat er sein Leben wieder auf die Reihe bekommen und ist jetzt woanders.«

»So lange ist es ja noch nicht her. Aber vielleicht ist er tatsächlich nicht mehr hier ... und hat einen Grund, nicht mehr wiederzukommen«, sage ich, auch wenn ich weiß, dass es albern klingt.

»Was meinst du damit?« Jasper wendet sich mir zu.

»Vielleicht hat er die ganze Zeit schon vorgehabt zu verschwinden.«

Jasper presst die Hände gegen das Armaturenbrett. »Ich verstehe nicht, was du damit sagen willst. Er hat sich eines Tages entschieden, Zauberer zu werden und sich in Luft aufzulösen?«

Ich seufze. »Ich weiß, das klingt weit hergeholt, aber was, wenn er absichtlich abgehauen ist? Also, wenn er getan hat, was er tun sollte, und dann abgehauen ist, damit man ihn nicht mehr findet?«

»Oder er ist einfach ein Junkie, der gerade auf irgendeinem Trip ist. Wir können niemanden suchen, der vielleicht obdachlos ist, vielleicht aber auch nicht. Wenn er nicht gefunden werden will, haben wir eh keine Chance. Manche Leute sind ziemlich gut darin, sich zu verstecken, wenn es sein muss.«

Den Rest des Wegs zur Robson High schweigen wir. Über dem Football-Feld dämmert es bereits, und die Tribüne liegt in völliger Dunkelheit. Der Rasen wirkt stachelig, und alles sieht irgendwie hart aus, als wäre es zu scharf gezeichnet worden.

Jasper schnallt sich ab und räuspert sich. »Tut mir leid, dass wir ihn nicht gefunden haben. Aber wenigstens haben wir es versucht.«

Wahrscheinlich denkt er dasselbe wie ich. Dass unsere einzige Spur, die einzige Chance, herauszufinden, wo sie ist, zu nichts geführt hat und wir keinen Plan B haben. Keinen anderen Anhaltspunkt. Keinen anderen Grund für Jasper und mich, weiter Zeit miteinander zu verbringen.

»Ich kann dich noch nach Hause fahren«, sage ich. »Zu Fuß ist es ja ganz schön weit.«

Er schüttelt den Kopf. »Danke. Aber ich laufe gern. Ich kann am besten nachdenken, wenn ich gleichzeitig was anderes mache.«

Keine Ahnung, was ich dachte, was passieren würde. Nur

weil wir in dieser seltsamen Situation zusammen im selben Boot sitzen, wir diese eine Sache gemeinsam haben. Ich fühle mich hin- und hergerissen zwischen dem Verlangen, ihn zu packen und nie mehr loszulassen, und dem Bedürfnis, ihn aus dem Auto zu stoßen und nie mehr wiederzusehen.

Er nimmt mir die Entscheidung ab. Er steigt aus, schließt behutsam die Tür und geht los, ohne sich noch mal umzublicken. Ich sehe ihm hinterher, bis er nur noch ein weiterer harter Schatten in der Dunkelheit ist.

Ich sollte den Motor starten und nach Hause fahren. Mom wundert sich bestimmt schon, wo ich stecke, und ich habe garantiert mehrere verpasste Anrufe von ihr auf dem Handy. Aber ich kann mich nicht überwinden, nach Hause zu fahren. Stattdessen steige ich aus und gehe in die Schule.

Lachen hallt über den Gang. Die meisten Kursräume sind dunkel, aber in der Sporthalle ist Licht an. Wahrscheinlich trainiert das Basketball-Team gerade. Ich frage mich, ob Jenny und Alison da sind. Kurz verspüre ich den Drang, das Gesicht gegen die beschlagene Scheibe zu pressen, um zu gucken, was ich verpasse, was ich aufgegeben habe. Doch ich gehöre nicht mehr dazu. Außerdem gibt es etwas anderes, was ich mir ansehen muss.

Langsam gehe ich zur Aula, wo die Gedenkfeier heute stattgefunden hat. Rechts neben der Tür befindet sich ein Pokalschrank, eine ganze Wand glänzender goldener Erfolge. Und auf der linken Seite, im krassen Gegensatz dazu, die Wand der toten Schülerinnen und Schüler.

Natürlich heißt sie nicht offiziell so. Die Wand heißt *In Memoriam*. Bis letztes Jahr waren alle Fotos daran von Leuten vor meiner Zeit. Die an Krankheiten oder bei tragischen Unfällen ums Leben gekommen sind. Die schon gestorben waren, bevor ich auf die Welt kam. Dann wurde letztes Jahr das Foto von Toby Hunter aufgehängt. Toby mit seinen goldblonden Haaren, den blauen Augen und dem starken Kiefer. Beau so ähnlich und doch ganz anders. Ich habe damals den Text darunter gelesen, und obwohl ich Toby gar nicht gekannt hatte, konnte ich nicht glauben, dass er nicht mehr da war.

TOBIN BARTHOLOMEW HUNTER
3. April 2000 – 31. August 2017

Heute bleibe ich nicht vor Toby stehen. Ich bleibe vor ihr stehen. Ich weiß nicht, was ich erwartet habe. Dass ich traurig bin vielleicht. Wütend. Dass ich mich einsam fühle. Doch stattdessen könnte ich loslachen, weil sie das Foto, das von ihr aufgehängt wurde, total hassen würde. Es ist ihr Jahrbuch-Foto aus der Elften, ein Jahr bevor wir uns kennenlernten. Fürs Jahrbuch der Zwölften wurde sie nicht fotografiert, sie hat den Termin absichtlich verpasst, sodass in dem Jahrbuch bei ihr nur eine schwarze Silhouette vor weißem Hintergrund abgebildet ist.

Trixie in der Elften habe ich nie gekannt. Mit ihren schulterlangen braunen Haaren und übertrieben gezupften Augenbrauen war sie nicht besonders auffällig. Eher unscheinbar. Kein Wunder, dass ich sie in der Schule nie bemerkt hatte, bis sie eines Tages in mein Auto sprang und mir nichts anderes übrig blieb.

PATRICIA ELISE HELLER
4. März 2000 – 13. August 2018

Ich sehe sie an, sehe ihr in die braunen Augen und bitte sie, mir einen Hinweis zu geben. Einen Tipp. Irgendetwas. Ich finde es schrecklich, dass ein blödes Foto, das überhaupt nicht aussieht wie sie, und ein Name, den sie gehasst hat, alles sind, was von ihr übrig ist. Ich finde es schrecklich, davorzustehen. Ich wünschte, ich könnte die Zeit zurückdrehen. Ich wünschte, ich hätte ein Auto mit automatisch verriegelnden Türen, in das niemand einfach so reinspringen kann.

Ich weiß nicht, wie lange ich da stehe. Lange genug, dass meine Füße taub werden. Lange genug, dass ich meinen Herzschlag im Hals irgendwann nicht mehr spüre. Als ich schließlich klackernde Absätze auf dem Gang höre, drehe ich mich schuldbewusst weg, als wäre ich beim Klauen erwischt worden.

Bei meinem Spind angekommen überlege ich, meinen Rucksack mit Büchern vollzupacken, damit es so aussieht, als hätte ich in der Schule gelernt. Vielleicht erzähle ich Mom auch, dass ich einem Schulklub beigetreten bin oder dass ich überlege, wieder mit Nähen anzufangen. Das fände sie toll. Etwas Normales, woran sie sich festhalten könnte, was zeigen würde, dass ich Fortschritte mache. Die Lüge würde ich nur zu gern erzählen. Schließlich müssen Lügen, die anderen Leuten ein besseres Gefühl geben, doch eigentlich okay sein.

Ich habe gerade das Vorhängeschloss geöffnet, da erstarren meine Finger über den Zahlenrädchen. Ich lasse das Schloss wieder einrasten, und dann fahre ich mit den Fingern noch mal über die Zahlen und verweile dabei länger als nötig über jeder einzelnen, während sich die Abfolge in mein Hirn brennt:

3-1-0-8

Als das Schloss wieder aufspringt, lasse ich es offen und renne den Gang zurück, obwohl ich bereits weiß, was ich vorfinden werde. Aber ich muss mir sicher sein. Ich muss mir absolut sicher sein, dass es etwas bedeutet, irgendetwas.

Vor seinem Foto bleibe ich stehen. Aber ich sehe nicht das Foto an. Ich konzentriere mich auf die bronzene Platte darunter mit den eingravierten Zahlen:

3. April 2000 – 31. August 2017

Ich habe das Gefühl zu fallen, obwohl ich wie angewurzelt dastehe. Coach Hogan hat sich geirrt, ein kräftiger Windstoß könnte mich einfach umpusten. Wenn jemand an mir vorbeiginge, würde ich umkippen. Ich will schreien und heulen, ich will es jemandem erzählen, irgendwem, aber was sollte ich sagen? Wer würde mir glauben? Wen würde es überhaupt interessieren? Panik überkommt mich, meine Schläfen pulsieren, mir ist schwindelig.

Ich will die Zeit zurückdrehen und mich dafür ohrfeigen, dass ich es nicht schon viel eher gemerkt habe. Fast ein ganzes Jahr lang habe ich mir einen Spind mit Trixie geteilt. Mehrmals am Tag habe ich das Schloss geöffnet, und nie ist mir in den Sinn gekommen, dass die Zahlenkombination mehr als bloß zufällig sein könnte. Aber ich habe mich geirrt.

3-1-0-8 ist nicht nur eine Zahlenkombination für einen Spind. Es ist ein Datum.

Es ist der Tag, an dem Toby Hunter gestorben ist.

23

Du warst wie eine Schwester für mich, aber es war anders, als wenn wir richtige Schwestern gewesen wären. Wir hatten noch nicht mal ein ganzes Jahr gemeinsamer Vergangenheit. Beau und Toby waren Brüder, richtige Brüder. Sie haben wahrscheinlich direkt nebeneinanderliegende Zimmer gehabt und ohne Ende geteilte Geheimnisse und Insider-Jokes.

Sie waren sich sehr ähnlich, nicht nur, was das Aussehen anging. Sie waren auch vom Alter her nah beieinander. Und man konnte sehen, dass sie sich wirklich mochten. Wenn sie zusammen Football spielten, passte Toby auf Beau auf, stellte sicher, dass ihm nichts passierte, als hätte er jemandem versprochen, ihn zu beschützen. Vielleicht hatte er das auch wirklich.

Einmal habe ich mitbekommen, wie Toby die Geduld verlor, als Beau von einem riesigen Linebacker der Tasker Titans übel angegriffen wurde. Toby schubste den Typen, der gebaut war wie eine Mauer aus Ziegelsteinen. Der Typ schubste ihn zurück. Toby rief etwas, was ich von der Seitenlinie aus beim lauten Gebrüll von der Tribüne nicht verstehen konnte. In dem Moment war Toby kein goldener Junge. Er war mehr als das. Er war ein großer Bruder.

Ich verstand es nicht, ich war Einzelkind. Dabei hatte ich mir immer Geschwister gewünscht. Als ich klein war, wollte ich, dass Mom jemanden kennenlernte und heiratete, damit ich eine Schwester bekam, mit der ich spielen konnte. Aber das ist nie passiert.

Ich fragte mich, ob Beau und Toby sich jemals auf die Nerven gingen. Sie spielten im selben Football-Team, schliefen jede Nacht im selben Haus. Ich fragte mich, ob sie sich jemals als Konkurrenz sahen, ob sie um Aufmerksamkeit kämpften. Aber den Eindruck machten sie nicht. Es schien immer genug Licht für beide Hunter-Brüder zu geben.

Beau ging zu allen Schwimmwettkämpfen von Toby. Ich auch, mit Jenny und Alison. Sie sahen Toby beim Schwimmen zu und ich sah Beau zu, der ihn anfeuerte, die Arme hochgerissen, und schrie, so laut er konnte. Ich sah zu, wie er in die Luft boxte, wenn Toby als Erster die Wand berührte. Irgendwie war es immer auch sein Sieg. Vielleicht war das so, wenn man einen Bruder hatte.

Doch am letzten Tag der Zehnten, als ich die beiden das letzte Mal zusammen gesehen habe, ist Beau zu Toby ins Auto gestiegen, hat ihm den Mittelfinger gezeigt und die Tür zugeknallt. Ich fragte mich, worüber sie sich stritten, was Toby getan hatte, dass Beau so sauer auf ihn war. Vielleicht war auch das so, wenn man einen Bruder hatte. Streitereien, die erst bedeutsam schienen und sich dann auflösten wie Zucker in Tee, weil sie letztendlich natürlich darüber hinwegkamen.

Aber vielleicht waren manche Dinge auch unverzeihbar.

24

Die ganze nächste Woche geistert mir die Zahlenkombination von unserem Spind durch den Kopf. Eine Woche, während der ich Jasper aus dem Weg gehe, mich in Toiletten verstecke oder auf dem Gang umdrehe, sobald ich einen schwarzen Mantel in meine Richtung kommen sehe. Ich bin kurz davor, ihm zu sagen, dass es mir leidtut, ihn geküsst zu haben. Aber dann bin ich mir nicht sicher, ob es nicht andersrum war, ob er nicht derjenige war, der mich geküsst hat. Ich will ihm von der Zahlenkombination erzählen, doch ich weiß nicht, was sie bedeutet.

Ich gehe die Zahlen wieder und wieder in meinem Kopf durch. 3-1-0-8. Ich habe Tobys Foto hundertmal gesehen und das Schloss letztes Jahr noch hundertmal öfter geöffnet. Wie konnte ich es nicht früher gemerkt haben?

Nur habe ich keine Ahnung, was ich überhaupt gemerkt habe. Oder warum Trixie Toby Hunters Todesdatum als Zahlenkombination für unseren Spind gewählt hatte. Soviel ich weiß, hatte sie mit Toby Hunter nichts zu tun. Sie hat ihn nie erwähnt. Und sie gehörte definitiv auch nicht zu seinem Freundeskreis, den Leuten, die nach Football-Spielen noch mit ihm abhingen oder ihn nach dem Training abholten und mit quietschenden Reifen und aus dem Fenster hängenden Armen auf den Parkplatz fuhren. Trixie hatte nie auch nur Blickkontakt mit ihnen.

Ich sage mir mehr als einmal, dass ich mir das nur einbilde. Dass die Zahlen Zufall sind und es keinen Zweck hat, da irgendetwas hineinzuinterpretieren. Ich schiebe sie in meinem Gehirn an den Ort, wo alle Geheimnisse versteckt sind, und begrabe sie dort. Doch sie brechen immer wieder durch die Spalten, schießen wie Grashalme hervor.

Als ich am Ende der Mittagspause vor meinem Spind stehe und gedankenverloren am Schloss herumfummele, vibriert mein Handy. Ich will es gerade aus der Tasche nehmen, da legt mir jemand die Hand auf die Schulter. Ich schließe die Augen, denke, es ist Jasper, und bin zugleich nervös und erleichtert.

Doch es ist Alison. »Hey«, sagt sie und stellt sich vor mich.

Ich glotze sie an wie ein Fisch. Sie ist größer als ich und trägt die blonden Haare zum Pferdeschwanz gebunden, wie sie es an Spieltagen immer tut. Ihr Shirt reicht ihr nur bis zum Bauchnabel, und ich spüre einen Stich der Eifersucht, als ich daran denke, dass ich früher auch mal solche Sachen tragen konnte.

»Hey«, sage ich.

»Hör zu, wir haben schon lange nicht mehr miteinander geredet«, fängt Alison an. »Ich wollte dir nur sagen, dass es mir leidtut, was mit deiner Freundin passiert ist. Und ich bin da, wenn du jemanden zum Reden brauchst. Oder irgendwas anderes.«

Ich erzwinge ein Lächeln und presse mir die Bücher an die Brust. Ich verdiene Alisons Mitgefühl nicht. Nicht, nachdem ich sie letztes Jahr weggestoßen habe, als sie versuchte, mich zurückzuholen, und nicht nach dem, was ich auf ihrer Party gemacht habe. Wenn sie das wüsste, würde sie jetzt nicht vor mir stehen.

»Danke«, sage ich.

»Wenn du mal Zeit hast, können wir ja vielleicht ...«, setzt Alison an, aber sie kommt nicht dazu, den Satz zu beenden, weil auf einmal Jenny hinter ihr auftaucht und sie am Ellbogen packt.

»Wir müssen zu Geometrie«, sagt Jenny, ohne mich anzusehen. Mein Gesicht glüht. Dann klingelt es, und Alison winkt mir zu, während sie losläuft, Arm in Arm mit Jenny, und ihr Pferdeschwanz hüpft auf ihrem Rücken.

In diesem Moment hasse ich Jenny noch mehr als sonst.

Jenny hat nie versucht, unsere Freundschaft aufrechtzuerhalten. Wir haben uns immer weiter voneinander entfernt, bis wir nicht nur nicht mehr miteinander redeten, sondern so taten, als gäbe es die andere überhaupt nicht.

Zuerst rief ich mir die schönen Momente unserer Freundschaft wieder und wieder ins Gedächtnis, wie bei einer kitschigen Filmmontage, und ich vermisste sie schrecklich. Ich erinnerte mich an ihre Furchtlosigkeit und ihre Fähigkeit, über sich selbst zu lachen, und die lustigen samtigen Katzen-Hausschuhe, die sie dabeihatte, wenn sie bei mir schlief. Dann dachte ich an die ganzen Sachen, die mich an ihr genervt hatten, wie, dass sie immer die Kontrolle haben und im Zentrum der Aufmerksamkeit stehen musste, und schließlich begriff ich, dass ich ohne sie besser dran war.

Dann fing sie an, vor meinen Augen mit Beau rumzumachen. Sie knutschte mit ihm auf dem Gang, wenn sie wusste, dass ich sie sehen konnte, und fiel geradezu über ihn her. Und ich hasste sie dafür.

Ich überlege, die letzten zwei Stunden zu schwänzen. Englisch ist mir schon immer leichtgefallen. Es wäre nicht schlimm, einmal zu fehlen. Doch dann fällt mir ein, dass wir in Biologie heute Frösche sezieren, und wenn ich nicht auftauche, müsste Brett Fillmore es allein machen. Brett, der mein Laborpartner ist, weil unsere Nachnamen im Alphabet nacheinander kommen. Sollte er mich auch nur ein bisschen leiden können, wird er es garantiert nicht mehr tun, wenn ich ihn mit dem Frosch im Stich lasse.

Als ich mich später in Biologie an meinen Tisch setze und den Formaldehydgeruch wahrnehme, wird mir ganz schwindelig, denn auf einmal wird mir etwas klar, was ich schon vor Tagen, Wochen, Monaten hätte merken müssen.

Ich hatte was mit meinem Laborpartner.

Ich würde am liebsten aufstehen und losrennen, aber da setzt Brett sich neben mich und lächelt mich angespannt an. Ich erwidere sein Lächeln. Gut, dass er nicht weiß, was in meinem Kopf abgeht. Vorne räuspert sich Mr Thorpe und sagt, wir sollen uns einen Frosch nehmen.

Nach dem Unterricht warte ich vor der Schule auf Jasper. Er wird bestimmt wieder mit Kopfhörern in den Ohren nach Hause gehen. Als er durch die Tür kommt und losläuft, beeile ich mich, mit seinen großen Schritten mitzuhalten.

»Ich muss dich was fragen. Du hast gesagt, du hast Trixie im Unterricht kennengelernt. Welches Fach war das?«

Jaspers Gesicht nimmt einen Ausdruck an, den ich vorher noch nie bei ihm gesehen habe. Ich kann gar nicht einordnen, was es ist. Verärgerung wahrscheinlich. Frust.

»Französisch«, sagt er. »Es war in Französisch. Warum?«

»Ihr wart also keine Laborpartner?«

Jasper schüttelt den Kopf. »Naturwissenschaften sind nicht so meins. Da ist mein Gehirn nicht für geschaffen. Ich kann besser mit Worten.«

»Sie hat mir erzählt, sie hätte was mit ihrem Laborpartner gehabt«, sage ich und denke an den weichen Bauch des Froschs, die geschwollene, aufgedunsene Haut, als hätte er ewig unter Wasser gelegen.

»Tja, ich war es nicht.« Jasper steckt die Hände in die Taschen und zieht seinen MP3-Player hervor. »Ist das jetzt nicht egal?«

»Ich glaube, ich weiß, wer es war. Und ich glaube, er hat was mit ihrem Verschwinden zu tun.«

25

Deine Beerdigung war die zweite, zu der ich ging, bei der es niemanden zu beerdigen gab.

Ich wollte nicht zu Tobys Beerdigung. Nicht, weil ich wusste, dass es traurig werden würde, sondern weil ich das Gefühl hatte, ich verdiente es nicht, bei der Beerdigung zu sein. Ich war nicht auf der Party gewesen. Ich war nicht für Beau da gewesen.

Ich habe ihm so viele Nachrichten geschrieben, nachdem ich erfahren hatte, was passiert war, aber nicht eine einzige davon abgeschickt. Keine schien mir richtig zu sein. Keine war genug. Ich war nicht seine Freundin. Ich war nicht für ihn da.

Jenny, Alison und ich gingen gemeinsam zur Kirche. Beau trug den Sarg, zusammen mit fünf anderen blonden Typen, wahrscheinlich seine Cousins. Sie wirkten alle ziemlich ernst. Ich wartete darauf, dass Beau weinte, denn er war durchaus empfindsam, und ich wusste, wie sehr er Toby geliebt hatte.

Aber er weinte nicht. Seine Miene blieb während der gesamten Zeremonie unverändert, auch als Tobys Sarg ins Grab hinabgelassen wurde. Ich fragte mich, was wohl im

Sarg drin war, schließlich war Tobys Leiche nicht gefunden worden.

Später beim Trauerempfang gingen Jenny und ich zusammen auf Beau zu. Sie legte ihm eine Hand auf den Arm. Er starrte darauf.

»Es tut mir so leid«, sagte ich.

Er sah mich nicht an, sondern starrte nur weiter auf Jennys Hand auf seinem Arm, klein und weiß wie die Hand einer Puppe. Schließlich sagte er irgendetwas Zusammenhangloses. Ich roch sofort den Alkohol in seinem Atem. Beau war kein Trinker, aber sein Bruder war gerade gestorben. Er musste irgendwie damit umgehen.

Danach war Beau nicht mehr Beau. Er fuhr nicht mehr mit dem Fahrrad zur Schule und bot demnach auch nicht mehr an, mich mitzunehmen. Sein Blick war immer auf den Boden gerichtet, nicht mehr in den Sternenhimmel. Ich hätte mir mehr Mühe geben sollen, zu ihm durchzudringen, aber ich tat es nicht. Ich hatte Angst vor dem, der er wurde.

Ich nahm an, mit der Zeit würden seine Wunden heilen, so wie bei allen anderen auch. Bei allen anderen behielt ich recht, aber Beau wurde nie wieder der Alte.

26

Jasper folgt mir zurück in die Schule. Ich weiß nicht, was ich zu Mr Thorpe sagen werde oder ob er überhaupt der richtige Ansprechpartner für meine Frage ist. An der Robson High gibt es mindestens drei Naturwissenschaftslehrkräfte, und ich weiß nicht, bei wem Trixie Unterricht hatte. Ich bin kurz davor, wieder umzudrehen, weil ich mir vorstellen kann, wie verrückt es klingen muss.

Hey, Mr Thorpe, erinnern Sie sich an Trixie Heller? Ja, können Sie mir sagen, wer vor zwei Jahren ihr Laborpartner war? Oder vielleicht ist es auch drei Jahre her? Warum ich das wissen will? Lustig, dass Sie fragen …

»Hey«, sagt Jasper, der hinter mir herschlurft. »Lass uns irgendwo hingehen und reden. Wir können zu mir. Ich habe diesen Globus, den sie immer gedreht hat, um dann den Finger auf eine Stelle zu setzen. Vielleicht bringt uns das ja weiter.«

Aber ich habe eine Mission. Ich lasse nicht locker. Ich weiß, dass ich recht habe, auch wenn ich nicht genau weiß, womit überhaupt. Außerdem ist ein Globus die ganze Welt. Ich muss kleiner anfangen.

Mr Thorpe verlässt gerade das Labor, als wir um die Ecke

kommen. Er steht mit dem Rücken zu uns und zieht die Tür zu. Ich rede los, bevor ich auf die Stimme in meinem Kopf hören kann, die mich aufhalten will. Die Stimme, die verdammt nach Jaspers ruhiger, gemessener Stimme klingt.

»Mr Thorpe«, sage ich zu seinem Rücken. »Ich habe mal eine Frage, und ich hoffe, Sie können mir helfen.«

»Fiona«, sagt er, als er sich umdreht, und verschränkt die Hände. »Natürlich, gern. Geht es um das heutige Experiment?«

Ich schüttele den Kopf. »Nein, es geht um was anderes. Ich frage mich, ob Sie Trixie, äh, Patricia Heller mal im Unterricht hatten. Ob sie in einem Ihrer Kurse war.«

Er runzelt die Stirn und sieht mich mitleidig an. Er schüttelt leicht den Kopf. Er weiß nichts, und jetzt denkt er wahrscheinlich, ich bin gestört. Jasper meint ja auch, ich würde in die Sache zu viel hineininterpretieren. Vielleicht haben sie beide recht. Vielleicht hätte ich einfach auf Mom hören und zu Dr. Rosenthal gehen und über meine Gefühle reden sollen.

Doch dann kratzt Mr Thorpe sich am kahlen Schädel und nickt. »Ja, ich hatte Patricia im Unterricht, damals, als sie in der elften Klasse war. Sie war sehr gut bei Experimenten. Hatte ein naturwissenschaftliches Verständnis.« Aufmerksam sieht er mich an. »Gibt es einen besonderen Grund, warum du fragst?«

Eine Million Schmetterlinge flattern in meinem Brustkorb umher. »Ja. Erinnern Sie sich zufällig noch, wer ihr Laborpartner war?«

Mr Thorpe blickt auf den Boden. »Meine Kurse sind immer alphabetisch gepaart. Der Fairness wegen. Ich will nicht, dass irgendwer außen vor ist, nur weil er oder sie nicht zu den beliebtesten Schülern gehört.«

»Und, wer war ihr Partner oder ihre Partnerin?«, stammele ich.

»Toby Hunter«, sagt er schwer seufzend. »Es ist so eine schreckliche Tragödie, was mit beiden passiert ist. Ich weiß, dass ihr eng befreundet wart, Fiona. Der Verlust muss dich sehr schmerzen. Mein Beileid.«

Seine Worte treffen mich. Nicht nur die, mit denen er meine Theorie bestätigt, dass Toby Hunter ihr Laborpartner war, sondern auch die letzten, die immer noch in der Luft hängen. *Der Verlust muss dich sehr schmerzen. Mein Beileid.* Mr Thorpe ist der Einzige, der diese Worte zu mir gesagt hat. Bei der Beerdigung haben alle Mr Heller ihr Beileid ausgesprochen, mir aber nicht. Und ich bin überrascht, wie verletzlich die Worte mich machen, als wäre ich aus einer dünnen Substanz, die sich in Luft auflösen würde, sollte ich mir erlauben zu weinen.

»Danke«, bringe ich schließlich heraus. »Danke für die Information.« Ich drehe mich um und laufe beinahe in Jasper hinein, der die Wand anstarrt. Ich hatte ihn ganz vergessen.

»Wenn du sonst noch über irgendetwas reden möchtest, kannst du jederzeit zu mir kommen«, sagt Mr Thorpe. Auch wenn er sich bestimmt fragt, warum ich seine Zeit verschwende.

»Er hätte deine Frage allerdings genauso beantworten können«, fährt Mr Thorpe fort und zeigt hinter mich. »Jasper Hart. Er war im selben Kurs. Saß einen Tisch weiter, mit Michelle Green.« Klimpernd lässt er den Schlüsselbund in seine Laborkitteltasche gleiten, bevor er den Gang hinunter verschwindet.

Plötzlich fühle ich mich wie damals, als ich zehn war und beim Sommercamp aus einem Baumhaus gefallen bin. Ich war auf dem Bauch gelandet und hatte Panik bekommen, weil ich nicht mehr atmen konnte. Die Luft war aus mir rausgepresst worden, hatte mir die Betreuerin erklärt. Sie würde wiederkommen, wenn ich ruhig blieb.

Diesmal bin ich mir nicht so sicher.

27

Du hast mal etwas gesagt, woran ich mich immer erinnern werde. Du sagtest, Lügen wären mancher Leute Version eines Blumenstraußes. Nett und schön, und viel zu gut duftend, als dass die empfangende Person irgendeinen Mist riechen könnte. Aber dann begännen die Blumen zu verwelken und das Wasser in der Vase würde trüb und braun, und sobald die Verwesung einsetzte, käme die Wahrheit zum Vorschein.

Jenny log in Kleinigkeiten. Sie übertrieb in allem, sie war so eine, die beim Erzählen einer Geschichte erst richtig in Fahrt kam. Ich habe sie nie wegen der Details, mit denen sie ihre Geschichten gern ausschmückte, bloßgestellt, weil ich es für keine große Sache hielt.

Alison log, indem sie Einzelheiten ausließ. Sie nickte einfach und ließ mich denken, was auch immer ich wollte, ohne dass sie mich korrigierte.

Und Beau hat mich angelogen, als er mir auf einer Party in Brad Coltons Keller sagte, dass er sich niemals betrinken würde, weil er nichts tun wolle, woran er sich hinterher nicht mehr erinnern könne.

»Mein Vater trinkt manchmal«, erzählte er, während wir nebeneinander auf einem Sitzkissen saßen, weil die Sofas alle besetzt waren. »Dann redet er davon, dass er eigentlich gern ein ganz anderes Leben hätte. Und am nächsten Morgen weiß er nichts mehr davon. Ich will nicht so werden wie er.«

»Das wirst du nicht«, sagte ich, aber vielleicht habe ich da auch gelogen.

28

Jasper sieht mich nicht an. Er blickt konzentriert auf seine Schuhe, auch lange noch, nachdem Mr Thorpe weg ist. Ich versuche, mir etwas einfallen zu lassen. Eine Anschuldigung, eine spitze Bemerkung. Aber die Worte bleiben mir im Halse stecken, sie sind zu groß, um durch so eine schmale Luftröhre zu passen.

»Hör zu, ich wusste nicht, wie ich es dir sagen soll«, fängt er schließlich an, und seine Worte purzeln nur so übereinander. »Aber ich meine, Toby war, sagen wir mal, schwierig. So großspurig, er kam immer zu spät, hat nie getan, was er sollte. Trixie war total genervt davon, neben ihm zu sitzen. Wenn sie mit mir zusammen Hausaufgaben gemacht hat, hat sie die ganze Zeit nur über ihn geschimpft. Glaub mir, wenn da was zwischen ihnen gewesen wäre, hätte ich es mitbekommen.«

Ich schüttele den Kopf. »An dem Tag, als ich ihr zum ersten Mal begegnet bin, hat sie was von ihrem Laborpartner erzählt. Und dann hat sie nie wieder von ihm gesprochen. Warum hätte sie ihn überhaupt erwähnen sollen, wenn er nicht wichtig war?«

Jasper presst die Lippen zusammen. »Ich weiß es nicht.

Vielleicht hat sie von mir geredet. Eigentlich hätten wir ja Laborpartner sein sollen. Hart und Heller. Dann kam Michelle Green in der letzten Minute noch dazu, und alles wurde umgeworfen.«

Ich blicke zu der Wand aus Spinden hinter uns, greife nach Jaspers Hand und ziehe ihn den Gang hinunter. »Wenn dir das nicht reicht, zeige ich dir noch was anderes.«

Als wir bei meinem Spind ankommen, ist Jaspers Hand in meiner ganz schwitzig. Ich lasse sie los, um das Schloss zu öffnen, und lese jede Zahl einzeln vor, während sie einrastet.

»Drei. Eins. Null. Acht. Das war ihre Zahlenkombination, Jasper. Glaubst du immer noch, das hat alles nichts zu bedeuten?«

Er fährt sich mit der Hand durch die Haare. Dieselbe Hand, die ich gerade noch gehalten habe. Seine Finger sind lang und blass, und ich stelle mir vor, wie er damit Trixies Gesicht berührt hat, so wie er am Strand mein Gesicht berührt hat.

»Ich weiß nicht, was du mir sagen willst. Tut mir leid. Es ist doch nichts weiter als eine Zahlenschlosskombi.«

»Einunddreißig. Null. Acht. Der 31. August. Der Tag, an dem Toby Hunter gestorben ist.«

Jasper schweigt. Es ist, als wäre er eine Maschine, die eine neue Information verarbeitet. Als er schließlich etwas sagt, klingt es gehetzt, nicht gemessen, wie er normalerweise redet. »Okay, vielleicht kannte ich sie nicht so gut, wie ich dachte. Vielleicht wollte sie es so. Möglich, dass sie etwas für ihn empfand. Es ist ja nicht so, dass ich jemals ihr

Freund war. Aber er ist tot, und sie ist verschwunden, und wir werden nie die Wahrheit erfahren.«

Mein Gehirn fühlt sich an wie aus Watte. Ein Teil von mir weiß, dass er recht hat. Die vernünftige Fiona, die, die nie eine Stunde schwänzt oder Pläne über den Haufen wirft. Der Teil, der immer noch die Oberhand hätte, wenn ich an jenem Tag nicht zurück zum Auto gegangen wäre, sondern zum Cheerleader-Training.

Aber ein größerer Teil von mir – die aktuelle Fiona, die, die nicht mehr in ihre alten Klamotten und ihr altes Leben passt – weiß, dass mehr dahintersteckt.

»Ja, vielleicht erfahren wir die Wahrheit nicht«, sage ich langsam. »Aber ich habe eine Theorie.«

Jasper sieht mich an. »Was für eine Theorie?«

Ich umklammere das Zahlenschloss. »Was ist, wenn Toby noch am Leben ist?«, frage ich.

»Drei Leute haben gesehen, wie er ins Wasser gesprungen ist. Er kann nicht mehr am Leben sein, es sei denn, ihm sind Kiemen gewachsen und er hat sich in einen Fisch verwandelt. Oder er hat Flügel bekommen und fliegen gelernt. Wer was anderes glaubt, verschließt sich der Realität.«

Mit einem Klicken verriegele ich das Schloss wieder. »Okay, vielleicht tue ich das. Aber ich werde herausfinden, was passiert ist. Das bin ich ihr schuldig.« Ich drehe Jasper den Rücken zu und gehe los.

»Warum? Warum bist du ihr irgendwas schuldig?«, ruft er mir nach, und seine Stimme hallt von den Wänden wider. »Was hat sie jemals für dich getan?«

Sie hat mir das Gefühl gegeben, der einzige Mensch auf der

Welt für sie zu sein, würde ich gern erwidern. *Sie hat mich so gemocht, wie ich bin, nicht wie sie mich haben wollte. Bei ihr konnte ich ich selbst sein.* Doch so schnell wie mir die Gedanken durch den Kopf schießen, frage ich mich auch, ob es überhaupt stimmt. Ich weiß nicht, ob sie mich jemals richtig kennengelernt hat, denn ich wusste ja noch nicht mal selbst, wer ich war, wenn ich mit ihr zusammen war. In dem Moment, als sie mir sagte, ich solle losfahren, und ich auf sie hörte, hatte ich mich schon in die Person verwandelt, die sie haben wollte. Ich hätte jede Menge Gelegenheiten gehabt, ihr zu sagen, dass ich kein Fleisch aß, dass ich meine Mom nicht anlog, dass ich Cheerleading toll fand, dass ich Beau Hunter liebte, egal, was irgendwer sagte. Aber ich habe sie nie wahrgenommen. Ich blieb einfach so, wie ich dachte, dass sie mich haben wollte.

»Komm, wir gehen irgendwohin«, sagt Jasper jetzt leiser. »Lass uns einfach reden. Nicht über sie. Lass uns irgendwas Normales machen. Einen Film sehen. Was essen. Was du willst. Wir müssen doch irgendwie damit abschließen.«

Wahrscheinlich hat er recht. Wenn Trixie verschwunden ist und nicht tot, dann hat sie sich die größte Mühe gegeben, kein Chaos zu hinterlassen. Warum richte ich also welches an? Warum muss ich unsere Erinnerungen und alles, was sie mir jemals erzählt hat, auf eine Leinwand klatschen, die eigentlich hätte leer bleiben sollen?

All das will ich Jasper mitteilen. Mein Herz ist irgendwo eingeklemmt, wo es zu wenig Platz hat, und ich bin ganz benommen. Ich will so viel sagen, doch stattdessen schüttele ich bloß den Kopf.

»Ich kann nicht einfach damit abschließen. Ich muss die Wahrheit herausfinden. Ich muss wissen, ob sie noch am Leben ist.«

29

Du hattest mich gewarnt, was Jenny angeht. »Mädchen wie sie fallen dir nicht in den Rücken. Sie rammen dir das Messer direkt in die Brust.« Ich wollte dir nicht glauben, obwohl sie meine Haut bereits durchbohrt hatte.

Da standen die beiden. Direkt vor dem Spind, den ich mir mit Jenny teilte. Als Jenny und ich beste Freundinnen wurden, waren die Spinde längst zugewiesen, doch sie bestach ein Mädchen zu tauschen. Ich wusste nicht, wie oft ich schon vor diesem Spind gestanden, mir den Zopf geflochten und mir Jennys Klatsch und Tratsch angehört oder mit ihr über irgendwelche Lehrer gelästert hatte.

Und jetzt stand sie da, mit dem Rücken am Spind, die Hände um Beaus Nacken geschlungen. Es war dunkel, aber ich konnte sehen, wie sie die Hüfte gegen seine drückte. Er neigte den Kopf.

Mir war bewusst gewesen, dass es wehtun würde, sie zusammen zu sehen. Aber nicht wie sehr. Irgendwie hatte ich gehofft, beim ersten Date würden sie feststellen, sich nichts zu sagen zu haben. Doch jetzt wurde mir klar, dass sie überhaupt nicht miteinander reden mussten.

Ich wirbelte herum und stürmte zurück zum Parkplatz.

Ich wollte allein sein, ich wollte weinen und aufs Lenkrad einprügeln und schreien. Aber auf der Bordsteinkante saß Trixie und wartete auf mich.

»Hey.« Sie stand auf und klopfte sich den Staub von der Jeans. »Was hältst du davon, wenn wir uns ein paar Bier holen und an den Strand gehen? Ich hab nen gefälschten Ausweis.«

Da hätte ich ihr beinahe von Beau und Jenny erzählt. Ich hätte ihr beinahe alles erzählt. Doch stattdessen sagte ich etwas anderes.

»Hey, meinst du, wir können uns einen Spind teilen?«

Abends stand ich mit brummendem Schädel auf meinem Bett und riss die Collage von der Wand. Ich zerfetzte die Fotos und warf die Schnipsel zu den Stoffproben für Kleider, die ich doch nicht nähen wollte, in den Mülleimer neben meinem Schreibtisch. Ich zerrupfte die blöden lächelnden Gesichter, die Schnappschüsse von Jenny und Alison und mir im Fotoautomaten in der Shoppingmall, das Gruppenbild vom Cheerleader-Treffen letztes Jahr. Wir wirkten so jung, so perfekt, und es war alles gelogen.

Am nächsten Tag vergaß ich meine Cheerleader-Uniform absichtlich zu Hause. Und am Tag danach auch.

Als Jenny mich schließlich auf der Schultoilette abfing und fragte, warum ich meine Sachen aus unserem Spind geräumt hätte, sagte ich, dass sich zwischen uns etwas geändert habe. Ich wollte sie genauso vor den Kopf stoßen, wie sie es mit mir gemacht hatte. *Da konnte ich schließlich nicht Nein sagen.*

30

Auf der Fahrt nach Hause sind Jaspers Worte mein Soundtrack. Er redet davon, mit dem Geschehenen abzuschließen, als wäre es ein Meilenstein, den wir zusammen erreichen könnten, und vielleicht hat er recht. Aber ich will mich auf niemanden einlassen. Bislang wurde ich noch jedes Mal enttäuscht, wenn ich mich in der Vergangenheit auf irgendjemanden eingelassen habe.

Als ich in die Einfahrt biege, steht Moms Auto bereits in der Garage. Normalerweise arbeitet sie länger und ich bin immer vor ihr zu Hause, daher bin ich überrascht, ihr Auto zu sehen. Noch mehr überrascht es mich, dass sie am Küchentisch sitzt, als ich reinkomme, und mich missbilligend anblickt.

»Was ist?«, frage ich.

»Ich habe heute einen interessanten Anruf bekommen«, sagt sie und verschränkt die Arme. »Von Dr. Rosenthals Praxis. Anscheinend hast du deinen Termin verpasst. Von dem du mir erzählt hast, dass er gut war.«

Ich ziehe die Schultern hoch bis zu den Ohren. Mir fällt keine Lüge ein, mit der ich aus dieser Nummer herauskomme. Ich hatte Mom auf ihre Nachfrage hin tatsächlich erzählt, dass ich froh sei, da gewesen zu sein, und ich eine Menge über mich gelernt hätte.

»Was ist hier los, Fiona? Hattest du etwa was Besseres zu tun, als den Termin wahrzunehmen, den ich Wochen im Voraus für dich gebucht habe?«

Ja, will ich sagen. *Ich habe meine beste Freundin gesucht. Die, die dir nicht gefallen hat. Die, die eigentlich gar nicht tot ist.*

»Ich glaube, ich hatte einfach Angst«, sage ich, und ihr Gesichtsausdruck wird sanfter. Sie nimmt ihre Brille ab und reibt sich den Nasenrücken, wo die Brille immer einen Abdruck hinterlässt.

»Ich hab doch gesagt, ich würde mitkommen, Süße. Du musst dahin, wenigstens einmal. Es schadet doch nichts, mit jemandem zu reden. Ich war auch bei Dr. Rosenthal, als das mit Leslie passiert ist. Er hat mir sehr geholfen. Und darüber zu reden hat mir und Leslie geholfen, uns wieder näherzukommen.«

Das hatte ich nicht gewusst. Tante Leslie ist trockene Alkoholikerin, und Mom spricht über das, was sie getan hat, gern als »das, was mit Leslie passiert ist«. Ich bin überzeugt, dass das ein Euphemismus für etwas wirklich Schlimmes ist. Aber jetzt trinkt Tante Leslie nicht mehr und hat ein schönes Apartment in Costa Mesa, und sie und Mom telefonieren fast jeden Tag. Sie macht Yoga und geht wandern und stellt mit ganz einfachen Dingen aus ihrer Küche ihre eigenen Hautpflegeartikel her. Selbst wenn ich noch mehr Tanten hätte, wäre sie meine Lieblingstante.

»Ich gehe hin«, sage ich schnell. »Versprochen. Aber ich will nicht, dass du mitkommst.«

»Dann rufe ich am nächsten Tag an und frage, ob du da warst«, sagt Mom. »Ich mache dir einen neuen Termin, und wenn du wieder nicht hingehst, wird es Konsequenzen geben.«

Ich will lieber nicht erfahren, was sie damit meint. Auch wenn Mom noch nie gut darin war, streng zu sein. Sie ist viel jünger als andere Mütter, und manchmal behandelt sie mich eher wie eine Freundin als wie eine Tochter.

»Warum willst du eigentlich wirklich, dass ich dahin gehe?«, frage ich, bevor ich mich zurückhalten kann. »Weil ich so viel zugenommen habe und du dich für mich schämst?«

Schockiert sieht sie mich an. »Süße, wie kannst du denn so etwas denken? Ich würde mich nie für dich schämen. Ich liebe dich über alles. Und du bist wunderschön, immer. Das hat überhaupt nichts mit deinem Gewicht zu tun. Es geht darum, was hier oben los ist.« Sie tippt sich an den Kopf.

»Aber das ganze gesunde Essen und so. Ich dachte ...«

»Wie wir uns ernähren, hat einen großen Einfluss darauf, wie wir uns fühlen. Ich will doch nur, dass es uns gut geht.« Sie macht eine Pause. »Ich liebe dich, egal wie viel du wiegst. Ich will nur, dass du glücklich bist. Denn du verdienst es, glücklich zu sein.«

Ich versuche, ihr zu glauben – dass sie mich wirklich nicht für zu dick hält und dass sie findet, ich verdiene es, glücklich zu sein. Ich helfe Mom, das Abendessen zu kochen – ich schneide Zucchini-Spaghetti mit dem neuen Spiralschneider –, und es fühlt sich fast normal an, so zu zweit Zeit zu verbringen. Als ich nach dem Essen hochgehe, ziehe ich die Schreibtischschublade auf, in der ich mein Junkfood aufbewahre, und starre auf die Tüten mit Lakritze, Chips, Bonbons und Weingummi. Meine unzähligen kleinen Rebellionen. Aber jetzt sehen sie nicht mehr verführerisch aus, sondern nur noch ekelerregend. Statt irgendetwas davon zu essen, schmeiße ich alles in den Mülleimer neben dem Schreibtisch. Und da sehe ich, was ganz unten in der Schublade vergraben war.

Der gefälschte Ausweis, den Trixie mir besorgt hat und mit dem ich einmal mit ihr in einen Club gegangen bin. Ich war eine gewisse Beth Winchester. An dem Abend fühlte ich mich schön, weil mich ein Typ anmachte. Er fragte mich nach meinem Namen, und ich sagte ihm, ich hieße Fiona. Trixie stieß mich mit ihrem knochigen Ellbogen in die Seite.

»Sag nicht deinen echten Namen«, zischte sie.

»Wieso nicht? Ich sehe ihn doch nie wieder«, sagte ich.

»Genau.« Und dann ging sie direkt auf den Typen zu und stellte sich als Sarah vor. Sarah Brown, wie der Name des Mädchens auf ihrem gefälschten Ausweis, das es in Wirklichkeit gar nicht gab.

Und da wird mir auf einmal etwas klar.

Vielleicht muss ich gar nicht nach Trixie suchen. Vielleicht muss ich nach jemand anders suchen.

31

Ich hasste Beth Winchester. Ich fand sie hässlich mit ihrem runden Gesicht und den dünnen Augenbrauen, die sie total verängstigt wirken ließen. Ich war beleidigt, weil du meintest, ich sähe ihr ähnlich. Ich hatte Angst, dass ihr Gesicht das war, was die Leute in mir sahen, wenn sie mich anblickten. Ich wollte nicht, dass du mich für einen pausbäckigen Niemand hältst. Aber du hast nur gesagt, ich solle den Mund halten und froh sein, dass du mich in den Club mitnimmst.

Ich war gern betrunken. Es gefiel mir, mich schwerelos zu fühlen, die Hemmungen zu verlieren. Wenn ich tanzte, fühlte ich mich sexy, als hätte ich meinen Körper verlassen und wäre jemand anders. Jemand wie Trixie, ich wollte unbedingt sein wie sie. Trixie trug oft kurze, rückenfreie Tops, die ihre kantigen Schulterblätter zeigten, und manchmal rieb sie sich an irgendwelchen Typen.

Als die Sommerferien anfingen, gingen wir öfter aus. Mom war nicht da und bekam nicht mit, wie lange ich morgens schlief, und mir war es egal, wenn ich verkatert war, weil ich am nächsten Tag nie zur Schule musste. Und ich hatte auch nicht vor, zum Cheerleader-Camp zu fahren, wie die letzten drei Sommer, auch wenn Mom mir extra den Prospekt auf den Küchentresen gelegt hatte, als ob ich dadurch meine Meinung ändern würde. So gingen die Tage dahin, und sie waren gefüllt mit Fast Food und Weinschorlen mit Limo und leuchtend rosa Sonnenuntergängen.

Bis zu dem Tag, an dem Tante Leslie unangekündigt vorbeikam und wir gerade in schlabbrigen Pyjamas auf der Couch lümmelnd eine schlimme Reality-TV-Sendung guckten. Tante Leslie fiel die Kinnlade herunter, als sie das Chaos sah. Lauter Pizzakartons und Fast-Food-Verpackungen und dazwischen wir.

Ich bekam einen Mordsschreck. Ich hatte Mom überzeugt, dass niemand auf mich aufpassen müsse, und jetzt würde Tante Leslie ihr garantiert erzählen, dass ich meinen kompletten Sommer mit Junkfood-Orgien verschwendete.

Aber Trixie rettete die Situation irgendwie. Sie stand auf und begrüßte Tante Leslie und fragte sie, ob sie Lust habe, mit uns essen zu gehen. Sie war fröhlich und munter und so gar nicht sie selbst. Wir zogen uns an, und auf dem Weg zur Tür blieb Tante Leslie noch einmal stehen und fragte Trixie nach ihrem Namen.

»Sarah«, sagte sie, ohne zu zögern. »Sarah Brown.«

Ich wusste nicht, warum sie log. Mom würde es ohnehin herausfinden, wenn Tante Leslie sie beschrieb. Aber vielleicht auch nicht. Sie war nicht mehr die blondierte Freundin mit Pixie-Cut und Lippen-Piercing, die ich beim ersten Mal mit nach Hause gebracht hatte. Diese Woche hatte sie schwarze Extensions und falsche Wimpern, die ihre Augen riesig wirken ließen. Vielleicht würde Mom denken, ich hätte eine neue Freundin, eine, die einen besseren Einfluss auf mich hatte.

Wir gingen mit Tante Leslie in ein Burger-Restaurant am Pier. Trixie erzählte die ganze Zeit von ihren großen Plänen, an der Harvard Jura zu studieren, und von ihrer ehrenamtlichen Arbeit mit unterprivilegierten Kindern und von ihren Eltern, die in anderen Ländern Häuser bauten. »Sie sollten die Fotos sehen, die sie mir aus Afrika schicken«, sagte sie. »Es ist so schön da. Eines Tages will ich auch mal dahin.« Sie tischte eine Lüge nach der anderen auf, ohne zwischendurch Luft zu holen. Sie log genauso, wie sie aß. Schnell, ohne überhaupt richtig zu kauen, bevor sie schluckte. Sie ließ keinerlei Zeit zum Verdauen.

Als Trixie aufstand und zur Toilette ging, legte Tante Leslie ihre Hand auf meine. »Deine Freundin scheint sehr nett zu sein. Aber du musst besser auf dich aufpassen, okay? Du kannst nicht den ganzen Sommer nur Junkfood essen. Versprich mir, dass du auch mal Gemüse isst, ja?«

Ich nickte, und so einfach war es, sie mir vom Hals zu schaffen.

Hinterher standen wir in der Einfahrt und winkten, als Tante Leslie wieder wegfuhr. Ich blickte zu Trixie rüber, und sie hatte dieses riesige Lächeln auf dem Gesicht, das ich noch nie bei ihr gesehen hatte, ein Lächeln, das alle ihre Zähne zeigte. Sobald Tante Leslies Auto um die Ecke bog, verschwand das Lächeln.

»Was war das denn?«, fragte ich. »Warum hast du nicht einfach die Wahrheit gesagt?«

Sie ging wieder rein. »Weil es leicht war. Manchmal macht es eben Spaß, wer anders zu sein.«

Es war leicht, hatte sie gesagt.

Aber für sie war es viel zu leicht.

32

Zweihundertdreiundsechzig Millionen.

So viele Sarah Browns gibt es laut Google. Zu viele, um sie jemals alle zu finden, selbst wenn ich ein Leben lang Zeit hätte. Ich will es Jasper fast nicht erzählen, denn er meint ja, unbedingt damit abschließen zu müssen, und außerdem hat er mich angelogen, als ich ihn nach Trixies Laborpartner gefragt habe. Ich wüsste gern, was er noch vor mir geheim hält. Und warum.

Als ich am nächsten Tag in der Mittagspause in meinem Auto sitze und esse, geht auf einmal die Beifahrertür auf und Beau steht da. Sein Blick ist gehetzt, und er wirkt ziemlich verzweifelt.

»Ich hab was Schlimmes gemacht«, sagt er. »Was richtig Schlimmes. Du musst mir helfen.«

Ich winke ihn ins Auto, und dabei rutscht mir die Chipstüte vom Schoß auf den Boden. Es ist heiß hier drin, heiß und stickig, und die Luft wird noch stickiger, sobald Beau sich setzt und die Tür schließt. Er riecht nach Alkohol und Schweiß, und seine Augen sind blutunterlaufen.

»Du musst das verstecken.« Er wirft mir einen Rucksack auf den Schoß. Mein Magen krampft sich zusammen, denn er ist schwarz und sieht genauso aus wie Trixies, bis zu den weißen Nähten.

»Wo hast du den her?«, frage ich. »Das ist nicht deiner.«

Beau sieht mich an, als wäre ich verrückt, und vielleicht bin ich das auch. Dann dreht er den Rucksack um, und ich erkenne, dass es ein anderer ist, dass er Taschen an Stellen hat, wo Trixies Rucksack keine hatte, und mein Atem beruhigt sich wieder.

»Du musst ihn nur hier aufbewahren.« Er beugt sich zu mir rüber, und sein saurer Atem lässt mich fast würgen, als er dicht an meiner Wange flüstert: »Ich stecke in Schwierigkeiten.«

»Was für Schwierigkeiten?«

»Ist nicht wichtig. Du musst mir einfach helfen, okay?«

»Nein, nicht okay.« Es fühlt sich gut an zu widersprechen. »Sag mir, was im Rucksack ist, sonst gucke ich sowieso nach.«

Hektisch sieht er sich nach allen Seiten um, ob uns auch niemand beobachtet. Dann öffnet er den Rucksack und zieht eine Wodkaflasche hervor. Und dann eine Flasche mit einer bernsteinfarbenen Flüssigkeit. Und zum Schluss ein Päckchen Gras.

»Da, das ist alles. Harmloses Zeug. Keine Mordwaffe oder so.«

Doch, das ist es, würde ich am liebsten sagen. *Du bringst dich selbst damit um.*

»Und was, wenn es jemand hier findet?«, frage ich stattdessen. »Ich kann das nicht in meinem Auto rumliegen haben.«

»Ich hab kein Auto, wo ichs verstecken kann.« Seine Stimme ist rau und kratzig, als würde er gleich zu weinen anfangen. »Mein Vater fährt mich zur Schule. Eigentlich bewahre ich das Zeug in meinem Spind auf, und ich bin der Einzige, der die Zahlenkombination weiß. Aber Coach Mortimer macht heute Spindkontrollen. Irgendein Idiot hat ihm erzählt, dass welche aus dem Team Drogen nehmen.«

Ich schüttele den Kopf. *Wie konntest du nur so blöd sein? Wie konntest du so leichtsinnig sein?* Aber ich glaube, ich wusste bereits, dass Beau beides ist.

Das Schlimmste ist, es ist nicht das erste Mal, dass er mich bittet, etwas für ihn in meinem Auto aufzubewahren. Das erste Mal vor zwei Jahren war es ein Stapel Bücher aus der Bibliothek. Beau hatte gesagt, er hätte keine Zeit, sie zu seinem Spind zu bringen, weil er sonst zu spät zum Training käme. Als ich ihm die Bücher abnahm, hatte ich das Gefühl, eigentlich wollte er nur nicht, dass ihn irgendwer damit sah. Es waren Gedichtbände von Lord Byron, den wir in der Neunten kurz in Englisch behandelt hatten. Damals fand ich Cheerleading und meine Freundinnen interessanter als die Gedichte von noch so einem längst toten weißen Mann. Doch an dem Tag saß ich in meinem Auto und las die Gedichte, und mit jeder Zeile kam es mir vor, als würde ich Beau ein bisschen besser kennenlernen.

»Hier wird niemand nachsehen«, sagt er jetzt und schiebt die Flaschen und das Gras bereits unter den Sitz. »Du musst dir keine Sorgen machen, okay? Ich verspreche es dir.«

Er blickt mich an, und es bricht mir das Herz. Beau ist

der Einzige, der das kann, der mir das Gefühl gibt, dass er etwas in mir sieht, was andere Leute nie erkennen werden. Ich muss noch nicht mal Ja sagen, denn er kennt meine Antwort schon.

Ich stelle mir vor, wie ich zu ihm sage: *Du hast ein Problem, du brauchst Hilfe.*

Wut steigt in mir auf, und das macht mir Angst, wie die Wut plötzlich aus dem Nichts kommt und alles andere erstickt. Ich möchte ihn packen und schütteln und ihm sagen, dass ich nicht immer für ihn da sein und ihn decken kann. Ich bin kurz vorm Kentern, wie ein Rettungsboot mit einem Loch. *Ich kann nicht dein Rettungsboot sein, ich gehe selbst unter.* Doch stattdessen nicke ich bloß. Erst, als er wieder weg ist, murmele ich leise: »Ich hasse dich.«

Nach der letzten Stunde passe ich Jasper draußen vorm Computerraum ab. Er blickt auf sein Handy, und ich stelle mich ihm in den Weg, damit er in mich hineinläuft.

Schnell lässt er das Handy in die Manteltasche gleiten und verzieht den Mund zu einem Lächeln, das eher wie eine Grimasse aussieht. »Fiona. Hi. Ich will schon die ganze Zeit mit dir reden.«

Aus irgendeinem Grund sprudelt alles, was ich eigentlich gar nicht zu erzählen vorhatte, aus mir heraus. »Ich muss auch mit dir reden. Hat Trixie dir gegenüber jemals Sarah Brown erwähnt?«

Er schüttelt den Kopf. »Nein. Wer ist das?«

»Keine Ahnung. Vielleicht niemand. Oder genau diejenige, die wir suchen.«

Ich erzähle ihm die ganze Geschichte, dass sie bereits den gefälschten Ausweis besaß, als wir uns kennenlernten. Dass sie mir nie erklärt hat, wo meiner herkam, und ich nie dafür bezahlen musste. Fast, als hätte sie die ganze Zeit schon darauf gewartet, dass eine Beth Winchester ihr über den Weg läuft.

»Wir müssen zur Polizei«, sage ich. »Das ist ein Beweis.«

Jasper schüttelt wieder den Kopf, und die Haare fallen ihm in die Augen. Er lässt sie so. »Das ist kein Beweis. Wofür auch. Sie hatte einen gefälschten Ausweis. Na und? Den haben viele. Das beweist gar nichts.« Er senkt die Stimme. »Diese Spur, die du verfolgst, führt nirgendwohin.«

»Vielleicht. Aber nur mal angenommen, sie hat sich in Sarah Brown verwandelt. Was hätte sie noch gebraucht, um zu verschwinden? Einen neuen Reisepass? Kreditkarten? Vielleicht war es mit Toby Hunter genauso. Vielleicht hatte er auch gefälschte Ausweise, und er hat Trixie verraten, wo sie sie herbekommt.«

Jasper seufzt. »Toby Hunter ist tot. Und du hast selbst gesagt, dass Trixie ihn nie erwähnt hat. Die beiden hatten nichts miteinander zu tun. Das Ganze ist bloß eine Reihe ziemlich seltsamer Zufälle.«

»Ich muss mir sicher sein. Wir müssen rausfinden, wo sie ihn herhatte«, sage ich. Ich sage *wir*, nicht *ich*, weil ich Angst habe, es allein zu machen. Angst davor, was ich herausfinden könnte, oder auch nicht.

»Dabei kann ich dir nicht helfen. Vielleicht ist es dir noch nicht aufgefallen, aber ich bin nicht unbedingt der Typ, der Verwendung für einen gefälschten Ausweis hätte.«

Es ist gar nicht unbedingt, was er sagt, sondern wie er es sagt, als wüsste er, dass er uncool ist und niemals cool sein wird. Ich hatte wohl immer geglaubt, Jasper wäre immun gegen die Bemerkungen der anderen Leute an der Schule, die ihn *Freak* nennen und *Spinner* und *Loser*.

»Ich weiß, wo wir gucken können«, sage ich. »Aber ich hab Schiss, allein dahin zu gehen. Vielleicht können wir ja zusammen hin.«

Jasper holt tief Luft und beißt sich auf die Unterlippe, bis sie glänzt und ganz rot ist. »Okay«, sagt er schließlich, und ich höre ihm seine Unsicherheit an. Ich kann es ihm nicht verübeln.

Wir steigen ins Auto und ich fahre los. Der Beifahrersitz ist vom letzten Mal, als Jasper dort gesessen hat, immer noch zurückgeschoben. Sobald ich vom Parkplatz fahre und rechts abbiege, rollen Beaus Flaschen unterm Sitz hervor. Jasper hält sie mit dem Fuß auf.

»Du hast einen Alkoholvorrat im Auto?«, fragt er und rollt mit der Schuhsohle über eine der Flaschen. »Ich hab gedacht, du trinkst nicht. Das ist doch eher Trixies Ding gewesen.«

»Ich trinke auch nicht«, sage ich viel zu schnell. Ich frage mich, wieso er glaubt, mich irgendwie einschätzen zu können, wo wir uns gerade mal seit ein paar Wochen kennen. »Ich meine, ich hab schon mal was getrunken. Ich war auch schon mal betrunken. Aber das sind nicht meine Flaschen. Ein Freund hat mich gebeten, sie für ihn aufzubewahren.«

»Okay«, sagt Jasper. »Ich hab Alkohol noch nie gemocht.

Leute betrinken sich nur, um eine Entschuldigung zu haben, ihre Ungeheuer rauszulassen.«

Ich frage mich, ob er über Trixie spricht oder mich oder einfach Leute im Allgemeinen und ob er schon mal persönliche Erfahrungen damit gemacht hat, was Alkohol anrichten kann. Er räuspert sich und wechselt das Thema. »Also, wo fahren wir hin?«

»An einen Ort, an dem sie vielleicht eine Spur hinterlassen hat.«

Jasper tippt sich mit den Fingern aufs Bein. »Und das ist?«

»Ihr Zimmer.«

33

Du wusstest nicht, wer ich vor dir gewesen war. Vielleicht, weil du dir nie die Mühe gemacht hast, mich danach zu fragen. Es war, als wolltest du nicht, dass die Version von mir weiterhin existierte.

Der Cheerleader-Auftritt beim großen Fest vor Beginn der Football-Saison stand kurz bevor. Die Mädchen zogen sich ihr Spieltag-Outfit an und präsentierten die Nummer, an der sie wochenlang gearbeitet hatten, die Sprünge, von denen sie wussten, dass sie die Zuschauer von den Bänken reißen würden. Jetzt waren sie an der Reihe, ihren Ruhm zu ernten. Zu dem Zeitpunkt hatte ich schon ein paar Trainings verpasst, aber beim Auftritt heute durfte ich nicht fehlen. Die anderen zählten auf mich.

»Du kannst ja mitkommen«, bot ich Trixie an, aber eigentlich war mir schon klar, dass sie ablehnen würde.

»Ich habe eine Schicht bei Cabana Del Shit«, sagte sie und sah in den Spiegel im Spind. »Außerdem hab ich es nicht so mit Schul-Spirit. Ich dachte, du könntest mitkommen und mir Gesellschaft leisten, und dann machen wir hinterher noch was zusammen. Ich geb dir einen Schoko-Milchshake aus.«

Trixie hatte während der ganzen Highschool-Zeit bei Cabana Del Shit gearbeitet. Es war ein winziges, einfaches Restaurant am Strand und hieß eigentlich Cabana Del Sol. Trixie arbeitete dort als Tellerwäscherin, ein Job, von dem sie ständig trockene, rissige Hände hatte. Sie hasste ihren Job, aber sie liebte es, sich über ihre Kollegen zu beklagen: Skylar, die fiese Kellnerin, die es auf sie abgesehen hatte. Max, den hotten, aber dummen Barmann. Die perversen Köche, die mit Pornoheften aufs Klo gingen.

»Oh.« Ich lehnte mich gegen den Spind neben unserem. »Das wäre toll. Aber ich darf den Auftritt nicht verpassen. Kann ich nicht nachkommen?«

»Kein Ding.« Sie ließ ihr Kaugummi platzen, während sie mit schnellen, kleinen Strichen Eyeliner auftrug. »Wir müssen auch nicht alles zusammen machen.«

»Ich schreibe dir, wenn es zu Ende ist«, sagte ich.

»Ich muss los. Bis später.« Sie schlurfte in ihren Flip-Flops den Gang hinunter, ohne sich noch einmal umzublicken. Kein Peace-Zeichen wie sonst, kein Winken, kein Lächeln.

Sofort setzte die Panik ein. Ich hatte es verbockt, mit Trixie und mit allen anderen auch. Seit der Neunten hatte ich mich eigentlich immer gemeinsam mit Jenny und Alison auf unsere Auftritte vorbereitet. Wir hatten uns gegenseitig die Haare geflochten und bewundert, wie gut wir zusammen aussahen, ich mit meinen rotbraunen Haaren, Jenny mit den dunkelbraunen und Alison mit den blonden. Wir ergänzten einander, wir waren das perfekte Trio. Zwar waren die Dinge zwischen uns mittlerweile anders, aber trotzdem hatte Alison mich morgens gefragt, ob ich kommen würde, und ich hatte Ja gesagt. Ich war noch nicht bereit, das alles aufzugeben.

Mit zitternden Händen schminkte ich mich und dann zog ich mir auf der Toilette die Uniform an. Sie passte noch, obwohl ich nicht gut auf mich achtgegeben hatte. Ich hatte sämtliche von Trixies Lieblingsspeisen gegessen, lauter Sachen, die Mom nie im Haus hatte. Da die Uniform noch passte, dachte ich, dass auch ich noch passen könnte. Ich könnte Cheerleaderin und mit Trixie befreundet sein. Ich könnte beides haben. Später würde ich Trixie sehen und es wiedergutmachen, ich würde ihr sagen, dass wir hinfahren könnten, wohin sie wollte.

Doch irgendwie wusste ich, dass das nicht stimmte. Ich war noch nie gut darin gewesen, Entscheidungen zu treffen. Selbst die kleinsten Fragen, wie die, ob ich einen Gartensalat oder einen Griechischen Salat zum Mittagessen wollte, lähmten mich. Und immer war mir klar, egal was ich wählte, letztendlich würde ich genau das wollen, wofür ich mich nicht entschieden hatte.

Ich ging in der Uniform über den Parkplatz und sah Jenny und Alison auf der Bahn joggen, ihre geflochtenen Zöpfe hüpften im Gleichklang auf ihren Schultern. Jenny beugte sich zu Alison rüber und zog am Ende ihres Zopfes, dann sagte sie etwas, was beide zum Lachen brachte. Ich war nicht da, und es war ihnen egal. Sie lachten trotzdem. Wahrscheinlich über mich.

Ich wischte mir den roten Lippenstift vom Mund und lief zu meinem Auto. Ich fuhr vor ihnen davon, genau wie an dem Tag, als ich Trixie kennengelernt hatte.

Als ich bei Cabana Del Shit ankam, wirkte Trixie überrascht, mich zu sehen. Sie trug eine fleckige Schürze und ein Basecap und schleppte eine riesige Wanne Geschirr in die Küche, und ihre Arme zitterten so sehr, als würde ihr die Wanne jeden Moment runterfallen. Sie machte mir einen Schoko-Milchshake, wie sie es versprochen hatte. Ich setzte mich, immer noch in meiner Uniform, an die Theke.

»Ich dachte, du hättest einen großen Auftritt«, sagte sie.

»Hatte ich auch. Aber ich bin nicht hingegangen. Ich glaube, ich bin keine Cheerleaderin mehr.«

Sie lächelte. »Weißt du, was? Als ich klein war, hab ich mir immer eine Schwester gewünscht. Und ich hab es mir vorgestellt wie mit dir.«

Und so kam es, dass das Cheerleader-Team zu verlassen das Beste war, was ich jemals getan hatte.

Eine Woche später versuchte Alison, mich zurückzuziehen. Sie dachte, ich würde untergehen, und warf mir einen Rettungsring zu, gab mir eine letzte Chance, wieder ins Boot zu kommen. Doch sie verstand mich total falsch. Sie kapierte nicht, dass ich flog, so hoch wie ein Drachen, leicht wie ein Ballon, und es nervte mich, dass sie versuchte, mich runterzureißen.

»Fiona!«, rief sie am Ende des Schultags durch Mr Mores Algebrakurs über den Lärm von dreißig Schülerinnen und Schülern hinweg, die ihre Bücher in Rucksäcke warfen und zur Tür rannten.

»Hey«, sagte ich.

»Können wir kurz reden?« Sie setzte sich auf meine

Tischkante, ihr blödes gebräuntes Bein war direkt vor meiner Nase. Ich wollte Alison nicht so nah sein. Es war leichter, wenn ich mit Trixie zusammen war, die mein Schutzschild war, unempfindlich gegen Beulen.

»Klar«, sagte ich vorsichtig.

Alison blickte auf den Boden, und da merkte ich, dass auch sie nervös war. Normalerweise war sie sehr gut darin, Leuten in die Augen zu sehen und zu sagen, was sie dachte. Deswegen liebten sie sämtliche Eltern. Deswegen war sie eine tolle Schülerin und die neue Kapitänin des Cheerleader-Teams. Leute wie Alison hatten nichts zu verbergen.

»Ich wollte dir nur sagen, dass du uns im Team fehlst. Es ist einfach nicht das Gleiche ohne dich. Und ich vermisse es, Zeit mit dir zu verbringen. Habe ich irgendwas getan, weswegen du nicht mehr mit mir befreundet sein willst?« Sie legte die Hände im Schoß zusammen und wartete, dass ich etwas sagte.

Ich hatte keine Ahnung, was ich antworten sollte. Ich konnte es ihr nicht erklären. Ich konnte ihr nicht sagen, dass Jenny mein Leben ruiniert hatte, dass ich jedes Mal, wenn ich sie mit Beau zusammen sah, das Gefühl hatte, in die Magengrube getreten zu werden. Alison würde sagen: *Freundschaft ist immer wichtiger als irgendwelche Jungs*, obwohl sie wusste, dass ich zuerst in Beau verliebt gewesen war und dass Jenny mir gegenüber nicht so loyal war. Ich hätte Alison schütteln müssen, damit sie erkannte, wie mühelos Jenny mich ziehen ließ, als wäre ich überhaupt nie da gewesen.

»Es hat nichts mit dir zu tun«, sagte ich und musste beinahe lachen, weil es klang wie das, was Leute sagten, wenn sie mit jemandem Schluss machten, wie das, was Brad Colton zu Alison gesagt hatte, als er sich vor einem Jahr von ihr getrennt hatte. »Ich habe eine neue Freundin, das ist alles. Und Cheerleading ist irgendwie nichts mehr für mich.«

»Okay«, sagte Alison. »Aber ich mache mir Sorgen um dich. Du schließt uns irgendwie total aus deinem Leben aus, seit du dich mit dieser Trixie triffst.«

Ich konnte nicht überhören, wie sie *Trixie* sagte, als wäre ihr Name ein mit Gift getränkter Wattebausch, den sie ausspuckte. Sofort war ich hellwach, wie ein Hund, der einen Eindringling erschnüffelt. Sie kannte Trixie überhaupt nicht. Wie konnte sie ihr die Schuld geben? Dabei war doch Jenny diejenige, die alles kaputt gemacht hatte.

»*Trixie* ist meine beste Freundin«, sagte ich, überrascht von der Wut in meiner Stimme. »Und *Trixie* wird immer meine beste Freundin sein. Du hast ja bereits eine. Jetzt hab ich auch eine, und alles ist so, wie es sein soll.«

Alison wurde rot, und sie fing an, an ihrer Nagelhaut herumzupulen. Ich kannte sie gut genug, um zu wissen, dass es eine nervöse Angewohnheit war, die ihre Mutter ihr auszutreiben versuchte. »Pinsel die Nägel mit diesem Öl ein«, hatte sie einmal gesagt, als ich mit Alison bei ihr zu Hause am Küchentisch Hausaufgaben machte. »Ruiniere dir nicht deine Finger.«

»In Ordnung«, sagte sie, stand auf und strich sich den Rock glatt. »Solange du glücklich bist, freue ich mich für dich.«

Wie angewurzelt blieb ich auf meinem Stuhl sitzen und

sah ihr nach. Ein kleiner Teil von mir wollte ihr hinterherrufen und ihr sagen, dass sie mehr um mich kämpfen müsse, aber der kleine Teil wurde vom viel größeren Teil ausgelöscht, einem Tintenklecks, der alles andere überdeckte und die Erinnerungen an die guten alten Zeiten unsichtbar machte.

Als ich ging, wartete Trixie draußen vor Mr Mores Kursraum und lächelte. Und obwohl sie es nie erwähnte und ich auch nicht, fragte ich mich, wie viel sie gehört hatte.

34

Jasper streckt die Hände vor sich aus. »Nein. Halt sofort an. Ich hab nicht gesagt, dass ich mitkomme.«

Ich trete auf die Bremse. Jasper wird nach vorn in den Sicherheitsgurt geworfen. »Du hast gesagt, du hilfst mir. Und es gibt keinen besseren Ort, um nach einem Hinweis zu suchen, als ihr Zimmer.«

Er reibt sich übers Gesicht. »Ich kann das nicht. Ich kann da nicht rein. Das ist viel zu absurd. Hör zu, ich hab dir doch gesagt, wir können zu mir. Ich habe diesen Globus, den sie mochte. Vielleicht triggert das was. Eine Erinnerung oder so.«

»Ich will keinen Globus angucken«, fahre ich ihn an. »Das ist sinnlos. Ich muss in ihr Zimmer.«

Er fasst nach meiner Schulter und atmet schwer. Hinter uns hupt ein Auto, aber das ist mir egal. Unsere Nasen sind nur Zentimeter voneinander entfernt, und dann küsst Jasper mich auf einmal. Nicht zaghaft wie am Strand. Härter, drängender, seine zitternde Hand heiß auf meiner Wange, der Daumen unter meinem Kinn. Ich erwidere seinen Kuss, obwohl es die schlimmste Art von Betrug ist. Oder vielleicht auch gerade deswegen. Weil sie mich verlassen hat, weil ich es nicht wert gewesen bin, zu bleiben. Sie hat über alles Lügen gestreut und zugesehen, wie ich sie geschluckt und um einen Nachschlag gebeten habe. Ich will immer noch mehr.

Jasper löst sich von mir, und ich öffne die Augen. Er schnallt sich ab, und im nächsten Moment ist er auch schon ausgestiegen und knallt die Tür hinter sich zu. Ich sehe ihm hinterher, wie er im Rückspiegel immer kleiner wird und sein Mantel hinter ihm herweht.

Ich hole ein paarmal zitternd Luft und umklammere das Lenkrad. Wahrscheinlich sollte ich es lassen, aber Trixies Haus ist jetzt nicht mehr weit entfernt. Ich muss es machen. Auch wenn ich eigentlich keine Lust habe, Mr Heller zu begegnen.

Doch Mr Heller ist gar nicht da. Sein Kombi steht nicht in der Einfahrt, und trotzdem klingele ich ungefähr zehnmal. Ich will schon wieder gehen, aber dann fällt mir ein, dass ich ja einen Schlüssel habe. Trixie hat ihn mir vor Ewigkeiten gegeben, als ich ein Buch für sie holen sollte, das sie zum Lernen brauchte. Als ich ihr den Schlüssel zurückgeben wollte, sagte sie, ich solle ihn behalten. »Nur für den Notfall«, hatte sie gesagt, und das hier ist ein Notfall.

Langsam öffne ich die Tür. »Hallo?«, rufe ich, auch wenn klar ist, dass niemand antworten wird. Auf Zehenspitzen gehe ich hinein und blicke vom Flur ins vollgestopfte Wohnzimmer. Trixies Dad ist ein Sammler. Er sammelt alles, was es zu sammeln gibt. Zeitungsartikel über Elvis. Alte Teetassen. Tierfiguren aus Messing. Drucke von ägyptischen Pyramiden. Schnapsgläser aus Ländern, in denen er noch nie war. Mom würde einen hysterischen Anfall kriegen, wenn sie das Durcheinander zu sehen bekäme.

Und das Durcheinander zu sehen ist aus irgendeinem Grund das, was mir am meisten das Herz bricht. Er hat nicht eine einzige Sache bewegt, nur noch mehr hinzugefügt. Da sind zusammengerollte Teppiche in einer Ecke, an einer Wand stehen Lampen und ein Garderobenständer voller Hüte. Und Trixie ist nicht hier, um die Augen zu verdrehen und ihm zu sagen, dass er den Kram loswerden muss, dass er davon noch begraben wird, wenn er weiter so viel Zeug kauft, ohne Platz dafür zu haben.

Ich schleiche die Treppe hoch, umklammere mit verschwitzter Hand das Geländer. Trixies Zimmertür direkt hinter der Treppe steht offen. Mit klopfendem Herzen gehe ich hinein, halb rechne ich damit, dass sie jeden Moment aus dem Schrank springt und »Überraschung!« ruft. Aber hier gibt es keine Überraschungen. Das Zimmer ist sauber und aufgeräumt, ohne irgendwelche persönlichen Gegenstände. Ein Schreibtisch, ein Bücherregal und ein Schrank voller Kleidung, die ordentlich auf Bügeln hängt.

Ich weiß nicht, was ich eigentlich genau suche. Irgendetwas. Einen Hinweis, ein Zeichen, ein Fitzel Papier, einen Kompass, der mir die Richtung weist. Ich öffne jede Schublade und sehe mir die Notizbücher darin an, aber sie sind alle leer. In der untersten Schublade ist ein Fotoalbum ohne Fotos. Ich denke daran zurück, was die Polizei gesagt hat. *Leute lösen sich von der Vergangenheit, wenn sie beschließen, ihr Leben zu beenden.* Aber ich glaube, bei Trixie war es anders. Vielleicht hing sie zu sehr an der Vergangenheit, an

Toby. Vielleicht hat sie ihr altes Leben beendet, damit sie ein neues beginnen konnte.

Unter dem Fotoalbum liegen unsere Jahrbücher. Alle vier Jahre der Robson High, und nicht ein einziger Eintrag von ihren Mitschülerinnen oder Mitschülern darin. Kein *Ich wünsch dir einen tollen Sommer* oder *Wir sehen uns nächstes Jahr*. Ich blättere zu der Seite, die sie Jahr für Jahr mit Toby Hunter geteilt hat. Ich weiß nicht, was ich erwarte. Ein Herz um sein Gesicht oder vielleicht einen hingekritzelten Liebesbrief zwischen den Fotos vom Schachklub und vom Tennisteam. Aber ich finde nichts. Die Jahrbücher sehen so aus, als wären sie vorher noch nie aufgeschlagen worden.

Unter den Jahrbüchern von der Robson High liegt noch ein anderes, von der *Sunnyside Elementary School, 2012–2013*. Da war Trixie in der Siebten.

Dieses Jahrbuch hat einen ganz geknickten Rücken, so oft wurde es aufgeschlagen, und als ich es jetzt öffne, sehe ich, dass die vorderen und hinteren Seiten voller Unterschriften und guter Wünsche sind. Ich blättere es durch, bis ich bei Trixies Foto ankomme. Sie hat eine Zahnspange und eine schlimme Frisur und ein künstliches Lächeln, und da ist kein Toby Hunter neben ihr, nur ein Trottel mit schlechter Haut.

Ich seufze. Das hier führt nirgendwohin. Ich hätte wissen müssen, dass in Trixies Vergangenheit zu stöbern in einer Sackgasse enden würde.

Dann sehe ich ganz unten auf der Seite einen lila Pfeil, der auf die nächste Seite verweist. Ich blättere um, und da ist umrandet von lila Schrift ein Foto von einer mir bekannten Person. Einer, die auch damals schon das schönste Mädchen der Klasse war.

BEST FRIENDS FOREVER! Du bist für mich wie eine Schwester! xoxoxoxo

Gabby Reynolds, das Mädchen, mit dem Toby zusammen war.

35

Mir gefiel, dass wir immer nur zu zweit waren. Vielleicht war genau das mein Problem mit Jenny und Alison gewesen. Wir waren eine zu viel gewesen, es war unausgewogen zwischen uns. Ich hatte mir nie vorstellen können, dass du deine eigene Geschichte mit besten Freundinnen hattest.

Anfang letzten Sommers trafen wir uns an einem ganz gewöhnlichen Montag nach ihrer Schicht bei Cabana Del Shit. Es war kurz vor Feierabend, und Trixie überredete einen der Typen in der Küche, uns eine riesige Portion Nachos mit Rindfleisch und geschmolzenem Käse zu machen. Mir war klar, dass uns von der Menge schlecht werden würde, aber ich schaufelte mir die klebrigen Chips eine Handvoll nach der anderen in den Mund und wischte mir zwischendurch die fettigen Finger an den dünnen Papierservietten ab.

Trixie erzählte mir gerade von all den ekligen Sachen, die sie während ihrer Schicht beim Abräumen der Tische gefunden hatte, da klingelte die Türglocke und Gabby Reynolds kam herein und ging zum Tresen.

Schnell blickte ich in die andere Richtung. Ich wollte nicht, dass Gabby mich erkannte und sah, wie ich mich wie ein Freak mit Nachos vollstopfte. Als ich mich fürs Cheerleader-Team beworben hatte, war Gabby diejenige gewesen, vor der ich vorturnen musste. Ich hatte erwartet, dass sie fies und gemein sein würde, und während ich so durch meine Nummer schwankte, rechnete ich die ganze Zeit damit, dass sie mir gleich sagen würde, ich solle doch besser einen Sport ausprobieren, der weniger Koordination erforderte.

Aber das tat sie nicht. Sie lächelte mich an, und es wirkte überhaupt nicht aufgesetzt, und als die Liste draußen und ich darauf war, sagte sie mir sogar, dass sie sich freue, mich im Team zu haben.

Gabby hatte einen perfekten Körper, der an genau den richtigen Stellen kurvig war, und die vollsten, glänzendsten blonden Haare, die ich je gesehen hatte. Ich dachte, wer so schön war, musste irgendeinen Makel haben. Jemand so Nettes musste ein Geheimnis haben.

Aber Gabby leitete außerdem den Matheklub, war Mentorin, spielte im Orchester die erste Geige und arbeitete nach der Schule ehrenamtlich mit behinderten Kindern. Und Toby Hunter liebte sie. Sie waren das goldene Paar. König Toby und seine Königin.

Die Gabby, die jetzt am Tresen stand, war alles andere als perfekt. Nach Tobys Verschwinden war sie zum Schatten ihrer selbst geworden. Sie hörte mit dem Cheerleading auf. Sie wurde blass und knochig und ihr fielen büschelweise die Haare aus. Jenny sagte, das wäre, weil die Hälfte von ihr gestorben sei – was mal wieder so eine typisch dramatisierte Aussage von ihr war. Für Jenny waren die beiden kein echtes Paar, sondern die Hauptdarsteller einer Soap gewesen.

Ich hörte, wie Skylar mit klackernden Absätzen an den Tresen kam. »Kann ich helfen?«

Eine Fliege flog mir ums Gesicht. Ich wedelte sie fort.

»Ich hab was zum Abholen bestellt«, sagte Gabby, »aber ich hab meine Nummer vergessen. Es waren Cheeseburger und Pommes.«

Es berührte mich, dass Gabby etwas so Stinknormales machte, wie Cheeseburger und Pommes zu bestellen. Ich fragte mich, ob das wohl das Schwerste für sie war, einfach normale Dinge zu tun. Die alte Gabby hätte mit ihren Freundinnen zusammen gegessen. Doch jetzt nahm sie ihr Essen allein mit nach Hause. Ich stellte mir vor, wie sie in winzigen Happen aß, während sie versuchte, die Realität zu ertragen.

Dann fiel mir auf, dass Trixie, seit Gabby reingekommen war, kein einziges Wort mehr gesagt hatte. Sie saß bewegungslos da und starrte Gabby mit einem Blick an, den ich noch nie zuvor bei ihr gesehen hatte. Es war kein Mitleid, es war auch keine Neugier und keine Traurigkeit.

Es war pure, unverfälschte Verachtung. Sie hatte die Augen zu Schlitzen zusammengekniffen und biss sich so fest auf die Lippe, dass alle Farbe daraus verschwand.

»Ist alles okay?«, fragte ich. Sie musste in Gedanken irgendwo anders sein, der Gesichtsausdruck hatte bestimmt nichts mit Gabby Reynolds zu tun.

»Ja«, sagte sie geistesabwesend. »Das Leben ist einfach toll.«

Gabby hatte inzwischen bezahlt und huschte in ihren ausgelatschten Ballerinas zum Ausgang, in der Hand den Styroporbehälter. Als sie uns sah, winkte sie kurz, und ich winkte lahm zurück.

»Ich brauche mehr Sour Cream«, sagte Trixie plötzlich, stand auf und lief in die Küche. Ich sah auf unseren Teller. Da war noch jede Menge Sour Cream.

Als sie zurückkam, waren ihre Augen knallrot. Sie behauptete, das wäre, weil sie mit einem der Typen aus der Küche hinterm Restaurant einen Joint geraucht hätte. Nur roch sie überhaupt nicht nach Pot, und ich war mir ziemlich sicher, dass sie geweint hatte. Ich sprach sie aber nicht darauf an, weil ich keinen blassen Schimmer hatte, was gerade passiert war, warum sich die normale Trixie, die ich kannte, in jemand ganz anders verwandelt hatte.

Vielleicht war es doch nicht unmöglich, Gabby Reynolds zu hassen.

36

Als ich am nächsten Tag in die Schule komme, wartet Jasper an meinem – *unserem* – Spind auf mich. »Sorry, mich hat das gestern ein bisschen aufgewühlt«, sagt er und streicht sich die Haare hinter die Ohren. »Ich bin nur, ich meine, ich bin noch nie bei ihr zu Hause gewesen, selbst nicht, als sie noch gelebt hat. Es wäre mir gestern einfach total schräg vorgekommen, ohne sie da zu sein. Ergibt das irgendeinen Sinn?«

Ich nicke. Klar. Ich versuche, mir vorzustellen, wie ich in Beaus Zimmer herumschnüffele, ohne dass er da ist, und das fühlt sich auch nicht richtig an.

»Ist okay«, sage ich und öffne das Schloss. *Einunddreißig. Null. Acht.* Dieselbe Erinnerung, mehrmals am Tag, dass sie irgendwo da draußen ist. Vielleicht mit ihm.

»Hast du irgendwas gefunden?«, fragt er zaghaft, als hätte er Angst vor der Antwort.

»Eigentlich nicht. Ich meine, vielleicht. Wusstest du, dass Trixie mal mit Gabby Reynolds befreundet war?«

Jasper schüttelt den Kopf. »Nein. Hat sie nie erzählt. Ich kann mir auch nicht vorstellen, dass die beiden etwas verbunden haben sollte.«

»Vielleicht hat sie auch nicht etwas verbunden, sondern jemand.«

In der Mittagspause sehe ich Gabby in der Raucherecke abhängen. Sie passt gut dahin mit ihren dunklen Augenringen und den nikotingelben Fingern. Mein Herz pocht, als ich die Treppe runtergehe und mich neben sie auf die Bank setze.

»Hey«, sage ich. »Kann ich mir vielleicht ne Zigarette von dir leihen?«

Sie lacht. Es ist nicht das Lachen, das ich von Gabby kenne, das mädchenhafte Kichern aus der Sporthalle. Ihr Lachen ist spröde, wie ein brechender Strohhalm.

»Der richtige Ausdruck ist wohl eher *schnorren.*« Zwinkernd reicht sie mir eine. »Ist ja nicht so, als würdest du sie zurückgeben.«

Ich stecke mir die Zigarette in den Mund und lege die Hände darum, während Gabby mir Feuer gibt. Ich versuche, nicht zu husten, wie bei meiner ersten Zigarette mit Trixie.

»Wie gehts dir?« Mein Mund ist voller Rauch, und meine Zunge fühlt sich dick und pelzig an, als wäre sie zu groß für meinen Mund.

»Gut«, sagt sie nickend. »Wie gehts dir so? Tut mir leid mit Trixie. Dass sie nicht mehr da ist. Ich weiß, wie das ist.«

Sie senkt den Blick. Ihre Augen glänzen. Mir wird bewusst, was für ein schlechter Mensch ich bin, dass ich nach Tobys Verschwinden überhaupt nichts zu ihr gesagt habe.

Kein *Tut mir leid* oder *Ich bin für dich da* oder *Ich fühle mit dir.* Ich habe wohl gedacht, dass wir uns nicht gut genug kennen würden, um ihr mein Beileid auszusprechen, und ich hätte auch nicht gewusst, was genau ich hätte sagen sollen. In meinem Kopf hörte sich alles kitschig und klischeehaft an, aber vielleicht hätte sie es trotzdem gebraucht.

»Ganz gut, glaube ich«, antworte ich.

»Ich würde dir ja gern sagen, dass es besser wird« – Gabby schnippt mit dem Daumen am Filter ihrer Zigarette, damit die Asche abfällt –, »aber das wäre gelogen.« Sie nimmt einen Zug, formt den Mund zu einem O und bläst den Rauch aus.

»Ich hab ihre Sachen durchgesehen und ein altes Jahrbuch gefunden, von der Sunnyside. Ich wusste gar nicht, dass ihr früher befreundet wart.«

Gabby streicht sich mit der freien Hand die Haare über die Schulter. »Ja, stimmt. Ist eine Ewigkeit her. Das hatte ich total vergessen.«

Vorsichtig ziehe ich an meiner Zigarette. »Warum hast du es beendet?«, frage ich und unterdrücke ein Husten. »Warum wolltest du nicht mehr mit ihr befreundet sein?«

»Ich hab es nicht beendet. Das war sie.« Gabby beugt sich zu mir rüber. »Wir waren praktisch noch Kinder. Sie war in einen Typen aus unserer Klasse verknallt, der mich bei einer dieser albernen Schulpartys küssen wollte. Ich habe es natürlich nicht zugelassen. Sie war meine beste Freundin. Aber sie hat mir nie verziehen, dass er mich toller fand als sie. Sie hat den Kontakt zu mir abgebrochen, einfach so. Und danach haben wir nie wieder miteinander geredet.«

Sie zuckt mit den Achseln. »Mädchen machen blöde Sachen, wenn es um Jungs geht.«

Es klingelt, und vor Schreck lasse ich die Zigarette fallen, tue aber so, als wäre es Absicht gewesen. Ich sehe zu, wie sie weiterglüht, dann trete ich sie aus.

»Kann ich dich noch was fragen? Wenn ihr mal so eng befreundet wart, hast du eine Idee, warum sie es getan haben könnte?« Ich klinge wie eine Idiotin.

Gabby schürzt die Lippen. »Ich fange langsam an zu begreifen, dass es nicht unbedingt ein *Warum* geben muss. Das war egoistisch, mehr nicht. Sie haben so viele Leute zurückgelassen und haben keine Ahnung, wie sehr es wehtut, dass sie nicht mehr da sind. Ich weiß, das darf ich nicht laut sagen, denn es ging ihnen offenbar nicht gut, aber so sehe ich es halt. Es ist ein einfacher Ausweg, sich vom Meer verschlucken zu lassen.« Sie fährt sich durch die Haare. »Tut mir leid. Habs nicht so gemeint.«

»Mir tuts auch leid«, sage ich, auch wenn es ein Jahr zu spät ist. »Wegen Toby.«

Sie streckt die Arme überm Kopf und atmet tief ein, und ich sehe ihr an, dass sie gerade irgendwo anders ist, weit weg von hier. »Mir auch.«

In Geografie schlage ich in meinem Buch die Weltkarte auf. Die Erde besteht zu 71 Prozent aus Wasser. Wenn man vorhat zu verschwinden, ist das Meer wohl die perfekte Lösung. Keine Fußabdrücke, keine Spuren, keine Hinweise. Da wird mir bewusst, wie lange Trixie es geplant haben könnte. Vielleicht hatte sie es schon die ganze Zeit mit Toby vorgehabt, dass er zuerst geht und sie danach. Vielleicht hatte sie gewusst, dass sie nach dem dreizehnten August nicht mehr da sein würde.

Oder Toby Hunter ist von den Toten zurückgekehrt.

37

Du hast gesagt, Mädchen wie Jenny seien Fakes, als ob die Welt aus zwei Arten von Mädchen bestehen würde: echten, aus Fleisch und Blut, und welchen aus Plastik. Aber du hast dich geirrt. Manchmal ist selbst Jenny unsicher geworden. In den Momenten mochte ich sie am meisten, denn wenn sie unsicher wurde, war sie echt.

»Ich glaube, ich verliebe mich nie«, sagte sie. Wir saßen auf Alisons Terrasse und waren ausnahmsweise mal zu zweit. Alison war gerade reingegangen, um Marshmallows zu holen, die wir über der Feuerstelle rösten wollten. Jenny neigte dazu, solche überdramatischen Aussagen zu machen, sie in der Luft hängen zu lassen, offen für Interpretation. Jetzt sollte ich irgendetwas sagen wie *Klar wirst du das.* Aber an dem Abend sagte ich etwas anderes.

»Ich glaube, ich bin schon verliebt. In Beau.«

Grinsend warf mir Jenny die Arme um den Hals. »Ich wusste es! Ihr wärt so süß zusammen. Ernsthaft! Frag ihn nach einem Date. Er ist zu schüchtern dazu, du musst es machen. Ali und ich haben uns die ganze Zeit schon gefragt, wann ihr beide endlich was miteinander anfangt.«

Ich erwiderte ihr Lächeln, aber eigentlich wollte ich gern

wissen, wann sie und Alison hinter meinem Rücken über mich geredet hatten. Und wann Alison angefangen hatte, den Spitznamen *Ali* zu mögen, obwohl sie mir gesagt hatte, sie könne ihn nicht leiden. Doch ich schüttelte das Gefühl, dass es immer Jenny und Alison waren und ich den beiden ständig einen Schritt hinterherhinkte, schnell ab. Jetzt waren wir Jenny und ich, ohne Alison.

»Wie fühlt sich das an? Verliebt zu sein? Woher weißt du, dass es so ist?«, fragte sie. »Erzähl mir alles.«

»Ich weiß es einfach. Es ist schwer zu erklären.«

Es war wirklich schwer zu erklären. Ich konnte ihr schlecht erzählen, dass es sich anfühlte, als hätte ich die Sterne verschluckt und trüge den Himmel in mir.

»Ich hoffe nur, dass es mir auch bald passiert«, sagte sie. »Ich bin es leid, die ganze Zeit darauf zu warten. Vielleicht stimmt ja irgendwas nicht mit mir.«

»Quatsch. Du findest jemanden. Und wenn es so weit ist, wird es toll sein.«

»Und eines Tages können wir uns die Geschichten davon auf unseren Hochzeiten erzählen.«

Ich musste lachen. Es war so typisch für Jenny, schon bis zur Hochzeit vorauszudenken, wenn alle anderen nur hofften, es irgendwie bis zur Prom-Nacht zu schaffen.

Als Alison mit einer Tüte Marshmallows zurückkam, erzählte Jenny nichts von Beau. Alison wusste bereits, dass ich ihn mochte, aber ich hatte noch nie das Wort *verliebt* benutzt. Es fühlte sich gut an, dass ich Jenny etwas so Großes anvertrauen konnte. Als ich sie über das Feuer hinweg ansah und ihr mein angebranntes Marshmallow reichte, weil sie es so am liebsten mochte, überkam mich ein Gefühl von Verbundenheit, als würde ich bis in alle Ewigkeit mit ihr befreundet bleiben.

Aber unsere Ewigkeit hatte ein Ablaufdatum.

38

Bei der morgendlichen Durchsage wird das große Football-Spiel gegen die Tasker Titans am Nachmittag angekündigt. Eigentlich will ich hingehen, aber es würde zu sehr wehtun. Es würde mich an alles erinnern, was ich nicht mehr habe. Alles, was ich für wertlos erklärt habe, als Trixie in mein Leben trat.

In der Mittagspause entdecke ich einen Zettel in meinem Spind. *Ich warte nach der Schule auf dem Parkplatz auf Dich. Ich will Dir was zeigen. J.*

Früher hatte Jasper immer Trixie solche Zettel hinterlassen, die wie weiße Fahnen aus unserem Spind ragten. Einmal zerriss sie einen vor meinen Augen und schmiss die Fetzen in den Müll. Als ich sie fragte, was darauf stand, lachte sie nur. »Er ist einfach zu sehr in mich verliebt. Ich muss ihn dazu bringen, dass er mich weniger leiden kann. Das ist die einzige Art, wie man mit einem Typen zurechtkommt.«

»Warst du nicht erst gestern Abend bei ihm?«, fragte ich. »Willst du nicht, dass er an dich denkt?« Sie schüttelte den Kopf und lächelte wissend, dieses Lächeln, das sagte: *Fiona, du musst noch viel lernen*, mit dem sie mich verrückt machte.

»Ich war gestern mit ihm im Bett. Das ist alles. Er bedeutet mir nichts, und mehr wird daraus auch nie werden.«

Er tat mir leid, denn ich wusste, dass sie es tatsächlich so meinte. Einmal nahm ich einen seiner Zettel und steckte ihn ein, bevor sie ihn sehen und zerreißen konnte, denn ich wollte nicht, dass er zusammen mit Bananenschalen und alten Kaugummis im Müll landete.

Darauf stand: *Du bist der Mond, denn Du kommst immer erst abends und bist am Morgen wieder weg. Vielleicht wache ich eines Tages auf, und Du bist auch die Sonne.*

Als ich nach der Schule meine Autotür öffne, um im Auto auf Jasper zu warten, schlägt mir eine schwindelerregende Hitze entgegen. Ich habe mich gerade hingesetzt, da packt mich jemand von hinten an der Schulter.

»Jasper?«

Beau taucht neben mir auf. »Hey«, sagt er und stupst mich sachte an. Sein Blick ist leicht besorgt, und kurz halte ich die Luft an, weil ich denke, dass er es ist, der alte Beau, und nicht die kaputte Version von ihm. »Erde an Fiona. Alles gut?«

Seine Stimme ist rau, heiser. Und *Alles gut?* ist nicht unbedingt das Netteste, was jemand sagen kann. Aber irgendwie klingt es wie das Schönste, was ich jemals gehört habe. Weil es von Beau kommt und alles, was von Beau kommt, tausendmal verstärkt wird.

»Alles gut. Mir ist nur heiß.«

»Ich kann dir Wasser holen«, sagt er, aber es ist eher eine Frage. Obwohl mein Mund total trocken ist, schüttele ich den Kopf, denn wenn er Wasser holen geht, könnte es sein, dass er nicht zurückkommt, und dann wäre es, als wäre das hier nie passiert.

»Hör zu, ich brauch was«, sagt er, und auf einmal wird mir klar, warum er hier ist. Ich bin so eine Idiotin. Wegen der Flaschen unter dem Beifahrersitz. Wegen der Flaschen, die ich längst hätte loswerden sollen, was ich aber nicht getan habe, weil ich darauf gehofft hatte, dass etwas Ähnliches wie jetzt passieren würde. Dass ich etwas habe, was er will.

»Nein«, sage ich, obwohl es einfacher wäre, Ja zu sagen.

»Ich brauche was. Ich hab einen furchtbaren Tag. Guck dir meine Hände an.« Er hält mir die Hände vors Gesicht. Und sie zittern heftig. Vielleicht macht er das mit Absicht, tut nur so, damit ich nachgebe.

»Du brauchst Hilfe«, sage ich. »Es ist doch offensichtlich, was mit dir los ist. Du hast ein Problem. Und die Leute lassen es dir durchgehen, weil Toby ...« Ich bringe den Satz nicht zu Ende. »Du kannst so nicht weitermachen.«

Beau schlägt die Hände so laut zusammen, dass ich erschrecke. »Ich mache, was nötig ist, um irgendwie am Leben zu bleiben. Niemand weiß, was an dem Abend tatsächlich passiert ist. Besonders du nicht, denn du warst nicht da.«

Mein Herz krampft sich zusammen. *Du warst nicht da.* Es ist eine Anschuldigung, ein Messer, das meine Haut durchbohrt und in mir stecken bleibt. Ich war nicht da. An dem Abend, als Toby verschwand, war ich zu Hause. Wäre jetzt alles anders, wenn ich zur Party gegangen wäre?

»Er kommt nicht wieder. Das weißt du«, erwidere ich sanft, auch wenn ich nicht sicher bin, woran ich überhaupt noch glaube.

»Sagt wer?«, fragt Beau, und seine Stimme wird lauter. Er ballt die Hände zu Fäusten, und ich frage mich, ob er damit auf die Motorhaube einschlagen will.

»Du hast das gesagt!«, rufe ich wütender, als ich es für möglich gehalten hätte.

Vielleicht erinnert er sich nicht mehr daran. Wahrscheinlich gibt es eine Menge, woran Beau sich nicht mehr erinnert.

»Du hast gut reden«, keift er. »Was für ein Zufall, dass sie auch verschwunden ist.«

Auf einmal presst Beau die Lippen aufeinander. Er senkt den Blick und kratzt sich am Kopf, fährt sich mit den Fingern durch die Haare und zieht daran, als wolle er sie sich ausreißen.

»Was meinst du damit, was für ein Zufall?«, frage ich mit schriller Stimme. »Was meinst du mit *auch verschwunden?*«

»Nichts«, sagt er und reibt sich übers Gesicht, sodass seine Worte gedämpft sind. »Nichts. Nichts, verdammt.«

Mein Herz schlägt so heftig, dass ich es überall in mir spüre. Ich bin eine tickende Zeitbombe, die jeden Moment explodiert. Ich weiß, dass er lügt, dass er nicht *nichts, verdammt* meinte. Ich weiß, dass Beau flucht, wenn er lügt, wahrscheinlich, damit es besser flutscht, wenn man seine Lügen schluckt. Früher hat er nie geflucht. Früher hatte er in jeder Situation die perfekten Worte parat, Worte, die auf seiner Zunge erblühten. Jetzt ist es, als würde er sich gar keine Mühe mehr geben, schöne zu finden, sondern würde sich absichtlich schlecht ausdrücken.

»Ich gebe dir die Flaschen. Ich gebe sie dir, wenn du mir

verrätst, was du damit gemeint hast«, sage ich, auch wenn ich ihm damit nur noch mehr wehtue.

Beau nimmt die Hände vom Gesicht. Er sieht gequält aus. Neue Schuldgefühle machen sich in mir breit. Ich benutze ihn, um etwas herauszufinden, was mir allein nicht gelingt. Das ist nicht fair. Aber vielleicht sind wir jetzt quitt.

»Vergiss es.« Er schüttelt den Kopf und sieht mich entgeistert an. »Vergiss es einfach. Ich dachte, ich könnte dir vertrauen. Du hast gesagt, ich könne dir vertrauen.«

»Kannst du auch.«

Hinter uns knallt eine Autotür zu, und wir beide drehen den Kopf. Aber es ist nur Mrs Carson, die weißhaarige Musiklehrerin. Sie lächelt uns an. Mrs Carson trägt eine riesige Brille mit Gläsern so dick wie Flaschenböden. Wahrscheinlich erkennt sie uns überhaupt nicht. Beau geht zur Beifahrerseite, reißt die Tür auf, und bevor ich ihn aufhalten kann, zieht er eine der Flaschen unterm Sitz hervor. Sein Gesicht ist verschwitzt, und als er den Verschluss aufdreht, ist sein Blick voller Begierde.

Beau ist einfach völlig kaputt. Er sieht die Flasche in seiner Hand an, als wäre sie das Schönste, was er jemals gesehen hat. Wie er noch nie zuvor ein Mädchen angesehen hat. Nicht Jenny. Und eindeutig nicht mich. Auch damals nicht, als wir zusammen in die Sterne guckten, oder als wir uns vor einer Ewigkeit auf Alisons Terrasse beinahe geküsst hätten. Alles, was bisher zwischen uns passiert ist, war die größte Lüge überhaupt, denn Beau wird nie irgendetwas anderes mehr wollen als das, was in dieser Flasche ist.

»Scheiße«, flucht Beau leise, hockt sich hin und schiebt

die Flasche wieder unter den Sitz. Nur hat er den Verschluss nicht richtig zugedreht, und der Inhalt läuft auf die Fußmatte und den schmutzigen Teppich darunter. Der Geruch steigt mir in die Nase, meine Kehle fängt an zu brennen, und alles von dem Abend, als Trixie verschwand, kehrt zurück.

Aber es ist zu spät, mir deswegen Gedanken zu machen, denn hinter einem blauen Van zwei Stellplätze weiter taucht Direx Shepherd auf. Stirnrunzelnd kommt er auf mein Auto zu.

»Scheiße«, flucht Beau wieder und sieht sich hektisch nach einem Fluchtweg um. Jetzt fliegt er also auf. Es sei denn, ich rette ihn.

Ich starte den Motor und fahre los.

39

Du wusstest vielleicht an dem Abend, als du verschwandst, dass du gehen würdest. Aber für mich stand nach beiden Partys von Alison die Welt kopf, es hat mich total unvorbereitet getroffen. Am Tag von Alisons erster Party war ich mit Jenny und Alison shoppen. Wir hatten keine Ahnung, dass keine zwölf Stunden später Toby Hunter vom Meer verschluckt sein würde.

Wir waren in der Mall und probierten Klamotten an. Alison war aufgeregt, weil angeblich ein paar Leute aus der Zwölften zur Party kommen würden, und sie wollte cool aussehen. »Ich hab den ganzen Sommer über hart trainiert. Ich finde, ich sollte etwas kaufen, was sexy ist, um ein bisschen anzugeben.«

»Unbedingt«, sagte Jenny. »Sollten wir alle.«

Also machten wir das. Es war der perfekte Tag, wir gingen in einen Laden nach dem anderen, probierten alles Mögliche an, fragten uns gegenseitig, was uns stand, und wussten, dass so ziemlich jedes Teil gut aussah. Nachdem wir uns alle drei ein neues Outfit gekauft hatten, gingen wir auf den Food-Court, um noch ein Eis zu essen.

»Heute ist mein Cheat Day«, sagte Alison. »Ich nehme zwei Kugeln Rocky Road. Mit extra Schokosoße.«

Während wir vor der Eisdiele anstanden, machte sich mein Bauch schon bemerkbar, aber ich verbuchte es als Regelschmerzen. Wenn ich nach Hause kam, würde ich eine Schmerztablette nehmen, und alles wäre gut.

»Guck mal, wer da ist«, sagte Jenny und stieß mich mit der Hüfte an. »Dein Lover, auf der anderen Seite.«

Ich wirbelte herum. Beau saß mit ein paar Typen aus dem Football-Team an einem Tisch und aß was vom Chinesen. Auf einmal war mir ganz schwindelig, und mein Herz raste wie an Weihnachten, als ich noch ein kleines Kind war. Ich wollte zu ihm laufen, aber zugleich auch wie angewurzelt stehen bleiben, wo ich in Sicherheit war.

»Geh zu ihm«, sagte Jenny. »Zeig ihm dein Party-Outfit. Er wird es dir nachher ausziehen.«

Sie machte nur Spaß, aber ich fühlte, wie ich genauso rot wurde wie das Kleid in meiner Tasche. Jenny kicherte.

»Aber kein Sex im Schlafzimmer meiner Eltern«, sagte Alison. »Ich muss alle Spuren von der Party beseitigt haben, bevor sie nach Hause kommen. Und vergesst nicht, dass ihr versprochen habt, mir zu helfen. Deswegen schlaft ihr ja überhaupt bei mir.«

»Ich werde nirgendwo Sex haben«, erwiderte ich. »Aber vielleicht küssen wir uns, wer weiß. Wenn er überhaupt kommt.«

»Wird aber wirklich langsam Zeit«, sagte Jenny und schlang mir einen Arm um die Schultern. »Vielleicht treffe ich heute ja auch meinen Seelenverwandten. Ich hab einfach das Gefühl, dass heute der beste Abend überhaupt wird.«

Ich blickte hinüber zu Beau. Es war, als wüsste er, dass ich ihn ansah, denn auf einmal hob er die Augenbrauen und lächelte mich an.

»Du solltest rübergehen und Hallo sagen«, sagte Jenny. »Ernsthaft. Guck doch mal, wie er lächelt. Man kann sogar von hier aus seine süßen Grübchen erkennen. Er will dich.«

»Ich sehe ihn später«, erwiderte ich. Ich wäre zu ihm gegangen, wenn die anderen Typen nicht gewesen wären. Irgendwie hatten Beau und ich so wenige Momente zu zweit. Er war ständig von seinen Football-Freunden umgeben und ich immer mit Jenny und Alison zusammen, ein untrennbares Trio. Manchmal wünschte ich, die anderen würden einfach verschwinden, damit wir einander alles sagen konnten, was wir wollten.

»Du siehst ihn jetzt, er kommt nämlich gerade rüber«, sagte Alison. Wir waren an der Reihe zu bestellen, also griff sie Jenny unterm Arm, und sie drehten sich weg.

Ich strich mir die Haare glatt und blickte auf den Boden, denn das war leichter, als ihm dabei zuzusehen, wie er auf mich zukam. Ich stellte mir vor, was wäre, wenn ich ihm entgegenlaufen und mich ihm in die Arme werfen würde, wie die Mädchen in den romantischen Komödien, die Alison so gern anschaute. Doch ich traute mich nicht, es auszuprobieren.

»Hey«, sagte er, als er schließlich vor mir stand. Jetzt blickte ich auf und sah ihm in die Augen und erwiderte sein Lächeln, und auf einmal war es, als wären nur noch wir beide da, nicht Jenny und Alison und das Football-Team und die ganzen anderen Leute auf dem Food-Court.

»Hey. Hi. Was machst du hier?«

»Matt brauchte ein Geburtstagsgeschenk für seine Mutter und er meinte, ich wäre gut in so was, also hat er mich gefragt, ob ich mitkomme.«

Ich lächelte. Natürlich war Beau gut in so etwas, denn er war sehr aufmerksam. Er hörte den Leuten zu, statt nur zu nicken und so zu tun als ob.

»Cool. Wie war dein Sommer?«

Er wiegte den Kopf. »Okay, würde ich sagen. Ich bin irgendwie froh, dass er bald um ist.«

Ich hatte Beau eine ganze Weile nicht gesehen. Es hatten dieselben Partys stattgefunden wie jeden Sommer, aber auf den meisten war er nicht gewesen. Wir hatten uns Nachrichten geschrieben, aber er schien irgendwie immer abgelenkt, sodass ich schon befürchtet hatte, er hätte eine Freundin und ich meine Chance verpasst. Wieder fragte ich mich, ob er überhaupt auf Alisons Party erscheinen würde.

»Du kommst heute Abend, oder?« Er war es, der fragte, nicht ich. Ich war so überrascht, dass ich fast vergaß zu antworten.

»Ja, ich komme. Wir haben uns gerade neue Sachen für die Party gekauft.« Zum Beweis hielt ich meine Tüte hoch. Ich hoffte, das rote Kleid würde ihm gefallen.

»Cool«, sagte Beau und nickte. »Dann bist du da.«

»Ich bin da.«

»Dann sehen wir uns.«

»Wir sehen uns.« Ich hatte mich in ein Echo verwandelt, aber er lächelte, also war es wohl nicht schlimm.

Doch später stellte sich heraus, dass die Bauchschmerzen, die auf dem Food-Court angefangen hatten, keine Regelschmerzen waren, sondern eine Lebensmittelvergiftung. Mom hatte sie auch. Das Essen, das wir am Tag zuvor bestellt hatten, musste irgendwie schlecht gewesen sein, denn wir beide verbrachten einen großen Teil des Abends über die Toilette gebeugt. Zum Glück hatte unser Haus zwei Badezimmer.

Ich schrieb Jenny und Alison, dass ich nicht kommen konnte. Ich schrieb auch Beau. Er antwortete nicht. Und als ich ihn das nächste Mal sah, war er jemand anders.

40

Ich weiß noch nicht mal, wo wir hinfahren, ähnlich wie an dem Tag, als Trixie zum ersten Mal in mein Auto gestiegen ist und ich sie gerettet habe. Beau sagt auch nicht, wo er hinwill, also fahre ich bei mir zu Hause vorbei, doch als ich Moms Auto in der Einfahrt sehe – sie muss zwischen zwei Terminen nach Hause gekommen sein –, fahre ich weiter.

»Bieg rechts ab«, sagt Beau. »Dann die Erste links und wieder rechts auf die Whisperwood. Das große gelbe Haus. Es ist bestimmt keiner da. Es ist nie jemand da.«

Wir fahren zu Beau nach Hause, etwas, was ich mir immer erträumt hatte, aber nicht so. Alles, was ich mir je mit Beau erträumt hatte, fällt im echten Leben jetzt in die Kategorie *aber nicht so.* In meinen Träumen hat er mich zum Abendessen mit nach Hause gebracht und mich seinen Eltern mit den Worten *Das ist meine Freundin, Fiona* vorgestellt. Ich hatte ein selbst genähtes Kleid an, und Mrs Hunter machte mir ein Kompliment dafür, wie schön es war, und wir aßen ein superleckeres, aber einfaches Gericht, wie mit Kartoffelbrei überbackenen Auflauf.

Im echten Leben steigt Beau aus und knallt die Autotür

zu, und ich mache das Gleiche und folge ihm zur Haustür. Er braucht ziemlich lange, sie zu öffnen. Doch schließlich sind wir drinnen, und es fühlt sich seltsam an, bei Beau auf dem Flur zu stehen. Das Haus scheint nicht viel größer als unseres zu sein, und auf der Schmutzfangmatte neben der Tür liegt ein Haufen Schuhe. Die fetten weißen Sneaker, die Beau immer in der Schule anhat, und jede Menge Pumps, wie Mom sie zur Arbeit trägt. An der Wand hängen Familienfotos. Dasselbe Porträt, Jahr für Jahr. Mrs Hunter sitzt, Mr Hunter steht hinter ihr, Beau und Toby rechts und links von ihnen. Mit demselben strahlend weißen Lächeln und denselben Grübchen.

»Früher hab ich mich immer gefragt, wie es wäre, dich mit nach Hause zu bringen«, murmelt er, und auf einmal ist er wieder der alte Beau, nicht der wütende vom Parkplatz. »Ich hab nur irgendwie gedacht, dass es unter anderen Umständen passieren würde. Wie zum Abendessen oder so. Mom macht tolle Lasagne. Also, hat sie früher. Im Moment macht sie so ziemlich gar nichts, außer sich im Büro verkriechen.«

Ich könnte lächeln und weinen gleichzeitig. Beau hatte darüber nachgedacht, wie es wäre, mich nach Hause mitzubringen. Er hat sich mich an seinem Küchentisch vorgestellt, wie ich die Lasagne seiner Mutter esse.

»Ich mag Lasagne«, sage ich, und mein Herz wird noch schwerer, als mir bewusst wird, dass der Grund, weshalb wir nie zusammengekommen sind, einfach ein riesiges Kommunikationsproblem war.

Beau setzt sich auf einen Barhocker am Küchentresen

und lächelt. »Vielleicht macht sie ja irgendwann mal wieder welche.«

Ich würde ihm am liebsten die Arme um den Hals werfen und ihm sagen, dass es noch Hoffnung gibt, dass wir nach wie vor ein Paar werden können, wie wir es schon immer sein sollten.

Doch dann erstirbt sein Lächeln. »Glaube ich aber nicht. Diese Familie ist einfach nur eine einzige riesige Enttäuschung.«

»Jeder macht mal einen Fehler«, sage ich. »Das ist doch ganz normal.«

»Aber keinen so großen wie ich.« Er vergräbt das Gesicht in den Händen. Dann steht er auf und holt eine Flasche Wasser aus dem Kühlschrank. Eine Plastikflasche, so eine, wie die Spieler beim Football sie an die Seitenlinie stellen. Er nimmt einen großen Schluck, und sein Gesicht entspannt sich, und da wird mir klar, dass in der Flasche kein Wasser ist. Ich denke daran, was ich im Internet über Alkoholiker gelesen habe, damals, als ich versucht habe, herauszufinden, warum er sich so verändert hat. *Suchttypen. Anfällig für emotionalen Stress, haben Schwierigkeiten, anderen Menschen zu vertrauen und Gefühle zu bewältigen. Sind oft unsicher. Fühlen sich einsam.*

»Ich kann dir helfen«, sage ich. »Wir können uns gegenseitig helfen. Wir können herausfinden, was passiert ist. Ich weiß, dass Trixie nicht tot ist. Ich will sie finden.« *Sie beide finden*, füge ich in Gedanken hinzu.

Beau umklammert die Flasche so fest, dass seine Knöchel weiß hervortreten. »Das wirst du nie. Vergiss sie besser.«

»So, wie du es geschafft hast, Toby zu vergessen?«, frage ich und werde lauter. »Als könnte ich das einfach so zur Seite schieben?«

Beau starrt auf die Flasche, dann schleudert er sie durch den Raum. Instinktiv ducke ich mich, obwohl er sie in die andere Richtung geworfen hat. Sie trifft eine Uhr an der geblümten Tapete. Die Uhr fällt runter und knallt auf den Boden.

Ich greife nach meiner Tasche auf dem Küchenstuhl, drehe mich um und will gehen. Mein Blick ist vor Tränen verschwommen. Es ist schon das zweite Mal, dass Beau in einer Küche eine Szene macht, das zweite Mal, dass er etwas geworfen und kaputt gemacht hat. Nur, dass eigentlich er derjenige ist, der kaputt ist. Vielleicht will er es überspielen, indem er andere Dinge zerbricht. Flaschen. Uhren. Herzen.

»Geh nicht«, fleht er, und seine Stimme ist wieder sanft. Ich bleibe stehen, drehe mich aber nicht um. Ich sollte besser gehen, für mich gibt es in dieser Küche nichts zu holen. Ich kann hier nur in der Vergangenheit festhängen. Und ich bin gar nicht besonders traurig, sondern vor allem stinksauer, ich könnte platzen vor Wut. Ich strahle die Wut geradezu aus, er muss sie fühlen, und ich hoffe, er hat schwer daran zu schlucken.

»Ich erzähls dir«, sagt er. Als ich mich umdrehe, hockt er auf dem Boden, lehnt als Häufchen Elend am Tresen, das Gesicht tränenüberströmt, und die Wut in mir verpufft, als wäre sie nie da gewesen. Er hält sich an seinem blauen Basecap fest, und ich bin mir ziemlich sicher, dass es dasselbe ist, das Trixie an dem Tag aufhatte, als wir uns kennenlernten.

»Wo hast du das her?«, frage ich.

»Es ist seins«, sagt er und umklammert es.

Ich setze mich ihm gegenüber auf den Boden und schlinge die Arme um die Knie. »Aber ich kenne das Cap. Trixie hatte es. Warum?«

»Ich bin es ihm schuldig, das für mich zu behalten«, sagt er. »Er würde mich umbringen, wenn ich das erzähle.«

»Aber wenn es uns helfen kann, ihn zu finden, musst du es mir erzählen. Er würde es wollen. Er würde es verstehen.«

»Würde er nicht«, sagt Beau. Auf seiner Stirn tritt eine Ader hervor. »Er mich gehasst, als er vom Pier gesprungen ist. Und es war meine Schuld, dass er es gemacht hat.«

Ich strecke ihm die Hände entgegen. Ich rechne nicht damit, dass er sie nimmt, aber er tut es doch. Er lässt das Basecap fallen und umklammert meine Finger so fest, dass es wehtut. »Er hat dich nicht gehasst. Du bist sein Bruder.«

»An dem Abend war ichs nicht«, sagt er und drückt meine Hände noch fester, fast, als würde er eine Nachricht morsen. »Er hat gesagt, wir sind keine Brüder mehr. Ich habe sein Mädchen geküsst.«

»Du hast Gabby geküsst?«

Er antwortet nicht, und auf einmal ergibt alles einen Sinn. *Ich habe sein Mädchen geküsst.*

»Trixie war sein Mädchen«, sage ich, und obwohl ich es irgendwie schon wusste, ist es jetzt noch viel schlimmer, denn Beau strahlt es aus, als hätte er Fieber. *Einunddreißig. Null. Acht. Ich hatte was mit meinem Laborpartner.*

Beau nickt, sein Kinn zittert.

»Sie war sein Mädchen«, sage ich wieder. Ich lasse seine Hände los, und der Schweiß auf meinem Rücken wird kalt. »Und du hast sie geküsst.«

41

Auf der Party an dem Abend deines Verschwindens hast du Beau ignoriert. Sogar, als es verdammt schwer wurde, ihn zu ignorieren, weil er so betrunken war, dass ich dachte, Alison würde ihn rausschmeißen, denn er fing an, sämtliche Leute als Arschlöcher und Idioten zu beschimpfen.

Ich stand in der Küche, als er von der Terrasse hereinkam. Er war barfuß, und sein Basecap fehlte, sodass ihm die Haare wild vom Kopf abstanden. Sein Gesicht war knallrot, genau wie meins eine Stunde oder so zuvor, als ich ihn mit Jenny im Badezimmer überrascht hatte.

Eine Stunde, oder vielleicht waren es auch zwei oder drei. Um mich herum drehte es sich. Die hässliche Tapete in der Küche. Die Edelstahltür des Kühlschranks, die mit Tausenden Fingerabdrücken verziert war.

Aber irgendetwas war in diesen ein oder zwei oder drei Stunden passiert. Jenny war kurz vor Beau in die Küche gekommen, den Blick gesenkt. Ich konnte ihr ansehen, dass sie geweint hatte. Ein Gedanke schoss mir durch den Kopf. Noch vor einem Jahr hätte ich alles stehen und liegen gelassen, um mich um sie zu kümmern. Ich hätte mich irgendwo mit ihr hingesetzt und ihr Taschentücher gereicht, während sie sich über irgendeinen Typen ausheulte, und ich hätte genau die richtigen Worte gesagt. *Du hast jemanden viel Besseres verdient. Er ist ein Arschloch. Ohne ihn bist du besser dran.*

Aber nicht an diesem Abend.

Als ich sah, wie sie schnurstracks zur Küchentür lief, weiter über den Flur und zur Haustür hinaus, verspürte ich ein leichtes aufgeregtes Kribbeln. Vielleicht macht mich das zu einem schlechten Menschen, aber ich dachte nur: *Geschieht dir recht.*

Ich blickte mich um, ob Trixie irgendwo in der Nähe war und es mitbekommen hatte, aber ich sah sie nicht.

Als Beau reingewankt kam, erkannte ich ihn kaum. Natürlich wusste ich von seinem Trinken. Ich hatte ihn oft genug in der Schule gesehen, um zu wissen, dass die Gerüchte stimmten. Aber so war er noch nie gewesen, völlig außer Kontrolle, wie ein wildes Tier. Er rief nach Jenny, während er eine Flasche herumschleuderte.

Die ganze Party stoppte. Alle hörten auf zu reden. Mein Herz hämmerte zusammen mit dem Bass. Bum-*bum*, bum-*bum.*

»Was starrt ihr mich so an?«, schrie Beau, und niemand sagte etwas. Er hob die Flasche über den Kopf und sah sich im Raum um, als würde er in jedem Gesicht nach etwas suchen.

Nach etwas oder jemandem.

Als er bei mir ankam, hielt er inne. Mir fiel auf, wie blutunterlaufen seine Augen waren, als hätte er geweint. Der Gedanke war schmerzhaft, als würde mir jemand ein Messer in den Eingeweiden umdrehen. In dem Moment verstand ich nicht, warum ich Beau liebte, und ich wünschte, ich würde es nicht tun. Es kam mir vor wie ein Fluch, etwas, was mich runterzog, wie an meine Füße gekettete Fesseln.

Dann machte Alison den Fehler, ihm die Hand auf den Arm zu legen.

Er flippte aus. Schmetterte die Flasche auf den Boden, wo sie in tausend Scherben zersprang. Ein paar größere und einen Haufen kleinere, überall verstreut, über die er mit seinen nackten Füßen einfach rüberging, anscheinend ohne irgendetwas zu spüren. Eine Scherbe war neben mir gelandet, und ich beugte mich runter und hob sie auf. Als ich mich wieder aufrichtete, war Beau nicht mehr da, nur eine Spur verschmierten Bluts auf dem Fliesenboden.

Alison fing an zu weinen. Sie war vorher zu abgelenkt von einem Trinkspiel gewesen, als dass sie bemerkt hätte, wie Jenny durch die Küche gestürzt war. Hätte sie es mitbekommen, hätte sie dasselbe getan wie ich ein Jahr zuvor und sie getröstet. Hätte sie es mitbekommen, wäre sie wahrscheinlich nicht da gewesen, als Beau hereinkam, und hätte nicht versucht, ihn zu beruhigen, und er hätte vielleicht nicht die Flasche auf den Boden geworfen und sich die Füße aufgeschnitten.

Und ich hätte vielleicht nicht diese herzförmige Narbe auf dem Rücken.

Ich war so betrunken, dass ich dachte, es wäre eine gute Idee, Beau zu folgen. Doch dann tauchte Trixie plötzlich auf, schlang mir einen Arm um die Schultern und hielt mir einen neuen Drink hin.

»Hast du das gesehen?«, fragte ich. Meine Zunge fühlte sich viel zu dick an. Ich wusste, ich sollte besser aufhören zu trinken.

»Was gesehen?«, fragte sie und stieß mit mir an. »Trink.«

Ich trank, weil auch sie es tat. Ich folgte Beau nicht.

»Wo warst du?«, fragte ich, und ich merkte, dass ich lallte, dass die Wörter aneinanderhingen wie an einer Weihnachtslichterkette.

»Auf Klo«, sagte sie und wischte sich die Hand an der Jeans ab. Sie machte es schnell, trotzdem bemerkte ich, dass ihre Hände zitterten.

Irgendetwas hatte Beau an dem Abend wütend gemacht.

Irgendetwas hatte Jenny zum Weinen gebracht.

Irgendetwas hatte Trixie verschwinden lassen.

Was, wenn es alles dasselbe war?

42

»Es war keine Absicht«, sagt Beau und fährt sich durch die Haare. »Ich hatte nie vor, sie zu küssen. Es hatte absolut nichts zu bedeuten. Aber für ihn schon. Ich war einfach sauer, weil er dieses riesige Geheimnis vor mir hatte. Also hab ich ihn provoziert, um ihn zur Rede zu stellen.«

»Erzähl es mir. Ich muss alles wissen«, sage ich, aber ich fühle mich wie betäubt.

Beau schlägt den Hinterkopf gegen den Tresen, und es gibt einen dumpfen Knall. »Er war mit Gabby zusammen. Die beiden waren, na ja, perfekt. Sie waren sogar verlobt.« Beau starrt auf den Boden. »Dann hat er auf einmal angefangen, sich total merkwürdig zu verhalten. Den ganzen Sommer über hat er komisches Zeug erzählt, wie, dass er das Football-Team verlassen will, obwohl ihm die Scouts von der Princeton bereits die Füße küssten. Er hatte ein paar heftige Streitereien mit meinem Vater. Und ein paar Nächte ist er überhaupt nicht nach Hause gekommen.«

Er sieht mich an, sein Gesicht ist blass und müde, unter den Augen hat er dunkle Ringe.

»Ich hab ihn einfach direkt gefragt, ob er eine andere hat. Und er hat mich angeguckt und Nein gesagt. Ich hab ihm geglaubt. Also hab ich das Thema fallen gelassen. Aber er hat sich weiterhin seltsam verhalten. Mein Vater war sauer. Und Gabby hat mich ständig gefragt, warum Toby auf einmal so anders ist, warum er nicht ans Handy geht und sie ihn seit Wochen nicht gesehen hat. Ich hatte nicht den Mut, ihr zu sagen, dass er uns erzählt hatte, er wäre bei ihr. Da war mir klar, dass er eine andere hat. Ich wusste nur nicht, wer es war.«

»Trixie«, sage ich schwach. Ich blicke auf den Küchenfußboden. Er ist nicht gefliest wie bei Alison zu Hause, sondern aus Linoleum wie bei mir. Beau spielt mit dem Rand, der sich am Tresen leicht hochwölbt. Ich frage mich, was passieren würde, wenn wir unsere Fingernägel hineinbohren und das ganze Ding runterreißen würden, was für Geheimnisse wohl darunter begraben sind.

»Das wusste ich da noch nicht. Bis zur Party wusste ich nicht mal, dass Trixie überhaupt existierte. Ich hatte eigentlich gar nicht vor hinzugehen. Ich war nur da, weil du sagtest, du würdest kommen, und ich dir was geben wollte.«

Du kommst heute Abend, oder? Nur, dass ich nicht da war an dem Abend, als die Welt aus den Fugen geriet, während ich überm Klo hing.

»Wie auch immer, als ich bei der Party ankam, war Toby dicht. Er lallte. Zuerst freute er sich, mich zu sehen. Er war supergut drauf, völlig überdreht und sprang ständig woanders rum. Ich kam gar nicht so schnell hinterher, aber ich hätte es versuchen sollen. Dann musste ich aufs Klo, und vorm Badezimmer war eine Schlange, also bin ich in den

Garten hinter den Schuppen gegangen. Und da war Toby, mit ihr. Er sah mich nicht. Er stand mit dem Rücken zu mir. Sie haben …«

»Geknutscht?«

»Gefickt. Mitten im Garten, wo sie jeder hätte sehen können.«

Ich reibe mir die Augen, damit ich ihn nicht anschauen muss. Es ist, als würde er über ein komplett anderes Mädchen reden als die Trixie, die ich kannte.

»Ich war gar nicht sauer, dass er Gabby betrog. Wirklich, das ging mich nichts an. Was ich nicht ertrug, war, dass er mich angelogen hatte. Dass er mir in die Augen gesehen und mich angelogen hatte, als wäre es die einfachste Sache auf der Welt. Als wäre unser ganzes Scheißverhältnis nichts als ein Witz gewesen. Als hätte es ihm nichts bedeutet, dass wir Brüder waren. Und mir wurde klar, dass ich diesen Typen überhaupt nicht kannte.« Er presst die Handflächen auf den Boden und starrt auf seine Finger. »Ich wollte ins Haus gehen und Gabby erzählen, was ich gesehen hatte. Aber das habe ich mich dann doch nicht getraut. Das konnte ich Toby nicht antun. Und dann habe ich etwas viel Schlimmeres gemacht. Toby hat immer weitergetrunken. Ich hab nichts dagegen unternommen. Er feierte gern, und ich ließ ihn sich selbst zerstören. Sobald ich Trixie allein sah, folgte ich ihr. Ich fragte sie, mit wem sie hier sei, und dann küsste ich sie, bevor sie antworten konnte. Sie muss unter Schock gestanden haben, denn sie hat mich überhaupt nicht abgewehrt. Jedenfalls die ersten paar Sekunden nicht. Und als sie es tat, blickte sie an mir vorbei. Toby stand auf der Terrasse. Ich hatte ihn vorher schon wütend erlebt, aber seinen Gesichtsausdruck von dem Abend werde ich nie vergessen. Egal, wie sehr ich es versuche.«

Ich starre auf die kaputte Uhr auf dem Boden, auf die verbogenen Zeiger und die danebenliegende Wasserflasche. Ich bitte die Uhr, die Zeit zurückzudrehen, flehe die Wasserflasche an, bloß eine Wasserflasche zu sein und keine Krankheit. Ich wünschte, ich könnte den Kuss zwischen Beau und Trixie auslöschen, und versuche, ihn für mich erträglich zu machen, indem ich mir sage, wie sehr Trixie Beau gehasst hat.

»Und dann?«, frage ich. »Habt ihr euch geprügelt?« Ich wusste es bereits von Jenny, von den Gerüchten, die sich in der Schule verbreitet hatten. Die Prügelei zwischen den beiden Hunter-Brüdern. Alle hatten unterschiedliche Erklärungen, worum es dabei ging. Die meisten Leute dachten, es war wegen Gabby. Nur Beau, Trixie und Toby kannten die Wahrheit.

»Das kam später.« Beau reibt sich die Augen. »Zuerst hat er nur geguckt, als hätte ich ihm das verdammte Herz gebrochen. Und Trixie hat versucht, ihn zu beruhigen, aber er ist total ausgerastet. Hat Flaschen gegen die Hauswand geworfen und mich am Hals gepackt, als wollte er mich erwürgen. Er hat gesagt, er weiß nicht, wer ich bin, aber sein Bruder bin ich nicht mehr. Und das war das Letzte, was er je zu mir gesagt hat.«

Ich lege meine Hand auf den Boden und wandere damit langsam zu Beaus Hand rüber. Ich schiebe meine Finger zwischen seine. Er hält mich nicht auf.

»Hast du geahnt, was er vorhat?«

Beau guckt an die Decke und blinzelt. »Ich hab ihn noch nicht mal gehen sehen. An dem Abend hab ich mich zum ersten Mal in meinem Leben betrunken. Willst du wissen warum? Weil Toby mich immer überreden wollte, dass ich mit dem Trinken anfange. Er meinte es natürlich nicht ernst, aber ich konnte mich daran erinnern, wie er mal gesagt hatte, es wäre eine tolle Möglichkeit, den Kopf freizukriegen. Und da hab ich mir wohl überlegt, seinen Rat anzunehmen.«

»Aber du glaubst nicht, dass er tot ist.«

Beau drückt meine Hand so fest, dass es wehtut. »Er ist nicht tot. Er ist irgendwo da draußen. Toby ist gern im Meer geschwommen. Er ist nicht ins Meer gegangen, um zu sterben.« Er atmet tief ein und hält die Luft an, als wäre er unter Wasser. »Ich glaube, er hat es geplant. Er wollte raus. Princeton, Gabby, die Verlobung, das war ihm alles zu viel. Es war der einzige Ausweg.«

Ich konzentriere mich auf einen schlammigen Fußabdruck in der Nähe der Tür. Mir ist schlecht. Ich denke an die Schlagzeilen über Toby, daran, wie stürmisch das Meer an dem Abend war. An die Person, die beinahe ertrunken ist, beim Versuch, ihn zu retten. Daran, dass die Polizei gesagt hat, er könne es niemals zurück ans Ufer geschafft haben. Und dass die Wahrscheinlichkeit, seine Leiche zu finden, bei der starken Strömung gleich null war. Ich habe letztes Jahr viel darüber nachgedacht, was mit Tobys Überresten passiert ist. Ob er einfach auf den Meeresboden gesunken ist oder von Haien zerpflückt wurde.

Aber was, wenn Beau recht hat? Was, wenn Toby das Ganze geplant hatte?

»Okay, wenn er noch am Leben ist«, sage ich langsam, »warum hast du dann nicht versucht, ihn zu finden?«

Beau blickt an mir vorbei auf die Wasserflasche am Boden. »Habe ich ja. Aber es ist sinnlos. Toby war schon immer ziemlich gut im Verschwinden. Toby hat es geliebt, wenn wir als Kinder Verstecken gespielt haben. Er wurde nie von irgendwem gefunden. Stunden später, wenn alle längst aufgegeben hatten, ihn zu suchen, kam er grinsend zurück. Mom hat einmal sogar die Polizei gerufen, um ihn vermisst zu melden. Sie hatte panische Angst.«

»Das ist was anderes«, fahre ich ihn an. »Das hier ist kein Versteckspiel.«

Beau lacht bitter. »Nicht?«

Eine ganze Weile sage ich nichts. Ich höre auf seine langen, rasselnden Atemzüge und denke darüber nach, wie völlig absurd und verkorkst das alles ist. Dass zwei Menschen verschwinden mussten – die zwei Menschen, die uns am meisten bedeuteten –, um uns beide nach einem Jahr wieder in denselben Raum zu bekommen. Um uns die gemeinsame Ebene zurückzugeben, die wir verloren hatten.

»Aber du denkst, sie ist bei ihm«, sage ich und spüre einen Funken Hoffnung. »Du glaubst, sie sind zusammen, irgendwo.«

Beau zieht seine Hand weg und stützt die Ellbogen auf die Knie. »Ich weiß nicht, ob sie zusammen sind. Aber ich glaube, sie wäre es gern.«

Ich erinnere mich an das eine Mal, als ich Trixie am Laptop überrascht habe. Eigentlich wirkte sie gar nicht richtig sauer, sondern vielmehr verängstigt. Die ganze Zeit, wenn sie mit dem Handy beschäftigt war und mir erzählt hat, es sei Jasper …

Es war immer Toby. Der sie überredete, zu verschwinden.

Beau lacht wieder, und ich bekomme eine Gänsehaut. »Weißt du, was noch krass ist? Sie hat mich gewarnt, mich dir zu nähern. An dem Abend, als sie verschwand. Ich hab ihr gesagt, sie soll mich in Ruhe lassen.«

Bruchstücke von Erinnerungen an die Party kommen wieder, eine schärfer als die andere. Beau, wie er die Flasche zerschlagen hat. Jenny, die weinte. Trixie, die in den Raum kam, als wäre nichts gewesen.

»Hast du dich deswegen an dem Abend mit Jenny gestritten?«, frage ich leise.

»Wahrscheinlich. Vielleicht. Ich weiß nicht.«

Das Geräusch einer zuschlagenden Autotür lässt Beau so schnell aufspringen, dass er sich den Kopf an der Unterseite des Tresens stößt. Er rennt zur Haustür und guckt durch die Gardine, dann kommt er zurück und reibt sich die Stirn. Ich nehme meine Tasche, um zu verschwinden.

»Geh nicht«, sagt er. »Bitte. Bleib. Lass mich nicht allein.«

Aber ich kann nicht bleiben. Denn es gibt Fragen, die ich stellen muss, jedoch unmöglich laut aussprechen kann. Gift breitet sich über jede Erinnerung an Trixie aus, verkohlt die Ränder und blockiert das Licht, wie ein schmutziger Finger über einer Kameralinse. Alles wird dick und teerartig und ich versinke im Dreck.

Hat Trixie sich nur mit mir angefreundet, um sich an dir zu rächen?

War mein Leben das ganze letzte Jahr lang nichts weiter als eine Lüge?

Vielleicht weiß Beau die Antworten, vielleicht auch nicht. In beiden Fällen könnte ich die Wahrheit nicht ertragen. Also frage ich etwas noch viel Unerträglicheres.

»Das Basecap«, sage ich. »Sie hatte es, und jetzt hast du es. Hast du was mit ihr gehabt? Hast du mit ihr geschlafen, nachdem das passiert ist?«

Er lässt den Kopf hängen. »Du solltest nichts fragen, worauf du die Antwort nicht wissen willst.«

Das ist noch tausendmal schlimmer, als von Jenny betrogen worden zu sein. Es ist der schlimmste Schmerz, den ich je gespürt habe, es tut richtig körperlich weh. Ich zwicke mir fest in die Haut, in der Hoffnung, dass es den anderen Schmerz überlagert. Auf einmal bin ich froh, dass Trixie nicht mehr da ist, denn ehrlich gesagt will ich sie nie wiedersehen.

»Hör zu, ich war einfach total fertig«, sagt er. »Es gab nur eine Person, die wusste, wie fertig ich war. Ich wollte eigentlich nur Tobys Cap abholen. Es hat nichts bedeutet.«

»Wer hat angefangen?«, platze ich heraus, ich kann die Fragen einfach nicht zurückhalten. »Wie oft ist es passiert?«

Beau schüttelt den Kopf. Zum ersten Mal wirkt er tatsächlich, als hätte er Angst vor mir, und zum ersten Mal bin ich froh, ihn so zu sehen. Sprachlos. Kaputt. Verloren.

»Wann? Wann ist es passiert? Ich muss es wissen.« Ich

muss wissen, ob es war, bevor ich ihr erzählt habe, wie ich für ihn empfinde. *Ich muss es wissen.*

»Ich weiß nicht. Oktober vielleicht. Ich hab es mir nicht so genau gemerkt.«

Oktober. Nachdem sie mir an jenem Tag in meinem Auto zugehört hatte, nachdem sie mir erzählt hatte, er sei ein Loser. Ein Schluchzen steigt in mir auf, und ich fühle mich wie nackt und entblößt, nur noch schlimmer, als hätte mir jemand die Haut abgezogen und mein Inneres nach außen gestülpt. Als ich weiterspreche, zittert meine Stimme und in meinen Ohren klingelt es.

»Wusstest du, dass sie verschwinden würde? Hattest du etwas damit zu tun?«

Er blinzelt mehrfach. »Ich weiß es nicht. Aber glaub mir, es gibt Dinge, die du nicht über mich wissen willst. Ich bin nicht mehr der, der ich mal war. Und werde es nie wieder sein.«

Er wird mir nichts weiter erzählen, also raffe ich mich auf und laufe über den Flur, zur Haustür hinaus und zu meinem Auto. Es fühlt sich an, als würde ich Gewichte um die Fußgelenke tragen, die mich an die Einfahrt ketten. Als ich die Autotür öffne, schlägt mir heiße Luft entgegen, wie an dem Tag, als ich Trixie kennengelernt habe. Nur diesmal schlage ich mit den Fäusten so fest aufs Lenkrad, dass meine Hände ganz rot werden. Ich hatte immer gedacht, es wäre Zufall gewesen, dass sie an jenem Tag neben meinem Auto auftauchte, dass ich einfach zur richtigen Zeit am richtigen Ort war, um sie zu retten.

Aber sie hatte auf mich gewartet. Sie wusste bereits, wer

ich war. Vielleicht hatte sie schon Tage oder Wochen darauf gewartet, mich allein abzupassen. Und so langsam glaube ich, es gibt überhaupt keine Zufälle.

43

Einmal habe ich dich mit ihm in deinem Zimmer gehört. Ich bin mit zwei Bechern Cherry Garcia zu dir gekommen, weil das dein Lieblingseis war, und inzwischen konnte auch ich davon nicht mehr genug bekommen.

Ich klopfte an die Haustür, und als niemand öffnete, ging ich mit meinem Schlüssel rein. Das Eis in meinen Händen fing an zu schmelzen, und außerdem kam Trixie ständig einfach so bei mir zu Hause rein, als würde sie dort wohnen. Ich nahm an, sie machte in ihrem Zimmer Hausaufgaben und hatte die Musik laut aufgedreht. Ihr blaues Basecap hing überm Treppenpfosten, aber ich dachte nicht darüber nach, was das bedeuten konnte.

Als ich die Treppe hochging, hörte ich die Musik, irgendetwas Lautes und Wildes. Ich wartete kurz vor ihrer Tür und hatte schon fast die Hand auf den Türknauf gelegt, als ich noch etwas anderes von drinnen hörte. Ein Knallen gegen die Wand. Dann hörte ich sie stöhnen. Und eindeutig männliches Ächzen.

Ich lief die Treppe wieder runter und ließ beinahe das Eis fallen. Ich konnte gar nicht schnell genug aus dem Haus kommen. Es war mir peinlich, obwohl ich nichts falsch gemacht hatte. Als ich losfuhr, das Cherry Garcia auf dem Boden vor dem Beifahrersitz – Trixies Sitz –, fühlte ich mich unglaublich traurig, als gäbe es einen riesigen Teil von Trixie, den ich nie kennen würde. In dem Moment kam sie mir um Jahre älter vor als ich, um Jahre weiser und erfahrener, und ich fragte mich, ob ich sie jemals einholen würde.

Das Eis schmolz, also hielt ich eine Straße weiter wieder an und aß mit einem beschissenen Plastiklöffel beide Becher. Ich aß, bis mein Gehirn gefroren war und ich kurz davor war zu platzen. Ich aß, bis es nicht mehr schmeckte und mir schlecht wurde. Ich aß, bis ich Trixie und Jasper nicht mehr hörte.

Aber ich hatte überhaupt nicht gesehen, wer mit ihr in ihrem Zimmer war, und Jasper hat mir erzählt, er sei nie bei ihr zu Hause gewesen. Ich hatte nie daran gedacht, dass es auch jemand anders gewesen sein konnte.

44

Ich muss mein Gehirn darauf trainieren, nicht ständig an Trixie zu denken. Ich hatte ein Leben vor ihr und ich habe auch jetzt eins, nach ihr. Eigentlich ist mir ohnehin egal, wo sie ist, ob sie tatsächlich irgendwo in den Fluten gefangen ist, ihre Haare schleimig vom Seetang, oder ob sie mit Toby Hunter in einem billigen Motel wohnt und sich mit ihm über die ganzen Idioten zu Hause lustig macht, deren Leben sie zerstört haben.

Jasper hatte recht, als er immer wieder sagte, wir müssten damit abschließen. Doch jetzt ist das nicht mehr genug. Ich will nichts so machen, wie Trixie es vorgesehen hat. Wo auch immer sie ist, ich will ihr wehtun. Wenn sie jemals zurückkommt, will ich, dass sie mich ansieht und mich nicht wiedererkennt. Und das wird sie nicht. Ich bin nicht ihre Schwester und war es nie.

Beau will ich auch nicht mehr sehen. Er schickt mir eine einsilbige Nachricht: *Tut mir leid.* Aber genau die drei Worte hat er schon so oft gesagt, dass sie komplett ihre Bedeutung verloren haben. Ich will auch ihm wehtun, jedes Mal, wenn ich daran denke, wie er letztes Jahr ständig an mir vorbeiging, ohne mich anzusehen. Ich war ein Niemand für ihn, und jetzt werde ich ihn für mich zum Niemand machen.

Mit etwas abzuschließen ist anders, als mit jemandem abzurechnen, und ich glaube nicht, dass ich es jemals schaffe, es ihnen wirklich heimzuzahlen, sie beide so zu verletzen, wie sie mich verletzt haben. Doch es gibt eine Möglichkeit, wie ich es versuchen kann.

Ich stecke Jasper einen Zettel in den Spind.

Komm nach der Schule zu meinem Auto. Keine weitere Suchaktion, versprochen.

Möglich, dass er nicht auftaucht, denn er hat mir gestern ziemlich genau dieselbe Botschaft hinterlassen und ich war nicht da. Er ist mir nichts schuldig. Er könnte sich einfach von mir distanzieren, genau wie Trixie es gemacht hat. Es gibt nichts, was uns aneinanderbindet, außer, dass ein und dasselbe Mädchen so getan hat, als wären wir ihr wichtig.

Aber er kommt und er lächelt leicht, in der Hand meinen Zettel. Ich stehe hinter meinem Auto, denn ich würde nicht damit umgehen können, wenn schon wieder irgendwer zu mir ins Auto springt.

»Was gibts?«, fragt er. »Hast du rausgefunden, wo sie ist?«

Ich schüttele den Kopf. »Du hattest recht. Wir müssen unser eigenes Leben weiterleben. Und ich dachte, heute ist ein guter Tag, damit anzufangen.«

Er steckt sich den Zettel in die Hosentasche. Ich frage mich, was er damit machen will, ob er einer ist, der alles aufhebt, was auch nur ansatzweise gefühlvoll ist. Mir fällt der Zettel wieder ein, den er einmal für Trixie geschrieben hat und der noch irgendwo in meinem Zimmer sein muss, wahrscheinlich in einer Schreibtischschublade vergraben.

»Und woran denkst du dabei?«, fragt er.

»Keine Ahnung. Was machen die Leute hier so, wenn sie nicht nach Vermissten suchen? Wir könnten was essen gehen. Oder einen Film gucken.« Aus irgendeinem Grund kann ich mir Jasper bei nichts davon vorstellen, und sofort fühle ich mich schlecht, so über ihn zu denken, weil er eh schon daran gewöhnt ist, dass die Leute ihn für einen Freak halten.

Zuerst sagt er nichts, und ich fürchte schon, ich habe die ganze Situation schrecklich missverstanden und er hat mich nur geküsst, weil wir beide dieselbe Person vermissen und uns ihr irgendwie näher fühlen wollten, indem wir einander näherkamen. Dann holt er tief Luft, als wäre er erleichtert, und ich erlaube mir den Gedanken, dass er mich vielleicht tatsächlich mag und ich ihn tatsächlich auch mögen könnte. »Klingt gut. Aber vielleicht können wir das mit dem Film lassen. Ich glaube, wir hatten in letzter Zeit beide genug Drama.«

Er versucht, einen Witz zu machen, zumindest vermute ich das. Könnte sein, dass Jasper Sinn für Humor hat. Alles, was ich über ihn weiß, hängt mit Trixie zusammen, und ich will ihn aus ihrem Bann befreien.

»Ich hol dich um sieben ab«, sage ich, und mein Mund ist so trocken, dass die Worte beinahe kleben bleiben.

Später, als ich allein in meinem Zimmer bin, tue ich so,

als wäre es ein richtiges Date, als hätte er mich gefragt. Ich schminke mich und style mir die Haare und suche eins meiner Lieblingsoutfits von letztem Jahr aus, ein Shirt, an das ich Rüschen genäht habe, und einen Cordrock. Ich denke nicht mal darüber nach, ob mir die Sachen noch passen könnten, und zu meiner Überraschung tun sie es, auch wenn der Rock am Bauch etwas einschneidet. Vielleicht habe ich es mir alles nur eingebildet, meine Gewichtszunahme und das Mädchen – das Mädchen, das mich aus meinem alten Leben gerissen hat, um mich mit all ihren anderen ahnungslosen Opfern im Regal aufzureihen. Ich blicke auf die Stelle, wo früher die Nähmaschine stand, und denke an den Tag, als ich sie rausgeworfen habe. *Das war nur ein Haufen Metall, der zu viel Platz brauchte*, erklärte ich Trixie, als sie bemerkte, dass die Nähmaschine fehlte. Aber sie war mehr als das.

Mom klopft vorsichtig an meine Zimmertür und kommt rein. »Du siehst schön aus«, sagt sie und setzt sich auf meine Bettkante. »Hast du was vor?«

»Ich treffe mich mit einer Freundin zum Essen«, sage ich. »Sie heißt Sarah.«

Als ich sehe, wie Mom sich freut, tut es mir sofort leid, dass Sarah nicht existiert. Natürlich ist Mom von der Vorstellung einer neuen, besseren besten Freundin begeistert. Ich warte auf eine Ansprache darüber, dass ich *für mich selbst denken* muss und *nicht so leicht beeinflussbar sein* darf, aber sie bleibt aus.

»Das freut mich«, sagt sie. »Du weißt ja, was für Sorgen ich mir gemacht habe, dass du das letzte Schuljahr ohne eine gute Freundin beginnst. Sarah klingt wirklich nett.«

Bis auf ihren Namen habe ich Mom noch gar nichts über Sarah erzählt. Aber so sehr wünscht sie sich, dass ich normal bin und ich nicht mehr allein in meinem Auto Mittag esse.

Vor Jaspers Haus angekommen schicke ich ihm eine Nachricht, und als er nicht sofort antwortet, überlege ich, ob ich zur Tür gehen und klingeln soll. Mein Herz schlägt wie wild. *Ich hätte was Schöneres anziehen sollen. Vielleicht erwartet er, dass ich seinen Eltern Hallo sage.* Aber dann sehe ich ihn in seiner üblichen schwarzen Kluft, die Hände in den Taschen, die Einfahrt herunterkommen.

»Was isst du gern?«, frage ich, nachdem er eingestiegen ist. »Auf der Ramsay hat gerade ein neues veganes Restaurant aufgemacht. Green Machine. Hast du Lust, das auszuprobieren?«

Ich esse eigentlich nicht vegan, besonders nicht, seit Mom meint, wir müssten zu Hause vegan essen. Aber so gut wie jedes andere Restaurant erinnert mich irgendwie an Trixie, und ich will sie nicht dabeihaben, die unsichtbare Dritte bei diesem Date.

»Klar«, sagt Jasper. Wir schweigen fast die ganze Fahrt, und um die Stille zu übertönen, schalte ich das Radio an, versuche, Musik zu finden, und bekomme aber nur Nachrichten rein. Jasper überrascht mich, indem er das Radio wieder ausstellt.

»Ist dir schon mal aufgefallen, dass es immer nur schlechte Nachrichten gibt?«, fragt er, und dann ist seine Hand auf einmal auf meinem Bein, liegt da einfach auf der nackten Haut unterhalb meines Rocksaums.

»Kann sein«, sage ich, als ich auf den Parkplatz hinterm Green Machine fahre, der klein und dunkel und bis auf mein Auto und einen weißen Minivan leer ist. Ich will nicht an schlechte Nachrichten oder schlechte Freundinnen oder schlechte Entscheidungen denken. Bevor ich noch etwas sagen kann, schnallt Jasper sich ab und beugt sich zu mir rüber, und dann streichen seine Lippen über meine. Er legt mir die Hände auf die Wangen, und ich mache den Fehler, die Augen offen zu lassen, während er mich küsst, erst sanft, dann drängend, als wäre etwas in mir, das er unbedingt haben muss. Ich blicke auf die Falte zwischen seinen Augenbrauen, eine Welt der Anspannung. Ich erwidere seinen Kuss, schlinge ihm die Arme um den Hals, und schließlich mache ich die Augen zu, und dann spüre ich ihn auf mir. Eine seiner Hände gleitet von meinem Gesicht in den Ausschnitt meines Shirts, und ich sollte ihn aufhalten, aber das tue ich nicht, weil es sich gut anfühlt und er mich berührt, als ob er es wirklich will, und nicht nur, weil er sich am nächsten Morgen an nichts mehr erinnern wird.

Doch als er mir mit der anderen Hand unter den Rock fährt, zucke ich zurück.

»Was ist?«, fragt er, und die Falte zwischen seinen Augenbrauen vertieft sich. Ich streiche mir die Haare aus dem Gesicht und rücke noch ein Stück von ihm ab, und Jasper setzt sich wieder auf den Beifahrersitz und starrt geradeaus. »Tut mir leid. Ich hatte nicht vor, dich so zu überfallen. Du bist noch Jungfrau, oder?«

Kleine Scherben piksen mich, zerbrochenes Glas, das einmal ganz war. Ich weiß nicht, ob ich mich freue oder sauer bin, dass Jasper mich geküsst hat und er mehr will als nur küssen. Ich weiß nicht, warum ich ihn von mir gestoßen habe, ob ich mich der Person gegenüber, die das Schlimmste getan hat, was eine Freundin tun kann, trotzdem loyal verhalten will oder ob ich immer noch in jemanden verliebt bin, der meine Gefühle nie erwidern wird. Ich schulde ihnen nichts. Ich will, dass sie das hier sehen und all das fühlen, was ich ihretwegen gefühlt habe.

»Es gibt etwas, was du wissen musst«, sagt er, und diesmal beuge ich mich zu ihm rüber und küsse ihn. Ich will nicht mehr reden. Ich presse meine Lippen auf seine und öffne den Mund, erst nur ein bisschen, dann weiter, bis er stöhnt und mir leicht an den Haaren zieht.

Wir gehen nicht mehr ins vegane Restaurant. Wir sagen den Rest des Abends kein Wort mehr, und ich mache auch die Augen nicht mehr auf. Ich fahre mit den Fingern seinen Kiefer entlang, präge mir die scharfen Kanten ein. Ich presse die Hand auf seine Brust und bin überrascht, wie leicht und schnell sein Herz schlägt. Ich nehme seine Unterlippe zwischen die Zähne und beiße sanft hinein, und er legt mir wieder die Hände, die immer noch kalt sind, auf die Wangen. Ich lasse nicht zu, dass er mir das Shirt auszieht, aber ich erlaube ihm, das Gesicht zwischen meinen Brüsten zu vergraben und kleine Küsse daraufzusetzen.

Als ich nach Hause komme, sind meine Lippen rot und geschwollen und mir ist leicht schwindelig. Ich verstehe besser denn je, dass man, um zu lügen, gar nichts sagen muss. Lügen kommen in vielen Formen. Ein Nicken. Ein Kuss. Ein Streicheln.

Ich weiß nicht, wie viele Lügen ich Jasper heute Abend erzählt habe oder wie viele er mir erzählt hat. Vielleicht wiegt eine Seite schwerer als die andere, und einer von uns beiden wird fallen, ohne ein Sicherheitsnetz.

Aber vielleicht sind wir auch quitt.

45

»Da ist er«, sagtest du und ducktest dich auf dem Beifahrersitz. »Nein, guck nicht hin. Er darf nicht merken, dass wir ihn beobachten.«

Gehorsam senkte ich den Kopf, aber sah trotzdem hin. Er war komplett in Schwarz gekleidet, absolut fehl am Platz in einer Pastell-Schule wie der Robson. Beim Gehen machte er riesige Schritte und sein Kopf wackelte die ganze Zeit, als würde darin Musik spielen.

»Warum spionieren wir noch mal einem Typen hinterher, der nicht dein Freund ist?«, fragte ich.

Trixie lächelte über ihre Knie gebeugt. »Reine Neugierde. Ich frage mich nur, wer er ist, wenn er nicht mit mir zusammen ist. Ob es irgendeinen Hoffnungsschimmer gibt, dass er normal ist.«

In dem Moment tat Jasper mir leid. Er war ein Experiment für sie, ein Freak aus der Pausennummer, den sie auf Kommando etwas vorführen ließ, ein seltenes Exemplar, das sie sich unter dem Mikroskop anguckte. Ich fragte mich, wie sie diese Farce aufrechterhielt, wie sie sich verhielt, wenn sie mit ihm im Bett war. Ich fragte mich, ob er eine Ahnung hatte, benutzt zu werden.

Aber ich vermute, dass ich mich jetzt selbst wohl genau das Gleiche fragen muss.

46

Dr. Rosenthal ist gar nicht so übel, dafür, dass er ein Mann mittleren Alters ist, mit dem ich über mein Leben sprechen soll. Er lässt hauptsächlich mich reden und es scheint ihn nicht zu stören, wenn ich auf seine Fragen nur stockend antworte. Er ist eigentlich sogar ganz nett, ein bisschen väterlich, auch wenn der Gedanke komisch ist, weil ich noch nie im Leben einen Vater hatte und nicht weiß, wie einer wäre. Das einzige echte Beispiel, das ich für meine Überlegungen heranziehen könnte, ist Mr Heller, und an ihn will ich nicht denken.

Wir reden gar nicht so viel über Trixie. Vielleicht glaubt Dr. Rosenthal, ich will nicht über sie reden, weil ich mir die Schuld für ihr Verschwinden gebe, da ich ihre beste Freundin war und doch hätte wissen müssen, dass es ihr nicht gut ging. Ich bin kurz davor, ihm zu erzählen, dass ich diejenige bin, der es nicht gut geht. Ich bin das Mädchen mit dem Messer im Rücken. Er macht sich nicht besonders viele Notizen, aber wenn er es tut, stelle ich mir immer vor, er würde etwas schreiben wie *Wirkt unbeeindruckt von der Tragödie.* Wahrscheinlich denkt er, ich verdränge die Sache aus Selbstschutz. Oder ich bin eine Psychopathin.

Wir reden hauptsächlich über mich. Über mein Selbstbild. Über meine Angst, auf die Waage zu steigen, und darüber, dass ich die Klamotten, die ich letztes Jahr getragen habe, nicht mehr anziehen mag. Er findet es bemerkenswert, dass ich meine Nähmaschine in den Secondhandladen gebracht habe, auch wenn ich ihm sage, es sei kein großes Ding gewesen, dass ich einfach ein paar Sachen loswerden wollte, die ich nicht mehr benutzt habe.

»Mode hat früher anscheinend eine wichtige Rolle in deinem Leben gespielt«, sagt er, und es ist mir peinlich, es laut ausgesprochen zu hören, als würde er über jemand anders reden.

»Es war nur eine Phase«, sage ich.

»Aber jetzt meidest du deinen Kleiderschrank und damit die Person, die du warst, bevor Trixie in dein Leben trat. Fiona, mir scheint, du hast mit einer schlechten Körperwahrnehmung zu kämpfen, und zusammen mit allem anderen, was du durchgemacht hast, hat dein Selbstbewusstsein rapide abgenommen.«

Ich lege die Hände in den Schoß und lasse die Schultern hängen, als würde mich das kleiner machen und ich mich so einfacher verstecken können. *Ach was. Das ist alles ihre Schuld.* Ich will allein sein mit meinen Gedanken, aber da ist er, wartet auf eine Antwort, erwartet vielleicht auch noch, dass ich ihm dafür danke, mich durchschaut zu haben.

Er redet weiter: »Viele Mädchen im Teenageralter haben ein negatives Körperbild. Sie vergleichen den eigenen Körper mit denen Gleichaltriger oder suchen Bestätigung von anderen.«

Woher wollen denn Sie das wissen?, bin ich versucht zu fragen, aber dann könnte er denken, ich hätte zusätzlich zu allem anderen auch noch Aggressionsbewältigungsprobleme. Er hat keine Ahnung, wie es ist, ein Mädchen im Teenageralter zu sein. Das Leben ist ein einziger großer Vergleich, egal, mit wem man befreundet oder nicht befreundet ist. Als es noch Jenny und Alison und mich gab, wollte ich immer Jennys dünne Beine und schmale Taille haben, zusammen mit Alisons perfekt gebräunten Armen und ihrem Schlüsselbein, das genau richtig hervorstand. Als ich dann mit Trixie befreundet war, wollte ich ihr Selbstbewusstsein haben, mit dem sie anzog, was sie wollte, weil sie überzeugt war, sich nicht fürs Leben zurechtmachen zu müssen. Ich wollte ihr Gesicht, das nie Pickel bekam wie meins. Ich wollte in ihrer Haut leben, mich darin einhüllen wie in einer Decke.

»Ich gebe dir eine Hausaufgabe, Fiona. Ich möchte, dass du bis zum nächsten Mal über negative Körperwahrnehmung recherchierst und ein paar Dinge aufschreibst, die dir an dir *gefallen*, und zwar körperliche und nicht körperliche. Sei ehrlich dabei. Wir müssen nicht weiter darüber reden, wenn du nicht willst, aber ich glaube, es wäre gut.«

Ich verlasse seine Praxis ohne ein Rezept, ohne ein Wundermittel gegen alles, was mit mir nicht stimmt. Ich weiß nicht, was ich erwartet hatte. Jetzt soll ich nach Hause fahren und Google fragen, warum mir mein Aussehen nicht gefällt. Das war eigentlich nicht Teil des Plans.

Aber Dr. Rosenthal scheint mich nicht dick zu finden. Nicht, dass er es mir sagen würde, wenn er es täte. Vielleicht bilde ich es mir nur ein, und ich bin nicht im falschen Körper gefangen, sondern mein Körper ist vom falschen Gehirn gefangen.

Ich gehe zum Fahrstuhl, und auf einmal öffnet sich die Tür zum Treppenhaus und Alison kommt hindurch, die Sporttasche, die sie zum Cheerleader-Training immer dabeihat, über der Schulter. Sie muss direkt vom Training gekommen sein, was auch erklärt, warum sie Leggins anhat und die Haare in einem nassen Knoten auf dem Kopf trägt.

»Fiona«, sagt sie überrascht. »Hey. Wie gehts?«

Ich will schon *gut* antworten, weil man das halt so macht, doch stattdessen sage ich: »Ich bin hier«, was sie zum Lachen bringt.

»Ja. Ich weiß, was du meinst.«

Wir schweigen unbeholfen, und mit einem Mal wird mir bewusst, dass auch sie, genau wie ich, hier ist, um mit jemandem zu reden. Neben Dr. Rosenthals Namen stehen noch die von drei Therapeutinnen an der Tür zum Wartezimmer.

»Hör zu«, sagt sie. »Ich weiß, es ist jetzt eine Menge anders als früher, und wir haben schon Ewigkeiten nichts mehr zusammen gemacht, aber ich hab es wirklich so gemeint, was ich in der Schule gesagt habe. Ich bin da, wenn du jemanden zum Reden brauchst. Jemanden, den du nicht dafür bezahlst.«

Ich blicke auf meine Ballerinas. »Danke. Ebenso.« Ich frage mich, warum jemand so Perfektes wie Alison überhaupt hier ist.

»Meine Mom will, dass ich zur Therapie gehe«, erklärt sie.

»Sie denkt, dass ich, keine Ahnung, irgendwie beschädigt bin wegen dem, was auf meinen Partys passiert ist. Ich hab gehört, wie ein Mädchen in der Schule mich Selbstmord-Schwester genannt hat. Als wäre das alles meine Schuld.«

»Ist es nicht. Die Leute tun, was sie wollen«, sage ich ein bisschen zu gehässig. »Du hättest nichts daran ändern können.«

»Danke«, sagt sie. Es entsteht eine Pause, und vielleicht wartet sie darauf, dass ich ihr erzähle, warum ich hier bin, so wie sie es mir erzählt hat, aber die Worte *negative Körperwahrnehmung* kommen mir nicht über die Lippen vor Alison mit ihrem makellosen Körper, der Thigh Gap, die ich niemals haben werde, und den Haaren, die auf magische Weise wie immer in perfekten Wellen fallen werden, sobald Alison sie aus dem Knoten löst.

»Ich muss los«, sagt sie.

»Ich auch. Bis bald.« Als ich vorm Fahrstuhl stehe, nehme ich all meinen Mut zusammen und drehe mich noch mal um. »Du hast recht. Wir sollten mal wieder was gemeinsam unternehmen. Wenn du magst.«

Sie sieht mich an und lächelt. »Ja. Sehr gern.«

47

Du und ich, wir hatten unsere Gewohnheiten – wir sind ziellos umhergefahren oder hingen mit Supermarkt-Junkfood zwischen uns auf deinem Teppich rum. Aber Gewohnheiten hatte ich auch schon vor dir. Ich bestand quasi aus anderer Leute Gewohnheiten.

Nach jedem Football-Spiel zelebrierten Jenny, Alison und ich dasselbe Ritual. Wir fuhren zu Alison, entfernten den Lippenstift im Rot der Robson High, schminkten uns ab, legten Gesichtsmasken auf und machten uns Nachos. Meine Hälfte war immer nur mit Käse, denn ich mochte den ganzen anderen Kram nicht, den Jenny und Alison sich draufwarfen. Zwiebeln und schwarze Oliven und Paprika und für Jenny Artischocken – widerlich. Wenn die Nachos fertig waren, verschlangen wir sie im Stehen über Alisons Küchentheke gebeugt.

»Ich wünschte, Käse hätte keine Kalorien«, sagte Alison jedes Mal. »Ich könnte allein von Käse leben, wenn er sich nicht überall hier ansammeln würde.« Sie legte sich die Hände auf die Hüften und versuchte, sie hineinzudrücken.

»Ich könnte nur von Schokoladenpudding leben«, sagte Jenny die eine Woche, und in der nächsten Woche war es

Käsekuchen. »Ich wünschte bloß, mein Hintern wäre nicht so schwabbelig. Und ich schwöre, meine Arme werden dick.«

»Ihr seid beide perfekt, wie ihr seid«, sagte ich dann, denn das war mein Part. Während der Spiele war ich für die körperliche Unterstützung zuständig, und den Rest der Zeit für die emotionale.

Eines Abends umarmte mich Jenny, nachdem ich meinen Satz gesagt hatte. »Du bist die Perfekte von uns dreien. Weißt du eigentlich, wie toll du bist?«

Es war total übertrieben, aber so war Jenny eben. Sie verteilte Umarmungen und Komplimente, als wäre es nichts. Klar, sie kosteten nichts, aber es waren trotzdem die am schwierigsten zu machenden Geschenke, weil sie bedeuteten, dass man alle Vorsicht außer Acht ließ und sein Innerstes zeigte.

»Ich liebe euch«, sagte Alison und wischte sich die Krümel von den Lippen. »Ich weiß nicht, was ich ohne euch machen würde.«

Mir ging es genauso, auch wenn ich es nie sagte. Ich dachte, ich würde nie herausfinden müssen, was ich ohne sie mache. Doch als Trixie auftauchte, war nicht mehr genug Platz für alle. Es konnte nur eine begrenzte Anzahl an Puppen auf ihrem Regal sitzen.

48

Der Parkplatz hinterm Green Machine wird zu Jaspers und meinem Ort. Er sagt, seine Eltern sind abends zu Hause, und ich will auch nicht, dass Mom uns in meinem Zimmer erwischt, also fahren wir immer mit meinem Auto auf den Parkplatz. Es ist leicht, Mom anzulügen. *Ich bin mit Sarah im Kino. Sarah und ich gehen nach der Schule shoppen.*

»Sarah klingt wirklich toll«, sagt sie eines Abends, während sie in einem Topf mit Vollkorn-Spaghetti rührt. »Du musst sie mal mitbringen, damit ich sie kennenlerne.«

»Klar«, sage ich. Doch ich bin sicher, dass es ihr vor allem darum geht, die Streitereien, die wir wegen Trixie hatten, nicht wiederholen zu müssen. Sie will meine neue Freundin kennenlernen, sie will wissen, was für einen Einfluss sie auf mich hat.

Im dunklen Auto versuche ich, mich in Jasper zu verlieren. Ich lasse es zu, dass seine Hand hinten mein Shirt hochwandert. Ich könnte mich daran gewöhnen, wie seine Haare sich zwischen meinen Fingern anfühlen, wie sein Hals riecht, wenn ich mein Gesicht daran vergrabe.

Ich weiß nicht, warum wir immer ausgerechnet hierherfahren, warum alles so ein Geheimnis ist. Manchmal stelle ich mir vor, dass Trixie aufs Auto zukommt und kopfschüttelnd gegen die beschlagene Scheibe klopft. Ich würde mich kurz von Jasper lösen, sie anlächeln und winken oder ihr vielleicht auch einfach den verdienten Mittelfinger zeigen.

Irgendwann ist es mir nicht mehr genug, nur im Geheimen mit ihm zusammen zu sein. Die Leute sollen sehen, dass es mir egal ist, was Trixie Heller passiert ist. Die Leute sollen sehen, dass ich darüber hinweg bin, dass ich über sie hinweg bin.

»Ich hab Hunger«, sage ich zu Jasper und rutsche von seinem Schoß.

»Ja«, flüstert er mir ins Ohr. »Das merke ich.«

»Nein, richtigen Hunger. Lass uns was essen gehen.«

»Hier?«

»Nein, ich hab eine bessere Idee. Magst du Überraschungen?«

»Nicht besonders. Ich kann mit Unbekanntem nicht so gut umgehen.«

Es ist so eine typische Antwort für Jasper. Manchmal klingt er, als hätte er Tarotkarten oder eine Kristallkugel verschluckt und müsste unwillkürlich ihre Weisheiten von sich geben. Ich habe keine Ahnung, was er dazu sagen wird, wo ich mit ihm hinfahre, aber irgendwie fühlt es sich richtig an, die Welt auf den Kopf zu stellen und Trixie, wo auch immer sie sich befindet, gleich mit.

Als ich vor Cabana Del Shit halte, seufzt Jasper. »Ausgerechnet hier willst du essen?«

»Hier gibts die besten Quesadillas.« Nicht, dass ich vor Jasper Quesadilla essen würde. Er wünscht sich bestimmt, ich wäre besser in Form, dass, wenn seine Hände meinen Körper berühren, weniger davon da wäre. Die Letzte, mit der er etwas hatte, war Trixie, und ich stehe immer noch in Konkurrenz zu ihr, auch wenn sie für den direkten Vergleich nicht mehr da ist. Das meint zumindest Dr. Rosenthal.

»Okay«, sagt Jasper. »Wenn du unbedingt willst.«

Eigentlich will ich nicht. Ich beuge mich zu ihm vor und küsse ihn. Am liebsten würde ich sein Gesicht, seine Lippen, die geröteten Wangen und zerwühlten Haare einrahmen, um dieses Bild festzuhalten, damit ich mich immer daran erinnern kann, dass jemand mal Lust auf mich hatte.

Cabana Del Shit ist wie üblich leer, und im Wind schaukeln schwarze Papierlaternen, die aussehen wie Schatten. Skylar wischt gerade mit einem Lappen über die Theke, und als sie uns reinkommen sieht, hebt sie eine Augenbraue.

»Wir machen bald zu«, sagt sie. »Aber setzt euch irgendwohin.«

Trixie hat immer geklagt, was für eine Zicke Skylar ist. Ich wünschte, es wäre nicht so, damit ich Trixie nicht recht geben müsste, aber als Skylar die Karten vor uns hinknallt und die Tages-Specials runterleiert, muss ich zugeben, dass es stimmt.

»Ich nehme nur eine Cola light und einen Salat mit dem Dressing extra«, sage ich und empfinde Schadenfreude, weil sie umsonst alles aufsagen musste, da ich schon wusste, dass ich nichts weiter als Salat bestellen würde.

»Für mich auch«, sagt Jasper.

Als Skylar gegangen ist, sehe ich ihn erstaunt an. »Bist du auf Diät?«

Er stößt mich unterm Tisch mit dem Knie an. »Du?«

»Ich bin ein Mädchen. Ich bin immer auf Diät.« Ich verdrehe die Augen, als wäre es lustig, als hätte ich kein Problem damit, aber das ist nicht wahr. Ich wünschte, er würde mir sagen, dass ich schön bin, aber natürlich tut er es nicht.

Er trommelt mit den Fingern auf den Tisch. Ich habe die Hände vor mir gefaltet. Wenn das hier ein Date ist, sollten wir dann nicht Händchen halten? Aber Jasper macht keine Anstalten, mich zu berühren, also unternehme ich auch nichts. Vielleicht ist es ihm auch peinlich, sich mit einem Mädchen wie mir in der Öffentlichkeit zu zeigen, auch wenn das hier kaum als Öffentlichkeit zählt, denn wir sind die einzigen Gäste.

Mir fällt nichts ein, worüber wir reden könnten. In meinem Auto, im Dunkeln, müssen wir nicht reden. Da lassen wir unsere Körper reden, unsere Lippen und Hände und unsere Haut. Aber hier, unter dem grellen Licht in Cabana Del Shit, gibt es absolut nichts zu sagen. Wir haben eine Sache gemeinsam, dabei ist es noch nicht mal eine Sache, sondern eine Person, und sie ist ein riesiger Elefant im Raum, dem ich nicht noch mal die Gelegenheit bieten will, über mich hinwegzutrampeln.

»Bin gleich wieder da«, sage ich, denn ich muss allein sein, um mir ein Thema einfallen zu lassen, worüber ich mit Jasper reden könnte. Etwas Harmloses.

Ich verschwinde auf die Toilette und blicke in den Spiegel. Mein Gesicht ist total fettig. Ich nehme ein Papierhandtuch und tupfe mir die Stirn ab. Ich wünschte, ich hätte Make-up dabei, Puder und Concealer. Jenny ist ohne ihre

Schminktasche, die in ihrer Handtasche klapperte, nie irgendwo hingegangen. Alison und ich haben uns immer darüber lustig gemacht. Jetzt verstehe ich es. Sie wollte nicht dabei erwischt werden, weniger als perfekt auszusehen.

Die Tür schwingt auf und trifft mich beinahe ins Gesicht. Skylar kommt herein, geht schnurstracks zum Waschbecken neben mir und fängt an, sich die Hände einzuseifen.

»Sei vorsichtig«, sagt sie, als ich meine Hände unter den Trockner an der Wand halte.

»Ich weiß, wie man einen Händetrockner benutzt«, fahre ich sie an.

Sie verdreht die Augen. »Das meine ich nicht. Der Typ, mit dem du hier bist. Sei vorsichtig. Überrascht mich, dass du ausgerechnet mit ihm hier bist. Weißt du nicht, wer das ist?«

»Wieso?«, frage ich, und mir zieht sich die Brust zusammen. Ich reibe mir die Arme, auf einmal habe ich Gänsehaut, trotz der Hitze des Handtrockners. *Natürlich weiß ich, wer er ist. Ich trage seinen Geruch überall an mir. Seine Haare sind von meinen Händen so zerwühlt.*

»Scheiße. Du weißt es nicht«, sagt Skylar, und ihr Blick wird weicher. Gleich wird sie mich ins Vertrauen ziehen. »Gut, dass ich hier bin und dich warnen kann. Er war früher ständig hier, eigentlich immer.«

Ausdruckslos sehe ich sie an.

»Der Typ war besessen von deiner besten Freundin.«

49

»Besessenheit«, sagtest du, als du mit einem lila Lippenstift vor deinem Schminktisch standst. »Ein Euphemismus für seinen hässlichen großen Bruder, den Stalker.«

Ich lag auf ihrem Bett und blätterte durch eine Zeitschrift. »Wovon redest du?«, fragte ich. »Wer ist von dir besessen?«

Gekonnt trug sie sich den Lippenstift auf, die Augen geschlossen. Sie musste noch nicht mal in den Spiegel sehen.

»Niemand. So heißt nur der Lippenstift. Obsession.«

Ich glaubte ihr nicht ganz.

50

Ich versuche zu vergessen, was Skylar gesagt hat, aber ihre Worte laufen in Dauerschleife in meinem Kopf, wie der nervige Refrain eines viel zu oft im Radio gespielten Songs. *Der Typ war besessen von deiner besten Freundin.* Jasper und ich haben unsere Salate gegessen und unsere Cola light getrunken, und dann habe ich Jasper bei ihm zu Hause abgesetzt. Ich habe ihm nicht erzählt, was Skylar gesagt hat, aber jetzt muss ich die ganze Zeit daran denken. Jasper hat behauptet, Trixie und er wären nur befreundet gewesen, dass er genauso wenig eine richtige Beziehung wollte wie sie.

Aber vielleicht hat er gelogen. Ich habe den Zettel gelesen, den er in unseren Spind gesteckt hatte. Ich wusste schon vorher, dass Trixie ihm mehr bedeutet hat, als er mir gegenüber zugibt, aber jetzt fühlt es sich anders an, weil Skylar es auch weiß. Vielleicht ist er so ein Typ, der einfach von irgendwem besessen sein muss.

Auch wenn ich wünschte, es wäre mir egal, muss ich die Wahrheit wissen. Nur, dass ich keine Ahnung habe, wie ich es ansprechen soll. Ich kann ja schlecht zu ihm sagen: »Die Kellnerin von gestern Abend hat mir erzählt, du wärst von

Trixie besessen gewesen. Könntest du mir das bitte näher erläutern?«

Trixie bin ich es jedenfalls nicht schuldig, dem nachzugehen. Ich bin ihr überhaupt nichts schuldig. Sie hat ausgerechnet mit dem Jungen schlafen müssen, von dem sie wusste, dass er mir alles bedeutet. Aber vielleicht ist das, was ich mit Jasper mache, gar keine Rache. Er hat ihr nichts bedeutet, und sie wird sowieso nie erfahren, was wir tun. Ich muss wohl herausfinden, ob Jasper mir vielleicht tatsächlich etwas bedeutet.

Eine Woche nach unserem Date – oder was auch immer es war – bei Cabana Del Shit fragt Jasper mich, ob ich nach der Schule mit zu ihm kommen mag. Ich habe Angst, dass er mit mir schlafen will, und noch viel mehr, mit ihm allein zu sein – richtig allein. In meinem Auto auf einem Parkplatz mit ihm rumzumachen ist irgendwie in Ordnung, weil ich jederzeit die Tür öffnen und aussteigen könnte und irgendwo in der Nähe immer Leute sind, ohne dass sie zu nah sind. Aber allein mit ihm in seinem Zimmer zu sein ist eine ganz andere Nummer. Ich habe ihn benutzt, um weiterzukommen, um zu machen, was ich für richtig hielt, aber wir sind noch immer an dieselbe Person gebunden, die uneingeladene Dritte auf der Rückbank, die, lässig eine Zigarette rauchend, den Arm aus dem Fenster hängt und fragt, warum wir so lange brauchen.

Schließlich spreche ich Jasper auf der Fahrt zu ihm darauf an. »Was hat dir Trixie eigentlich wirklich bedeutet?«

»Hab ich dir doch schon gesagt. Wir waren Freunde, die zusammen rumgemacht haben. Das ist alles.«

Peinlich berührt laufe ich rot an. Er beschreibt genau das, was wir miteinander haben, bis auf den Freunde-Part. Ich habe noch nicht mal das, was Trixie mit Jasper hatte. Ich bin die zweite Wahl, ein billiger Ersatz.

»Warst du noch öfter bei Cabana Del Shit, nachdem es mit euch vorbei war?«, frage ich.

Er reißt die Augen auf. Mit der Frage hat er wohl nicht gerechnet. Bestimmt ist er sauer und sagt gleich, dass mich das nichts angeht. Aber er ist nicht sauer. Er fängt an zu reden.

»Nein. Ich meine, doch, schon. Ich war ein paarmal da, um zu gucken, ob es ihr gut geht. Sie hat überhaupt nicht auf meine Anrufe und Nachrichten reagiert, und ich dachte, vielleicht stimmt was nicht. Es war nicht ihre Art, mich einfach so abzuservieren.«

»Aber ihr wart ja auch nicht zusammen gewesen. Hast du gerade selbst gesagt.«

»Ja, aber sie war mir trotzdem noch eine Erklärung schuldig.«

Ich will ihm sagen, dass sie ihm überhaupt nichts schuldig war. Ich versuche, mich an das Gespräch zu erinnern, das wir vor einer gefühlten Ewigkeit auf dem Weg zum Strand geführt haben. Es hatte ihn verletzt, dass Trixie ihm keine Eintrittskarte für ihre Abschlussfeier gegeben hatte. Warum wollte er überhaupt eine, wenn das zwischen ihnen nur eine Freundschaft plus war?

»Ich muss einfach die Wahrheit wissen.« Meine Stimme ist schwach, aber das Gefühl der Verzweiflung so stark, dass ich fast durchdrehe. »Warst du in sie verliebt?«

»Die Wahrheit ist«, sagt er und lehnt sich ans Fenster, »die Wahrheit ist, ich weiß es nicht. Ich glaube, ich hab mehr für sie empfunden als sie für mich. Es war unausgeglichen.«

Das kenne ich, würde ich am liebsten sagen, aber ich tue es nicht.

»Aber wenn du in sie verliebt warst und glaubst, dass sie immer noch irgendwo da draußen ist, wie kannst du dann einfach damit abschließen? Willst du nicht wissen, was passiert ist?« Ich versuche mir vorzustellen, dass Beau verschwunden wäre. Auch wenn ich nach wie vor stinksauer auf ihn bin – es fühlt sich an, als hätte er mich mit Trixie betrogen, dabei hat er in Wirklichkeit Jenny betrogen –, würde ich nicht aufhören, nach ihm zu suchen, bis ich ihn gefunden hätte.

»Ich weiß es nicht«, sagt er. »Ich hab ja noch nicht damit abgeschlossen. Es ist kompliziert. Ich meine, ich *glaube* nicht, dass ich in sie verliebt war. Ich war noch nie verliebt. Ich sehe nur keinen Sinn darin, lauter Spuren zu verfolgen, die ins Nichts führen, und hinterher noch frustrierter zu sein als am Anfang.«

»Du warst von ihr besessen. Warst du doch, oder?«

»Wer hat dir das erzählt? Das ist nicht wahr. Ich fand sie einfach cool. Wir hatten Spaß zusammen.« Er reibt sich übers Gesicht und zieht dabei an der Haut. Es sieht ziemlich grotesk aus. »Hör zu, ich hab eine Idee. Deswegen wollte ich, dass du mit zu mir kommst. Ich habe eine Theorie, wo sie sein könnte, aber ich wollte dir keine falschen Hoffnungen machen. Ich hab mir den Globus in meinem Zimmer noch mal angeguckt, und dann fiel mir ein, dass sie mal erwähnt hat, sie will nach Tijuana.«

Ich kneife die Augen zusammen. »Mir gegenüber hat sie nie was von Tijuana gesagt.«

»Tja, mir hat sie garantiert auch nicht alles erzählt, worüber ihr geredet habt. Sie hat aber öfter gesagt, wie schön es doch wäre, zusammen übers Wochenende nach Tijuana zu fahren.«

Das klingt überhaupt nicht nach etwas, was Trixie sagen würde, will ich schreien. Besonders, wo sie alle ihre Wochenenden mit mir verbracht hat. Aber vielleicht hat er recht. Wir kannten zwei verschiedene Mädchen, die irgendwie dieselbe Person ergeben, und deswegen müssen wir zusammenarbeiten, um das wirkliche Mädchen zu finden.

»Okay«, sage ich, und dann sind wir doch wieder an diesem Punkt, wollen sie finden, obwohl ich immer noch sauer auf sie bin. Vielleicht will ich es deswegen, weil ich so voller Hass bin und ihn irgendwo loswerden muss. Ich stelle mir vor, dass wir sie in Tijuana finden und wie sie dünn und gebräunt, vielleicht mit Toby Hunter zusammen, den Strand entlangschlendert. Ich würde mich natürlich überrascht geben, Toby zu sehen, denn ich habe Jasper nicht gesagt, was Beau mir erzählt hat. Ich male mir aus, dass ich Trixie von hinten schubse, sodass sie mit dem Gesicht in den Sand fällt. Ich höre mich selbst, wie ich Toby erzähle, was sie mit seinem Bruder gemacht hat, und sehe zu, wie er sie verstößt.

»Sie hat mir auch von New York erzählt, weißt du«, sagt

er und streicht mit den Fingern über meine Hand. »Sie hat mir erzählt, ihr würdet zusammen nach New York gehen.«

Ein Hoffnungsschimmer flackert in mir auf, und ich wünschte, ich könnte ihn mit kaltem, hartem Hass ersticken. Sie hat mit Beau geschlafen und mir nichts davon erzählt, und es könnte sein, dass sie sich nur deswegen mit mir angefreundet hat, um sich an ihm zu rächen. Ich war vielleicht nichts weiter als eine Schachfigur in einem Spiel, von dem ich nicht einmal wusste, dass ich darin mitspiele. Aber solche Kleinigkeiten, wie dass sie Jasper von mir und unseren Plänen erzählt hat, bedeuten mir irgendwie etwas.

»Tijuana also«, sage ich, um wieder zum Thema zurückzukommen. »Wann fahren wir?«

51

Vielleicht warst auch du diejenige mit der negativen Körperwahrnehmung, denn du warst besessen von der Größe von allem. Du fandst deine Ohren zu klein, deine Nase zu groß, deine Zehen zu dünn, und deine Kniescheiben hatten nicht die richtige Proportion zu deinem Körper.

Morrison Beach passte ihr nicht.

»Ich bin hiermit durch«, sagte Trixie eines Tages, als wir von meinem Auto zur Schule gingen. »Findest du nicht auch, wir brauchen was Größeres?«

Ich fand, eigentlich war alles schon viel zu groß. Wenn überhaupt wollte ich schrumpfen. Mich selbst und die Welt auf nur uns beide, eine Welt, in der niemand irgendetwas von mir erwartete und ich nichts von den anderen erwartete. Ich wollte, dass unsere Welt eine Blase wurde, um die wir Vorhänge ziehen konnten, eine Schneekugel, die gegen das Außen geschützt war.

»Was meinst du damit?«, fragte ich.

»Ich meine«, sagte sie und schlang mir einen Arm um die Schultern, wie sie es immer tat, wenn sie besonders aufgedreht war, »etwas in der Größe von New York. Was sagst du dazu?«

Ich blieb stehen, und sie ging weiter. »Fragst du mich gerade, ob ich mit dir nach New York gehe?«

»Natürlich frage ich dich. Ich gehe doch nicht allein. Was glaubst du denn?«

Die Vorstellung machte mir irgendwie Angst. Mit Jenny und Alison hatte ich immer darüber geredet, auf die University of California in Los Angeles zu gehen. Im vorigen Sommer hatten wir uns sogar schon den Campus angesehen und in einem Wohnheimzimmer übernachtet und davon geträumt, wie toll das Leben nach der Highschool sein würde.

»Okay«, antwortete ich zögerlich. Vielleicht würde doch New York der Ort meines aufregenden Lebens nach der Highschool werden. Was hielt mich schon in Kalifornien? Oder wer?

»In New York gibts die besten Cheesecakes«, sagte Trixie. »Und Bagels. Und Schnee, Fiona. Außerdem liebst du doch Mode. Ich hab mir ein paar Prospekte von der New York University besorgt. Die Stadt ist perfekt für uns.«

Ich nickte zu allem. Ich redete schon lange nicht mehr von Kleidung, daher war ich überrascht, dass sie sich überhaupt daran erinnerte. Sie war so begeistert von der Idee, dass sie mich schließlich ansteckte und ich anfing zu glauben, ich könnte nach der Highschool tatsächlich ein tolles Leben haben. Vielleicht war von allen wegzukommen der beste Weg, wieder zu dem Mädchen zu werden, das ich einmal gewesen war.

Trotzdem hatte ich einen Anker in Kalifornien, in der Form eines Jungen, von dem ich mir wünschte, ihn nicht zu lieben. Vielleicht hat Trixie einen Magneten gehabt, der sie immer weiter fortzog. Toby.

Wie weit ist sie für ihn gegangen?

52

»Wir sollten einfach fahren«, sagt Jasper eines Tages in der Mittagspause, während er Grashalme vom Boden rupft und sie in der Mitte durchreißt. »Wenn wir es wirklich vorhaben.«

Tijuana ist nur eine Stunde mit dem Auto von Morrison Beach entfernt, aber wir können nicht nach der Schule dahin, ohne dass es jemand mitbekommen würde. Es muss der richtige Zeitpunkt sein. Und dank Mom ist der richtige Zeitpunkt in der ersten Novemberwoche.

»Ich bin spätestens Montag wieder da«, sagt Mom, während sie ihren Koffer packt. Sie runzelt die Stirn. »Ich glaube, es wäre gut, wenn Tante Leslie solange hier bei dir wohnt.«

Mein Magen zieht sich zusammen. Tante Leslie würde alles ruinieren.

»Nicht nötig«, sage ich. »Ich komm schon allein klar.« *Bitte*, flehe ich im Stillen. *Bitte, glaub mir.*

Mom schürzt die Lippen. »Du musst jeden Tag anrufen. Zweimal am Tag. Und wenn du dich nicht meldest, schicke ich Leslie vorbei.«

Ich nicke nachdrücklich. Im Sommer hat sie nichts dergleichen gesagt. Seit Trixie nicht mehr da ist, ist Mom anders, eher besorgt als cool. Trixie hat mehr Menschen verändert, als sie je erfahren wird.

Als Mom losfährt, winke ich ihr nach. Kurz habe ich das Bedürfnis, ihr hinterherzulaufen, sie anzubetteln, zu Hause zu bleiben, damit ich mich wie ein kleines Kind geliebt und beschützt und sicher fühlen kann. Aber daran sollte ich jetzt nicht denken. Ich habe einen Auftrag.

Nach der Schule hole ich Jasper ab. Er wirft eine Reisetasche auf die Rückbank. Erstaunt sehe ich ihn an. »Hast du vor, in Tijuana zu übernachten?«

Er lacht. Seine Zähne sind spitz, beinahe vampirhaft. Ich erinnere mich daran, wie es sich angefühlt hat, als er damit an meiner Lippe gezogen hat. Dann fällt mir ein, was Skylar gesagt hat, und ich schüttele den Gedanken ab.

»Ich dachte nur, es wäre gut, uns alle Möglichkeiten offenzuhalten.«

»Was hast du deinen Eltern gesagt, wo wir hinfahren? Ist dir eine gute Ausrede eingefallen?«

Er streckt die Beine aus. »Ein Projekt in Astronomie. Etwas über Mondzyklen. Ich kann gut lügen, wenn es sein muss.«

Während der Fahrt liegt Jaspers Hand auf der Mittelkonsole. Irgendwann wandern seine Finger auf meinen Oberschenkel, seine Hand fühlt sich heiß an auf meiner Jeans, und ich ziehe das Bein weg.

»Entspann dich«, sagt er. »Ich wollte dich nur berühren.«

»Warum? Warum mich?«

Es ist eine berechtigte Frage, aber er könnte mich dasselbe fragen. Keiner von uns beiden will darauf eine Antwort geben. Doch Jasper beugt sich zu mir rüber, und ich spüre seinen Atem an meinem Ohr. »Ich verrate dir ein Geheimnis«, flüstert er, und sofort spanne ich mich innerlich an, denn ich habe keinen Platz mehr für weitere Geheimnisse. »Du bist das schönste Mädchen, das ich je gesehen hab.«

Meine Lippen formen ein Lächeln, und ich lasse zu, dass seine Hand auf meinem Oberschenkel liegen bleibt. Ich verdränge die Angst, die nagenden Zweifel, dass er einfach irgendein Mädchen braucht, von dem er besessen sein kann, und dass das jetzt eben ich bin, weil ich gerade da bin und sie es nicht mehr ist.

Wir halten auf dem riesigen Parkplatz des Shoppingcenters Plaza Río, weil uns der Ort ein guter Startpunkt zu sein scheint. Doch sobald wir aus dem Auto steigen und die Mall unter freiem Himmel betreten, halte ich es für eine ziemlich idiotische Idee. Hier laufen ungefähr eine Million Menschen herum. Na ja, fast eine Million, siebenhunderttausend – habe ich zumindest im Internet gelesen. So viele Einwohner hat die Stadt. Und wir dachten, wir könnten einfach hierherkommen und Trixie in der Masse finden. Mir ist schwindelig von der Hitze, von den Gerüchen, von so vielen Leuten auf so kleinem Raum.

»Sie hatte braune Haare«, sage ich und versuche, mich zu erinnern, wie sie an jenem Abend aussah, als sie verschwand. »Hellbraun, glaube ich. Oder vielleicht waren sie auch dunkel.«

»Sie könnte die Haarfarbe längst geändert haben«, sagt

Jasper und fährt sich mit den Fingern durch die eigenen Haare. »Sie könnte alles geändert haben.«

Mein Unterkiefer zittert, ich muss die Tränen zurückhalten. Normalerweise komme ich mir ständig zu groß vor, aber hier bin ich zu klein, ich fühle mich wie ein winziger Krümel zwischen den Menschenmassen. Was ironischerweise genau das ist, was ich immer wollte. Deswegen sagen die Leute wohl, man soll aufpassen, was man sich wünscht, weil es in Erfüllung gehen könnte.

»Sie hat diesen Ort nicht ohne Grund erwähnt.« Jasper nimmt meine Hand. »Lass uns ein bisschen rumlaufen und gucken, was wir finden.«

Wir suchen die gesamte Mall nach ihr ab, und Jasper hält die ganze Zeit meine Hand, selbst, als unsere Hände heiß und verschwitzt werden. Wir gehen in jeden Laden und dann auf den Food-Court, wo auch ganz schön viel los ist. An jedem Essensstand schauen wir nach, wer hinterm Tresen arbeitet. Meistens sind es Leute in unserem Alter, schlaksig, mit pickligen Gesichtern und hässlichen Mützen.

Wenn ich ein dünnes Mädchen mit schulterlangen braunen Haaren sehe, halte ich den Atem an. Was alle zwei Sekunden passiert, so viele dünne weiße Mädchen mit schulterlangen braunen Haaren, wie hier sind. Ungefähr so viele wie mit dem Namen Sarah Brown. Wie Sand am Meer. Und mir ist klar, dass sie das mit Absicht gemacht hat.

So durchstreifen wir mehrmals die Mall, bis mir die Füße wehtun und ich nicht mehr kann. Dann gehen wir die ganze Avenida Revolución hinunter, wo sogar noch mehr

Menschen sind. Ich versuche, allen ins Gesicht zu blicken, aber es sind einfach zu viele und sie gehen zu schnell an uns vorbei. Innerhalb der ersten fünf Minuten hätten wir hundert Trixies begegnen können, ohne es zu merken. Es gibt jede Menge kleine Restaurants, die genauso aussehen wie Cabana Del Shit. Vielleicht hätten wir Plakate mit Trixies Gesicht darauf drucken lassen sollen. HABEN SIE DIESES MÄDCHEN GESEHEN? Vielleicht hätte ich es gemacht, wenn ich Fotos von ihr gehabt hätte.

Ich fange an zu lachen. Nicht, weil es lustig ist, sondern weil es so erbärmlich ist. Die Luft wird kälter, und ich schlinge mir die Strickjacke um den Bauch.

»Was ist?«, fragt Jasper.

»Lass uns wieder fahren«, sage ich kopfschüttelnd. »Wir finden sie hier nicht. Nicht mehr heute. Vielleicht nie. Wir könnten sie noch Wochen, Monate oder Jahre suchen und sie nicht finden.« Wahrscheinlich hat sie Jasper gegenüber Tijuana erwähnt, um ihn abzulenken. Genauso wie sie mir erzählt hat, sie würde aufs Community College gehen wollen und den ganzen Sommer über Jasper treffen. Genauso wie sie mir gesagt hat, Beau sei ein Loser. Sie verdient es überhaupt nicht, dass wir nach ihr suchen.

Doch auf einmal bleibt Jasper wie angewurzelt stehen und starrt geradeaus. Mein Herzschlag setzt aus und alles Blut weicht aus meinem Gesicht und sackt mir in die Füße, obwohl ich keine Ahnung habe, wen oder was er sieht.

»Jasper«, sage ich mit zitternder Stimme. »Jasper, was ist?«

Langsam streckt er die Hand aus, als hätte er Angst, etwas zu verscheuchen. Vor uns steht eine Gruppe von Mädchen. Schnell blicke ich von einem Gesicht zum nächsten, von einem Hinterkopf zum anderen. Die Mädchen sind blond und brünett und eine Rothaarige ist dabei, und sie kreischen und beugen sich über etwas in ihrer Mitte. Ein angeleinter Affe springt einem der Mädchen auf die dünne, gebräunte Schulter. Ich kann ihr Gesicht nicht sehen. Ich halte die Luft an. Das könnte Trixie sein.

Dann dreht sich das Mädchen um, fast als würde sie merken, dass sie jemand beobachtet. Sie sieht mich direkt an, und ich atme die angehaltene Luft aus. Es ist nicht Trixie. Sie hat ein ganz anderes Gesicht, breite Wangen, dichte Augenbrauen und ein Grübchen am Kinn.

Ich packe Jasper am Handgelenk. »Das ist sie nicht«, sage ich, obwohl er immer noch wortlos auf die Gruppe starrt.

Schließlich kapiere ich, dass er nicht das Mädchen anstarrt, sondern den Typen mit dem Affen. Er hat blonde Haare und trägt eine grüne, Schmutz abweisende Weste.

Byron St. James. Der Mann, der Trixie sterben gesehen hat.

53

Du weißt es vielleicht schon, aber Beau hatte recht. Toby hat sich gern versteckt.

Einmal gab es nach einem Football-Spiel eine große Party nach unserem Sieg gegen die Hutchings Hailstorms. Wir hatten sie nicht bloß geschlagen, sondern vernichtet, und das war allein Toby zu verdanken. Unserem König Toby, der drei Touchdowns erreicht hatte. Einer der Jungen aus dem Football-Team hatte nach dem Spiel alle in die Villa seiner Eltern eingeladen. Im Haus sah es aus wie in einer Schichttorte, die Leute stapelten sich nur so. Es wurde getrunken und getanzt, draußen im Garten im Pool geschwommen und im Whirlpool rumgemacht. Alle waren da, bis auf den eigentlichen Star. Jenny, Alison und ich saßen zusammen auf einer Holzschaukel, unsere Beine klebten vor Schweiß aneinander. Während alle rätselten, wo Toby steckte, sah ich mich nach einem anderen blonden Schopf um. Beaus. Doch er war auch nicht da, nur im Gegensatz zu seinem Bruder wurde er von niemandem außer mir vermisst.

»Er hat gesagt, dass er kommt«, jammerte Gabby, die vor uns auf einer Sonnenliege saß. Offenbar ärgerte es sie, war es ihr vielleicht sogar peinlich, dass er nicht da war. Sie zog ständig ihr Handy hervor und steckte es wieder in die Tasche.

»Was kann ihm denn passiert sein?«, flüsterte Jenny. Sie wollte am nächsten Tag eine Geschichte zu erzählen haben. »Vielleicht hatte er ja einen Autounfall oder so? Oder ein Hirnaneurysma? So was kann jeden treffen.«

Alison verschränkte die Arme. »Ihm gehts sicher gut. Vielleicht hat er einfach beschlossen, zu Hause zu bleiben und schlafen zu gehen. Wer weiß?«

Etwa eine Stunde später erklang ein bekannter Song über die Lautsprecher – *Sweet Child O' Mine* –, den Toby aus irgendeinem Grund als seine persönliche Hymne ansah. Er besaß wirklich ein ziemlich großes Ego.

»Toby verpasst seinen Song!«, rief Braden Baker. »Wo zum Teufel ist er?«

Dann wurden die Türen vom Gartenschuppen aufgestoßen und heraus kam Toby, mit nacktem Oberkörper, auf den er sich in Gold seine Football-Nummer gemalt hatte. Mit hoch erhobenen Armen rannte er aufs Sprungbrett und vollführte einen beeindruckenden Salto, bevor er ziemlich lange unter Wasser verschwand. Wir alle versammelten uns um den Pool und warteten, dass er wieder auftauchte. Als er schließlich hochkam, reckte er die Fäuste in die Luft, wie Superman.

»Ihr hättet eure Gesichter sehen sollen«, sagte er kurz darauf mit einem Handtuch um die Schultern, als die Leute dicht gedrängt um ihn herumstanden. »Ich war die ganze Zeit schon hier.«

Niemand wusste, warum er es lustig fand, uns so einen Streich zu spielen. Aber vielleicht fand er es auch gar nicht lustig.

54

Wir warten, bis die Mädchen weitergehen. Überall ist Lärm, aber alles ist weit weg, bis auf das Geräusch meines Herzschlags in meinen Ohren und Jaspers Atem, schwer und gemessen, neben mir.

»Ich glaube das einfach nicht«, murmelt er, und er klingt, als hätte er Angst. Angst davor, was wir herausfinden werden. Oder was nicht.

Nachdem das letzte Mädchen einen zerknitterten Schein aus den Jeansshorts gezogen und dem Typen mit dem Affen gegeben hat, gehe ich los. Ich ziehe an Jaspers Hand, aber er rührt sich nicht vom Fleck.

»Wir sollten besser nicht mit ihm reden«, sagt er. »Er könnte gefährlich sein.«

»Jasper, er hat einen Affen auf der Schulter sitzen. Glaubst du ernsthaft, er tut uns was?«

»Ich weiß nicht. Ich habe nur kein gutes Gefühl.«

»Ich fahre nicht nach Hause, ohne mit ihm gesprochen zu haben. Hast du Geld? Meine Mom hat mir einen Hunderter gegeben, bevor sie weggefahren ist, aber es könnte sein, dass wir mehr brauchen. Er wird bestimmt nicht mit mir reden, solange nichts für ihn dabei rausspringt.«

Jasper schweigt, und kurz denke ich, er dreht sich jeden Moment um und lässt mich stehen. Dann greift er in seine Manteltasche und zieht sein Portemonnaie hervor. »Ich hab auch hundert Dollar. Du kannst sie haben. Aber ich bleibe besser hier. Ich meine, guck mich doch an. Ich wirke nicht unbedingt vertrauenerweckend. Du siehst viel netter aus.«

Da hat er recht. Und so beängstigend es auch ist, diesen Typen allein anzusprechen, ich muss es trotzdem tun. Auch wenn ich Trixie hinterher bestimmt noch mehr hassen werde als ohnehin schon und von den guten Erinnerungen an sie vielleicht nichts mehr übrig bleibt.

Jasper zieht sich die Kapuze über den Kopf. »Ich warte hier. Ich lasse dich nicht aus den Augen.«

Zitternd hole ich Luft und laufe Byron St. James hinterher, der inzwischen weitergegangen ist. Er hat einen ziemlich stolzen Gang, als wäre er der beliebteste Typ an der Schule, als würde er nach dem Football-Training den Schulflur entlangstolzieren und nicht mit zerknitterten Scheinen in der Tasche und einem traurig dreinblickenden Affen auf der Schulter die Straße runtergehen.

»Entschuldigung«, sage ich, aber er dreht sich nicht um, also laufe ich schneller, bis ich nah genug bin, um seinen schlechten Geruch zu bemerken. Er stinkt nach Zigaretten und Schweiß. Als hätte er seit Wochen nicht geduscht.

Endlich bleibt er stehen und sieht mich an, und ein schiefes Lächeln erscheint auf seinem Gesicht. Seine gelben Zähne sind gerade, und aus der Nähe erkenne ich, dass er nicht viel älter ist als ich, höchstens ein paar Jahre. Seine blonden Haare sind fettig und verfilzt.

»Willst du ein Foto von dir mit dem Affen, Kleine?«, fragt er, und er hat ein Grübchen, genau wie Toby Hunter eins hatte. Hat.

»Gern«, stottere ich, und der Affe klettert mir bereits auf die Schulter, seine Pfoten fühlen sich kühl an auf meiner Haut. Als der Typ eine Polaroid-Kamera hochhält, setze ich ein Lächeln auf, und er drückt den Auslöser.

»Gut geworden«, sagt er. »Macht zehn Dollar.«

»Ich kenne dich«, sage ich langsam, während ich ihm die zehn Dollar gebe. »Du bist aus Morrison Beach.«

Das Lächeln auf seinem Gesicht verschwindet, und unruhig blickt er sich um. Der Affe springt zurück auf seine Schulter.

»Nee. Ich war schon immer in Tijuana. Frag den kleinen Kerl hier.«

Ich blicke den Affen an, der mich mit schwarzen Knopfaugen ansieht.

»Hat mich gefreut«, sagt der Typ, wendet sich zum Gehen und winkt noch mal. »Hab ein schönes Leben, Kleine.«

Hab ein schönes Leben. Ich frage mich, ob er das zu Trixie gesagt hat, oder sie zu ihm.

»Wie viel hat sie dir gezahlt?«, frage ich, während ich ihm hinterherlaufe. »Wie viel hat sie dir gezahlt, damit du den Leuten erzählst, sie wäre absichtlich ertrunken?«

Er bleibt so abrupt stehen, dass ihm der Affe fast von der Schulter fällt. »Ich weiß nicht, wovon du redest.«

»Du warst überall in den Nachrichten. Hast allen erzählt, was passiert ist. Aber etwas hat nicht ganz hingehauen.«

»Hör zu, Kleine, du verwechselst mich mit jemandem.«

Er dreht sich wieder um und zieht sich die Weste enger um den Körper.

»Du heißt Byron St. James!«, rufe ich ihm nach. »Ich zahl dir hundert Dollar, wenn du mir erzählst, was du weißt. Ich muss sie finden.«

Er zögert kurz, geht aber weiter, und ich folge ihm, in der Hoffnung, dass Jasper direkt hinter mir ist, wie er es versprochen hat.

»Ich erzähle es auch nicht weiter!«, rufe ich. »Was auch immer du sagst, es erfährt niemand.«

»Zweihundert«, sagt er und bleibt so plötzlich stehen, dass ich beinahe in ihn reinlaufe, sieht aber immer noch in die andere Richtung. »Zweihundert und ich erzähle dir, was ich weiß.«

»Okay. Zweihundert. Nur – bitte, ich muss alles erfahren.«

Er wirbelt herum. »Wozu? Warum willst du es unbedingt wissen? Ich könnte einfach dein Geld nehmen und dir erzählen, was ich will. Schon mal daran gedacht?«

»Wirst du aber nicht«, sage ich, und ich bin erstaunt, wie fest meine Stimme klingt. »Du hast getan, worum sie dich gebeten hat. Aus irgendeinem Grund hat sie dir vertraut. Und sie hat so gut wie niemandem vertraut.«

Er wippt auf den Füßen, dann zeigt er auf einen riesigen Brunnen auf der anderen Straßenseite, auf dessen Rand jede Menge Leute sitzen. »Komm mit. Aber ich will erst die zweihundert Dollar sehen, bevor ich auch nur ein Wort sage. Ich halte es trotzdem für eine ziemliche Geldverschwendung.«

Als wir nebeneinander auf dem Brunnenrand sitzen, nehme ich die hundert Dollar aus Jaspers Portemonnaie und die aus meinem und gebe sie ihm. Obwohl es draußen nicht mehr besonders warm ist, läuft mir der Schweiß den Rücken hinunter. Das hier ist eine blöde, eine ganz schlechte Idee. Was, wenn uns die Polizei beobachtet? Es sieht aus, als würde ich dem Typen Geld für Drogen geben, etwas weniger Wertvolles, als wofür ich ihn tatsächlich bezahle.

»Okay, hör gut zu«, sagt der Typ mit leiser Stimme. »Ich hab dieses Mädchen eines Abends am Strand auf mich zukommen sehen, sie wirkte total verzweifelt und zugedröhnt. Und als sie mich gepackt hat und fragte, ob ich mit ihr ein Stück am Strand langgehe, dachte ich, sie will mit mir ein Geschäft machen.«

Was Trixie halt so getan hat. Wie sie Jungen und Männer benutzt hat.

»Entspann dich«, sagt er. »Wir haben nichts gemacht. Sie hat mich gefragt, ob ich ihr einen Gefallen tun kann. Ich hab ihr gesagt, Gefallen sind nicht billig. Aber sie hatte genug Geld dabei.«

Ihr Trinkgeld. Sie hatte behauptet, sie würde es fürs College sparen. Dabei hat sie es die ganze Zeit für etwas völlig anderes gespart.

»Sie hat mir gesagt, was ich erzählen soll, und das hab ich getan. Sie ist es tausendmal mit mir durchgegangen. Hatte wohl Angst, ich könnte es vergessen.«

Ich höre, was er erzählt, aber es dringt nicht richtig zu mir durch, bleibt nur an der Oberfläche haften, während sich die Gefühle in mir überschlagen. Wut, Trauer und Erleichterung darüber, dass ich recht hatte, sie wenigstens gut genug kannte, um zu wissen, dass sie nicht tot ist. Ich bin nicht verrückt. Ich jage keinem Gespenst hinterher, weil ich es gern so hätte. Es ist tatsächlich so passiert. Sie hat diesen Typen bezahlt, damit er allen erzählt, sie sei ins Meer gegangen und ertrunken. *Ich hatte recht.*

»Hat sie dir gesagt warum? Und wo sie hingegangen ist?« Die Worte sprudeln nur so aus mir heraus, eins lauter als das andere.

Um seine Augen bilden sich kleine Falten. Ich frage mich, ob Trixie ihn deswegen ausgewählt hat, weil er, wenn er lächelt, Toby ein bisschen ähnlich sieht.

»Darüber hat sie nichts gesagt. Und ich hatte auch nicht vor, danach zu fragen. Es war ein Geschäft. Das war alles.«

Natürlich nicht, denke ich. Damit hätte sie ja eine Spur hinterlassen. Und Trixie hat den Weg hinter sich ordentlich von Krumen befreit.

»Sie hat dich also dafür bezahlt, dass du erzählst, sie hätte sich ertränkt«, sage ich. »Und sie hat dich dafür bezahlt, dass du hinterher verschwindest.«

»Der letzte Teil war meine Idee. Es war Zeit weiterzuziehen. Ich hab an dem Strand genug Mist mitbekommen.« Er hebt eine Augenbraue, und seine Stirn legt sich in Falten. »Wenn ein hübsches junges Mädchen verschwindet, machen sich die Leute Sorgen. Aber wenn ich verschwinde, ist das den Leuten scheißegal.«

»Sie hat dir gesagt, du sollst das Kabel in der Telefonzelle durchschneiden«, stoße ich hervor. »Damit du keine Hilfe rufen kannst.«

Er kneift die Augen zusammen und blickt auf. Der Affe springt ihm von der Schulter auf den Schoß. »Ich hab kein Telefonkabel durchgeschnitten. Das hat sie selbst gemacht.« Er steht auf und sieht sich um, ob uns jemand beobachtet. »Sind wir jetzt fertig? Ich hab dir alles erzählt.«

Mit einem Mal stelle ich fest, dass ich weine. Ich habe noch nicht mal gemerkt, dass mir Tränen übers Gesicht laufen, aber da sind sie, heiß und nass auf meinen Wangen. Ich weiß nicht, was ich erwartet habe. Dass er mir erzählen würde, wo sie ist, dass er sagt, sie hätte eine Nachricht für ihre beste Freundin Fiona hinterlassen, von der sie wüsste, dass sie nach ihr suchen würde.

»Hey«, sagt der Typ und dreht sich noch mal zu mir um. »Sie hatte einen gefälschten Ausweis. Vielleicht sogar einen gefälschten Reisepass. Vom Prediger. Vielleicht weiß der was.« Er macht eine Pause. »Bezweifle ich aber.«

»Vom Prediger«, wiederhole ich. »Von dem hab ich noch nie gehört.«

»Weil er es so will«, sagt er. »Der Typ weiß, wie er sich unsichtbar macht.«

Ich schließe die Augen und umklammere den kalten Stein des Brunnens. Ich zähle langsam von zehn runter.

Als ich die Augen wieder öffne, ist Byron St. James gegangen.

55

Ich wusste nicht, dass du nicht mehr bei Cabana Del Shit arbeitest, weil du es mir nicht gesagt hast. Wahrscheinlich hätte ich es nie erfahren, wenn ich nicht eines Tages einfach dort aufgetaucht wäre, um dich zu überraschen.

Drinnen war ziemlich tote Hose, was irgendwie ungewöhnlich war und irgendwie auch nicht. Jedes Mal, wenn ich kam, um Trixie zu besuchen, war ich fast die Einzige bei Cabana Del Shit. Aber immer, wenn ich nicht da war, schrieb mir Trixie, dass wahnsinnig viel los sei und sie dringend eine Pause brauche. An jenem Tag waren nur zwei Gäste da, zwei Typen um die Mitte zwanzig, die mich kurz musterten und schnell wieder wegguckten.

Ich ging zur Theke. Skylar saß auf einem Barhocker und las in einer Zeitschrift. Sie blickte nicht einmal auf, als ich mich ein paar Stühle weiter hinsetzte. Schließlich fragte ich sie, ob sie wisse, wo Trixie sei.

Sie blätterte noch eine Seite ihrer Zeitschrift um, bevor sie aufsah und die Augen verdrehte, als ob sie es leid wäre, diese Frage zu beantworten. Vielleicht zu Recht.

»Trixie?« Sie fing an zu lachen, ein leises Kichern, das gleiche Geräusch, das Mom von sich gab, wenn sie mal wieder an mir verzweifelte. Kein Wunder, dass Trixie sie nicht ausstehen konnte.

»Ja, Trixie«, sagte ich genervt. »Sie arbeitet hier als Tellerwäscherin. Kannst du sie holen?«

Skylar verdrehte wieder die Augen und legte die Hände auf den Tresen. Sofort fielen mir die Ringe auf. Sie trug an jedem Finger einen, fette Silberringe mit Verzierungen und kleinen Steinen aus Türkis. Die Ringe kamen mir bekannt vor.

»Ich weiß, wer Trixie ist!«, fuhr sie mich an. »Aber nein, ich kann sie nicht holen. Weil sie nicht mehr hier arbeitet.«

Ich fummelte an meinem Rock herum und lehnte mich auf den Tresen. Mein Arm blieb an der Oberfläche kleben.

»Was soll das heißen, sie arbeitet nicht mehr hier? Sie hat heute die Mittagsschicht. Das hat sie mir vor einer Stunde geschrieben.«

Skylar schüttelte den Kopf, und der Pony fiel ihr in die Augen. Sie verzog die Lippen zu einem Lächeln, und ich sah ihr an, dass sie genoss, was auch immer los war.

»Tut mir ja sehr leid, aber deine Freundin hat dich anscheinend angelogen. Sie hat vor einem Monat gekündigt, und als vor zwei Wochen ihre letzte Schicht vorbei war, ist sie ohne ein Wort gegangen. Hat ihr Geld genommen und war weg. Seitdem hab ich sie nicht mehr gesehen.«

Ich sagte nichts weiter. Wir saßen da, und die einzigen Geräusche waren das Rascheln von Skylars Zeitschriftenseiten, das Summen der Klimaanlage und die leisen Stimmen der zwei Typen in ihrer Nische.

Als ich aufstand, um zu gehen, stand auch Skylar auf,

trat hinter die Bar und schenkte ein Bier in ein Glas. Da fiel mir ein, warum mir ihre Ringe so bekannt vorkamen.

Weil es Trixies waren.

»Hast du ihr etwa die Ringe weggenommen?«, schrie ich fast. »Das sind doch ihre!«

Skylar sah mich an und hob eine Augenbraue. »Ich hab sie ihr nicht weggenommen, Trixie hat sie mir geschenkt. Sie wusste, dass ich sie mag, und an ihrem letzten Tag lagen sie in meinem Fach. Sie wollte sie wohl nicht mehr.«

Ich fragte mich, wer von beiden log. Vielleicht hatte Skylar sie gestohlen. Aber dann fiel mir ein, dass Trixie in der Woche davor zwei Müllsäcke voll Kleidung in den Secondhandladen gebracht und mir ein paar alte Bilderrahmen ohne Bilder gegeben hatte.

Sie hatte es *Ausmisten* genannt.

Aber ich nenne es jetzt *Verschwinden*.

56

Ich warte, bis Jasper mich am Brunnen findet, bis mein Hintern taub ist vom Sitzen auf dem harten Granit.

»Was hat er gesagt?« Jasper legt mir die Hände auf die Schultern und gräbt mir die Daumen ins Fleisch. »Hat er irgendwas gewusst?«

Ich wische mir eine Träne von der Wange. Ich bin wütend auf mich selbst, dass es mir überhaupt etwas ausmacht. »Nein. Nichts, was ich nicht schon gewusst hätte. Ich hatte recht. Sie hat ihn dafür bezahlt, dass er erzählt, was sie will, und er hat nicht weiter nachgefragt.«

Jasper setzt sich neben mich und zieht mich an sich, als wären wir ein ganz normales Paar.

»Sie hat wohl einen gefälschten Ausweis von jemandem, der sich der Prediger nennt«, sage ich. »Vielleicht sogar einen Reisepass. Es könnte sein, dass sie das Land verlassen hat, Jasper. Vielleicht ist sie am anderen Ende der Welt. Die einzige Möglichkeit, das rauszufinden, ist diesen Prediger zu fragen.«

»Lass uns später darüber reden«, sagt Jasper und küsst mich auf die Stirn. »Zumindest wissen wir jetzt, dass sie irgendwo da draußen ist. Das ist doch schon mal was.«

Besonders überzeugt klingt er aber nicht, und ich bin es auch nicht. Jetzt, wo ich es weiß, jetzt, wo meine Vermutung sich als wahr herausgestellt hat, muss ich mehr erfahren. Ich muss alles wissen.

Vom Auto aus rufe ich Mom an und sage ihr, dass es mir gut geht, dass ich bereits meinen Pyjama anhabe und gleich ins Bett gehe. Die Ferngesprächsgebühr wird ihr gar nicht auffallen, weil unsere Telefonrechnungen jeden Monat automatisch von ihrer Kreditkarte abgebucht werden. »Ich liebe dich«, sagt Mom, und obwohl sie es beiläufig sagt, als wäre es ihr nachträglich noch eingefallen, könnte ich schon wieder losheulen.

»Ich liebe dich auch«, sage ich, während ich gegen das Bedürfnis ankämpfe, ihr alles zu erzählen.

Auf der Fahrt werde ich müde. Es ist viel zu heiß im Auto, total stickig. Der Verkehr ist dicht, und ich will hier raus, aber ich will auch nicht einfach nach Hause und aufgeben, wenn Trixie vielleicht hier ist.

»Lass uns noch bleiben«, sagt Jasper auf einmal. »Wir haben heute Abend kaum nach ihr gesucht. Wir können uns ein Zimmer nehmen und morgen früh weitersuchen. Ich hab echt das Gefühl, dass sie hier ist.«

Ich nicht, will ich sagen, aber ich bin zu müde, um zu streiten, also nicke ich stattdessen. Schon bald sehen wir das Neonschild eines Motels in der Ferne leuchten, und kurz darauf fahre ich auf den Parkplatz davor. Meine Augen brennen, mein ganzer Körper tut weh und mein Herz ist furchtbar schwer, als wäre es in eine feuchte Decke gewickelt, die alle Energie, die ich jemals hatte, aufsaugt.

Wir kratzen genug kleine Scheine aus unseren Portemonnaies zusammen, um fürs Zimmer zu zahlen, aber der Motelbesitzer ist streng und will unsere Ausweise sehen. Er glaubt nicht, dass wir schon achtzehn sind. Womit er ja auch recht hat, aber ich hätte nicht gedacht, dass das hier wichtig ist, in einer Stadt, in die Leute verschwinden, um sich in jemand anders zu verwandeln. Ich wühle in meiner Handtasche zwischen Krümeln und Münzen herum, und schließlich ziehe ich hervor, wonach ich gesucht habe. Ich hatte das Ding irgendwann einmal hineingeworfen, für den Fall, dass ich es jemals wieder brauchen sollte.

»Hier. Nehmen Sie den.«

Der Motelbesitzer hebt eine buschige weiße Augenbraue und sieht zwischen Beth Winchesters Gesicht und meinem hin und her. Schließlich schiebt er uns einen Zimmerschlüssel über den Tresen.

»Einen schönen Aufenthalt, Miss Winchester«, murmelt er, als wüsste er, dass mit dem Ausweis etwas nicht stimmt, aber anscheinend fehlt ihm die Energie, mich deswegen zur Rede zu stellen.

»Miss Winchester?«, flüstert Jasper auf dem Weg zu unserem Zimmer.

»Den Ausweis hat Trixie für mich besorgt. Ich hab ihn aufgehoben, weil ich dachte, dass er vielleicht noch mal nützlich sein könnte.«

Erleichtert stelle ich fest, dass wir zwei Einzelbetten haben, beide mit hässlichen geblümten Decken und rosa Kopfkissen. Ich streife die Schuhe ab, der Teppich unter meinen Füßen ist rau und piksig. Dann lasse ich mich auf eins der Betten fallen. Ich wünschte, der Tag wäre endlich vorbei, ich könnte ewig schlafen, und wenn ich aufwachte, wäre alles nichts weiter als ein Albtraum gewesen. Ich vergrabe das Gesicht im muffigen Kissen.

»Ich geh uns was zu essen holen«, sagt Jasper.

Ich muss eingeschlafen sein, denn auf einmal stupst er mich an, und ich weiß nicht, wie spät es ist oder welcher Tag und was ich überhaupt hier mache. Ich drehe mich auf den Rücken, und Jasper streicht mir mit einer federleichten Berührung die Haare aus der Stirn. »Ich hab uns Abendessen besorgt«, sagt er. »Du kannst wählen zwischen Schokotörtchen, Käsecrackern und Tortilla-Chips. Dazu gibt es köstliches Leitungswasser.«

Er versucht, lustig zu sein, aber ich würde am liebsten weinen, weil es genau wie etwas klingt, das Trixie sagen würde. *Ich konnte mich nicht entscheiden, also habe ich uns Hotdogs, Pommes und einen von diesen riesigen Zwiebelringen geholt, die du so gern magst. Ach, und deine Schokolade habe ich natürlich auch nicht vergessen.*

Ich lege mir die Arme übers Gesicht, um meine fleckige Haut zu verbergen. Es ist mir peinlich, dass ich schon wieder so kurz davor bin zu weinen, dass ich mich anscheinend überhaupt nicht mehr unter Kontrolle habe. Aber Jasper streckt sich neben mir aus und nimmt meine Hand in seine.

»Es ist völlig okay, dass du fertig bist«, sagt er. »Wir haben halt beide gehofft, sie zu finden. Aber wir versuchen es weiter.«

»Ich verstehe nur nicht, warum sie es gemacht hat«, sage ich mit kratziger, schwacher Stimme. »Warum sie unbedingt ihr bisheriges Leben aufgeben musste.« *Warum sie unbedingt Beau haben musste. Warum sie unbedingt alles ruinieren musste, was ich früher an mir mochte.* Ich könnte noch mehr sagen. Mehr über Toby, über seine Rolle in dem Ganzen. Aber so wütend ich auch auf Beau bin, ich werde ihn nicht hintergehen, indem ich Jasper erzähle, was er mir an jenem Tag anvertraut hat, als meine Welt zusammenbrach.

Jasper streicht mir mit dem Finger über den Arm, malt kleine Kreise. »Also ich sehe es ja so«, flüstert er mir ins Ohr, »wenn das Leben so einfach wäre, würden alle mitspielen.«

Das ist mal wieder so eine typische Aussage von ihm. Vielleicht haben die Leute recht, was Jasper angeht. Er ist seltsam, das stimmt. Aber er ist mehr als das, und gerade teilen wir etwas miteinander, was niemand außer uns fühlen kann, etwas, was allein unseres ist. Ich drehe mich ihm zu und fahre mit den Fingern seinen Unterkiefer entlang, über seine Ohrmuschel, durch seine weichen Haare. Er reagiert, indem er mir den Daumen auf die Mitte der Unterlippe legt und mich sanft wie der Schlag eines Schmetterlingsflügels küsst. Er wartet, geht kein Stück weiter, bis ich die Lippen öffne, und dann küsst er mich härter, seine Zunge ist in meinem Mund und seine Hand liegt auf meiner Wange.

Ich halte die Augen geschlossen, während er mich auf den Rücken drängt, während er mir mit der Hand über die Brust und den Bauch fährt, bis er beim Schlitz meiner Jeans ankommt. Ich fühle, wie hart er ist, Jasper macht mir nichts vor, er will mich und er ist völlig nüchtern und ganz *hier*, in diesem Moment. Ich lasse zu, dass er mir die Jeans runterzieht, obwohl der Stoff auf meiner Haut brennt wie Sandpapier. Es wäre so leicht, einfach die Lampe auszumachen und zusammen im Dunkeln allein zu sein. So leicht, die Kleidungsschichten zwischen uns zu entfernen, zueinanderzukommen und unsere schmerzende Einsamkeit loszuwerden, nur für eine Nacht, nur für einen Moment.

»Schalt das Licht aus«, stoße ich hervor. Er macht es, ohne zu fragen warum, und ich habe nicht vor, es ihm zu sagen. Weil die Dunkelheit alles verschwinden lässt.

Jasper legt mir die Hand auf die Unterhose, reibt über die Baumwolle, und ich versuche, meine Angst lange genug zu verbannen, dass es sich gut anfühlen könnte. Aber ich kann die Angst nicht loslassen, nicht, wenn sie jeden Teil von mir ausfüllt, gefangen wie ein wildes Tier im Käfig. Ich reiße mich von ihm los.

»Tut mir leid«, sage ich keuchend. »Ich kann das nicht.«

Jasper presst seine Stirn an meine, und seine Haut fühlt sich heiß an, geladen.

»Ist okay«, flüstert er. »Du musst dich für nichts entschuldigen.«

»Ich bin einfach noch nicht so weit«, sage ich und lege mich auf die Seite, während eine neue Welle von Schuldgefühlen in mir aufbrandet. Ich warte, dass er aufsteht oder von mir abrückt, aber stattdessen schmiegt er sich an mich und zieht sich auch nicht zurück, als ich nicht richtig in seine Umarmung passe.

Irgendwann fängt er an, leicht zu schnarchen. Sein Schnarchen tröstet mich, und auf einmal frage ich mich, ob

Trixie es je gehört hat, ob sie je eine ganze Nacht mit Jasper verbracht hat, ob sie ihn je so kennengelernt hat. Ich frage mich, wie sie es geschafft hat, Sex mit ihm zu haben, wenn sie so in Toby verliebt war und wusste, dass er immer noch irgendwo da draußen war.

Und da setze ich mich so schnell im Bett auf, dass mir kurz schwindelig wird.

Trixie hat direkt nach ihrem Abschluss angefangen, sich zu verändern. Ich kann den Tag, als sie sich die Haare braun färbte, exakt benennen. Ab da wurde alles anders. Und Jasper hat gesagt, er hat sie den ganzen Sommer lang nicht gesehen. Dass sie ihn ohne einen Grund abserviert hat.

Das muss gewesen sein, als Toby ins Leben zurückkam, oder zurück in ihr Leben.

Und als sie beschloss, dass ihr Leben, wie es bisher gewesen war, vorbei sein musste.

57

Anfangs redeten wir nicht viel über die Zukunft. Ich hielt mich an meinen Erinnerungen an dich fest, als würde ich an einer Klippe hängen und Angst haben, ins Nichts zu stürzen. Doch je mehr Zeit wir miteinander verbrachten, desto mehr wurden wir zum Zweiergespann.

»Wir können uns ein Wohnheimzimmer teilen«, hatte Trixie gesagt und sich Ketchup von den Fingern geleckt. »Du studierst was mit Mode, und bis dahin habe ich mir auch überlegt, was ich mit meinem Leben anfangen will. Wir werden unsere eigene Minibar haben.«

Ich malte mir aus, wie es wäre, in New York zu leben, wo mich niemand kannte. Wo mir Jenny und Beau nicht ständig über den Weg liefen und Mom mir nicht ungebeten ihre Meinung zur Wahl meiner Freundinnen mitteilte. Allein der Gedanke ließ mich nach Freiheit dürsten.

Danach redeten wir ziemlich viel über New York. Der Plan war, dass Trixie zuerst ein Jahr aufs Community College gehen würde. Nebenbei würde sie weiter bei Cabana Del Shit arbeiten und Geld sparen. Auf die Weise könnten wir zusammen zu studieren anfangen. Wir redeten sogar darüber, irgendwann unsere eigene Boutique aufzumachen. Ich würde ausgefallene Klamotten nähen und verkaufen, und sie würde die Buchhaltung übernehmen.

»In New York streichen wir eine Wand gelb und die anderen leuchtend blau«, sagte sie. »Wir haben einen ganzen Schrank voller schwarzer Klamotten. Und Baskenmützen. Ich will eine Baskenmütze tragen.«

Es wurde fast wie ein Spiel. In New York machen wir dies. In New York passiert das.

»In New York werde ich mich im Central Park verlieben«, sagte ich eine Woche nach ihrem Abschluss, als wir auf meinem Bett lagen und auf meinem Laptop *Lost* sahen.

Jetzt war sie dran, etwas darauf zu antworten, aber sie sagte nichts. Sie drehte sich nur auf den Rücken und schloss die Augen.

Ich versuchte es später noch mal, als wir Essen bestellt hatten und sie permanent auf ihr Handy guckte. Normalerweise war ihr das Telefon egal, wenn wir Zeit zusammen verbrachten, daher war ich ziemlich sauer, dass sie auf einmal ständig daraufstarrte, genauso wie Jenny es immer gemacht hatte, als wäre ich ihre Zeit nicht wert.

»In New York kann ich bei einer Modezeitschrift ein Praktikum machen, so wie in *The Hills*«, sagte ich laut. »Und du kannst anfangen, an einem Roman zu arbeiten oder so. Dann treffen wir uns immer zu langen Mittagspausen und trinken viel zu viel Wein.«

Diesmal blies sie sich den Pony aus dem Gesicht. Der Pony war neu, und mir war klar, dass sie ihn nicht mochte, weil sie ihn sich ständig mit Haarklammern nach hinten steckte.

»Können wir über was anderes reden?«, fragte sie. »Ich meine, lass uns doch erst mal abwarten, was passiert, oder?«

Es tat weh, als hätte sie mich geohrfeigt, aber ich nickte bloß und aß das letzte Stück Pizza. Als ich fertig war, aß ich noch den Rand, den sie übrig gelassen hatte.

Das war das letzte Mal, dass wir über New York redeten. Hätte ich gewusst, dass es das letzte Mal war, hätte ich wahrscheinlich gefragt:

Was glaubst du denn, was stattdessen passiert?

58

Am nächsten Tag durchkämmen wir weiter Tijuana. Den am Strand gelegenen Stadtteil Playas de Tijuana und den ganzen Weg bis zur Shoppingmall Plaza Carrousel. Wir teilen uns die Straßen mit Tausenden von Menschen, unendlich vielen möglichen Trixies. Meine Augen schmerzen, weil ich so schnell hin- und hersehe, in der Hoffnung, ihrem Blick zu begegnen. Mein Kopf schmerzt, weil ich die ganze Zeit überlege, was ich zu ihr sagen würde. *Wie konntest du mir das antun? Du hast alles ruiniert. Du warst nie meine Schwester.*

Am Ende des Nachmittags bin ich rot von der Sonne und frustrierter, als ich es je für möglich gehalten hätte. Dieser ganze Trip scheint Trixie zu finden noch unrealistischer gemacht zu haben, als es vorher schon war. Er hat mir nur bewusst gemacht, wie riesig alles ist und wie klein sie im Vergleich.

Auf der gesamten Fahrt nach Hause liegt Jaspers Hand auf meinem Bein. Als hätte er beschlossen, endgültig mit der Vergangenheit abzuschließen und neu anzufangen, und zwar zusammen mit mir. Als hätte er beschlossen, dass es nur eine Frage der Zeit ist, bis wir uns ineinander verlieben. Die Vorstellung, dass er bereits in mich verliebt sein, dass er Trixie einfach durch mich ersetzt haben könnte, jagt mir wahnsinnige Angst ein. Niemals kann ich diese Lücke füllen. Trixie hat einen Abdruck hinterlassen, einen Leerraum mit gezackten Rändern, in den nur sie mit ihren scharfen Kanten passt.

Als ich Jasper bei ihm zu Hause absetze, presst er mir wieder den Daumen auf die Unterlippe, und ich verscheuche den Gedanken, dass er wahrscheinlich genau dasselbe immer bei Trixie gemacht hat.

»Tut mir leid, dass wir sie nicht gefunden haben«, sagt er. »Aber wir haben unser Bestes gegeben. Wir haben alles getan, was wir konnten.« Er erwähnt nicht, dass wir versuchen könnten, den Prediger zu finden, also sage ich auch nichts.

Ich habe noch einen Tag lang das Haus für mich, bevor Mom zurückkommt, und ich verbringe ihn größtenteils schlafend und werfe mich von Albträumen geplagt hin und her. Als ich wieder aufwache, stopfe ich mir als Erstes einen Schokoriegel aus der Schublade in den Mund. Ich kaue, ohne zu schmecken, ich verdiene es nicht, ihn zu genießen. Dann setze ich mich an den Schreibtisch und schlage eine fast vergessene Mappe auf. Meine Bewerbung für die New York University, die ich schon vor Monaten fertiggestellt habe. Ich wünschte, ich könnte die Fragen, die eine lange Antwort erfordern, jetzt anders beantworten. *Beschreiben Sie eine Erfahrung, die Sie als Person geprägt hat. Was ist charakteristisch für Sie, was macht Sie oder Ihre Lebensgeschichte besonders, einzigartig oder beeindruckend?*

Es ist schwer, irgendetwas von Trixie getrennt zu betrachten. Die Freundschaft mit ihr hat mich in vielerlei Hinsicht verändert, mehr, als ich es je für möglich gehalten hätte. Sie ist in meinem Kopf, unter meiner Haut, ein Tattoo, das niemand sehen kann außer mir.

Ich frage mich, ob auch ich Spuren bei ihr hinterlassen habe, oder ob ich für sie wie ein Kleidungsstück war, das nicht mehr passte und aus dem sie einfach raussteigen konnte.

Warum halten Sie sich für eine gute Kandidatin / einen guten Kandidaten für die New York University?

Weil ich hier wegmuss, würde ich am liebsten über meinen tatsächlich verzapften Blödsinn schreiben. Weil ich es versprochen habe, und ich halte mich an meine Versprechen. Außer an das Versprechen, das ich mir selbst im Sommer gegeben habe: *Wenn die Schule wieder losgeht, werde ich dünn sein.* Ich hatte meine ganzen Schokoladenvorräte weggeworfen, meine Patchwork-Jeans hervorgeholt und mir ausgemalt, sie zum Schulanfang zu tragen. Ich wollte wieder Klamotten nähen. Mich gut anziehen, selbst wenn ich das Haus nicht verließ. Ich hatte gedacht, mich sicher genug zu fühlen, die Jeans anzuprobieren. Doch ich war gerade erst mit den Füßen hineingeschlüpft, als ich in den Spiegel blickte und mein verschwitztes, knallrotes Gesicht sah, und ich wusste, ich konnte die Hose nicht weiter hochziehen. Ich warf sie in den Müll, zog was anderes an und rannte runter zu meinem Auto.

Dann lief ich noch einmal in mein Zimmer und holte die Nähmaschine. Mom hatte sie mir zum fünfzehnten Geburtstag geschenkt und ich hatte sie geliebt. Aber an jenem Tag war sie ein Symbol für mein Scheitern, eine Erinnerung daran, dass ich nie wieder wie früher sein würde.

Ich brachte die Nähmaschine in den Secondhandladen, fuhr zum Supermarkt und kaufte mir alles Mögliche mit Schokolade.

Morgen versuche ich es noch mal, sagte ich mir an jenem Abend.

Es war ein Versprechen, von dem ich immer noch nicht weiß, wie ich es halten soll.

59

Weil Mom es unbedingt will, gehe ich noch zweimal zu Dr. Rosenthal. Ich habe gar nicht so große Angst davor, mit ihm zu reden, wie ich dachte. Es ist irgendwie, als würde ich mich selbst in einem Zerrspiegel ansehen, nur, dass mein Spiegelbild nicht so entstellt ist wie befürchtet.

In unserer letzten Stunde – zwei Wochen nachdem Jasper und ich aus Tijuana zurück sind – sagt Dr. Rosenthal etwas, das sitzt: »Du musst vielleicht damit abschließen, was mit deiner Freundin Trixie passiert ist, bevor du für etwas Neues bereit bist.«

Allerdings hat er nur teilweise recht. Er meint natürlich, ich müsse mit dem Selbstmord meiner Freundin abschließen. Aber er hat keine Ahnung, dass diese Freundin ihren Tod nur inszeniert hat und außerdem Sex mit dem Jungen hatte, von dem sie wusste, dass ich in ihn verliebt war.

Trotzdem muss ich das Ganze hinter mir lassen, in vielerlei Hinsicht. Ich habe angefangen, mich in kleinen Dingen davon zu distanzieren, wer ich mit Trixie zusammen war. Zum Beispiel föhne ich mir wieder die Haare, statt sie an der Luft trocknen zu lassen, wie sie es für richtig hielt, und trage normale Klamotten von der Mall, nicht meine selbst gemachten, die sie *total toll* fand. Ich habe etwas mit ihrem Ex – na ja, er ist nicht wirklich ihr Ex, aber egal –, was anfangs meine Art war, mich an ihr zu rächen, sich aber tatsächlich zu etwas entwickeln könnte. Doch meine Gedanken zu ändern fällt mir schwer. Ich will Trixie immer noch finden. Vielleicht ist das die einzige Möglichkeit, wirklich mit ihr abzuschließen.

Das Problem ist, ich habe keine Spur, nur ein loses Ende in Form des Predigers. Doch als ich Jasper am nächsten Tag in der Schule vorschlage, ihn zu suchen, seufzt er nur schwer.

»Wir waren doch schon am Strand«, sagt er. »Ich habe wirklich keine Lust, noch mal hinzugehen und lauter Drogendealer nach einem Prediger zu fragen.«

Er hat recht. Vielleicht ist es gefährlich und dumm, aber es ist der einzige Anhaltspunkt, den wir haben. Der Prediger hat Trixie ihren gefälschten Ausweis und Reisepass besorgt. Er könnte sich daran erinnern, welchen Namen sie verwendet hat, als sie verschwunden ist, und wohin sie gehen wollte.

»Das klingt wahrscheinlich verrückt, aber ich finde, es läuft irgendwie alles auf Toby Hunter raus«, sage ich. »Was, wenn er zurückgekommen ist?«

Jasper zuckt nicht mal mit der Wimper. Er wird mir nie glauben, was Toby angeht. Ich sollte das Thema einfach fallen lassen, denn ich bin gefährlich nah dran zu verraten, was Beau mir anvertraut hat. Aber stattdessen versuche ich erst recht, Jasper zu überzeugen.

»Hör einfach kurz zu, okay? Angenommen, er ist zurückgekommen. Trixie hat den ganzen Sommer über mit jemandem Nachrichten geschrieben, und wenn du es nicht warst, muss er es gewesen sein. Vielleicht hat er ihr irgendwelche Hinweise gegeben. Ihr gesagt, wo er steckt. Wo sie hinkommen soll.«

Jasper starrt auf seine Fingerknöchel. »Das ist ganz schön weit hergeholt. Trixie war ein visueller Mensch. Sie hat nur geglaubt, was direkt vor ihr war. Ich hab ihr mal erzählt, dass es nicht möglich ist zu niesen, ohne die Augen zu schließen. Sie wollte, dass ich es ihr demonstriere, erst danach hat sie es mir geglaubt.«

»Ich dachte, vielleicht gucke ich mal, ob ich was auf ihrem Laptop finde. Ob sie da irgendwas gespeichert hat.«

Jasper verschränkt die Arme. »Wir haben doch schon festgestellt, dass sie sich von allem getrennt hat. Du hast erzählt, sie hätte ihre ganzen Sachen in den Secondhandladen gebracht und schon vor Ewigkeiten ihren Facebook-Account gelöscht. Es würde mich wundern, wenn sie uns eine offensichtliche Spur aus E-Mails hinterlassen hätte.«

Ich würde ihn am liebsten schütteln, damit er erkennt, was ich meine erkannt zu haben. Aber er steht einfach nur da und sieht mich ausdruckslos an.

Es klingelt, und ich gehe los in Richtung von Mr Hansons Kursraum. Jasper scheint es nicht einmal zu bemerken. Verärgert darüber, dass er so blind ist, laufe ich schneller. Vielleicht war er tatsächlich besessen von ihr und es tut ihm zu sehr weh, sich vorzustellen, dass sie in einen anderen verliebt gewesen sein könnte.

Vor der Bibliothek holt er mich ein und hält mich am

Arm fest. »Hey«, sagt er. »Hey. Tut mir leid. Das ist einfach ziemlich viel zu verarbeiten.«

Bevor ich protestieren kann, zieht er mich in die Bibliothek, zum Magazin im hinteren Bereich. Als wir allein sind, lässt er seinen Rucksack fallen. Er hat eine Wildheit im Blick, die ich vorher noch nie bei ihm gesehen habe, etwas Ungezähmtes. Etwas Angstvolles.

»Ich will sie finden«, sprudelt es aus ihm hervor. »Ich will sie unbedingt finden. Aber wenn wir sie nicht finden, will ich dich nicht auch noch verlieren.«

Er legt mir die Hände auf die Wangen, seine Handflächen sind kalt. Er küsst mich, und sein Kuss ist hungrig, verzweifelt, zu viel. Er drängt mich gegen ein Regal, und das Blut rauscht in meinen Ohren, und alles, was in mir angestaut ist, löst sich, als ich seinen Kuss erwidere. Liebe und Lust und Verrat und Verwirrung und Wut und Schuld. Mein Herz schlägt wie verrückt, wie ein Timer, der runterzählt, und am Ende ist alles und nichts.

Die nächsten Tage lasse ich zu, dass Jasper auf dem Gang meine Hand hält, auch wenn es sich falsch anfühlt, als müsste an unserer jeweiligen Seite jemand anders sein. Als wir an Beau vorbeikommen, schaffe ich es aufzublicken. Es ist das erste Mal, dass ich ihn ansehe, richtig ansehe, seit dem Tag bei ihm zu Hause, als er das, was von meinem Herzen noch übrig war, geschreddert hat. Seine Augen sind rot, er sieht furchtbar aus, und es sollte mich freuen, dass er so leidet, aber ich freue mich nicht – ich gehe mit einem Jungen Hand in Hand, der mich küssen will und mit mir gesehen werden will, aber glücklich bin ich nicht.

Vielleicht kann ich meine Versprechen mir selbst gegenüber nicht halten, doch ich glaube immer noch, das Versprechen halten zu müssen, das ich Beau bei Alisons Party gegeben habe, auch wenn ich völlig betrunken war. *Ich pass auf, dass du nicht kaputtgehst, versprochen.*

Statt also nach der Schule auf Jasper zu warten, folge ich Beau langsam mit dem Auto. Er geht ein Stück die Straße entlang, dann blickt er sich in beide Richtungen um und nimmt etwas aus seinem Rucksack. Ich drücke auf die Hupe.

Beau zuckt zusammen, und die Flasche rutscht ihm aus der Hand und zerspringt auf dem Gehweg. Wütend ballt er die Hände zu Fäusten. Dann geht er in die Hocke, als wollte er nachsehen, ob zwischen den Scherben noch etwas übrig ist.

Wieder hupe ich. Blitzschnell wirbelt er herum. Er kneift die Augen zusammen, als würde er mich nicht erkennen. Ich überlege, einfach wegzufahren, aber dann denke ich an den Beau, den ich in der Neunten kennengelernt habe, den ich immer noch nicht aufgeben will.

»Hey!«, rufe ich durchs offene Fenster und hoffe, selbstbewusster zu klingen, als ich mich fühle. »Soll ich dich mitnehmen?«

»Ich kann laufen«, sagt er ausdruckslos. »Du musst mir keinen Gefallen tun. Du hasst mich.«

Ich würde ihm gern antworten, dass ich ihn aus gutem Grund hasse, aber dann sage ich etwas anderes: »Weißt du noch, als du überall mit dem Fahrrad hingefahren bist und mich immer mitgenommen hast? Ich dachte, jetzt bin ich mal dran, dich mitzunehmen. Und ich würde gern mit dir wohin fahren.«

Er zögert, und etwas Ähnliches wie ein Lächeln erscheint auf seinem Gesicht. Dann kommt er langsam aufs Auto zu. »Das Fahrrad hab ich total vergessen. Ich glaube, das rostet im Schuppen vor sich hin. Aber gerade ist kein guter Moment. Kann es nicht warten?«

Ich schüttele den Kopf und versuche, locker zu klingen. »Komm schon. Bis zum Abendessen bist du zu Hause.«

Wieder sieht er sich in beide Richtungen um, dann öffnet er die Beifahrertür und steigt ein. Er verschränkt die Arme über der Brust und atmet tief aus.

»Vergiss das Abendessen«, sagt er. »Weißt du, früher war das Familienessen immer total wichtig, aber das ist jetzt vorbei. Es ist, als hätten meine Eltern sich scheiden lassen und stattdessen ihre Arbeit geheiratet. Gemeinsame Mahlzeiten gibt es schon lange nicht mehr. Ich vermisse es echt, nach Hause zu kommen und den Duft von Moms Essen zu riechen.«

»Ihre Lasagne«, sage ich. Als er nicht antwortet, rede ich weiter: »Du hast mal gesagt, deine Mom würde richtig gute Lasagne machen.«

»Ja, stimmt«, sagt er. »Ich hätte nie gedacht, dass ich die so vermissen würde. Ich hätte nie gedacht, dass ich diese blöden Familienessen mal vermissen würde. ›Um fünf bist du zu Hause, mein Sohn‹«, sagt er mit der tiefen Stimme seines Vaters, den ich noch als Zuschauer von Football-Spielen in Erinnerung habe. »Als wären wir die verdammte *perfekte Familie* gewesen. Wir hatten sogar einen Golden Retriever.«

Er stützt den Ellbogen gegen das Fenster. »Der Hund ist, ein paar Wochen nachdem Toby verschwunden war, gestorben. Die Tierärztin meinte, es war Herzversagen.«

»Aber du glaubst, er ist an gebrochenem Herzen gestorben.« Ich setze den Blinker und fahre los.

Sein Handy klingelt, ein nerviger zwitschernder Klingelton. Mein Herz zieht sich zusammen, es ist der Klingelton, den er Jenny zugewiesen hat. Er schreibt ihr etwas. Eine Lüge. Es ist leicht zu lügen, wenn man der anderen Person nicht gegenübersteht, wenn sie deine Stimme nicht hört.

»Sorry«, sagt er, aber ich bin mir nicht sicher, zu wem er es sagt. Trotzdem muss ich beinahe lächeln, denn der Beau von früher hat sich ständig für alles Mögliche entschuldigt. Es war wie ein Reflex. Einmal, als wir alle in der Mittagspause draußen saßen, hat mich eine Biene gestochen und als ich »Au« sagte, hat Beau sich instinktiv entschuldigt. Was mir den Schmerz genommen und durch etwas Besseres ersetzt hat.

Ich bin kurz versucht, das jetzt zu erwähnen, aber wozu wäre es gut, ihn daran zu erinnern, wer er früher einmal war? Ich will ja auch nicht an mein früheres Ich erinnert werden, an die Person, die ich aufgegeben habe.

Wir fahren an Cabana Del Shit und den Volleyball-Feldern am Strand vorbei, dem McDonald's und dem Sushi-Restaurant neben dem Gebäude, in dem sich Dr. Rosenthals Praxis befindet. Ich frage mich, ob Alison gerade da ist und mit dem, was hinter ihrer perfekten Fassade versteckt ist, kämpft.

»Weißt du noch, wie Colton die Toilette bei McDonald's

unbenutzbar gemacht hat?«, fragt Beau und lehnt die Stirn ans Fenster. »Nach unserem Spiel gegen Blackwood, als er zwanzig Cheeseburger oder so gegessen hat?«

»Ja«, sage ich. »Bis dahin hatte ich es nicht für möglich gehalten, dass man aus einem McDonald's rausgeschmissen werden könnte.«

Beau kichert, anfangs leise, dann immer lauter. Ich habe ihn schon seit Ewigkeiten nicht mehr lachen gehört. Ich hatte ganz vergessen, wie es klingt. Ganz anders, als man es von ihm erwarten würde. Sein Lachen ist ziemlich hoch und dabei bebt sein ganzer Körper. Es ist ansteckend, und ich vergesse völlig meine Angst, dass mein Bauch beim Lachen wackelt. Oder vielleicht ist es mir auch egal.

»Das war lustig«, keucht Beau und drückt sich die Finger in die Mundwinkel. »Der Tag war lustig. Du hattest diesen Rock mit Rüschen an und hast mit Alison auf dem Indoorspielplatz mit Plastikbällen rumgeworfen, das weiß ich noch. Wir hatten so viel Spaß damals.«

Ich nicke. Damals hatten wir noch Spaß, als sich alles leicht anfühlte, als ich süße Klamotten nähte und Freundinnen hatte und der Junge, in den ich verliebt war, mit mir in die Sterne gucken wollte. Nicht wie jetzt, wo meine Freundinnen keine mehr sind und der Rock mit den Rüschen nicht mehr passt und nichts mehr Spaß macht.

»Kann ich dich mal was fragen?«, fängt er an. »Warum hast du aufgehört, dich mit uns zu treffen? Du hast dich irgendwie in eine komplett andere Person verwandelt. Als wäre unsere alte Gruppe dir nicht mehr gut genug gewesen. War das nur wegen ihr?«

Seine Worte treffen mich mit voller Wucht. Ich habe es wohl immer umgekehrt gesehen. Dass die alte Gruppe keine Gruppe mehr gewesen ist. Sie ist unwiederbringlich zerbrochen und dann ohne mich viel zu schnell wieder zusammengesetzt worden. Erst zerbrach Beau, dann zerbrach Jenny mich. Und dann haben sie einfach weitergemacht wie vorher, als hätte es mich nie gegeben.

»Ich weiß nicht«, lüge ich. Ich kann ihm schlecht den wahren Grund sagen. *Jenny hat dich mir weggenommen.*

»Sie kann ziemlich überzeugend sein«, sagt Beau. »Ich weiß, was sie mit dir gemacht hat. Dasselbe, was sie mit ihm gemacht hat. Sie hat ihn in ihr Netz gezogen wie eine Schwarze Witwe.«

»Ach ja?« Ich umklammere das Lenkrad fester. »Bin ich nichts weiter als eine blöde Fliege, oder was?«

Beau seufzt schwer. »So habe ich das nicht gemeint. Ich wollte nur sagen, dass du nicht die Einzige bist, die sie eingewickelt hat. Das ist alles.« Er macht eine Pause, und ich merke ihm an, dass er seine nächsten Worte sorgfältig abwägt. »Die meisten Leute suchen sich wen Schwaches als Opfer. Sie nicht. Sie hat alle zu ihren Opfern gemacht.«

»Dich eingeschlossen«, fahre ich ihn an. Vielleicht ist es lächerlich, dass ich immer noch so wahnsinnig eifersüchtig bin, aber ich muss ständig daran denken. Trixie und Beau. Beau und Trixie. Was sie getan haben, selbst nachdem sie wusste, wie ich für ihn empfand. Was er getan hat, nachdem ich an jenem Abend nicht aufgetaucht war. Vielleicht bin ich tatsächlich so leicht zu hintergehen.

»Offenbar«, sagt er leise. Und ich will, dass er weiterredet, denn so wütend ich auch bin, es fühlt sich gut an, mit jemandem über sie zu reden, der genauso von ihr benutzt wurde. Jemand anders als Jasper, der manchmal einfach so tut, als hätte sie nie existiert.

An der nächsten Ampel biege ich links ab und fahre auf den Parkplatz neben der Kirche, deren Eingang hinter einer wild wuchernden Hecke verborgen liegt. Weswegen es der perfekte Ort ist.

»Warum halten wir hier?«, fragt Beau und streicht sich die Haare hinter die Ohren. »Erzähls nicht meiner Mom, aber ich bin Atheist. Sorry, aber keine Kirche. Es ist viel zu spät, für meine verdammte Seele zu beten.«

Ich schnalle mich ab. »Keine Kirche. Keine Religion. Was anderes.«

Er folgt mir über den Parkplatz und tritt nach dem Kies. Ich kann mir denken, dass er lieber weglaufen würde, aber er macht es nicht. Bis wir die Treppe hinuntergehen und er das Schild sieht und erkennt, wo ich ihn hingebracht habe. Zu einem Treffen der Anonymen Alkoholiker.

Er schüttelt den Kopf. »Nein. Auf keinen Fall. So einer bin ich nicht.« Er dreht sich um und will gehen. Ich stelle mich ihm in den Weg.

»Bleib, nur zehn Minuten. Guck es dir wenigstens an.«

»Nein«, sagt er, sein Blick hart wie Stahl. »Hast du eine Vorstellung, was mein Vater sagen würde, wenn er mich hier sieht? Er würde nie wieder mit mir reden. ›Die einzige Hilfe, die du brauchst, ist die, die du dir selbst geben kannst, mein Sohn.‹ Er denkt, man könne alle Probleme lösen, wenn man sich nur genug anstrengt.«

»Und funktioniert das für dich? Wenn ich dich fragen würde, ob du magst, wer du jetzt bist, was würdest du darauf antworten?«

Er lehnt sich ans Geländer. »Es ist doch total egal, wer ich bin. Viel mehr zählt doch, wer ich nicht bin.«

»Mir ist es aber nicht egal!«, rufe ich verzweifelt.

Beau tritt auf die Stufe vor mir, bis er nur noch Zentimeter von meinem Gesicht entfernt ist. Er atmet schwer, seine Nasenflügel beben, und ich frage mich, ob er mich gleich küsst oder anschreit. Aber er macht keins von beidem.

»Bring mich einfach nach Hause«, sagt er. »Es ist mir egal, ob du allen erzählst, was wir auf der Party gemacht haben. Das wäre nicht so schlimm, wie da reinzugehen. Nichts wäre so schlimm wie das.«

Ich folge ihm zurück zum Auto. Ohne ein weiteres Wort fahren wir zurück nach Morrison Beach, und ich weiß, dass er mich jetzt hasst und das, was ich an gemeinsamer Grundlage neu geschaffen hatte, wieder dahin ist.

»Setz mich hier ab«, sagt er, als wir zwei Straßen von ihm zu Hause entfernt sind. Mein Herz ist schwer wie ein Felsbrocken. Er steigt aus, ohne noch etwas zu sagen, und bleibt kurz stehen, als würde er darüber nachdenken, sich noch mal umzudrehen. Doch dann rennt er auf einmal los, und ich sehe ihm hinterher, bis seine Umrisse verschwimmen.

60

Es dauert drei Tage, bis ich den Mut aufbringe, allein zum Haus von Trixies Dad zu gehen, denn Jasper wollte ich nicht fragen, ob er mitkommt. Sobald ich vor der Tür stehe, ist mir klar, das hier war eine schlechte Idee. Mr Heller ist zu Hause, und ich muss mir eine Erklärung einfallen lassen, warum ich Trixies Laptop brauche. Ich weiß immer noch nicht, was ich sagen soll, da öffnet er plötzlich die Tür und steht direkt vor mir.

Als er mich sieht, lächelt er. Ein richtiges Lächeln, als würde er sich wirklich freuen, dass ich da bin. Er weiß nicht, wie sehr ich seine Tochter hasse, die Person, die er am meisten geliebt hat.

»Fiona«, sagt er. Er muss gerade abgewaschen haben, er hat Schaumreste an den Händen und wirft sich ein Geschirrtuch über die Schulter. Barfuß kommt er heraus auf die Veranda und umarmt mich, denn so ist Mr Heller nun mal. Er ist jemand, der Leute gern umarmt, egal, wie lange man ihn schon kennt, ob zwei Sekunden oder zehn Jahre. Er umarmt alle.

»Tut mir leid, dass ich jetzt erst vorbeikomme. Ich, äh, hatte viel zu tun.«

Er legt mir eine Hand auf den Rücken. »Freut mich zu hören. Das ist gut, wenn du viel zu tun hast. Komm doch rein. Magst du einen Tee oder Kaffee? Entschuldige, das Haus ist ein einziges Chaos.«

Ich nehme sein Angebot an und entscheide mich für Tee, auch wenn ich ihn eigentlich nicht von irgendwas abhalten will. Er ist mir nichts schuldig, aber ich schulde ihm eine Erklärung, die ich mich überhaupt nicht laut auszusprechen traue.

Wir machen krampfhaften Small Talk über die Schule und das Wetter, und ich frage ihn, ob er surfen war. Wenn es eins gab, was Mr Heller fast so sehr liebte wie Trixie, dann war es Surfen. Jedes Mal, wenn ich bei Trixie übernachtet habe, war er schon vor Sonnenaufgang am Strand, und wenn er wiederkam, zog er eine Spur Sand hinter sich her und schwärmte von den »krassen Wellen«, während Trixie über ihrer Müslischüssel das Gesicht verzog.

»Nee, dieses Jahr nicht«, sagt er. »Ich glaube langsam, Surfen ist nur was für junge Leute. Meine alten Knochen sind dafür nicht mehr gemacht.«

Ich würde ihm das gern ausreden, aber die Worte kommen mir nicht über die Lippen. Ich wünschte, ich könnte Trixie das hier sehen lassen, sie sehen lassen, was sie ihrem Dad angetan hat. Wie konnte sie nur so egoistisch sein? Wie konnte sie nicht ahnen, wie sehr es ihn fertigmachen würde?

»Du warst ihr eine gute Freundin«, sagt er aus dem Nichts heraus, während er in seinen Becher starrt. »Sie hatte ganz schön was durchgemacht, bevor sie dich kennenlernte. Du hast einen guten Einfluss auf sie gehabt, dafür werde ich dir immer dankbar sein.« Seine Stimme ist belegt, ich hoffe, er fängt nicht gleich an zu weinen, denn dann kann es sein, dass ich zusammenbreche und ihm alles erzähle.

»Was meinen Sie damit, was hat sie durchgemacht?«

Ich war eine gute Freundin, aber sie war mir überhaupt keine Freundin.

Mr Heller legt die Hände um seinen Becher und seufzt, ein Geräusch, wie wenn ein Reifen Luft verliert. »Das wusste ich selbst nie ganz. Sie hat sich einfach immer mehr zurückgezogen. Wollte ihr Zimmer nicht mehr verlassen. Sie wollte mir nicht sagen, was passiert war. Ich hab versucht, sie zu überreden, dass sie mit irgendwem darüber spricht, aber sie wollte es nicht, also habe ich sie auch nicht gezwungen. Vielleicht hätte ich sie zwingen sollen.«

Ich hebe meinen Becher an die Lippen. Der Tee ist noch zu heiß, aber ich nehme trotzdem einen kleinen Schluck.

Ich weiß warum. Wegen dem, was am 31. 8. 2017 passiert ist.

»Es war hart für mich«, sagt er. »Als ich sie adoptierte, konnte die Agentur mir nicht viel über ihre leiblichen Eltern sagen. Ich wusste nicht, was in der Familie vererbt wurde, was für Erkrankungen es gab – ob es psychische Probleme gab. Ich wollte alles für sie tun, was ich konnte, aber es war nicht genug.«

»Es war genug«, sage ich mit zitternder Stimme. »Sie liebt Sie.«

Er schenkt mir ein schmallippiges Lächeln, aber ich kann ihm ansehen, dass er mir nicht glaubt, und ich fühle mich wie der schlechteste Mensch auf Erden.

»Hat mich geliebt«, sagt er. »Vielleicht, aber ich glaube, sie hatte auch einen ziemlichen Groll auf mich. Es war hart für sie, als sie erfuhr, dass sie adoptiert war. Sie ist nie darüber hinweggekommen, dass jemand sie verstoßen hat.« Er schüttelt den Kopf. »Wenn ich nur besser für sie da gewesen wäre, vielleicht wäre das nicht passiert.«

»Sie waren doch für sie da. Ich glaube, sie hätte es getan, egal, wer für sie da war.«

»Das werden wir wohl nie sicher wissen«, sagt er.

Ich starre auf meinen Becher mit dem Bild von einem Apfel und dem Wort *Superlehrer* darauf. Wahrscheinlich hat Mr Heller ihn auf dem Flohmarkt gekauft. Ich würde Mr Heller gern sagen, dass Trixie in vielen Dingen war wie er. Mit ihrer Liebe für Schnäppchen und ihrer Verabschiedung mit dem Peace-Zeichen und sogar damit, wie sie sich auf die Ellbogen stützte, wenn sie sich konzentrierte, ähnelte sie ihm total. Und ich würde ihm wahnsinnig gern sagen, wie sehr sie ihn liebte, und dass sie, wenn er seine lahmen Witze erzählte, nicht die Augen verdrehte, weil sie sich für ihn schämte, sondern weil sie stolz auf ihn war. Sie hatte einfach nur eine komische Art, es zu zeigen. Sie hatte eine komische Art, eine Menge Dinge zu zeigen.

Ich versuche, mir etwas einfallen zu lassen, wie ich nach dem Laptop fragen kann, da kommt er mir zuvor.

»Weißt du, ich wollte dich das schon bei der Beerdigung fragen, aber da hab ich es nicht über mich gebracht. Wenn es irgendetwas gibt, was du von ihren Sachen haben willst, kannst du es gern haben. Ich weiß, ihr wart euch sehr nah, und sie hat dir ja auch nichts hinterlassen.«

Nein, hat sie nicht, würde ich am liebsten schreien. Nicht mal einen Hinweis. Nur Geheimnisse, hinter denen noch mehr Geheimnisse verborgen sind, wie bei diesen ineinandergeschachtelten russischen Holzpuppen, nur dass die Geheimnisse nicht kleiner, sondern immer größer werden.

»Ich …«, fange ich an und klammere mich an den Henkel des Bechers. »Ich habe mich tatsächlich gefragt, ob ich vielleicht ihren Laptop ausleihen könnte. Wir haben mal zusammen an einem Projekt gearbeitet, und ich dachte, vielleicht hat sie noch die Notizen davon.«

Es ist ein schwacher Vorwand, aber Mr Heller nickt. »Ich glaube nicht, dass du was findest. Die Polizei hat ihn überprüft, die Chronik durchsucht, das Übliche. Sie hat alles gelöscht. Sogar die Fotos, die sie immer darauf gespeichert hatte.« Er umklammert die Tischkante und atmet zitternd aus. »Ich glaube, sie wollte nicht, dass irgendwer von uns Erinnerungen an sie hat, die uns traurig machen können.«

Oder sie wollte keine Spur hinterlassen, keinen Hinweis, wo sie hingegangen ist.

Vielleicht darf ich, wenn ich die Wahrheit herausfinden will, nicht raten, wo ich nach ihr suchen soll. Ich kann nicht einfach einen Pfeil werfen und ihm ins Nichts folgen. Vielleicht muss ich vorher wissen, wonach ich überhaupt suche.

61

Ich habe deinen Dad zufällig kennengelernt. Du und ich, wir aßen bei euch draußen im Garten Wassereis und streckten die Beine von der Terrasse auf den Rasen. Deine Lippen verfärbten sich blau, ein dunkleres Blau als dein Wassereis. Du pflücktest ein Gänseblümchen, das zwischen den Holzdielen wuchs, und riebst den Stängel zwischen den Fingern.

»Wenn ich jemals heirate, werde ich einen Kranz aus Gänseblümchen tragen«, sagte Trixie. »Nicht so einen Glitzer-Tiara-Scheiß.«

»Und wen heiratest du?«, fragte ich im Scherz. »Jasper?«

Sie rupfte eins der Blütenblätter ab und pustete es ins Gras. »Niemanden. Vergiss es, ich hab nichts gesagt.« Sie streckte den linken Arm aus, den mit den Narben am Handgelenk, was seltsam war, denn normalerweise versteckte sie sie. Doch an dem Tag trug sie keine Armreifen, hatte die Ärmel nicht bis ganz unten heruntergezogen.

»Es gibt etwas, was ich noch nie jemandem erzählt habe«, fing sie an. Aber dann ging hinter uns die Fliegengittertür auf und sie blickte sich um. Da stand ein Mann, er musste ihr Dad sein, aber er war ganz anders, als ich ihn mir vorgestellt hatte. Seine Haare sahen aus, als wären sie noch nie gekämmt worden, er trug eine weiße Leinenhose, ein gebatiktes Shirt und eine Sonnenbrille. Als er mich auf der Terrasse sitzen sah, strahlte er übers ganze Gesicht.

»Wer ist deine Freundin, Mausezahn?«, fragte er.

Sie pustete noch ein Blütenblatt von ihrer Handfläche. »Fiona«, sagte sie. »Dad, Fiona. Fiona, Dad.«

»Freut mich, Sie kennenzulernen«, sagte ich.

Ihr Dad setzte sich zu uns. »Endlich lerne ich mal eine deiner Freundinnen kennen. Fiona, du bist hier jederzeit willkommen.«

»Das weiß sie bereits, Dad.«

Es machte mich stolz, das von Trixie zu hören. Vielleicht hatte ich es bereits gewusst, aber es war etwas anderes, zu hören, wie sie es jemandem sagte.

»Wie wäre es, wenn wir nachher zusammen zu Abend essen?«, fragte er. »Ich werfe ein paar Steaks auf den Grill und mache die Guacamole, die du so liebst.«

Das klang perfekt. Ich konnte mich nicht daran erinnern, wann Mom zum letzten Mal etwas für uns beide gekocht hatte, was kein langweiliges gesundes Essen war. Als ich klein war, hatte sie noch richtig gekocht und gern neue Rezepte aus Kochbüchern, die sie in Antiquariaten aufgetan hatte, ausprobiert. Ich stand dann auf einem Stuhl neben dem Küchentresen und sperrte den Mund auf und wartete, dass sie mir etwas zu probieren gab, und ich sagte immer, es würde toll schmecken, auch wenn es nicht stimmte.

Das waren die ersten Lügen, die ich ihr erzählte. Auch damals merkte sie es nicht, wenn ich sie anlog.

»Wir haben schon was vor«, sagte Trixie und schnippte

ein weiteres Blütenblatt von ihrer Fingerspitze. »Vielleicht nächstes Mal.«

»Unbedingt nächstes Mal«, sagte ihr Dad. »Magst du Guacamole, Fiona? Egal, ich will gar keine Antwort. Versprich mir nur, dass du meine probierst.«

»Versprochen.«

»Wir sollten langsam los.« Sie warf das letzte Blütenblatt ins Gras. »Sonst kommen wir noch zu spät.«

Zu spät wofür?, wollte ich fragen. Wir hatten nichts vor. Andererseits fiel ihr ständig irgendetwas ein.

Als sie aufstand, hielt sie immer noch den Gänseblümchenstängel in der Hand, und dann steckte sie ihn sich in die Tasche.

»Und, was wars?«, fragte ich. »Liebt er dich oder liebt er dich nicht?«

Sie zog den Stängel wieder hervor und zwirbelte ihn zwischen den Fingern. »Ist egal«, sagte sie, rupfte ihn entzwei und warf ihn auf die Terrasse.

Ihr Dad stand auf der Vorderveranda und winkte, als wir losfuhren. Er winkte genauso, wie Trixie es immer tat, mit einem Peace-Zeichen.

»Dein Dad ist cool«, sagte ich und winkte mein langweiliges normales Winken.

»Er ist ein totaler Hippie.« Sie starrte auf ihre Hände. »Es ist superpeinlich.«

»Was wolltest du mir erzählen? Bevor er kam.«

Sie schüttelte den Kopf. »Nichts. Nichts Wichtiges. Vergiss es.«

Ich vergaß es aber nicht. Und jetzt ist es zu spät herauszufinden, was sie sagen wollte und ob es irgendetwas geändert hätte.

62

Sobald ich zu Hause bin, schalte ich Trixies Laptop an. Er ist größer als meiner, so ein altmodisches Modell, viel zu unhandlich, um ihn mit sich herumzutragen. Ich halte den Atem an, während der Bildschirm zum Leben erwacht. Und dann sehe ich, was Trixies Dad meinte, als er sagte, sie hätte alle Erinnerungen gelöscht.

Früher war ihr Desktop-Hintergrund der Strand. Jetzt ist da nichts. Nur der übliche anthrazitgraue Hintergrund aus den Standardeinstellungen des Computers. Schnell öffne ich Word, um ihre Dateien durchzusehen. Vielleicht ist in einer davon ein Hinweis versteckt. Aber da ist nichts, nicht eine einzige Hausaufgabe. Das einzige andere Icon auf dem Desktop ist fürs Internet, und als ich daraufklicke, lande ich bei Google. Natürlich gibt es keinen Suchverlauf, keine kürzlich besuchten Seiten. Was habe ich erwartet?

Ich will den Rechner schon wieder runterfahren, als mir das Gmail-Icon in der rechten Ecke ins Auge fällt. Ich klicke darauf, doch ihre E-Mail-Adresse wird nicht automatisch eingefügt. Aber das macht nichts.

Ihre E-Mail-Adresse. Ich kenne sie auswendig, weil ich ihr, wenn mir im Unterricht langweilig war, ständig

E-Mails geschickt habe. Wickedtrix00. Was, wenn, wo auch immer sie gerade ist, sie die Adresse noch verwendet?

Ich tippe sie ein und in das Feld fürs Passwort gebe ich seinen Namen ein. Tobyhunter. *Falsches Passwort. Bitte noch einmal versuchen.* Ich versuche es noch mal. TobyHunter31817. Nichts. Ich probiere jede mögliche Kombination seines Namens, Geburtstags und Todestags, doch nichts funktioniert. Ich lasse mich auf dem Stuhl zurückfallen und starre an die Decke. Vielleicht ist es eine weitere Sackgasse, eine weitere falsche Fährte. Trixie könnte auch eins dieser sicheren Passwörter mit Zahlen und Sonderzeichen benutzen, das ich nie im Leben erraten würde. Andererseits hatte für sie alles eine Bedeutung.

»Ich habe ihren Laptop«, erzähle ich Jasper am nächsten Tag in der Schule. »Es ist nichts drauf, aber ich versuche jetzt, mich in ihren E-Mail-Account einzuloggen. Vielleicht benutzt sie die Adresse ja noch.«

Es klingelt, und Jasper versteift sich. »Vielleicht.« Er fummelt geistesabwesend am Schloss von seinem Spind herum. »Aber das bezweifle ich. Trixie hat kaum jemals auf meine Mails geantwortet. Ich glaube, E-Mails waren einfach nicht ihr Ding. Wir können jederzeit wieder nach Tijuana und da nach ihr suchen.«

»Sie ist nicht in Tijuana. Da bin ich mir sicher. Wir müssen den Prediger finden. Ich weiß, du denkst, die Leute am Strand können uns nicht weiterhelfen, aber falls es eine Chance gibt, den Prediger zu finden, müssen wir sie nutzen.«

Jasper seufzt. »Ich will nur nicht, dass du allein gehst.

Ich komme mit. Versprich mir, dass du auf mich wartest, okay?«

Ich verspreche es, aber er erwähnt es nicht wieder, und während der nächsten Wochen vergesse ich es selbst beinahe. Die Hausaufgaben und Arbeiten häufen sich, ich habe einen weiteren Termin bei Dr. Rosenthal und sehe ständig nach der Post, ob eine Zusage von einer der Unis kommt, bei denen ich mich beworben habe. Florida State. Texas. Princeton. Arizona. New York. Lauter Orte, die weit weg von hier sind. Die letzte Bewerbung, die ich überhastet abgeschickt hatte, war für die University of California in Los Angeles. Dort habe ich mich beworben, weil Beau hingehen wird, obwohl das Einzige, was schlimmer ist, als wegen eines Jungen in Kalifornien zu bleiben, ist, wegen eines Jungen zu bleiben, dem es völlig egal ist. Sein Vater war schon auf der UCLA, wie Beau mir auf der Party betrunken erzählt hatte. *Ich muss dahin. Ich hab gar keine Wahl.*

Ich versuche, nicht an Beau zu denken, aber trotzdem frage ich mich: Warum war er an jenem Tag, als ich Jasper zum ersten Mal geküsst habe, am Strand und wofür hat er da bezahlt und was weiß er, wovon er mir nichts erzählt? Ich dachte, er hätte mir bereits alles anvertraut. Aber jetzt ahne ich, dass er noch viel mehr zurückhält und ich es vielleicht niemals schaffe, es aus ihm rauszubekommen. Ich bin immer noch sauer auf ihn wegen der Sache mit Trixie, aber vielleicht ist er auch sauer auf mich. Ich bin damals nicht auf der Party aufgetaucht, nachdem ich ihm gesagt hatte, ich würde kommen. Natürlich konnte ich nichts für meine Lebensmittelvergiftung, aber es ist einfach ein weiteres Beispiel für das absolut miese Timing, das Beau und ich schon immer hatten.

Auf einmal taucht Jasper ständig überall auf, wo ich bin. Nach dem Unterricht an meinem Spind. Nach der Schule an meinem Auto. Ich werde das Gefühl nicht los, dass er alles, was er für Trixie empfand, all seine Lust und Leidenschaft und vielleicht sogar Liebe, einfach auf mich übertragen hat, weil ich hier bin und sie nicht. Als wäre die Beziehung, die wir miteinander haben, keine Zweier-, sondern eine Viererbeziehung. Es ist ein Quadrat, in dem Trixie und Beau zwei der Ecken darstellen, ohne es zu wissen.

Am letzten Tag vor den Weihnachtsferien klemmt eine weiße Rose unter meinem Scheibenwischer. Sie ist perfekt, mit weichen Blütenblättern und einem langen Stiel ohne Dornen. Ich beuge mich vor, um sie zu befreien, da schlingt jemand von hinten die Arme um mich.

»Ich hab dich vermisst«, sagt Jasper, fasst mir unters Kinn und küsst mich. Kein Abwarten, keine Sanftheit, er presst einfach seinen Mund auf meinen, mitten auf dem Parkplatz, wo uns alle sehen können. Ich bin so überrumpelt, dass ich die Augen offen lasse, und über Jaspers Schulter hinweg entdecke ich Beau, der uns beobachtet. Er ballt die Hände an den Seiten zu Fäusten, und der Anblick lässt ein Feuerwerk in meinem Bauch explodieren.

Ich schließe die Augen und erwidere Jaspers Kuss. Es ist Rache. Beau tut ständig so, als würde ich nicht existieren, wenn es ihm gerade in den Kram passt. Er will mich nicht, nicht mehr, also kann er mich auch nicht davon abhalten, etwas mit jemand anders zu haben.

Als Jasper sich von mir löst und ich die Augen wieder öffne, ist Beau mit seinen geballten Fäusten verschwunden.

»Danke«, sage ich zu Jasper, und meine Wangen brennen. »Für die Rose. Sie ist wunderschön.«

Verwirrt sieht er mich an. »Welche Rose?«

Das Blut weicht mir aus dem Kopf, sickert mir aus dem Körper. »Die hier.« Ich deute auf die Windschutzscheibe. Er muss einen Scherz machen, denn wer sollte mir sonst eine Rose schenken?

»Die ist nicht von mir«, sagt er, löst die Hände von meinen Hüften und steckt sie in seine Hosentaschen. »Du hast anscheinend einen heimlichen Verehrer.« Seine Stimme ist flach, monoton, er klingt eher wütend als eifersüchtig.

Ich blicke über Jaspers Schulter auf die Stelle, wo Beau eben noch stand. Ich darf nicht hoffen, dass die Rose von Beau ist. Darf nicht hoffen, dass er mich nicht hasst, nachdem ich versucht habe, ihn zu den Anonymen Alkoholikern zu schleppen. Dass er sich an die Rose von jenem Abend erinnert.

Darauf kann ich nicht hoffen … oder doch?

63

Auf dem Tresen stand eine Vase, die zur Seite geschoben wurde, damit mehr Platz für Alkohol war. Eine einzelne weiße Rose war darin, mit leicht hängendem Kopf.

»Sie braucht was zu trinken«, sagte ich zu Beau. »Sie stirbt.«

»Ich brauche was zu trinken«, sagte er. »Ich sterbe.«

Ich füllte seinen Becher auf und ließ die Rose Rose sein. Er erinnert sich noch daran.

64

Normalerweise liebe ich Weihnachten. Nicht wegen der Geschenke, sondern wegen des Essens. Gefüllter Truthahn und Cranberrys und gestampfte Kartoffeln und Kürbiskuchen. Mom übertrifft sich immer selbst, sogar wenn Tante Leslie nicht zu Besuch kommt und wir nur zu zweit sind. Wir packen Geschenke aus und essen zu viel und gucken den ganzen Abend mit einer riesigen Schüssel Popcorn Weihnachtsfilme im Fernsehen. Aber dieses Jahr ist anders. Mom macht veganen Truthahn aus Tofu, und ihre Taschen sind gepackt, weil sie am nächsten Tag auf Dienstreise nach Portland fährt. Ich komme überhaupt nicht richtig in Weihnachtsstimmung, weil ich ständig daran denken muss, dass ich schulfrei habe und endlich tun kann, was ich schon vor Wochen vorhatte. Den Prediger finden, wenn er denn existiert.

»Bist du sicher, dass du ganze vier Tage allein zurechtkommst?«, fragt Mom am Weihnachtsmorgen und betrachtet stirnrunzelnd den Tofu-Truthahn in seiner Packung. Er sieht absolut ungenießbar aus.

»Na klar«, sage ich und setze ein Lächeln auf. *Du hast mich den ganzen Sommer allein gelassen*, denke ich, aber ich will jetzt keine Diskussion anfangen. Jasper und ich haben es für den Tag nach Weihnachten fest eingeplant. Wir wollen zum Strand, und wenn wir nichts herausfinden, kann ich vielleicht tatsächlich endlich damit abschließen, wie Dr. Rosenthal angeregt hat, dann ist dies vielleicht die letzte zu nichts führende Spur, die ich verfolgt habe.

Mittags kommt Tante Leslie mit ihrem kleinen Kläffer im Schlepptau vorbei. Sie ist zehn Jahre älter als Mom, aber in letzter Zeit sehen sie sich altersmäßig irgendwie ähnlicher. Tante Leslie scheint rückwärts zu altern. Einmal hat Mom mir erzählt, dass Tante Leslie nie länger in einem Job gearbeitet hatte, bevor sie mit den Anonymen Alkoholikern angefangen hat und mit dem Trinken aufhörte. Inzwischen steht Tante Leslie total auf Clean Eating, und Mom vergöttert sie dafür. Nichts als Salate und Müsli und grüne Smoothies, die aussehen wie schon mal verdaut.

»Oh mein Gott, sieh dich an!«, ruft sie, als ich die Tür öffne. Sie drückt mich an ihren knochigen Körper, dann legt sie mir die Hände auf die Schultern und betrachtet mich. »Du siehst toll aus. Du bist erwachsen geworden!«

Der Hund pinkelt auf den Fußboden, und ich darf es sauber machen, denn Tante Leslie ist schon auf dem Weg in die Küche. Ich hole Klopapier und wische die Pfütze auf. Ich sollte mich über ihr Kompliment freuen, aber ich weiß, dass es nicht stimmt. Ich sehe nicht toll aus und ich bin auch nicht erwachsen geworden. Ich bin ein dummes Mädchen, das ganz schön tief im Schlamassel steckt und versucht, ein Rätsel zu lösen, das sich nicht lösen lässt.

Mom, Tante Leslie und ich sitzen im Wohnzimmer, und

Tante Leslie erzählt von dem neuen Typen, mit dem sie jetzt zusammen ist und von dem sie denkt, dass er *der Richtige* sein könnte.

»Vielleicht«, sagt sie und nippt Gingerale aus einem Sektglas, »bekomme ich tatsächlich noch ein Happy End.«

»Und das verdienst du, Les«, sagt Mom und beugt sich vor, um sie zu umarmen. »Du hast so viel durchgemacht.«

Sie führen nicht weiter aus, was »so viel durchgemacht« bedeutet. Sie denken immer noch, ich wäre ein Kind und würde es nicht verstehen. Was Tante Leslie wohl dazu sagen würde, wenn sie wüsste, wie viel Erfahrung ich schon mit Alkohol gemacht habe, wie sehr Alkohol bereits mein Leben verändert hat? Wenn ich auf der Party nicht betrunken gewesen wäre, hätte ich Trixie vielleicht davon abhalten können zu gehen oder ihr zumindest folgen können, um zu sehen, wo sie hinwollte. Wenn Beau nicht getrunken hätte – tja, dann wäre auch sein Leben jetzt völlig anders.

»Was für ein hübsches Mädchen Fiona geworden ist, Delores«, sagt Tante Leslie zu Mom. »Sie sieht genauso aus wie du in dem Alter.« Sie zwinkert mir zu und lächelt verschwörerisch. »Was ist mit dir, Fiona? Hast du einen Freund? Ich wette, die Jungs stehen Schlange, um mit dir auszugehen.«

Ich will schon Nein sagen, auch wenn ich gerade an die weiße Rose an meiner Windschutzscheibe denke und hoffe, dass ich es vielleicht doch wert bin, dass jemand um mich kämpft. Aber Mom antwortet bereits für mich: »Fiona konzentriert sich auf die Schule. Sie ist viel cleverer, als ich es in ihrem Alter war.«

»Das ist gut«, sagt Tante Leslie. »Du wirst noch genug Zeit für Jungs haben.«

Später beim Abendessen schmeckt der Tofu-Truthahn nach Plastik und von der gummiartigen Struktur tun mir die Zähne weh. Obwohl ich eigentlich Hunger habe, wird mir beim Gedanken, das Zeug zu essen, schlecht, und so schiebe ich es stattdessen auf meinem Teller umher.

»Du hast wohl keinen Hunger«, sagt Tante Leslie und nimmt sich Salat und Bohnen.

»Ich hätte nur gern echten Truthahn«, sage ich und bereue es sofort, als ich Moms enttäuschtes Gesicht sehe. Niemand sagt mehr etwas, und in der Stille klingt das Klappern des Bestecks auf den Tellern besonders laut. Ich weiß, Mom will nur, dass es uns gut geht, dass wir gesünder und glücklicher sind, aber nichts scheint zu funktionieren.

»Nähst du immer noch Kleidung, Fiona?«, fragt Tante Leslie zwischen zwei Bissen Salat. »Ich hab die Sachen geliebt, die du früher getragen hast. Du hast so außergewöhnliche Einfälle.«

»Dafür hab ich keine Zeit mehr«, sage ich, doch was ich eigentlich meine, ist: *Ich hasse Klamotten, denn sie erinnern mich an alles, woran ich gescheitert bin.* Ich vermeide es, zu Mom zu sehen, denn sie war fuchsteufelswild, als sie herausgefunden hat, dass ich die Nähmaschine weggegeben hatte. An dem Tag hatte ich keine Lüge parat.

»Und, wie geht es Sarah?«, fragt Tante Leslie. »Ich hoffe, ihr seid noch befreundet. Sie war so ein nettes Mädchen.«

»Gut«, sage ich automatisch. »Wir sind immer noch befreundet.«

»Und ich hab sie immer noch nicht kennengelernt«, sagt Mom und nimmt einen Schluck Wein. »Fiona hält sie vor mir geheim. Ich würde sie nicht erkennen, wenn sie direkt vor mir stände.« Sie sagt es leichthin, aber ich merke ihr an, wie sehr es sie wurmt, dass sie meine Freundin nicht kennt. Sie würde Sarah garantiert gern unter die Lupe nehmen, wie sie es mit Trixie gemacht hat, um sicherzugehen, dass sie keinen schlechten Einfluss auf mich hat. Am liebsten würde ich ihr sagen, dass sie beide ein und dieselbe Person sind und ich es ganz allein geschafft habe, alles falsch zu machen.

Tante Leslie lächelt und wechselt das Thema. Sarah wird nicht mehr erwähnt, aber Moms Worte klingen in mir nach.

Ich würde sie nicht erkennen, wenn sie direkt vor mir stände.

Ich könnte es genauso wenig.

65

Du fandst es seltsam, dass ich Schnee liebte, dass ich so starke Gefühle für etwas hatte, was ich noch nie gesehen hatte. Du musstest etwas vor dir sehen, um dich zu verlieben.

In Morrison Beach schneit es nie. Mir war klar, ich konnte froh sein, an einem Ort zu leben, wo es immer warm war, wo ich das ganze Jahr über Flip-Flops tragen konnte, wenn mir danach war. Doch ich wollte echten Schnee sehen, ihn mit der Zunge fangen, so wie die Leute es in Alisons romantischen Komödien machten. Ich wollte einen Schal und Handschuhe tragen. Ich wollte einen Schneemann bauen.

»Darauf kannst du ewig warten«, sagte Beau, nachdem er mich in der Woche vor den Weihnachtsferien auf dem Fahrradlenker nach Hause gefahren hatte. »Die Wahrscheinlichkeit, dass ich in Mathe eine Eins bekomme, ist sehr viel größer, als dass es hier schneit.«

Ich spielte mit den Riemen meines Rucksacks. Ich hatte ein Geschenk für Beau, einen alten Gedichtband, den ich in einem Antiquariat gefunden hatte. Das Geschenk war in meinem Rucksack, aber ich war zu nervös, es ihm zu geben. Es war zu intim, zu riskant. Er hatte nichts für mich, und vielleicht würde er den Gedichtband ansehen und lachen, weil ich das Ganze total falsch verstanden hatte. Und so verabschiedete ich mich, ohne ihm sein Geschenk zu geben.

Am nächsten Morgen stand ein kleiner Schneemann auf unserem Küchentisch. Er war kalt und hatte Pfeifenreiniger als Arme.

»Was ist das?«, fragte ich Mom.

»Dasselbe wollte ich dich fragen. Ich hab ihn heute Morgen auf der Veranda gefunden, als ich die Zeitung geholt habe.«

Da wusste ich, wo der Schneemann herkam. Beau hatte herausgefunden, wie er Schnee für mich machen konnte.

Natürlich war es kein echter Schnee. Es war Natron und Rasierschaum, wie Beau mir erklärte, als ich ihm schrieb, um mich zu bedanken.

Irgendwann wirst du einen richtigen Schneemann bauen ;), schrieb er.

Solange du dabei bist, schrieb ich, aber ich schickte die Nachricht nie ab. Wieder verließ mich der Mut und ich antwortete überhaupt nicht.

66

Am nächsten Tag bricht Mom schon früh am Morgen auf, aber Tante Leslie ist immer noch da. Normalerweise würde ich mich freuen, Zeit mit ihr zu verbringen – früher habe ich es geliebt, sie in Stoffläden zu schleppen und sie für mich Muster auswählen zu lassen –, aber jetzt will ich, dass sie so schnell wie möglich geht, damit Jasper und ich an den Strand können, um den Prediger zu suchen. Außerdem habe ich absolut keine Ahnung, worüber ich mit Tante Leslie noch reden soll. Sie hat mich schon mehrfach nach der Uni gefragt, und langsam haben wir alle Themen durch.

Dann fällt mir ein, dass Tante Leslie mir tatsächlich mit etwas helfen könnte. Ich weiß nicht richtig, wie ich es ansprechen soll, und so erwähne ich es ganz beiläufig beim Frühstück, als würde ich sie bitten, mir die Milch zu reichen.

»Woher wusstest du eigentlich, dass du Hilfe brauchst? Ich meine, bevor du mit den Anonymen Alkoholikern angefangen hast?«

Sie lässt den Löffel fallen, mit dem sie gerade ihren Kaffee umgerührt hat, und sieht mich entsetzt an. Abwehrend hebe ich die Hände. »Nein, es geht nicht um mich. Es ist für

Soziologie. Wir nehmen gerade das Thema Abhängigkeit durch, und ich versuche zu verstehen, was die Leute dazu bewegt, sich Hilfe zu suchen.« Ich nehme einen Schluck Orangensaft und hoffe, dass es meine Lüge süßer klingen lässt, reifer.

»Tja, wenn das so ist … Da gibt es wohl keine richtige oder falsche Antwort.« Tante Leslie betastet einen der Lockenwickler in ihren Haaren. »Ich glaube, es ist für jeden Menschen anders. Der gemeinsame Nenner ist, dass viele Leute erst mal ganz unten ankommen müssen, bevor sie erkennen, Hilfe zu brauchen. Und ganz unten zu sein sieht für jeden und jede anders aus.«

»Wie sah es denn bei dir aus?« Ich setze mich neben sie an den Tisch. Ich will die Wahrheit erfahren darüber, was sie durchgemacht hat. Ich will nicht länger wie ein Kind behandelt werden.

»Ich glaube nicht, dass deine Mutter damit einverstanden wäre, wenn ich dir das erzähle.« Tante Leslie umklammert die Tischkante so fest, dass ihre Fingerknöchel weiß hervortreten. »Das ist nicht für die Ohren eines Mädchens in deinem Alter bestimmt.«

»Ich bin fast achtzehn. Außerdem wäre es unser Geheimnis. Ich werde es Mom nicht verraten.«

Tante Leslie holt tief Luft. »Okay, aber verwende nicht meinen Namen, wenn du davon in deinem Schulprojekt berichtest. Die Anonymen Alkoholiker heißen nicht ohne Grund so.« Sie macht eine Pause, und aufmerksam beuge ich mich zu ihr vor.

»Ich war mit jemandem zusammen, der nicht gut für

mich war, und wir haben beide ziemlich viel getrunken. Er hatte diese krassen Stimmungsschwankungen. Hochs und Tiefs, auf und ab. Damals dachte ich wohl, die Hochs wären die Tiefs wert.« Sie lacht trocken. »Wir hatten ein paar heftige Streitereien, aber wir haben uns hinterher immer wieder versöhnt. Dann war ich auf einmal schwanger.«

Jetzt bereue ich es, gefragt zu haben, denn mir ist klar, dass die Geschichte schlimm enden muss. Tante Leslie hat keine Kinder.

»Zuerst reagierte er ziemlich gut, als ich es ihm erzählte. Aber er wollte nicht mit dem Trinken aufhören. Und er wollte auch nicht, dass ich aufhörte. Also hab ich nicht aufgehört.« Tante Leslie nimmt sich ein Küchentuch und tupft sich die Augen. »Ich hatte eine Fehlgeburt. Es war meine Schuld. Das hat mich zu meinem ersten Treffen der Anonymen Alkoholiker geführt und mich aufhören lassen.«

Mein Mund ist auf einmal staubtrocken, und Tränen brennen mir in den Augen. Ich greife nach Tante Leslies Hand. Am liebsten würde ich ihr alles erzählen.

»Was war mit deinem Freund? Hat er mitgemacht?«

Tante Leslie schüttelt den Kopf, und ein Lockenwickler fällt ihr aus den Haaren. »Er wollte es noch nicht mal probieren. Ich habe versucht, ihn zu überreden, aber schließlich musste ich ihn verlassen. Er war noch nicht bereit, sich selbst zu retten. Jahre später habe ich erfahren, dass er an einer Überdosis Heroin gestorben ist.« Sie wischt sich eine Träne von der Wange. »Damals wollte ich nicht glauben, dass manche Leute einfach ein hoffnungsloser Fall sind. Aber so ist es.«

»Woher weiß man das?«, frage ich schnell. »Woran erkennt man, dass jemand ein hoffnungsloser Fall ist?«

»Das kann niemand wissen. Das ist das Schlimmste daran. Du solltest besser niemanden zu deinem Anker machen, sonst gibst du der Person damit die Macht, dich zu versenken.« Sie putzt sich die Nase mit dem Küchentuch und steht auf. »Ich habe dir wahrscheinlich schon zu viel erzählt. Aber ich hoffe, du kannst es für dein Projekt gebrauchen. Junge Leute sollten wissen, dass sie noch das ganze Leben vor sich haben.«

Später unter der Dusche denke ich darüber nach, was Tante Leslie darüber gesagt hat, ganz unten anzukommen. Wann Beau wohl so weit ist? Ob er irgendwann unten ankommt und merkt, dass er daran kaputtgehen kann? Oder ist er einer der hoffnungslosen Fälle, einer derjenigen, die durch die Trümmer dessen, was sie schon zerstört haben, immer weiter hindurchfallen?

Aber vielleicht ist es tatsächlich nicht mein Problem und ich sollte ihn einfach zurücklassen, so wie es Tante Leslie damals mit ihrem Freund gemacht hat. Ich brauche keinen Anker, nichts, was mich festhält. Ich bin allein schon schwer genug.

Eine Stunde nachdem Tante Leslie sich mit dem Versprechen, bald wieder zu Besuch zu kommen, hupend verabschiedet hat, steige auch ich in mein Auto und fahre zu Jasper. Tante Leslie hat gesagt, ich soll Sarah schöne Grüße ausrichten. *Wenn ich sie je wiedersehe*, denke ich. *Daran arbeite ich noch.*

Jasper wartet auf dem Randstein sitzend, die Beine vor sich ausgestreckt, vor seinem Haus. Mit Kopfhörern in den Ohren, die Augen geschlossen, bewegt er leicht den Mund, während er sich mit den Fingern einen Rhythmus auf die Oberschenkel trommelt. Erst als ich direkt vor ihm halte und ihm die Sonne versperre, öffnet er die Augen.

»Hey.« Er nimmt die Ohrstöpsel raus, steht auf und klopft sich den Staub von der Hose, bevor er ohne ein Lächeln ins Auto steigt. Ich weiß nicht, was los ist, aber irgendetwas ist anders, Jasper hat sich so schnell gewandelt wie eine warme Brise, die in einen kalten Wind umgeschlagen ist. Vielleicht ist er eifersüchtig, weil mir jemand diese Rose geschenkt hat. Eigentlich sollte mich der Gedanke, dass ein Typ wegen mir eifersüchtig sein könnte, wohl nicht freuen, aber ich empfinde anscheinend in vielerlei Hinsicht falsch.

Ich erzähle Jasper von Weihnachten, von dem Tofu-Truthahn und Tante Leslie und ihrem Hund. Er erzählt, dass seine Eltern ihm Klamotten geschenkt haben, die er nie tragen wird, und einen iPod, den er nie benutzen wird, weil sein alter MP3-Player noch wunderbar funktioniert.

»Warum willst du kein Upgrade?«, frage ich, während ich in die Straße hinter der Graffitiwand biege.

»Warum sollte ich etwas ersetzen, was nicht kaputt ist?«

Ich halte nach einer Parklücke Ausschau und bin froh, ihm nicht antworten zu müssen.

»Da wären wir«, sage ich und schalte den Motor ab. Die Sonne knallt vom Himmel und scheint mir auf den Schoß, und auf einmal bekomme ich Angst, wie in Tijuana. Angst davor, dass wir nichts finden werden. Und Angst vor dem, was wir herausfinden könnten.

»Hat er irgendwas gesagt, wie dieser Prediger aussieht?«, fragt Jasper, als wir ausgestiegen sind. »Wissen wir, wonach wir suchen?«

»Nein.« Ich ziehe mir die Kapuze über den Kopf und gehe los.

Wir quetschen uns durch das Loch in der Mauer und schlurfen durch den Sand. Sie sind alle da, dieselben Typen wie letztes Mal, wie jedes Mal. Oder es sind andere, aber sie sehen genauso aus. Sie haben anzügliche Blicke, und über ihnen schwebt eine Dunstwolke aus Pot und Schweiß und Bier. Ich beiße mir auf die Innenseiten der Wangen.

Ein Typ steht etwas weiter weg an die Mauer gelehnt. Ich gehe auf ihn zu. Zwischen nikotingelben Fingern hält er eine Zigarette. Als er den Mund öffnet, sehe ich, dass ihm einige Zähne fehlen.

»Du warst ganz schön lange weg«, sagt er, und mir stellen sich die Nackenhaare auf.

»Ich suche jemanden.« Ich stecke die Hände in die Taschen meines Kapuzenpullis. »Er nennt sich der Prediger.«

Der Typ wirft den Kopf zurück und lacht. Es ist ein widerliches Geräusch, das zu einem noch widerlicher klingenden Raucherhusten wird.

»Der Prediger war schon lange nicht mehr hier. Ist zurück im Land der Reichen. War nie einer von uns.« Er bläst einen Rauchring in die Luft.

»Wo ist er hin?«, frage ich. »Hat er irgendwas gesagt, bevor er gegangen ist? Über ein Mädchen?«

Wieder lacht er, aber diesmal ist es ein gedämpftes Lachen. »Hier kommen nicht viele Mädchen vorbei. Jedenfalls nicht die Art von Mädchen, für die man geht.«

Ich hole mein Handy hervor und scrolle zu dem Foto von Trixie, das ich am Tag vor den Weihnachtsferien von der Wand der toten Schülerinnen und Schüler abfotografiert habe. Ich halte es dem Typen vors Gesicht. »Was ist mit ihr? Ist sie hier mal vorbeigekommen?«

Ich beobachte seine Augen. Sie sind stumpf und haben die Farbe von Seetang. Ich warte auf ein Zeichen des Wiedererkennens, auf irgendetwas. Doch sein Gesicht ist ausdruckslos. »Solche Mädchen kommen hier nicht vorbei.« Er lässt den Zigarettenstummel fallen und tritt ihn in den Sand. »Ihr solltet nach Hause gehen. Kids wie ihr haben hier nichts verloren.«

Jasper legt mir die Hand auf die Schulter. »Er hat recht. Lass uns gehen.«

Aber ich werde nicht gehen. Nicht jetzt, nicht, wo ich mir so sicher war, hier eine Antwort zu finden, selbst, wenn ich danach bohren muss.

»Wie hat er ausgesehen?«, frage ich. »Der Prediger.«

Der Typ schließt die Augen. »Jung, wie ihr. Blonde Haare. Gut aussehend. Nicht wie wir.«

Ich scrolle zu einem anderen Foto auf meinem Handy, eins, von dem ich noch nicht mal wusste, warum ich es gemacht habe. »Hat er ihm ähnlich gesehen?«

Der Typ guckt auf mein Handy und reißt es mir aus der Hand. Ich fürchte schon, dass er damit wegrennt. Doch er starrt nur darauf und runzelt die Stirn.

»Ja«, sagt er, gibt mir das Handy zurück und steckt sich eine neue Zigarette in den Mund. »Das ist er. Wie ichs gesagt hab. Gut aussehend. Nicht wie wir anderen.«

Meine Beine werden zu Gummi, und ich frage mich, wie sie mich überhaupt noch tragen.

»Das ist nicht möglich«, sage ich, obwohl der Typ jetzt an mir vorbeisieht.

»Was?« Jasper zieht an meiner Hand. »Was ist nicht möglich?«

Ich bringe noch ein »Danke« hervor, und dann lasse ich mich von Jasper wegführen, zurück zum Loch in der Mauer, durch das wir gekommen sind. Mein Atem ist nur noch ein Keuchen. »Er war die ganze Zeit hier.« Ich zeige Jasper das Foto auf meinem Handy. »Das ist der Prediger.«

Es ist ein anderes Foto von der Wand der toten Schülerinnen und Schüler.

Das von Toby Hunter.

67

Du bist nie einfach gegangen, ohne dich zu verabschieden, bis zu dem Tag, an dem du für immer gegangen bist. Ich frage mich, ob du und Toby das gemeinsam hattet.

Das letzte Mal, als ich Toby Hunter gesehen habe, verabschiedete er sich winkend von einer Gruppe seiner Freunde. Alison, Jenny und ich standen zusammen auf dem Parkplatz und drehten uns nach Toby um, denn irgendwie weckte er in den Leuten das Bedürfnis, ihm nah zu sein. Wie ein Lagerfeuer an einem kühlen Sommerabend, wenn alle sich um die Flammen versammeln, um sich zu wärmen.

Aber wenn ich jetzt so darüber nachdenke, hatte Tobys Winken an dem Tag etwas Seltsames an sich. Zwei Finger zeigten zum Himmel, der Zeige- und der Mittelfinger. Beinahe ein Peace-Zeichen. Oder vielleicht war er auch nur zu faul, richtig zu winken.

Und vielleicht wurden die Leute, die Toby am nächsten waren, überhaupt nicht gewärmt.

68

Meine Hände zittern so sehr, dass ich Jasper zurückfahren lasse. Ich nehme ihn noch mit rauf in mein Zimmer, denn sonst müsste ich versuchen, mir allein auf das alles einen Reim zu machen. Nicht nur darauf, dass Toby Hunter noch am Leben ist, sondern auch, dass er vielleicht immer noch hier ist, in Morrison Beach. Was bedeutet, auch Trixie könnte sich hier irgendwo versteckt halten.

»Das ergibt doch keinen Sinn«, sagt Jasper, als er auf meinem Schreibtischstuhl sitzt, und presst sich die Finger gegen die Schläfen. »Toby Hunter ist tot. Er kann das auf keinen Fall überlebt haben. Wie weit reicht der Pier ins Wasser? Anderthalb Kilometer? Und wie rau ist die See? Er wird sofort ertrunken sein.«

Ich lasse mich aufs Bett fallen und vergrabe das Gesicht im Kissen. »Aber das wissen wir nicht«, sage ich mit gedämpfter Stimme. »Wie ich schon immer gesagt habe: Niemand weiß das mit Sicherheit. Es würde absolut Sinn ergeben. Trixie dachte genau wie alle anderen, Toby wäre tot. Und dann ist irgendwas passiert, er muss Kontakt mit ihr aufgenommen und sie überredet haben, auch zu verschwinden.«

Je mehr ich darüber nachdenke, desto mehr erklärt es alles. Trixies ständige Veränderungen, bis ich irgendwann nicht mehr wusste, wie sie eigentlich aussah. Vielleicht ist er die ganze Zeit schon da gewesen, am Strand, und hat uns beobachtet. Oder er war auf dem Pier, verkleidet als Clown mit Jonglierbällen oder als Pantomime mit aufgemaltem Lächeln. Vielleicht hat er Steinchen gegen Trixies Fenster geworfen oder sich ins Haus geschlichen, während sie schlief, und ihr ins Ohr geflüstert, dass sie alles und alle hinter sich lassen muss.

Es ergibt absolut Sinn und irgendwie auch wieder nicht. Denn wenn es darum ging zu verschwinden, warum sollte Toby Hunter dann noch in Morrison Beach sein?

»Selbst wenn das stimmt, der Typ hat gesagt, der Prediger sei schon eine Weile nicht mehr da gewesen. Wenn er also tatsächlich hier war, ist er wahrscheinlich längst weg. Was bedeutet, dass auch sie weg ist.« Jasper streicht sich die Haare hinter die Ohren.

Auf einmal bin ich so wütend, ich könnte mein Kissen zerreißen. Denn wenn es stimmt und Trixie die ganze Zeit über hier war, dann hat sie mir nicht genug vertraut, um mich wissen zu lassen, dass sie noch am Leben ist. Ich bedeute ihr genauso wenig wie alle anderen, ich bin bloß eine weitere Person, die sie zum Narren halten konnte, eine weitere Person, die einfach hingenommen hat, dass sie ins Meer gegangen ist und sich ertränkt hat. Sie wusste von meiner Verliebtheit in Beau und wie sehr ich sie mochte, und ich war ihr total egal.

»Komm her«, sage ich zu Jasper. Er starrt mich an, als

wüsste er, dass ich eine Grenze überschreite. Vielleicht ist es die Boshaftigkeit in meiner Stimme, das Gift in mir, das ich loswerden muss. Doch dann steht er auf und kommt langsam zu mir, und als er sich neben mich legt, drehe ich mich ihm zu und küsse ihn. Bevor ich darüber nachdenken kann, was ich tue, taste ich nach seinem Hosenbund. Jasper seufzt leise, beinahe als würde er zögern, aber er hält mich nicht auf. Als meine Hand in seiner Jeans ist, greift er nach dem Saum meines Kapuzenpullis und fängt an, ihn hochzuziehen.

Er küsst mich wilder, fährt mir mit der Zunge in den Mund, saugt an meiner Unterlippe. Er zeichnet mit den Fingern die Umrisse meines Gesichts nach, und es fühlt sich an, als würde er ein Herz malen. Seine Daumen liegen unter meinem Kinn, und seine Knöchel streichen sanft über meine Wangen. Er fasst unter meinen Rock, streicht mir übers Bein und verharrt dann aber mit der Hand auf meinem Oberschenkel.

»Nicht aufhören, bitte«, flüstere ich, und die Verzweiflung in meiner Stimme ist mir fast so peinlich wie mein verräterischer Körper.

»Bist du sicher?« Er beugt sich über mich, und ich spüre seinen heißen Atem im Gesicht. »Hör zu, ich weiß, du bist ziemlich aufgebracht. Ich will nicht, dass dein erstes Mal so ist.«

Ich nicke und schüttele gleich darauf den Kopf. »Ja.« Ich ziehe ihn näher an mich, beiße in die Haut an seinem Hals. »Und warum bist du so überzeugt, dass es mein erstes Mal ist?«

Er lässt die Hände nicht von mir. Traurigkeit durchströmt mich, Unsicherheit. Vielleicht tue ich ihm leid, vielleicht ist das hier für ihn nur Sex aus Mitleid. Aber in seinem Blick sehe ich kein Mitleid. Sein Blick ist voller Verlangen, seine Augen sind glasig und schwarz.

Ich verbanne alle Gedanken aus meinem Kopf. An Beau und Trixie, *Beau und Trixie* und Toby Hunter und meine Uni-Bewerbungen und meine ausrangierte Nähmaschine und die Obdachlosen am Strand. An Tijuana und die Gerüchte und gefälschte Ausweise und Peace-Zeichen-Verabschiedungen. Ich sage Jasper, er soll den Nachttischschrank öffnen. Darin befindet sich die ungeöffnete Packung Kondome, die ich als Gag von Jenny und Alison zum sechzehnten Geburtstag bekommen habe. Er nimmt eins heraus und zieht sich Hose und Shirt aus. Seine Haut ist so weiß, dass sie beinahe durchsichtig wirkt. Nur seine Unterarme haben etwas Farbe, ein leichtes Rosa, das kaum dunkler ist als der Rest seines Körpers. Dann streift er sich das Kondom über, zieht mir die Unterhose aus und beugt sich über mich. Seine Wimpern streichen mir über die Wangen, während er in mich eindringt.

Ich verspüre eine unglaubliche Erleichterung. Ich kralle mich in seinen Rücken und ziehe ihn näher an mich, tiefer in mich hinein und wiege mich schwer atmend unter ihm vor und zurück. Er küsst meine Lippen, meine Wangen, meine Stirn, meinen Haaransatz, meinen Hals. Der Kopfteil des Betts knallt gegen die Wand, wieder und wieder. Ich stöhne ihm ins Ohr, und dann seufzt er laut auf und sinkt auf mich herab. Seine Brust ist feucht.

Ich weiß nicht, wie lange wir so daliegen, mit wild schlagenden Herzen. Aber als er sich schließlich von mir herabrollt und die Decke über uns zieht, wird mir kalt, von innen. Ich denke schon, er ist eingeschlafen, als er etwas in mein Ohr flüstert, ganz leise.

So leise, dass ich ihn fast nicht höre, doch es klingt verdammt nach *Ich liebe dich.*

Aber die Lüge werde ich ihm nicht erzählen.

Eine Stunde bevor Mom nach Hause kommen soll, lässt Jasper mich schließlich allein. Bis dahin sind wir so liegen geblieben, eng umschlungen in meinem Bett, ohne uns viel zu bewegen. Ich habe mir erlaubt, mich gewollt, gebraucht zu fühlen. Und als wir so ineinander verschlungen lagen, war es leicht zu vergessen, was uns hierhergeführt hat, wer verschwunden ist und uns zusammengebracht hat. Wer noch nie hier war.

Erst als Jasper geht, stürmt alles wieder auf mich ein, trampelt über die guten Gefühle, zerdrückt alles und macht die zerbrechliche Vorstellung zunichte, dass das mit Jasper und mir etwas sein könnte, dass das Quadrat zu einer Linie werden könnte, mit nur uns beiden an den Enden. Als Mom an meine Tür klopft, fühle ich mich irgendwie losgelöst, wie ein Ballon, der zu schnell in den Himmel fliegt.

»Wie war der Rest der Ferien?«, fragt Mom.

»Okay. Langweilig. Ich hab ein bisschen Lesestoff aufgeholt.«

Am nächsten Morgen, dem Start des zweiten Halbjahrs, bin ich die Erste im Klassenzimmer, denn ich wollte nicht riskieren, Beau zu begegnen, da ich etwas weiß, was ihn vernichten wird. Er hat gesagt, wenn Toby sich versteckt, will er nicht gefunden werden, und ich habe keine Ahnung, wie ich ihm erzählen sollte, was ich am Strand erfahren habe, über den Prediger, und dass Toby möglicherweise immer noch in Morrison Beach ist. Ich habe Angst, Beau hängt nur noch am seidenen Faden und könnte abstürzen, wenn ich ihm von meinem Verdacht berichte, der sich vielleicht nachher als falsch herausstellt. Und so schwöre ich mir, es ihm nur zu sagen, wenn ich einen Beweis habe. Wenn ich Toby mit eigenen Augen gesehen habe.

Nur weiß ich nicht, wie ich das anstellen soll. Jasper und ich haben über den nächsten Schritt noch nicht geredet. Vielleicht gibt es keinen. Die Vorstellung, einfach aufzugeben und mit alldem abzuschließen, ist zugleich eine riesige Erleichterung und die schwerste Bürde überhaupt.

Während ich so in Gedanken versunken dasitze, legt mir auf einmal jemand die Hand auf die Schulter, und ich wirbele so schnell herum, dass mein Stuhl ein fieses Kratzgeräusch auf dem Boden macht. Und wie eine Art Omen steht Beau hinter mir.

»Du bist auch im Astronomiekurs«, sagt er. Er klingt nicht, als wäre er wütend. Er klingt tatsächlich ganz normal, und in mir flackert eine leise Hoffnung auf. Vielleicht hat sich die Lage inzwischen geändert, vielleicht ist Beau ganz unten angekommen und schon wieder auf dem Weg nach oben. Seine Hand liegt immer noch auf meiner Schulter, und ich versuche, die Hitze zu ignorieren, die mich allein bei dieser kleinen Berührung durchströmt.

»Ich habe alle Punkte, die ich dafür brauche«, sage ich. »Soll ein ziemlich einfacher Kurs sein.«

Er grinst. »Und du magst Sterne, oder?«

Ich nicke, und bevor ich mich zurückhalten kann, platze ich heraus: »Between two worlds life hovers like a star.«

Sobald ich es gesagt habe, will ich es zurücknehmen. Ich wusste nicht einmal, dass ich mich noch an den Vers erinnere, aber da ist er, er war die ganze Zeit in meinem Mund und hat darauf gewartet, rausgelassen zu werden. Ich werfe Beau einen vorsichtigen Blick zu.

Es ist, als würde seine Haut leuchten. »Lord Byron. Du erinnerst dich daran.«

»Ja.« Ich beiße mir auf die Lippen, auf einmal bin ich kurz davor zu weinen.

»Ich hab mich nie bei dir bedankt«, sagt er. »Für die Sache mit den Anonymen Alkoholikern. Dafür, dass du versucht hast, mir zu helfen, als niemand anders es getan hat.«

»Kein Ding.«

Er schüttelt den Kopf. Seine Haare sind länger geworden, seit ich ihn das letzte Mal gesehen habe. Sie reichen ihm fast bis zu den Schultern und locken sich an den Spitzen. Wie es sich wohl anfühlt hineinzugreifen?

»Ich war ein Arsch. Tut mir leid.«

Wieder die drei Worte, der Refrain von Beaus Leben. Ich starre auf den Boden, auf das vertrocknete Kaugummi unterm Tisch. »Schon okay, das war doch nichts.«

Er nimmt die Hand von meiner Schulter und setzt sich an den Tisch hinter mir. »Es ist nicht okay, und es war die Welt.«

Ich blinzle Tränen weg und sehe zur Tafel. Fünf Sekunden später klingelt es und alle anderen kommen herein, auch Alison, die mir ein leichtes Lächeln schenkt. Den Rest der ersten Stunde frage ich mich, ob Beau die ganze Zeit meinen Hinterkopf ansieht, ob diese Hoffnung, die ich verspüre, anhalten oder wie alles andere auch wieder zerstört werden wird.

Unser Astronomie-Lehrer, Mr Sweet, schreibt eine Formel an die Tafel, die ich sorgfältig abschreibe, während ich wünschte, es gäbe eine Formel, die das Durcheinander in meinem Kopf und meinem Herzen erklären könnte. Als es am Ende der Stunde klingelt, renne ich sofort aus dem Raum. Ich habe Angst, dass Beau sich wieder in seine andere Version verwandelt hat, die kaputte, und will es aber nicht herausfinden. Ich laufe schnurstracks zu meinem Spind, als auf einmal Alison neben mir auftaucht.

»Hey«, sagt sie. »Ich wollte dich fragen, ob du dich tatsächlich für die New York University beworben hast. Darüber habt ihr doch geredet. Ich frage nur, weil ich mich auch beworben habe.« Sie streicht sich die Haare aus dem Gesicht, und mir fällt auf, dass sie jetzt einen Pony hat.

»Ich dachte, du wolltest hierbleiben«, sage ich. »Du und Jenny habt doch immer darüber geredet, in Kalifornien zu bleiben.« Jennys Name klingt fremd aus meinem Mund, eingerostet und seltsam, obwohl er mir immer noch jeden Tag durch den Kopf geht.

Alison kaut auf ihrer Unterlippe. »Dieses Jahr haben sich ziemlich viele Dinge geändert.«

Dann klingelt es, und sie eilt mit der Menge den Gang hinab. Und nach der nächsten Stunde habe ich keine Zeit, sie zu suchen und danach zu fragen, denn Jasper steht an meinem Spind, mit einer Rose in der Hand. Nur hat diese Rose Dornen.

Er ist jetzt wohl mein Freund. Es ist ihm egal, dass das Einzige, was uns verbindet, ein Mädchen ist, das sowieso nie richtig da war.

»Wann lerne ich eigentlich mal deine Mom kennen?«, fragt er in der zweiten Woche nach den Ferien.

»Später mal«, sage ich, und die Angst bohrt sich tief in meinen Bauch.

Seit dem Tag am Strand, als wir versuchten, den Prediger zu finden, hat er Trixie und Toby Hunter nicht mehr erwähnt, und ich habe immer mehr das Gefühl, dass er endlich mit der Vergangenheit abschließen, sie ordentlich in einer Schachtel verstauen will, so wie alles in seinem Zimmer. Er fängt seine Sätze mit *Wir* an, und ich sage nichts dagegen, denn, so bemitleidenswert das auch klingen mag, Jasper ist gerade der Einzige, auf den ich zählen kann.

Manchmal habe ich das Gefühl, wenn ich den Prediger – Toby Hunter – finden will, muss ich mich zwischen ihm und Jasper, dem Jungen, der tatsächlich da ist, entscheiden. Jasper denkt, wir sind fertig mit unserer Suche, und wenn ich das Thema weiterhin aufbringe, könnte es sein, dass ich auch ihn noch verliere und trotzdem nicht finde, wonach ich suche. Wozu also das Ganze?

Am Ende des Monats, als Mom ein weiteres Mal auf Geschäftsreise ist, verbringt er die Nacht bei mir. Er sagt wieder die Worte, während er mit dem Kopf auf meinem Kissen liegt, sein Mund an meinem Ohr. *Ich liebe dich.* Ich erwidere immer noch nichts.

Am nächsten Morgen, Jasper presst mich gerade auf den Rücken, greift mir in die Haare und küsst mich, und ich schließe die Augen und konzentriere mich aufs Hier und Jetzt, auf diesen Moment, von dem ich dachte, dass ich so etwas nie erleben würde, da dringt etwas anderes in meine Gedanken ein, ein Geräusch, das ich versuche zu ignorieren, bis mir bewusst wird, was es ist.

Die Garagentür.

»Scheiße«, sage ich und setze mich so abrupt auf, dass ich mit der Stirn gegen Jaspers knalle. »Scheiße. Du musst verschwinden.«

Schnell ziehe ich mir eine Pyjamahose und meinen Kapuzenpulli an. Ich schlüpfe in meine Hausschuhe und binde mir einen Pferdeschwanz, aber als ich mich umdrehe, liegt Jasper immer noch in derselben Position da und guckt mich an, als hätte ich ihn geohrfeigt.

»Ich meine es ernst. Meine Mom ist da. Du kannst nicht hier sein, wenn sie hochkommt.«

Die Haustür wird geöffnet und fällt ins Schloss. Das Geräusch von auf Fliesen klackernden Schuhen hallt durchs Haus.

»Das ist okay«, sagt Jasper.

Ich knülle sein Shirt zusammen und werfe es ihm zu, und endlich kapiert er und zieht es sich an.

»Es ist nicht okay«, flüstere ich. »Meine Mom bringt mich um.«

Ich hole tief Luft und beschließe, am besten so zu tun, als hätten Jasper und ich gerade zusammen Hausaufgaben gemacht. Ich breite die Decke auf dem Bett aus und ziehe sie glatt. Dann reiche ich Jasper mein Mathebuch. »Setz dich hin.« Ich zeige auf meinen Schreibtischstuhl. »Wir lernen.«

Von unten ruft Mom nach mir, und ich rufe zurück, dass ich in meinem Zimmer bin. Als sie die Tür öffnet, liege ich quer über dem Bett und tippe wie wild auf meinem Laptop.

»Oh«, sagt sie, als sie Jasper an meinem Schreibtisch sitzen sieht. Er steht sofort auf und schüttelt ihr die Hand, und ich zucke innerlich zusammen.

»Ich bin Jasper«, sagt er. »Ich bin in Fionas Französischkurs. Wir haben gerade Verben konjugiert.«

Ich habe noch nicht mal Französisch belegt. Es ist das erste Mal, dass ich Jasper lügen höre, aber er ist gut. Es klingt so wahr, dass ich es beinahe selbst glaube.

»Freut mich, dich kennenzulernen, Jasper«, sagt Mom leicht misstrauisch. »Ich lehne die Tür mal nur an, wenn ihr nichts dagegen habt.« Sie gibt mir einen Kuss auf die Wange.

Ich könnte laut loslachen. Sie lässt mich den ganzen Sommer über allein, das ganze Wochenende, die ganze Nacht, aber will, dass meine Tür offen bleibt, während ich lerne. Ich frage mich, ob das früher die Regeln ihrer Mom für sie waren, und ob sie deswegen so schnell mit mir schwanger wurde.

Als ich Jasper nach Hause gefahren habe und wieder

zurück bin, versuche ich erneut, mich in Trixies E-Mail-Account einzuloggen, auch wenn ich ein schlechtes Gewissen habe, es hinter Jaspers Rücken zu tun. Ich weiß nicht, wo ich nach Toby gucken soll, also suche ich stattdessen nach Trixie, denn wo auch immer sie stecken, ich bin mir sicher, dass sie zusammen sind. Dieses Mal probiere ich andere Wörter aus. Ihren Straßennamen und Geburtstag und den Namen Sarah Brown und Jaspers Namen, aber wieder erhalte ich die Fehlermeldung: *Falsches Passwort. Bitte noch einmal versuchen.*

Ich lasse mich gegen die Stuhllehne zurückfallen. Ich muss damit aufhören. Ich muss sie aufgeben, aber dann gewinnt sie. Vielleicht will ich sie deswegen unbedingt finden. Um zu beweisen, dass ich sie bei ihrem eigenen Spiel besiegen kann.

69

Du hattest geplant, aufs Community College zu gehen, bis ich meinen Abschluss in der Tasche habe, aber du schienst dich irgendwie gar nicht mehr richtig darauf zu freuen. Ich blätterte Vorlesungsverzeichnisse durch und strich die interessantesten Kurse an, während du mit der Begeisterung eines Wackeldackels dazu nicktest.

»Wann gehen wir shoppen?«, fragte ich.

»Wir waren doch gerade erst shoppen«, sagte sie. »Und vielleicht darf ich dich daran erinnern, dass du noch nicht mal Lust dazu hattest?«

»Ich meine nicht Klamotten shoppen.« Ich fand es ätzend, überhaupt darüber reden zu müssen. Nichts daran machte mir Spaß. Ich wollte nichts anprobieren, aus Angst, dass es nicht passte und ich der Realität ins Auge sehen müsste, dicker geworden zu sein, vielleicht sogar viel dicker. »Ich meine Bücher. Fürs College. Damit du alles hast, was auf deiner Liste steht.«

Trixie wollte an allen möglichen Kursen teilnehmen, hauptsächlich welchen, die ich für sie rausgesucht hatte. Kursen wie *Griechische Mythologie* und *Literatur der Renaissance* und sogar *Einführung in die Filmgeschichte*. Ich war neidisch. Ich wünschte, ich wäre ein Jahr älter und könnte mir den Rest der Highschool schenken und mit ihr zusammen aufs College gehen. Aber jetzt war es bis zum Semesteranfang nicht mehr lange hin, und sie hatte sich noch immer nicht die Bücher besorgt. Ich verstand nicht, warum sie nicht schon längst bei der College-Buchhandlung war. Bücher zu kaufen machte doch Spaß. Sie passten immer.

»Nächste Woche«, sagte sie. »Nächste Woche, versprochen.«

Aber das Versprechen löste sie nicht mehr ein. Denn als die nächste Woche kam, war Trixie verschwunden. Und nach der Beerdigung erfuhr ich von ihrem Dad, dass sie sich gegen das College entschieden und vorgehabt hatte, weiterzuarbeiten, um Geld zu sparen.

»Sie hat immer so hart gearbeitet in diesem Restaurant«, sagte er und klang derart stolz, dass ich ihm nicht noch mehr das Herz brechen wollte.

Mir hatte sie die eine Lüge erzählt und ihm eine andere.

Ich fragte mich, wem sie die erste Lüge aufgetischt hatte und ob das überhaupt wichtig war. Die Sommertage verschmolzen alle miteinander, Fast Food und laute Musik und klebrige Weinschorlen mit Limo und schlechtes Reality-TV und Sand auf meiner Haut. Es war unmöglich, einen Tag vom anderen zu unterscheiden.

Vielleicht hatte sie es so gewollt.

70

In Astronomie sollen wir uns zu zweit zusammentun, um uns auf eine Diskussion über die Ringe von Riesenplaneten vorzubereiten. Alison guckt schon zu mir, aber bevor sie etwas sagen kann, drehe ich mich zu Beau um und lege die Hände auf seinen Tisch. Ich weiß nicht, was mich erwartet, die sanfte oder die flaschenwerfende Version.

»Willst du mein Partner sein?«, frage ich, denn in einem hatte Jenny recht. Ich muss diejenige sein, die fragt. Und ich muss einen Weg finden, mit ihm über Toby zu reden. Wenn er seine Verstecke kennt, weiß er vielleicht, wo der Prediger sich jetzt befindet.

»Klar«, murmelt er, ohne mich anzusehen. »Wenn du mich denn noch willst.«

Er sagt es so leise, dass ich mir unsicher bin, ob ich mich vielleicht verhört habe. Aber falls nicht, dann besteht Hoffnung, dann gibt es einen Teil von ihm, der will, dass jemand an ihn glaubt. Und die Hoffnung ist vielleicht ein seidener Faden, aber ich habe mich schon an weniger festgehalten.

Mr Sweet sagt, wir können auf den Gang oder in die Bibliothek gehen, um in Ruhe zu reden, und so nehmen Beau und ich unsere Bücher und verlassen den Raum. Ich mache den Fehler, mich auf dem Weg nach draußen noch mal zu Alison umzudrehen, die mir erstaunt nachsieht. Mein erster Gedanke ist: *Sie weiß es.* Es ist in ihrem Haus passiert. Die Musik war laut, und ich hätte es überhaupt nicht mitbekommen, wenn sie direkt danebengestanden hätte. Sie wartet nur auf den richtigen Moment, bis sie mich vor allen anderen bloßstellen kann. Und was würde Beau dann machen?

Wir setzen uns in eine Nische auf dem Gang und lehnen uns an die Wand. Beau gähnt mehrfach, und meine Hoffnung schwindet. Wie konnte ich es nicht schon vorher bemerkt haben? Seine roten Augen, die eingefallenen Wangen, den sauren Atem.

»Du hast getrunken«, flüstere ich.

»Nur ein bisschen. Ich habe vor der Schule noch beim Spirituosengeschäft gehalten. Das Übliche halt.« Ein Lächeln erscheint auf seinen Lippen, das aber sofort verschwindet, als er meinen Gesichtsausdruck sieht. »Das war ein Witz. Fiona, du musst aufhören, dir Sorgen um mich zu machen.«

Ich schlucke alles hinunter, was ich eigentlich gern sagen würde: dass er Hilfe braucht und sich sein Leben zurückerobern muss. Wenn ich durch die Unterhaltung mit Tante Leslie eins gelernt habe, dann, dass jemandem erst geholfen werden kann, wenn die Person es auch selbst will. Statt ihm eine Predigt zu halten, schlage ich also mein Buch auf.

Ich konnte Trixie nicht retten, weil sie vor nichts gerettet werden wollte. Vielleicht kann ich Beau aus demselben Grund nicht retten.

»Das ist wahrscheinlich totaler Quatsch«, sagt er, legt den Kopf in den Nacken und blickt an die Decke. »Das mit den Sternen. Wahrscheinlich sind da oben kleine Leute, die auf uns runtersehen und darüber lachen, was für Dummköpfe wir sind. Und über alle unsere Fehler urteilen. Vielleicht haben sie sogar die Möglichkeit, sie zu löschen. Wünschst du dir nicht auch manchmal, du könntest die Zeit zurückdrehen und deine ganzen Fehler ungeschehen machen?«

»Nein«, sage ich, doch in Wirklichkeit meine ich Ja. Denn wenn ich es könnte, hätte ich all die kleinen Hinweise erkannt, die Trixie mir gegeben hat, die Rettungsleine, an der ich mich festhalten sollte und für die ich zu unbeholfen und kurzsichtig war, um sie zu ergreifen.

Dann verstehe ich, was er meint. Er will *unseren* Fehler ungeschehen machen. Und auch wenn es ohnehin egal ist, weil es nun mal passiert ist und es nicht wieder rückgängig gemacht werden kann, erstarre ich innerlich.

»Weißt du, was ich als Erstes ändern würde?« Er nimmt mir den Stift aus der Hand und malt ein großes blaues X über das Diagramm in seinem Buch. »Ich würde meinem Bruder, dem Arschloch, weniger Aufmerksamkeit schenken. Damit hat das Ganze erst angefangen. Wenn ich nicht so unbedingt hätte herausfinden wollen, was er vor mir geheim hält, hätte ich auf der Party einfach mein Ding gemacht. Ich hätte nie von ihm und Trixie erfahren. Vielleicht hätte er mit Gabby Schluss gemacht und er und Trixie hätten sich zusammen zeigen können. Was auch immer dann daraus geworden wäre.«

»Es war nicht dein Fehler.« Ich weiß noch nicht mal, ob

ich es selbst glaube. »Du bist sein Bruder. Natürlich hast du dir Sorgen um ihn gemacht.«

Er lacht. »Ich habe mir keine Sorgen gemacht. Ich wollte nur unbedingt etwas finden, was mit König Toby nicht stimmt. Ich wollte sehen, ob ein Mensch in ihm steckt.«

Ich sage nichts. Ich nehme einen neuen Stift, schreibe das heutige Datum auf ein liniertes Blatt und unterstreiche es fünfmal, wobei ich mit dem Stift tiefe Rillen auf dem Papier hinterlasse.

»Ich habe auch dir die Schuld gegeben«, sagt er. »Wärst du auf der Party gewesen, hätte ich mich nicht um Toby gekümmert, weil ich mit dir zusammen gewesen wäre. Es wäre unser Abend gewesen. Ich hatte was für dich.« Er räuspert sich. »Ich habe dir nie davon erzählt. Ich habe es vergraben. Im Garten meiner Mutter. Unter ihrem Rosenbusch.«

Er lacht leise, aber ich lache nicht mit. *Du kommst heute Abend, oder?* Doch ich war nicht da. Ich will ihn fragen, was er vergraben hat, was er so schnell loswerden wollte, dass er es unter der Erde verstecken musste. Aber ich frage nicht, denn ich will nicht, dass die Wahrheit auf diese Weise herauskommt. Er soll es mir sagen, weil er es möchte. Weil er möchte, dass ich es weiß.

»Mein Vater will, dass ich Jenny heirate«, sagt er plötzlich, reißt eine Seite aus seinem Buch und zerpflückt sie. »Kannst du das glauben? Meine Eltern haben direkt nach der Highschool geheiratet. Sie wollen, dass wir gleich nach der Uni Kinder kriegen. Die Familie fortführen. Ich hab ihm gesagt, ich will keine Kinder, nie, und er ist ausgeflippt.«

Ich wiege mich vor und zurück und klemme mir die Zipfel meines Rocks unter die Knie. Die Vorstellung, dass Beau Jenny heiraten könnte, dass er bis in alle Ewigkeit einer anderen gehört, lässt mir den Atem stocken.

»Mach das nicht«, höre ich mich sagen. »Leb dein eigenes Leben.«

Er schüttelt den Kopf. »Du klingst wie ein verdammtes Selbsthilfebuch. Werde bloß nicht auch noch so. Du bist doch die Einzige, die nicht so ist.«

Beaus Wangen verfärben sich rot. Ich will sie berühren, ihm die Hände aufs Gesicht legen und meine Lippen auf seine drücken und ihm sagen, dass alles gut wird. Doch ich kann es nicht sagen, denn ich glaube nicht einmal selbst daran.

»Ich muss dich was fragen«, sage ich stattdessen und blicke auf mein Buch. »Ich glaube, es ist kein Zufall, dass sie beide verschwunden sind. Hat Toby viel Zeit am Computer verbracht? Oder am Handy? War er an dem Abend von Alisons Party viel mit dem Handy beschäftigt?«

Beau beugt sich vor und lässt den Kopf hängen. »Keine Ahnung, was der Typ hinter verschlossenen Türen gemacht hat. Ich war schließlich nicht sein Babysitter. Aber du musst damit aufhören. Ich weiß, dass du sie immer noch suchst. In Wirklichkeit folgst du aber nur deinem eigenen Schatten.« Er legt die Hand über mein Buch. »Hör zu. Grab nicht nach einer Leiche, die nicht da ist. Du wirst nur selbst begraben.«

»Hat er jemals den Prediger erwähnt?«

Beau schüttelt den Kopf, aber ich sehe ihm an, dass der

Name eine Erinnerung in ihm wachruft. »Nein. Ich hab keine Ahnung, wovon du redest.« Er sagt es sanft. »Schließ damit ab, Fiona. Schließ besser damit ab.«

Unsere Gesichter sind nur Zentimeter voneinander entfernt, und ich halte die Luft an. Irgendwo auf dem Gang hustet jemand, wie eine Ermahnung, dass es noch eine Welt außerhalb von Beau und mir gibt, dass wir beide mit jemand anders zusammen sind und nichts gemeinsam haben. Wir sind zwei Menschen, die früher mal befreundet waren und betrunken einen Fehler gemacht haben.

»Versprich mir, dass du damit aufhörst«, sagt er, aber dann klingelt es und mir bleibt das Versprechen erspart.

71

Du warst nicht mehr da, um es mitzubekommen, aber Beau redete nur noch wirres Zeug, nachdem er die Flasche in Alisons Küche zerdeppert hatte.

»Orion«, sagte er immer wieder und zeigte an die Zimmerdecke. »So wollte mich meine Mutter nennen, aber mein Vater war dagegen. Er hat über alles die Kontrolle.«

Niemand hörte ihm zu. Die Party war ohne ihn weitergegangen. Die Leute fingen allmählich an, sich zu verabschieden, verließen die Party in Grüppchen. Ich nahm an, Trixie würde bald auftauchen und dann würden auch wir gehen.

»Du erinnerst dich doch an Orion«, sagte er, aber diesmal zeigte er auf mich. »Du hast ihn auch gesehen.«

Ich nickte, aber ich sah immer noch nur Beau.

72

Ich erzähle Jasper nichts davon, aber seit Neuestem fahre ich abends allein mit dem Auto herum, überall dorthin, wo Trixie und ich früher zusammen rumgehangen haben. Überall dorthin, wo sie sein könnte. Ich fahre sogar zum Wohnwagenplatz am Stadtrand, vielleicht lebt sie da mit Toby, in einer kaputten Blechbüchse mit einem undichten Dach, an einem Ort, wo niemand nach ihnen suchen würde. Ich fahre zwei Abende hintereinander dorthin und beobachte mit klopfendem Herzen die Leute, die kommen und gehen. Am dritten Abend sitze ich da und frage mich, warum mir das Ganze überhaupt so wichtig ist.

Ich muss daran denken, was ich in meiner Bewerbung für die New York University geschrieben habe. *Beschreiben Sie eine Erfahrung, die Sie als Person geprägt hat.* Ich habe darüber geschrieben, meine beste Freundin verloren zu haben. *Sie hat mich auf eine Weise verstanden wie niemand sonst. Sie wollte mich nicht ändern. Wir haben uns alles erzählt und hatten eine Menge gemeinsam. Sie wollte einfach nur, dass ich glücklich bin. Sie wollte immer das Beste für mich. Ohne sie zu leben, hat mich stärker gemacht, denn die Erinnerungen an sie sind überall.*

Aber jeder Satz trägt eine doppelte Bedeutung, eine versteckte Botschaft, ein Geheimnis.

Sie hat mich auf eine Weise verstanden wie niemand sonst. Sie verstand die Version von mir, die auf sie gehört hat, als sie sagte, ich solle losfahren. Doch das war nur ein Teil von mir, und den Rest hat sie nie gekannt. Oder sich nicht dafür interessiert.

Sie wollte mich nicht ändern. Denn das hatte sie bereits getan.

Wir haben uns alles erzählt und hatten eine Menge gemeinsam. Ich habe ihr meine Geheimnisse erzählt und sie hat sie benutzt, um mir in den Rücken zu fallen. Und das Einzige, was wir gemeinsam hatten, war, dass wir beide in einen der Hunter-Brüder verliebt waren.

Sie wollte einfach nur, dass ich glücklich bin. Solange ich es nach ihren Vorgaben war.

Sie wollte immer das Beste für mich. Sie wollte nicht, dass Beau und ich zusammen sind, also hat sie alles getan, damit ich nicht mehr in ihn verliebt bin. Einschließlich mich auf die schlimmste Art zu hintergehen, indem sie mit ihm machte, was ich mir immer für mich gewünscht hatte, einfach weil sie es konnte.

Ohne sie zu leben, hat mich stärker gemacht, denn die Erinnerungen an sie sind überall. Das ist der Teil, der mich wütend macht, denn es ist der Teil, von dem ich will, dass er wahr ist. Ich würde gern sagen, dass ich jetzt stärker bin, doch ich fühle mich jeden Tag schwächer, als würde meine Energie stündlich weniger werden.

Ich schrecke aus meinen Gedanken auf, als ich einen Typen mit Basecap und ein dünnes Mädchen in ausgewaschenen Jeansshorts Händchen haltend die staubige Straße entlanggehen sehe. Sie kommen direkt auf mein Auto zu. *Das sind sie*, denke ich, und unter meinen Achseln bildet sich Schweiß, während mir kalte Schauer über den Körper laufen. *Ich habe sie gefunden.*

Doch als sie kurz vorm Auto sind, erkenne ich, dass sie es nicht sind, noch nicht mal annähernd. Das Mädchen ist viel älter, wahrscheinlich schon über dreißig, hat sonnenverbrannte Haut und einen rasselnden Husten, als hätte sie schon ihr Leben lang geraucht. Dem Typen fehlen mehrere Zähne, und er sieht ganz anders aus als Toby Hunter, er ist viel zu klein und dürr. Er guckt mich ziemlich lange an, und mit einem Mal wird mir klar, wie völlig bescheuert und gefährlich und sinnlos diese Idee ist. Trixie und Toby waren vielleicht noch eine Zeit lang irgendwo in Morrison Beach, aber sie sind nicht mehr hier.

Frustriert lasse ich mich gegens Lenkrad sinken. Irgendetwas übersehe ich, ein riesiges Puzzleteil, das direkt vor mir liegt, ein Teil, das alle anderen Teile miteinander verbinden würde. Sämtliche Hinweise treiben einzeln in meinem Kopf umher, und je mehr ich mich bemühe, einen zu fassen zu bekommen, desto mehr entziehen sich mir die anderen.

Vielleicht hatte Beau recht. Es ist sinnlos, diese ganze Sucherei, denn wer sich solche Mühe gibt, nicht gefunden zu werden, wird auch nicht gefunden. Ich sollte einfach mit meinem Leben weitermachen. Das ist auch, was Jasper will, und er will es mit mir. Das ist, was Dr. Rosenthal mir zu tun geraten hat, und wovon Mom denkt, dass ich längst damit angefangen habe.

Als ich nach Hause komme, sitzt Jasper mit Mom am Küchentisch und bringt ihr ein Kartenspiel bei. Ich habe ihn überhaupt nicht eingeladen, aber da ist er, als hätte er schon immer einen Platz an dem Tisch gehabt. Er will einen guten Eindruck bei Mom hinterlassen, denn so machen das Jungen, wenn sie mit der Tochter des Hauses zusammen sind, und ich sollte es süß finden, aber es fühlt sich einfach falsch an. Ich versuche, mein Unbehagen zu vertreiben, aber es verschwindet nicht.

Und vielleicht wird es das nie tun.

73

Du wolltest nach deinem Schulabschluss einen eigenen Gemüsegarten anlegen. »Ich werde ein Hippie«, sagtest du, und ich musste lachen, weil du deinem Dad ähnlicher warst, als dir bewusst war. »Dann haben wir immer frische Blumen und Gemüse.«

Es war ein hoffnungsloses Vorhaben. Trixie aß in der gesamten Zeit, die wir einander kannten, nicht ein einziges Mal Gemüse. Die einzigen grünen Dinge, die sie mochte, waren Dollarscheine und ab und zu mal ein Joint, den sie auf ihrem knochigen Knie drehte, wenn wir am Strand saßen. Und sie mochte meine grünen Augen. Sie sagte, sie wolle auch grüne Augen haben, und irgendwann hatte sie dann welche, dank farbiger Kontaktlinsen.

Irgendwann während des Sommers fragte ich sie einmal nach dem Gemüsegarten. Wir saßen auf den kaputten Sonnenliegen im Garten hinter unserem Haus und guckten uns Zeitschriften an. Ich betrachtete unseren ungepflegten, von Unkraut übersäten Garten.

»Was ist eigentlich aus deinem Plan geworden, Hippie zu werden?«, fragte ich.

Sie schob sich mit einem Plastikhaarreif die mausbraunen Haare aus dem Gesicht. »Bei mir überlebt nichts. Das war ne blöde Idee.«

Es war ein flapsiger Kommentar, genau wie so viele andere. Wahrscheinlich wechselte sie im nächsten Moment das Thema und legte sich auf den Rücken, um ihren flachen Bauch zu bräunen. Da hätte mir das Einblatt auf ihrer Fensterbank einfallen können, um das sie sich so sorgsam kümmerte. Es war schon da gewesen, seit ich sie kannte, und wahrscheinlich auch schon lange vorher. Es hatte immer genug Wasser und Sonne, anders als Moms Pflanzen zu Hause, die regelmäßig vertrockneten.

Eine Woche bevor sie verschwand, fiel mir auf, dass das Einblatt nicht mehr da war. Als ich aus ihrem Fenster sah, bemerkte ich einen Klumpen Erde mit grünen Blättern auf dem Komposthaufen im Garten.

»Was ist denn damit passiert?«, fragte ich und legte die Fingerspitzen an die Scheibe. Es machte mich unsagbar traurig, die Pflanze da unten auf den Eierschalen und anderen verrottenden Sachen zu sehen.

Sie fuhr mir mit einer Bürste durch die Haare, zog meinen Kopf zurück und zwang mich, woanders hinzublicken.

»Ist eingegangen. Ich musste sie wegwerfen.«

Es klang ganz beiläufig, fröhlich, als würde ihr das Einblatt nichts bedeuten. Da hätte ich misstrauisch werden müssen. Sie liebte die Pflanze, hatte sie gehegt und gepflegt wie ein Haustier. Sie wegzuwerfen muss sie fertiggemacht haben.

Jetzt weiß ich, warum sie das Einblatt auf den Kompost geworfen hat. Sie musste es tun. Weil sie nicht mehr da sein würde, um sich darum zu kümmern. Sie wusste, wenn es weiter auf dem Fensterbrett stehen bliebe, würde ihr Dad es eingehen lassen. Natürlich nicht mit Absicht, aber er war zerstreut und vergesslich. Das Einblatt wäre vertrocknet, seine Erde wäre hart und die Blätter wären braun und spröde geworden und zerfallen, sobald man sie anfasste.

Die Vorstellung hatte Trixie nicht ertragen, und so hat sie die Pflanze von ihrem Elend befreit.

Sie hat auch Trixie Heller aus ihrem Elend befreit.

Die Frage ist, wer ist sie jetzt?

74

Als ich am nächsten Tag aus der Schule nach Hause komme, wartet Mom mit ernster Miene am Küchentisch auf mich. Angst macht sich in mir breit. Sie muss irgendetwas erfahren haben, was sie nicht wissen sollte. Etwas über Trixie oder die Party oder Sarah Brown oder sogar darüber, was Jasper und ich in meinem Zimmer gemacht haben. Doch als ich sie frage, was los ist, breitet sich ein stolzes Lächeln auf ihrem Gesicht aus, und sie hält mir einen großen Briefumschlag hin.

»Das sieht mir sehr nach einer Zusage aus.« Sie schlägt die Hände zusammen. »Ich habe die Kamera schon bereit. Ich finde, du solltest den Brief sofort öffnen.«

Meine Hände zittern, als ich den Absender sehe. New York University. Ich reiße den Umschlag auf, ziehe den Stapel Papiere heraus und lese das oberste Blatt.

Liebe Ms Fiona Fontaine,
wir freuen uns, Ihnen mitzuteilen, dass Sie zum Herbstsemester 2019 an der NYU zugelassen sind, und gratulieren Ihnen zu dieser Leistung!

Ich überfliege den Rest des Briefes, während Mom mit Tränen in den Augen Fotos macht. Wahrscheinlich ist das hier für sie ein viel bedeutsamerer Moment als für mich. Es ist eine Erfahrung, die sie selbst nie gemacht hat, ein weiteres Kapitel des Lebens, das sie nur durch mich erlebt. Und obwohl ich mich freuen sollte, habe ich ein schlechtes Gewissen, weil ich ihr eine bessere Highschool-Erfahrung hätte schenken sollen. Ich hätte nicht von dem Kurs, auf dem ich war, abweichen dürfen. Dann würde ich jetzt einen anderen Zulassungsbrief aufreißen, wahrscheinlich einen von der UCLA, und Jenny anrufen und mit ihr zusammen einen Freudentanz aufführen.

»Das ist ein großer Moment«, sagt Mom. »Den sollten wir feiern. Wir gehen essen. Wo willst du hin? Wir ziehen uns was Schickes an und dann fahren wir los.«

Behutsam halte ich den Umschlag in der Hand, als könnte er jeden Augenblick verschwinden. Ich will gerade gar nichts feiern, nicht, wenn ich noch nicht einmal weiß, ob ich überhaupt auf die NYU will. Wollte ich jemals wirklich nach New York oder wäre ich Trixie überallhin gefolgt? Ich stelle mir vor, wie sie mir ins Ohr säuselt: *Auf dem Mars eröffnet eine neue Uni, wollen wir uns bewerben?* Und ich weiß, wie meine Antwort gelautet hätte.

»Warten wir ab, bis ich von den anderen Unis eine Antwort habe«, sage ich. »Dann können wir immer noch feiern.«

»Na klar, mein Schatz«, sagt sie, aber ich sehe ihr die Enttäuschung an. Sie breitet die Arme aus und umarmt mich, und letztendlich ist es das, was mich beinahe zum Weinen bringt. Weil ich mich daran erinnere, wie sich Moms Umarmungen früher angefühlt haben. Ich passte perfekt in ihre Arme, und jetzt passe ich nicht mehr ganz so perfekt hinein.

»Wo geht Sarah denn hin?«, fragt sie und streicht mir durch die Haare, wie sie es immer getan hat, als ich klein war. »Habt ihr euch bei denselben Unis beworben?«

Auf einmal habe ich keine Lust mehr, diese Lüge weiter aufrechtzuerhalten. Ich sage ihr nicht die Wahrheit, aber ich will ihr auch nicht länger etwas vormachen. »Sarah und ich sind nicht mehr befreundet, Mom. Es ist kompliziert geworden, aber ich will wirklich nicht darüber reden.«

Und zu meiner Überraschung belässt sie es dabei.

Während der nächsten zwei Wochen treffen weitere große Briefumschläge ein. Von jeder Uni, an der ich mich beworben habe. Florida State. Princeton. University of Arizona. University of Texas. Und als Letztes von der UCLA.

Ich erzähle Jasper von der NYU und den anderen Unis, aber ich erzähle ihm nicht von der UCLA. Denn er würde wissen wollen warum. Und ich würde ihm niemals erzählen, dass ich mich an der UCLA beworben habe, weil Beau dorthin geht. Weil ich, obwohl wir bis vor Kurzem fast ein Jahr lang kein Wort miteinander gewechselt haben, mir nicht vorstellen kann, durch mehrere Bundesstaaten von ihm getrennt zu sein.

»Wie machen wir das denn dann?«, fragt Jasper eines Tages in der Mittagspause, als wir draußen essen.

»Du gehst dahin, wo du hinwillst, und ich gehe auf die NYU«, sage ich und versuche, überzeugter zu klingen, als ich es bin. »Wir sehen uns in den Ferien. Und wir können jederzeit skypen.«

Jasper legt seinen Apfel weg und küsst mich. Das macht er in letzter Zeit immer öfter. Mich in der Öffentlichkeit küssen, als müsste er seine Besitzansprüche anmelden. Als würde irgendwer sonst mich wollen. Ich bin mir sicher, dass die Leute gucken, und es ist mir peinlich. Wahrscheinlich denken sie: *Da haben sich ja zwei Freaks gefunden. Wie perfekt.*

Nicht perfekt. Nicht mal annähernd.

75

Als Mom kurzfristig zu einer Konferenz in San Francisco aufbricht, setze ich mich ins Auto und fahre zu Cabana Del Shit. Normalerweise bleibe ich zu Hause, wenn Mom nicht da ist, und schreibe Jasper, dass er kommen kann, aber heute Abend will ich das nicht. In letzter Zeit habe ich mehr denn je ein schlechtes Gewissen dabei, mit Jasper zu schlafen, als würden wir beide Leute betrügen, mit denen wir sowieso nie zusammen waren.

Du darfst glücklich mit ihm sein, sagt eine Stimme in meinem Kopf. *Trixie wollte ihn nicht. Und Beau wollte dich auch noch nie.*

Das ist die Wahrheit, zumindest offiziell. Aber die offizielle Wahrheit ergibt nicht unbedingt immer Sinn.

Bei Cabana Del Shit bestelle ich eine Cola light, obwohl ich eigentlich einen Schoko-Milchshake will, und setze mich an einen Tisch am Fenster. Von hier aus sehe ich den Strand und den Pier, von dem Toby ins Wasser gesprungen ist. Ich stelle mir vor, wie er heimlich zurück an die Küste geschwommen ist, gegen die Strömung und die Wellen mit den weißen Schaumkronen ankämpfte, aber selbst von hier aus erscheint es unmöglich. Der Pier reicht viel zu weit hinaus, die Strömung ist zu stark, die Wellen sind zu hoch. Er kann es unmöglich geschafft haben.

»Du wieder«, sagt Skylar, als sie mit der Karte zu mir kommt. »Und allein. Hast du mit dem Typen Schluss gemacht? Stalkt er jetzt dich?«

»Er stalkt niemanden. Ich will nur einen Cheeseburger zum Mitnehmen.«

Sie verdreht die Augen und geht. Bevor ich mich zurückhalten kann, rufe ich ihr nach. Ich bin es Jasper schuldig, ihn zu verteidigen. Schließlich ist er gerade der Einzige, dem ich irgendwie wichtig bin.

»Er war gar nicht besessen von ihr, weißt du. So war es nicht.«

Skylar dreht sich wieder um und stützt eine Hand in die Hüfte. »Da wäre ich mir an deiner Stelle nicht so sicher. Ernsthaft, du musst sein Verhalten nicht entschuldigen. Ich weiß, was ich gesehen habe. Trixie hat ihm gesagt, dass sie nichts von ihm will, und er ist trotzdem ständig hergekommen. Als würde er auf sie warten. Er hat behauptet, er wäre ihr Freund, aber sie hat mir erzählt, dass das nicht stimmt. Zuerst habe ich noch gedacht, die beiden würden irgendein Spiel miteinander spielen.« Sie steckt die Hände in die Taschen ihrer Bedienschürze. »Aber es war kein Spiel. Er hat sie total gestalkt.«

Mein Magen rebelliert gegen die Cola. Ich umklammere mein Glas. »Was soll das heißen?«

»Na ja, wie willst du es sonst nennen, wenn hier die ganze Zeit jemand abhängt, der nicht eingeladen ist? Ein paar Mal musste Max ihn rausschmeißen. Manchmal haben wir ihn am Strand stehen sehen, wie er aufs Meer gestarrt hat. Und dann ist sie darin ertrunken.« Skylar holt tief Luft und reibt sich die Oberarme. Sie trägt Trixies Ringe nicht mehr, sondern einen Haufen billigen Goldschmuck.

Ich nicke. »Danke.« Ich will nur meine Cola trinken und hier raus und nie mehr wiederkommen. Aber Skylar bleibt vor mir stehen und legt eine Hand auf den Tisch.

»Wenn du noch mit ihm zusammen bist oder was, würde ich mir das an deiner Stelle besser zweimal überlegen. Wahrscheinlich wird er irgendwann genauso besessen von dir sein, wie ers von ihr war. Ich spreche aus Erfahrung, ich kenne solche Typen. Die ändern sich nie. Die brauchen immer jemanden, den sie zum Mittelpunkt ihres Lebens machen können.«

Ich will ihr nicht glauben. Jasper ist das einzig Gute, was mir dieses Jahr passiert ist, er ist der Einzige, dem ich mich verbunden fühle und der mir Aufmerksamkeit schenkt. Aber ich habe das ungute Gefühl, dass sie vielleicht teilweise recht haben könnte. Er kommt einfach zu mir nach Hause, wenn ich nicht da bin, wartet an meinem Spind auf mich und tut alles Mögliche, damit die ganze Welt mitbekommt, dass ich zu ihm gehöre. Vielleicht lag ich doch richtig, als ich anfangs dachte, nur ein Ersatz für Trixie zu sein. Vielleicht gibt es einen Grund dafür, dass ich nie hierher zurückgekommen bin, um Skylar zu bitten, mir mehr von Jaspers Besessenheit zu erzählen. Vielleicht wollte ich es einfach nicht hören, und ich will es immer noch nicht.

Ich blicke aus dem Fenster aufs Meer. Es ist fast schwarz,

dunkle Wellen lecken an der sandigen Küste wie Zungen. *Trixie*, denke ich und schließe die Augen, *wo bist du?*

Als ich die Augen wieder öffne, sehe ich durchs Fenster jemanden den Strand entlangschlendern, die Hände in den Taschen eines Kapuzenpullis. Ein vertrautes Trotten, Basecap, hochgezogene Schultern.

Ich knalle einen Zehn-Dollar-Schein auf den Tisch, springe auf und renne aus der Tür.

76

Ich verberge mich im Loch in der Mauer und stecke nur den Kopf heraus, um zu sehen, was passiert. Er steht in der Mitte von ihnen, raucht und nimmt das Basecap ab. Die Spitzen seiner Haare ragen hoch, sie leuchten fast weiß im Mondschein. Dann zieht er etwas aus der hinteren Jeanstasche und reicht es einem der Typen, der ihm dafür etwas anderes gibt. Der Tausch geht zu schnell, ich kann nicht sehen, was es ist.

Er dreht sich um, und ich drücke mich gegen die Wand. Ich spüre meinen Herzschlag, doch ich muss es wissen, also linse ich noch mal um die Ecke. Ich sehe ihn, und er sieht mich. Mein Entsetzen spiegelt sich auf seinem Gesicht.

Es ist nicht Toby Hunter, sondern Beau.

»Prediger!«, ruft einer der Typen hinter ihm. »Den Rest bring ich dir nächste Woche.«

Ich schlage mir die Hand über den Mund. Der Prediger. Die Person, die ich seit Tijuana gesucht habe, war die ganze Zeit hier. Ich weiß nicht, ob ich dankbar oder wütend oder traurig sein soll, und so bin ich eine Mischung aus allem.

Er winkt der Gruppe zu, dann läuft er durch den Sand auf mich zu. Seine Schritte sind schwankend und ausladend, seine Arme rudern durch die Luft. Er ist eindeutig betrunken. Doch das ist egal, ich gehe nirgendwohin.

»Wie viel hast du gesehen?«, ruft er und zwängt sich durch das Loch in der Mauer.

»Genug«, sage ich mit trockenem Mund. »Du bist der Prediger. Ich dachte … ich dachte, Toby wäre es.« Ich denke an das Foto, das ich dem Typen am Strand gezeigt habe, und frage mich, warum ich nicht schon früher darauf gekommen bin. Für ihn sahen die Hunter-Brüder einfach gleich aus.

Er legt mir einen Finger auf die Lippen, zuerst ganz leicht, dann drückt er fester zu. »Weißt du, es gibt Dinge, an die man sich erinnert, selbst wenn man es nicht will. Zum Beispiel erinnere ich mich daran, wie Tobys Laufschuhe in der Waschküche immer gestunken haben. Und ich erinnere mich an seine Verstecke. Und an den Vers, den er so geliebt hat: ›Roll on, thou deep and dark blue Ocean – roll!‹ Ja, mein Bruder hat auch Lord Byron gelesen. Ich mache alles, was er macht.« Ich fasse nach seinen Handgelenken, und ich fürchte, dass er mich wegstoßen wird, doch er lässt sich bloß gegen mich fallen und drückt mich an die Mauer.

Ich habe tausend Fragen: *Was hast du da eben getauscht? Was machst du hier?* Aber er vergräbt die Hände in meinen Haaren und zieht so sehr daran, dass es wehtut. Seine Brust an mich gepresst küsst er mich, und ich bin viel zu überrumpelt, um den Mund zu öffnen. Seine Lippen drängen gegen meine, und stöhnend saugt er daran, beißt hinein. Er legt mir die Hände auf die Wangen, und mein Gesicht fühlt sich klein an in seinen Händen, als könnte er es einfach zerquetschen. Er drückt mich fester gegen die Wand, und schließlich erwidere ich seinen Kuss, umschließe seine Lippen. Er schmeckt nach Alkohol. Er schmeckt wie an dem Abend, als Trixie verschwand.

Doch genauso schnell wie es angefangen hat, ist es auch schon wieder vorbei, und er legt die Hände auf den Rücken und wendet das Gesicht ab. »Toby hat immer diesen Mist darüber gefaselt, dass die Person, die man liebt, niemals die Person ist, die man lieben soll, und dass man gar nicht hart genug daran arbeiten kann, das in Ordnung zu bringen. Ich habe nie verstanden, wovon er redete. Denn ich hab mein Leben lang erzählt bekommen, wenn ich mich nur genug auf etwas konzentriere, ist alles möglich. Man sollte Kindern einfach sagen, dass das verdammt noch mal nicht stimmt.«

Ich berühre meine Wangen, wo seine Hände eben noch lagen. Sie brennen immer noch. Hat er gerade gesagt, dass er mich liebt? Ich frage nicht nach. Vielleicht habe ich es mir bloß eingebildet. Die Worte haben sich in Luft aufgelöst, wurden von der Luftfeuchtigkeit aufgesogen.

»Wofür bezahlen sie dich?«, frage ich, während er vor mir auf und ab geht. »Drogen?«

Er lacht oder heult – es ist ein schreckliches, gequältes Geräusch. »Scheiße. Schön wärs. Es ist viel komplizierter, aber es ist das Einzige, worin ich gut bin.«

Meine Beine sind auf einmal weich wie Gummi, und so hocke ich mich hin, bohre die Schuhe in die sandige Erde. »Erzähls mir. Du musst es mir sagen.«

Er schüttelt den Kopf und gibt wieder dieses Geräusch

von sich, dann zieht er ein Bündel Geldscheine aus der Jeans und schleudert es mir entgegen. »Das bekomme ich dafür, was ich mache. Ich besorge den Leuten allen möglichen Scheiß. Sachen, an die sie selbst nicht rankommen. Gefälschte Ausweise. Gefälschte Reisepässe. Gefälschte Abschlusszeugnisse. Ich ermögliche es den Leuten, ein neues Leben anzufangen.«

Da trifft mich der Schlag. »Du hast Trixie ihren gefälschten Ausweis besorgt. Was hast du noch für sie besorgt?«

Er hockt sich neben mich und zieht sich die Kapuze über den Kopf, plötzlich ruhiger. »Ich hab ihr einen Reisepass besorgt. Schon vor Monaten. Ewigkeiten, bevor sie verschwunden ist. Ich wusste, dass sie versuchen wollte, Toby zu finden, und ich hab ihr gesagt, dass sie es bleiben lassen soll. Dass Toby niemanden von uns jemals wiedersehen wollte und sicherstellen würde, dass es auch nicht passiert.«

Die Tränen steigen mir in die Augen und drohen überzulaufen. Wieder hasse ich Beau dafür, was er mit Trixie gehabt hat, diese riesigen Geheimnisse, die sie beide die ganze Zeit für sich behalten haben. »Und du bist nie auf die Idee gekommen, es mir zu sagen?«

Er presst sich die Finger an die Schläfen. »Mir war klar, dass du Fragen stellen würdest. Wo sie hin ist. Warum sie gegangen ist. Und ich weiß die Antworten nicht, weil ich aufgehört hab zu fragen. Und weißt du, warum? Weil sie es mir eh nicht gesagt hätte. Mir war klar, dass ich sie nie wiedersehen würde.«

»Du wusstest also, dass sie verschwinden würde«, sage

ich langsam. »Und hast dir noch nicht mal die Mühe gemacht, mich zu warnen.«

Er seufzt. »Ich wusste überhaupt nichts. Niemand konnte vorhersehen, was sie vorhatte. Was sollte ich denn machen, dich anrufen und sagen, du darfst Trixie nicht aus den Augen lassen, weil es sein könnte, dass sie sonst verschwindet? Wir hatten schon seit Monaten nicht mehr miteinander geredet. Du hättest mich doch für verrückt erklärt.«

Er greift nach meiner Hand. Seine ist warm und verschwitzt, lebendig. »Ich weiß, du glaubst, du könntest sie finden. Aber ihr muss klar gewesen sein, wie sinnlos es war, Toby zu suchen. Vielleicht ist sie wirklich ertrunken. Du solltest es aufgeben und damit abschließen.«

Ich schüttele seine Hand ab, ich koche vor Wut. »Wie, so wie du es gemacht hast? Weil du es so großartig hinbekommst, das alles hinter dir zu lassen? Und lauter Sachen tust, die du hasst, nur um andere zufriedenzustellen? Und säufst wie ein Loch und dabei« – ich gestikuliere wild in der Luft umher – »zu dieser Person geworden bist? Du hast doch überhaupt nicht damit abgeschlossen. Du ruinierst dein Leben, nur um in seine Fußstapfen zu treten.«

Sobald ich fertig bin, will ich sofort alles zurücknehmen. Ich will den Mund öffnen und die Worte wieder einsaugen, sie gründlich durchkauen und runterschlucken und über die Konsequenzen nachdenken. Ich ziehe den Kopf ein und rechne schon damit, dass Beau jeden Moment explodiert und mit der Faust gegen die Wand schlägt. Doch als ich ihn ansehe, weint er. Zuerst leise, dann lauter, als hätte er starke körperliche Schmerzen.

»So ist es nicht«, schluchzt er, als er sich wieder etwas unter Kontrolle hat. »Du kennst meinen Vater nicht. Es ist halt leichter für mich, einfach mitzumachen. Football spielen, mit Jenny zusammen sein, auf die UCLA gehen. Er wird total ausrasten, wenn ich nicht gehe.«

Mein Magen fühlt sich an, als würde sich eine Faust darumlegen und fest zudrücken. Ich ziehe mir das Sweatshirt über die Beine, so weit wie möglich, ohne dass der ausgefranste Saum reißt. »Was meinst du damit?«

Er legt den Kopf in den Nacken und lacht, während ihm Tränen aus den Augenwinkeln kullern. »Ich fange noch mal neu an. Komplett neu. Toby hat es vorgemacht, und jetzt bin ich dran.«

»Du willst verschwinden.« Ich bringe die Worte kaum hervor.

»Nein«, sagt er. »Nicht so wie er. Aber ich werde nicht ewig in seinem Schatten leben. Ich bin damit durch. Wie ichs dir auf der Party schon gesagt habe. Erinnerst du dich?«

Jetzt sieht er mich direkt an, und ich erinnere mich, natürlich erinnere ich mich. Wie er auf der Party den Kopf auf die Glasplatte des Küchentischs geschlagen hat und sagte, ich müsse ihn reparieren und sein Leben wieder in Ordnung bringen. *Das ist gar nicht so schwer*, habe ich gesagt. *Ich pass auf, dass du nicht kaputtgehst, versprochen.*

Keine Ahnung, ob ich mir überhaupt selbst glaubte. Ich war betrunken und spuckte die Worte aus wie ein Automat Süßigkeiten. Ich konnte ja noch nicht mal auf mich selbst aufpassen, ich wusste nicht, wie ich mein Leben leben sollte. Ich hatte Moms Version meines Lebens gelebt und Jennys Version und Trixies, aber nie meine eigene.

»Was hast du dann vor?«, flüstere ich.

»Ich werde mit dem Trinken aufhören. Und ich werde nicht hier auf die Uni gehen. Ich will zu allen Seiten von Häusern umgeben sein. Ich will das Meer nicht mehr sehen können, egal, wie weit oben ich bin. Und kein Football mehr.«

Ich warte darauf, dass er sagt: *Und keine Jenny mehr*, aber das tut er nicht.

»Du lässt also alles hinter dir«, stelle ich fest.

Er antwortet nicht. Ich sehe zu, wie der Wind ihm durch die Haare fährt.

»Nicht alles. Man kann nie alles zurücklassen.«

Ich will ihn noch etwas fragen, aber dann küsst er mich, sanfter, so wie er es immer in meiner Vorstellung getan hat, und ich kann mich nicht mehr erinnern, was ich sagen wollte.

77

Ich lief auf Alisons Party umher. Ich wollte dich anrufen, konnte meine Tasche aber nicht finden, ich wusste nicht mehr, wo ich sie hingelegt hatte. Die meisten Räume waren inzwischen leer. In den Zimmern oben lagen ein paar weggetretene Leute, im Büro ihres Vaters schlief jemand auf dem Boden, mit weit offenem Mund, und sabberte wahrscheinlich den Teppich voll. Alisons Dad würde ziemlich sauer sein.

»Trixie!«, rief ich immer wieder. »Wo bist du, Trixie?«

Sie antwortete nicht.

Ich entdeckte ihn in der Küche, wo er am Tisch saß und versuchte, Tequila in ein Schnapsglas zu gießen. Es gelang ihm nicht besonders gut, er schüttete das meiste daneben auf die Glasplatte.

»Hey«, sagte ich. Es war das erste Mal seit Ewigkeiten, dass ich ein Gespräch mit ihm anfing. Ich war nicht mehr schüchtern. Ich war mutig, befeuert durch die vielen Drinks, die Trixie mir eingeflößt hatte. Das »Hey« fühlte sich gut an, und ich wollte noch mehr sagen und fragte mich, warum ich so lange damit gewartet hatte.

Er sah nicht auf, jedenfalls zuerst nicht. Nicht, bis ich mich neben ihn setzte und ihm die Flasche aus der Hand nahm. Unsere Finger berührten sich, nur ein bisschen, gerade genug, dass mein ganzer Körper unter Strom stand.

»Lass mich das machen«, sagte ich. Und irgendwie schaffte ich es, einen perfekten Shot einzugießen, was ihn zum Lächeln brachte. In Gedanken dankte ich Trixie, denn nachdem wir uns den Sommer über ständig Drinks gemixt hatten, schaffte ich es endlich, genau im richtigen Augenblick cool zu wirken.

Er dankte mir nicht. Grinste nur wie ein Idiot. Er trank das Glas aus und wollte noch eins, und dann nahm ich das Glas und schenkte mir selbst ein. Der Tequila brannte in meiner Kehle, aber Beau sah mich bewundernd an, also goss ich mir noch ein Glas ein. Beim zweiten Mal brannte es nicht mehr so sehr.

»Normalerweise brauchen Mädchen dafür immer Limetten und Salz.« Er lehnte sich auf den Tisch. Sein Ellbogen auf der Glasplatte war knallrot.

Ich schüttelte den Kopf. Meine Haare fühlten sich schwer an, und ich hoffte, dass sie noch gut aussahen, dass die Locken nicht rausgegangen waren. »Zitronen«, sagte ich und reichte ihm das nächste Glas.

Nach zwei, drei, (vier?) weiteren Shots war der Stuhl zu hoch für mich. Mir war schwindlig und ich fühlte mich leicht, schwerelos, als könnte ich jeden Moment davonfliegen. Also setzte ich mich auf den Boden. Es war kalt da unten, ich spürte die Fliesen an den Beinen. Da fiel mir auf, dass mein Kleid hochgerutscht war, und auf einmal wurde ich in die Realität zurückgerissen, in die unfaire Realität, in der ich dicker war, als ich wollte, und ohne meine beste

Freundin allein bei einer zu Hause, die mich noch nicht mal dahaben wollte.

Aber ich war nicht allein, denn er setzte sich zu mir auf den Boden, rieb sich die Stirn und fing an, leise vor sich hin zu murmeln, irgendwelches betrunkenes Zeug.

»Meine Freundin hat mich versetzt«, fühlte ich mich verpflichtet zu sagen, und dann wünschte ich, ich könnte die Worte wieder zurücknehmen, denn es klang, als wäre ich die totale Loserin.

Er zog sich das Basecap übers Gesicht, legte die Stirn auf die Knie und erwiderte nichts. Ich dachte schon, er würde schlafen, so wie der Typ auf dem Teppich im Büro von Alisons Vater. Aber dann stieß er mich mit dem Knie an. »Ich bin froh, dass deine Freundin dich versetzt hat.«

Wo auch immer Trixie war, ich dankte ihr noch mal in Gedanken. *Danke, dass du mich versetzt hast. Danke, dass du verschwunden bist.*

Ich hatte keine Ahnung, wofür ich ihr wirklich dankte.

78

Als ich zu Cabana Del Shit zurückkomme, um meinen Burger abzuholen, bin ich immer noch ganz benommen. Ich gehe auf den Tresen zu und fühle mich, als wäre ich gerade aus einem Traum erwacht, oder aus einem Albtraum. Nachdem Beau mich geküsst hat, ist er davongetaumelt, hat sich aber noch mal nach mir umgeguckt, als würde er mich wirklich sehen. Und das hat gereicht, um mir das Gefühl zu geben, ich hätte einen Geist gesehen – den Geist des alten Beau, von dem ich weiß, dass er immer noch in ihm steckt. Ich zucke zusammen, als mir jemand die Hand auf die Schulter legt, und denke, vielleicht ist er es wieder. Aber nein.

»Wo warst du?«, fragt Jasper in scharfem Tonfall. »Ich war bei dir zu Hause, und du warst nicht da. Ich dachte, wir würden heute Abend was zusammen machen.«

»Ich war hier. I-ich war spazieren«, stammele ich. »Ich bin an den Strand gefahren, um ein bisschen frische Luft zu schnappen. Wir waren doch gar nicht verabredet.«

»Du bist meine Freundin«, sagt er und stützt sich auf den Tresen. »Ich wusste nicht, dass ich eine Verabredung brauche, um dich zu sehen.«

Skylar atmet scharf ein, reicht mir die Tüte mit dem Burger und sieht mich mit erhobener Augenbraue an. *Hab ichs nicht gesagt?*, soll ihr Blick wohl bedeuten. Ich gehe mit der Tüte zu meinem Auto, und Jasper folgt mir.

»Hast du was mit wem anders?« Er nimmt mir die Tüte aus der Hand. »Du benimmst dich komisch.«

Ich berühre meine Lippen und erinnere mich an den Geschmack von Beaus Küssen, daran, wie sein Mund sich auf meinem angefühlt hat. Ich denke daran, was er mir gerade erzählt hat, wiederhole die Worte in Gedanken. *Ich fange noch mal neu an. Ich bin damit durch.* Dann fällt mir wieder ein, wie schnell er seine Versprechen bricht.

»Nein«, sage ich. »Ich habe nichts mit wem anders.«

Jasper stellt die Tüte auf dem Auto ab und schlingt die Arme um mich, fährt mir mit den Fingern den Rücken hinab. Meine Schulter ist gegen seine Brust gedrückt, und ich fühle seinen Herzschlag, fest und schnell, und ich denke, sein Herz pumpt so, weil er Angst hat, mich zu verlieren. Ich frage mich, ob Skylar uns vom Restaurant aus beobachtet, ob sie wieder die Augen verdreht, ob sie sich wirklich um meine Sicherheit sorgt. Ich frage mich, wo Beau jetzt ist, wie er überhaupt zum Prediger geworden ist. Ich will Jasper davon erzählen, weil wir beide zusammen in dieser Sache stecken, aber irgendwie glaube ich auch, dass wir es nicht mehr tun, und so sage ich nichts.

Ich erwidere Jaspers Umarmung, weil er hier ist und weil ich weiß, dass er mich nicht verlassen wird. Aber unsere Umarmung ist irgendwie anders, irgendwie kühl. Vielleicht, weil ich nicht weiß, was passiert, sollte ich ihn verlassen, und ein Teil von mir große Angst davor hat, es zu erfahren.

79

Die Tage werden zu Wochen, und ich bin ein Roboter, lebe mechanisch vor mich hin, mache mir Notizen, schreibe Arbeiten und bin Jaspers Freundin. Jeden Morgen in der ersten Stunde sitze ich vor Beau und versuche zu vergessen, dass wir uns geküsst haben und er der Prediger ist und es bei der Suche nach Trixie und Toby keine Spuren mehr gibt, keine Brotkrumen, nichts. Der Weg ist sauber gefegt, und alle wollen, dass es so bleibt.

Alison hat sich in Astronomie in die letzte Reihe zurückgezogen, und manchmal spüre ich ihren Blick auf mir. Vielleicht sind ihr die aufwendigen Frisuren aufgefallen, die ich in letzter Zeit ausprobiere. Geflochtene Zöpfe und Knoten und Wickelfrisuren, heute trage ich eine Spange mit einer künstlichen weißen Rose in der Mitte, einfach weil ich dachte, er würde sich vielleicht erinnern.

Sie braucht was zu trinken. Sie stirbt.

Als ich nach dem Unterricht meine Sachen einpacke, kommt Alison zu mir. Sie räuspert sich, und ich rechne schon damit, dass sie etwas sagt wie: *Halt dich vom Freund meiner besten Freundin fern*, oder: *Ich weiß, was du vorhast.* Aber sie grinst nur.

»Ich bin angenommen worden«, sagt sie. »In New York. Hast du auch schon eine Antwort?«

Erleichtert nicke ich. »Ja, die Zusage kam vor ein paar Wochen. Hast du dich schon entschieden, ob du hingehst?«

Sie lehnt sich an den Nebentisch. »Ich bin mir noch nicht sicher. Aber ich glaube, ja. Ich brauche eine Veränderung, weißt du? Meine Eltern hätten zwar gern, dass ich hierbleibe und zu Hause wohne, aber ich lebe schließlich nicht für sie. Ich muss mein eigenes Ding machen.«

»Was ist mit Jenny?«, frage ich, weil ich nicht anders kann. »Ich dachte, ihr beide wolltet euch ein Zimmer teilen.«

Alison verschränkt die Arme. »Jenny? Wir hatten alles abgemacht, das mit dem Wohnheim und so. Und dann hat sie beschlossen, mit Beau zusammenzuziehen, obwohl das eine schreckliche Idee ist. Sie will Kinder mit ihm kriegen. Sie will ihn retten.« Sie schnauft, und ihre Ponyfransen fliegen zur Seite.

Ich frage mich, ob sie mich gerade auf die Probe stellt, ob sie von mir erwartet, eine Meinung dazu zu haben. Beim Gedanken an Beau und Jenny zusammen in einem süßen kleinen Apartment außerhalb vom Campus steigt Panik in mir auf. An Jenny, die weiße Kleider anprobiert. Jenny, die ein Kinderzimmer streicht. Das wird nicht passieren. Nicht nach dem, was Beau mir am Strand erzählt hat, dass er dem allen ein Ende setzen will. Aber wie oft hat er schon etwas gesagt, was er nicht so gemeint hat?

»Ich lasse das Highschool-Drama einfach hinter mir«, sagt Alison. »Weißt du, ich bin darüber hinweg. Es ist Zeit, damit abzuschließen.« Sie lacht. »Ich höre auf den Rat meiner Therapeutin. Sie ist gar nicht so schlecht, wie ich zuerst dachte.«

Wie sie das sagt, klingt es so einfach, sich loszulösen, so leicht, sich von allem zu distanzieren, was mal wichtig war. Dann wird mir bewusst, dass es praktisch genau das ist, was ich letztes Jahr gemacht habe, als ich mich für Trixie entschieden habe. Ich habe mich von allem losgelöst. Mich befreit. Aber ich habe mich in etwas verfangen, dem ich noch viel weniger entkommen kann.

»Vielleicht sehen wir uns ja in New York«, sagt Alison und stößt mit dem Fuß gegen meinen Tisch. »Wenn ich hingehe. Wer weiß, vielleicht haben wir sogar einen gemeinsamen Kurs. Dann können wir zusammen Kaffee trinken oder so.«

Ich nicke. »Ja. Das wäre cool.«

Ich sehe ihr nach, wie sie den Raum verlässt und ihre Haare ihr über den Rücken schwingen, und nehme mir vor, dass, sollte ich auf die NYU gehen, ich mich an die Abmachung halten werde. Vielleicht muss die Freundschaft mit Alison gar nicht zu Ende sein, sondern sie kann sich entwickeln.

80

»März ist der schlimmste Monat im letzten Schuljahr«, sagt Mom in der nächsten Woche beim Frühstück und schiebt mir eine Schüssel Müsli hin. »Das Ende so nah und doch noch so fern.«

Davon hast du doch keine Ahnung, denke ich. *Du hattest ein Baby, als du so alt warst wie ich, und bist nicht mal mehr zur Schule gegangen.*

»Weißt du schon, wo du studieren willst?« Sie legt die Hände um ihren riesigen Kaffeebecher. »Wie auch immer du dich entscheidest, mach es nicht von deinem Freund abhängig. Er ist ein guter Junge, aber du solltest die Uni wählen, die am besten für dich ist. Alles andere wird sich ergeben.«

Mom hat leicht reden. Sie hat ja noch nicht mal mehr Dates seit dem letzten Typen, den sie online kennengelernt hatte und der ihr erzählte, er sei ein erfolgreicher Investmentbanker, dabei arbeitete er in Wirklichkeit in einem Schuhgeschäft. Moms Leben besteht aus einer ganzen Reihe von Männern, die sie hängen gelassen haben, angefangen mit meinem Vater. Sie weiß nicht, wie es ist, in jemanden verliebt zu sein und sich zu wünschen, dass die andere

Person genauso heftig verliebt ist, um daran zu glauben, dass etwas daraus werden könnte. Andererseits hat es bei mir auch nicht wirklich funktioniert.

»Noch nicht«, sage ich. »Ich denke immer noch darüber nach.«

Mit einer Sache hat sie allerdings recht. März ist der schlimmste Monat, denn Trixies Geburtstag ist im März. Und auch wenn Trixie – absichtlich – nicht hier ist, auch wenn ich sie wegen Beau und Jasper hasse, wenn ich sie hasse, weil sie ohne Abschied gegangen ist, vermisse ich sie heute schrecklich. Vierter März. Letztes Jahr sind wir an Trixies Geburtstag shoppen gegangen. Wir waren in der Mall und haben uns auf dem Food-Court Milchshakes geholt, und ich habe gewartet, während sie Klamotten anprobierte. Ich hätte gern mitgemacht, aber ich war wie gelähmt aus Angst zu erfahren, welche Größe ich inzwischen hatte.

Ich wünschte, der vierte März wäre schon vorbei. Ich würde am liebsten so tun, als wäre es ein Tag wie jeder andere. Aber es gelingt mir nicht. Jedes Mal, wenn ich Trixie endlich mal vergessen habe, taucht sie wieder auf. Sie trommelt in meinem Kopf und springt in meinem Bauch herum und wedelt mit den Armen, als wollte sie sagen: *Hey, kennst du mich noch?*

Als ich zur Schule komme, macht Jasper das Ganze noch schlimmer, indem er komplett ignoriert, dass der vierte März kein Tag wie jeder andere ist. Vielleicht hat er ihren Geburtstag vergessen, aber irgendwie glaube ich das nicht. Seine Liebe für sie, oder was auch immer er für sie empfunden hat, geht ja nicht einfach weg oder verheilt wie eine

Wunde. Sie ist wie die herzförmige Narbe auf meinem Rücken, die nach all den Monaten immer noch da ist.

»Bist du sauer auf mich?«, fragt er mich immer wieder, und ich sage jedes Mal Nein, denn ich weiß nicht, auf wen ich sauer bin. Vielleicht auf ihn, weil er anscheinend besser mit der Sache abschließen kann als ich. Auf mich, weil ich alle anlüge. Oder am allermeisten auf sie.

Nach der Schule fahre ich zur Mall statt nach Hause und laufe ziellos durch die Läden. Ich schließe kurz die Augen und stelle mir vor, sie wäre neben mir, sieht die Kleiderständer durch, greift nach allem Möglichen und drückt es mir in die Arme, lauter Sachen, die ich niemals tragen würde. *Das würde dir total stehen, Fiona. Das betont deine Augen. Du hast genau die richtige Oberweite dafür. Ich wünschte, ich würde in dem Kleid so gut aussehen wie du.* Denn genau das hat Trixie immer gemacht, wenn wir zusammen waren. Sie hat mir das Gefühl gegeben, besonders zu sein, im Rampenlicht zu stehen, auch wenn sie die Einzige war, die es sah.

Und dann stolpere ich zufällig über das Top. Eine Schaufensterpuppe hat es an, kombiniert mit der Art von abgeschnittenen Jeansshorts, wie Trixie sie den ganzen Sommer über getragen hat.

JERSEY GIRL

Mit ein bisschen Anstrengung kann ich sie mir da im Schaufenster vorstellen, mir fällt wieder ein, wie ihre dünnen Arme an jenem Abend aus den zu großen Löchern herausguckten. Dazu ihr sandfarbener BH und die vielen Armreifen, die die silbrigen Narben verdeckten.

Ich gehe in den Laden und sage dem Mädchen hinter der

Kasse, dass ich das Top aus dem Schaufenster kaufen will. Ich sage ihr, dass es genau das Top sein muss, das die Puppe trägt, dass es ein Geschenk für eine Freundin ist. Zweifelnd sieht sie mich an. Ich weiß, was sie denkt. *Du bist zu dick dafür.*

Als ich zu Hause bin, lege ich das Top in die Schublade zu meinen Sommerklamotten. Es kommt mir irgendwie *passend* vor. Eine Freundschaft, die nicht mehr passt. Eine Freundschaft, von der ich früher dachte, dass sie perfekt passte, die aber die ganze Zeit schon die falsche Größe hatte.

81

Du hattest mir nicht verraten, dass dein Geburtstag war. Ich hätte es nie erfahren, wenn dein Dad an dem Tag nicht gerade, als wir das Haus verließen, mit seinem Kombi in die Einfahrt gefahren wäre.

»Scheiße«, murrte sie.

»Wo will mein Geburtstagskind denn hin?«, fragte er, stieg aus dem Auto, schloss die Tür und griff durchs offene Fenster noch einmal hinein. Er zog an einer glänzenden Schnur und ein absurd großer Ballon erschien auf dem Fahrersitz, so riesig, dass er beinahe nicht durchs Fenster gepasst hätte.

Ich sah Trixie an. »Du hast Geburtstag?«

Sie starrte auf die Einfahrt. »Ich mach nicht gern viel Tamtam deswegen. Das ist albern. Ich hatte gehofft, dieses Jahr darum herumzukommen.«

Ich war sauer auf sie, weil sie so etwas Wichtiges vor mir geheim gehalten hatte, und sauer auf mich, weil ich sie nie nach ihrem Geburtstag gefragt hatte. Es war irgendwie etwas, wonach Freundinnen sich fragen. Jenny und Alison und ich hatten immer eine große Sache aus den Geburtstagen der anderen gemacht. Es gab Kuchen und Plastikkrönchen und ein Geschenk, das jedes Mal mehr kostete, als wir vereinbart hatten. Und für Trixie hatte ich nichts davon gemacht, weil sie mir überhaupt nicht die Gelegenheit dazu gegeben hatte.

»Lauf nicht weg, deine Eistorte schmilzt«, sagte ihr Dad, reichte ihr den Ballon und ging zurück zum Auto.

Sie nahm die Schnur zwischen die Finger, dann ließ sie sie absichtlich los. Ich sprang hoch und versuchte, die Schnur noch zu fassen zu bekommen, aber zu spät. Der Ballon flog bereits davon, über das Dach und die Bäume hinweg.

»Ich hasse Eistorte«, flüsterte sie.

Ich legte den Kopf in den Nacken und sah dem Ballon hinterher, der immer kleiner wurde, bis ich ihn nicht mehr erkennen konnte.

82

Während der Ferien im März ist Mom fast durchgängig weg, und so verbringe ich die Zeit mit Jasper in unserer eigenen kleinen Welt. Ich versuche, mich in ihm zu verlieren, weil es leicht ist und weil ich von Beau seit dem Abend an der Mauer nichts mehr gehört habe. Er läuft immer noch mit Jenny Händchen haltend durch die Schule, spielt immer noch Football und er hat immer noch mit Trixie geschlafen, und ich weiß nicht, warum ich ihm noch irgendetwas glauben sollte.

»Meinst du, es gibt für alles, was passiert, einen Grund?«, frage ich Jasper. »Also auch für die richtig schlimmen Sachen?«

Sein Lächeln verblasst, und mit undurchschaubarer Miene sieht er mich an. »Ja. Das glaube ich tatsächlich.«

Wahrscheinlich denkt er, ich meine, Trixies Verschwinden wäre das Schlimmste, was jemals passieren konnte, und doch hat es uns zusammengebracht. Er umarmt mich fester, atmet in meine Haare.

Ich denke etwas anderes, aber Ähnliches, genauso Egoistisches. Dadurch, dass Trixie mich auf der Party abgefüllt hat, bin ich geblieben und habe mit Beau geredet, sein

Vertrauen gewonnen. Und er hat trotz allem, trotz dessen, dass ich nicht mehr dieselbe war, mit der er in den Sternenhimmel geguckt hatte, wieder Gefühle für mich entwickelt. Trixie hätte sich darüber schwarzgeärgert, wo sie mich doch unbedingt von ihm fernhalten wollte.

»Woran denkst du gerade?«, flüstert Jasper. Er fährt mir mit den Fingern über den Rücken. Ich zucke zusammen, als er über die Narbe streicht.

»Was ist das?«

»Nichts«, sage ich und ziehe mir meinen Kapuzenpulli an, doch was ich eigentlich meine, ist: *alles*.

»Manchmal habe ich das Gefühl, du bist ganz woanders«, sagt er und streichelt die Haut unterm Saum des Pullovers. »Wie Tausende Kilometer weit entfernt.«

Ich bekomme eine Gänsehaut, wo er mich berührt. »Ich bin hier. Ganz bei dir.«

»Du würdest es doch sagen, wenn du nicht mit mir zusammen sein wolltest«, sagt er und streicht mir sanft mit den Lippen über den Hals. »Du würdest mir nichts vormachen, oder?«

Ich drehe mich zu ihm. »Wo kommt das denn auf einmal her? Wir sind doch immer zusammen. Wir liegen gerade zusammen im Bett.« Ich erzwinge ein Lächeln, auch wenn mir davon die Wangen wehtun.

Zitternd atmet er aus und dabei sieht er so traurig aus, dass er mir leidtut. Natürlich ist er unsicher. Er hat wahrscheinlich Angst, dass ich dasselbe mit ihm mache wie Trixie. Ihn verlasse.

»Glaubst du, es ist möglich, dass zwei Menschen keinerlei Geheimnisse voreinander haben?«, fragt er leise. »Alles voneinander wissen, auch das, worauf man nicht unbedingt stolz ist, und sich trotzdem genauso mögen?«

Ich stütze mich auf die Ellbogen und denke an die Dinge, auf die ich nicht besonders stolz bin. Was ich an jenem Abend gemacht habe, als Trixie verschwunden ist. Wie ich Beau an der Mauer geküsst habe. Ich versuche mir vorzustellen, dass Jasper es mir verzeiht. Doch ich fürchte, ich würde mich in seinen Augen in jemand anders verwandeln, in eine egoistische, sich rächende Ziege, mit der er nichts mehr zu tun haben wollen würde. Alles Hässliche an mir, wovon er bisher nichts weiß, würde an die Oberfläche kommen und das Gute verdecken.

»Du kannst mir alles erzählen«, sagt er, und ich bin kurz davor. Aber ich weiß, dass er mich nie wieder genauso wahrnehmen würde, egal wie sehr er daran glaubt. Ich würde für ihn anders aussehen, wenn ich meine Geheimnisse offenlege, als wäre meine Haut auf links gedreht.

»Du weißt doch schon alles.« Ich schlinge meine Arme um seine Schultern. »Ich bin ziemlich langweilig. Da gibt es nicht viel zu erzählen.«

»Irgendwie bezweifle ich das«, flüstert er an meinem Hals.

»Was ist mit dir? Was für Geheimnisse hast du vor mir?«

Er rückt ein Stück ab und streicht mir eine Haarsträhne von der Wange. »Nur eins.« Er fängt an, mich zu küssen, meinen Haaransatz, meine Stirn, meine Nase, dann die Lippen, und ich warte darauf, dass er mir sein Geheimnis erzählt, aber er sagt kein Wort mehr.

Hinterher muss ich eingeschlafen sein, denn als ich aufwache, steht Jasper über meinen Tisch gebeugt, mit dem Rücken zu mir. Seine Wirbelsäule sticht hervor und sein Körper bebt, und ich weiß nicht, ob er lacht oder weint.

83

»Du errätst nie, was passiert ist«, sagtest du ein paar Wochen vor deinem Abschluss. »Jasper hat mich gefragt, ob ich mit ihm zum Prom gehe.« Dann lachtest du, als wäre es das Abwegigste der Welt, dass der Junge, mit dem du schläfst, mit dir zusammen zum Prom will.

Ich wusste nicht so genau, wie ich darauf reagieren sollte, aber ich war neidisch. Und angepisst. Früher hatte ich Schulbälle geliebt. Ich war immer als Teil einer Gruppe da gewesen, mit Jenny und Alison und Beau und Brad Colton und ein paar der anderen Cheerleader-Mädels und Football-Spieler. Doch eigentlich wollte ich zu zweit hin – mit Beau. Ich hatte diesen Traum, dass wir zusammen zu einem langsamen Lied tanzten und ich die Wange an seine Schulter schmiegte.

»Dann gehst du wohl nicht?«, fragte ich, und Trixie lachte noch mehr.

»Es ist ja gar nicht, *dass* er mich gefragt hat. Sondern *wie*. Er hat einen Blumenstrauß vor die Haustür gelegt. Gott sei Dank hab ich ihn gefunden und nicht mein Dad. Wie hätte ich ihm das erklären sollen?«

»Keine Ahnung«, sagte ich.

»Er kapiert es einfach nicht. Sehe ich aus wie eine, die auf Schulbälle steht? Und selbst wenn, würde ich niemals mit ihm hingehen.«

»Immerhin hat er dir Blumen geschenkt. Das ist doch ziemlich nett.«

Trixie schüttelte den Kopf. »Ich hasse Blumen. Außerdem waren die Blumen schon halb tot.«

Vielleicht war sie das zu dem Zeitpunkt auch schon.

84

Eine Woche später löst Beau sein Versprechen ein. Zumindest teilweise.

Am dritten April bekomme ich eine Nachricht von ihm. *Heute ist es so weit. Ich beende das Ganze. Wenn du mir nicht glaubst, komm nach der Schule vorbei und sieh es dir an.*

Also sitze ich nach der Schule ganz oben auf der Tribüne und gucke mir das Football-Spiel an, und irgendwann wird Beau in der Mitte des Felds plötzlich von einem der riesigen Linebacker der Trenton umgerannt. Er bleibt liegen und umklammert sein Knie. Mein Herz wird hart wie Stein, als Jenny übers Feld zu ihm stürzt. Dann kommen die Sanis mit der Trage, und alles ist vorbei, das Spiel und Beaus Football-Karriere als Robson Renegade.

Hinterher wird mir klar, warum es der dritte April sein musste. Ich hatte es mir von der Wand der toten Schülerinnen und Schüler gemerkt. Tobys Geburtstag. Der Tag, an dem Beau aufgehört hat, Tobys Leben zu leben und sein eigenes anfing. Ich weiß, warum er diesen Schritt für nötig hielt, aber irgendwie ist es doch tragisch, dass sein Weg hinaus nur durch körperlichen Schmerz möglich war. So wie Tobys Weg hinaus durch einen Sprung in die Wellen.

Kurz danach fangen die Gerüchte an. Sie verbreiten sich rasend schnell auf der Robson High, springen von Wand zu Wand, die Gänge entlang, vom Boden an die Decke, wie ein Flummi. Man kann ihnen gar nicht entkommen.

»Er war betrunken«, höre ich jemanden sagen. »Er hätte ihm ausweichen können. Er hat sich einfach umrennen lassen. Ich schwöre es, er hat die Arme hochgehalten, als hätte er es gewollt.«

»Der Typ hats vergeigt«, sagt Brad Colton zu einer Gruppe Mädchen aus der Neunten. »Er hätte auf die UCLA gehen können. Jetzt wird er die nächsten vier Jahre wahrscheinlich Burger braten.«

Manche Leute sind netter. Am Trinkwasserbrunnen höre ich, wie Clarissa Egan ihn verteidigt. Sie wäre gern Cheerleaderin und nimmt jedes Jahr wieder an den Tryouts teil, schafft es aber nie ins Team. »Kann das denn keiner verstehen? Nach dem, was mit seinem Bruder passiert ist?«

Ihre Freundin ist anderer Meinung. »Das ist fast zwei Jahre her. Er muss damit abschließen.«

»Er wird sich davon erholen«, sagt jemand anders. »Das ist nur ein kleiner Rückschlag.«

»Es ist ein verdammter Kreuzbandriss«, sagt Jeremy Garner, einer der Runningbacks. »Das ist so gut wie sein Ende.«

Jasper und ich kämpfen uns hindurch, Hand in Hand, obwohl ich mich danach sehne, dort zu sein, wo auch immer Beau ist. Die ersten Tage nach dem Vorfall kommt er nicht zur Schule und schreibt mir auch nicht, und ich frage mich, wo er steckt, was mit ihm ist, ob er überhaupt noch mal erscheint. Jasper hört das Gerede auf den Gängen anscheinend gar nicht. Es prallt einfach von ihm ab. Entweder hört er es tatsächlich nicht oder er ist ziemlich gut darin, so zu tun als ob.

Eine ganze Woche nach dem Spiel humpelt Beau mit Krücken und einer Kniestütze durch die Gänge, das Basecap tief ins Gesicht gezogen. Ich hoffe, dass er meine Anwesenheit spürt und aufblickt. Aber er blickt für niemanden auf.

»Wo ist eigentlich seine Freundin?«, fragt das Mädchen, dessen Spind neben meinem ist, als er an uns vorbeigehumpelt ist. »Die beiden waren doch quasi an der Hüfte zusammengewachsen.«

Ihre Freundin zuckt bloß mit den Achseln. »Ich hab gehört, er hat sie betrogen.«

Ich knalle meinen Spind zu und dampfe ab.

In der Mittagspause höre ich auf der Toilette jemanden weinen. Ich will gerade gehen, doch dann sehe ich die Schuhe unter der Tür – mit Nieten verzierte silberne Ballerinas –: Jennys. Ich war damals dabei, als sie die Schuhe gekauft hat. Ein Dialog von der Party fällt mir wieder ein, im Hintergrund viel zu laute Musik.

Ich dachte, du wärst ihre Freundin.

Ich war, Präteritum.

Es fiel mir an dem Abend so leicht zu vergessen, dass Jenny mal eine Rolle in meinem Leben gespielt hatte, sie überhaupt existierte. Es war erschreckend einfach, sie für das, was sie getan hatte, zu hassen. Doch jetzt kommt alles wieder zurück. Die ganzen guten Erinnerungen, die ich in mir begraben hatte. Jennys Lächeln, als sie mich in der ersten Woche der Neunten in der Mittagspause fragte, ob ich mich mit zu ihr an den Tisch setzen wolle. Ihre großen, runden Tränen, als sie im Sommer vor der Zehnten mit einem schrecklichen neuen Haarschnitt vom Friseur kam. Die Überraschungsparty, die wir beide für Alison zum Geburtstag organisiert hatten, die vielen Stunden, die wir zusammen verbracht hatten, um lila Herzen aus Tonpapier auszuschneiden. Das eine Mal, als wir das Auto ihrer Mutter ausgeliehen und in der Parkgarage einen Kratzer in den Lack gemacht hatten, den wir hinterher mit Nagellack reparierten.

Vielleicht kann ich die Erinnerungen nicht ewig begraben lassen. Als ich an Jennys tränenüberströmtes Gesicht auf der Party denke, muss ich schluchzen. Ich gehe zur Tür mit den silbernen Ballerinas und klopfe vorsichtig an.

»Jenny? Alles okay?«

Absolute Stille. Sie denkt wohl, wenn sie nicht antwortet, würde ich vielleicht weggehen.

»Jenny, ich weiß, dass du da drin bist. Willst du reden?«

»Nein«, sagt sie schließlich. »Vergiss es.«

Kann ich aber nicht, würde ich am liebsten sagen. *Ich wünschte, ich könnte es.*

Eine Weile stehe ich an die kalte Kabinentür gelehnt da, dann drehe ich mich weg, um zu gehen. Als ich den ersten Schritt gemacht habe, räuspert sie sich.

»Ich hätte nie Ja sagen sollen«, sagt sie, so leise, dass ich mich anstrengen muss, sie zu verstehen. »Als er mich gefragt hat, ob ich mit ihm ausgehe. Ich hätte wissen müssen, dass es so kommt.«

Ich höre zu, wie sie weint und sich die Nase putzt, und

mir fällt absolut nichts ein, was ich sagen könnte. Vielleicht erwarte ich eine Entschuldigung von ihr, etwas in der Art wie: *Tut mir leid, dass ich ihn dir weggenommen habe.* Aber es kommt keine Entschuldigung. Nur noch mehr Schniefen und das Geräusch von abrollendem Toilettenpapier.

Ich gehe zum Waschbecken, um mir die Hände zu waschen, und Jenny spült und öffnet die Tür. Sie hat ganz rot geweinte Augen, sie tut mir leid. Ihre Mascara ist verlaufen, die Wangen sind fleckig und die Haare kleben ihr an der Stirn. Sie stellt sich ans Waschbecken neben mir und hält die zitternden Hände unter den Hahn.

»Ich hab alles für ihn aufgegeben, weißt du«, murmelt sie. »Du hast keine Ahnung, was ich für ihn getan habe. Was ich ertragen musste.«

Ich ziehe Papierhandtücher aus dem Spender und reiche ihr eins. Auf dem Weg zur Tür drehe ich mich noch mal um und lächle schwach. Jenny wusste früher immer, was ich dachte, fast als könnte sie meine Gedanken lesen. Ich war dankbar, dass sie mich so gut kannte. Doch heute bin ich froh, dass sie nicht genau genug hinguckt, um meine Wahrheit zu sehen.

Du hast keine Ahnung, was ich für ihn getan habe.

Und du genauso wenig, will ich schreien.

85

Ein paar Wochen später, als ich auf meinem Bett liege und versuche, für Geschichte zu lernen, aber null Fortschritte mache, vibriert mein Handy. Ich habe zu viele Bilder im Kopf, furchtbare Bilder, von denen ich wünschte, ich könnte sie auslöschen. Bilder von Trixie, die ein Flugzeug besteigt, einen Zug, ein Schiff. Sich in Luft auflöst. Nach Beaus Hand greift und ihn die Treppe zu ihrem Zimmer hinaufzieht. Jasper küsst. Überall ihre Spuren hinterlässt und sie hinterher beseitigt, als wäre sie nie da gewesen. Ich versuche, das Vibrieren des Telefons zu ignorieren, aber es hört nicht auf, also gucke ich schließlich doch aufs Display.

Komm aufs Feld, lautet die erste Nachricht. *Er ist heute Abend wieder da, der Hunter.*

Die nächste Nachricht ist genauso kryptisch. *Ich bins, versprochen, das richtige Ich.*

Ich ziehe ein Sweatshirt an, steige ins Auto und fahre mit zitternden Händen zur Schule. Ich habe Angst davor, was mich erwartet. Angst davor, was er meint. Der Hunter. Welcher Hunter? Welches richtige Ich?

Zuerst sehe ich ihn gar nicht. Es ist stockdunkel, die

Scheinwerfer, die das Football-Feld während der Spiele beleuchten, sind aus. Ich parke an meiner üblichen Stelle und schleiche auf Zehenspitzen rüber. Ich hoffe, er hat nichts Blödes angestellt.

Das Gras vom Football-Feld ist nass und kalt und leckt an meinen Knöcheln. Da sehe ich ihn, er liegt auf der 20-Yard-Linie, Arme und Beine ausgestreckt wie ein Seestern, die Krücken an seinen Seiten. Ich laufe los, weil ich fürchte, dass er sich verletzt hat.

Doch als ich ihn erreiche, lächelt er bloß und streckt die Hand nach mir aus. »Hi. Komm her.«

Ich setze mich langsam hin und ziehe die Knie unters Sweatshirt. »Was machst du hier draußen?«

»Das ist der beste Ort, um ihn zu sehen«, sagt er und legt sich einen Arm unter den Kopf. »Weißt du noch, als ich dir erzählt habe, mein Bruder wäre beim Verstecken der Beste? Manchmal glaube ich, da ist er hingegangen.« Er zeigt mit dem anderen Arm hinauf in den Himmel. »Und wenn er da oben ist, wäre es doch kein Wunder, dass er nicht wieder runterkommen will.«

Ich atme scharf ein und halte die Luft an, zusammen mit allem anderen, was ich in mir zurückhalte und eigentlich gern sagen würde. *Ich glaube nicht, dass er da oben ist. Ich glaube, er war hier. Ich glaube, er ist vielleicht immer noch hier.*

»Warum der Name Prediger?«, frage ich ihn stattdessen. »Du bist doch nicht mal religiös. Ich dachte zuerst, der Prediger wäre irgendein schimpfender Bibelverfechter.«

Er lächelt schief. »Genau. Niemand würde denken, dass ein Prediger irgendwelche Dämonen zu verstecken hat.« Er legt den Kopf zurück. »Siehst du sie? Heute Abend sind sie da und du guckst noch nicht mal hin.«

Ich lasse meine Knie los und lehne mich zurück. »Wer, deine Dämonen?«

Er schüttelt den Kopf. »Nein, die Sterne. Siehst du Orion? Den Jäger? Er war auch da, als wir uns zum ersten Mal begegnet sind.« Er greift nach meiner Hand, sieht mich aber nicht an. »Orion. War ein ganz schön kaputter Typ. Und seine Probleme fingen an, als er sich die Kante gegeben hat.«

Ich drücke seine Hand und blicke hinauf in den Himmel, versuche das Gleiche zu sehen wie er, aber ich erkenne das Sternbild immer noch nicht, da sind nur ein paar versprengte Sterne.

»Du erinnerst dich an den Abend, als wir uns zum ersten Mal begegnet sind?«, frage ich. »Wenn du die ganze Zeit so starke Gefühle für mich hattest, wenn du sie auch hattest, warum hast du mich dann nie gefragt, ob ich mit dir ausgehe? Warum hast du Jenny gefragt und nicht mich?«

Er lässt meine Hand wieder los und sieht mich an. »Du hast mir Angst gemacht. Ich wusste nie, was ich sagen sollte, ich hatte immer das Gefühl, dass meine Worte nicht richtig sind. Und als das mit Toby passiert ist, warst du nicht da, aber Jenny war es. Vielleicht hab ich sie gefragt, weil ich wütend auf dich war. Weil du nicht da warst. Dann hat sie auf einmal angefangen, rosa Herzen neben meinen Namen zu malen, und tauchte ständig überall auf, und es war ja nicht so, als hätte jemand anders um mich gekämpft. Ich dachte, ich hätte es mir vielleicht nur eingebildet. Das mit dir und mir.«

»Hast du nicht«, sage ich. »Und du hattest immer die richtigen Worte. Das habe ich an dir so gemocht.«

So kurz davor bin ich noch nie gewesen, *Ich liebe dich* zu sagen.

»Was ist mit der Rose?«, frage ich langsam. »Warum hast du sie mir hinter den Scheibenwischer geklemmt?«

Er kneift sich in die Nasenwurzel und schließt die Augen. »Weil ich mich erinnert habe. Der Alkohol lässt mich vergessen. Deswegen habe ich damit angefangen. Toby hatte Alkohol wie ein Wundermittel gegen die vielen Gedanken in meinem Kopf dargestellt. Aber von dem Abend habe ich nichts vergessen, und vielleicht gibt es einen Grund dafür.«

Wir schweigen beide, und zaghaft berühre ich wieder seine Hand. Vielleicht ist das hier tatsächlich das, was ich will. Ich schicke ein stilles Gebet zum Himmel oder sonst wohin, dass alles gut wird.

»Was ist mit Orion passiert?«, frage ich und lege mir die andere Hand auf den Bauch.

»Er wurde blind. Und dann hat ihn die Göttin, die ihn liebte, vernichtet und in den Himmel gesetzt.«

Ich unternehme einen letzten Versuch, ihn zu überreden. »Wir könnten ihn finden. Wenn wir zusammenarbeiten. Wir können herausfinden, wo er ist, und ihn zurückholen.«

Beau fährt sich durch die Haare. »Nein, können wir nicht. Ich kann es nicht. Wenn ich nicht damit abschließe, werde ich immer hier festhängen.«

Wieder schweigen wir und Beau sieht in den Himmel. Ich blicke auch hinauf und kneife die Augen zusammen, in der Hoffnung, der Himmel gibt mir eine Antwort. Doch da ist nichts. Beau sieht vielleicht den Jäger, aber ich sehe nichts als glühende Gaskugeln.

86

Jedes Mal, wenn ich die Augen schloss, hatte ich das Gefühl, ich würde gleich abheben. Ich dachte an alles, was du mir übers Trinken beigebracht hattest. Trink zwischendurch Wasser, sonst hast du am nächsten Morgen einen Kater. Nimm eine Kopfschmerztablette, bevor du ins Bett gehst. Trink nicht durcheinander.

Doch dafür war es schon zu spät.

Ich wollte nicht aufhören zu trinken. Beau hatte eine neue Flasche angefangen, eine teuer aussehende, die er hinter den Töpfen und Pfannen im Küchenschrank gefunden hatte.

»Wahrscheinlich ist die für einen besonderen Anlass gedacht«, sagte ich.

Er schraubte den Verschluss auf und nahm einen großen Schluck, und als er mir die Flasche gab, lächelte er. »Das hier ist ein besonderer Anlass«, sagte er.

»Und zwar?« Ich sah ihn an.

»Wir«, antwortete er, und ich wollte, dass das Wort ewig hält.

87

Am nächsten Morgen klopfe ich vorsichtig an Moms Bürotür. Von drinnen höre ich Musik, irgendeine Oper. Mom hört Opern, wenn sie gestresst ist, weil es sie entspannt, wie sie sagt. »Ich verstehe kein einziges Wort«, hat sie mir einmal erklärt. »Aber es beruhigt mich, nichts interpretieren zu müssen.« Jetzt weiß ich, was sie gemeint hat.

»Komm rein!«, ruft sie. Als ich die Tür öffne, sieht sie noch nicht mal auf. Sie hat sich die Haare zu einem losen Knoten gebunden und sortiert einen großen Stapel Papiere auf dem Tisch.

»Ich wollte mit dir über etwas reden«, sage ich. Am liebsten würde ich ihr alles erzählen, was ich ihr verheimlicht habe. Ich bin kurz davor, in Tränen auszubrechen. Ob sie mich immer noch lieben würde, nach den ganzen Lügen, die ich ihr aufgetischt habe?

»Was stimmt denn nicht, Süße?« Sie schiebt sich die Brille wie einen Haarreifen auf den Kopf.

»Nichts«, lüge ich. »Ich muss nur eine Entscheidung treffen, und ich weiß nicht, was ich machen soll.«

Mom deutet aufs Sofa, und ich setze mich hin, fühle mich aber irgendwie fehl am Platz. Früher, als ich klein war, kam ich oft in Moms Arbeitszimmer und guckte mir die Weltkarte an der Wand an, dann schloss ich die Augen und ließ den Finger über der Karte kreisen und nahm mir vor, wo auch immer er landete, würde ich hinreisen. Vielleicht war das gar keine so schlechte Methode.

»Dann fang mal an«, sagt sie.

Ich hole tief Luft. »Ich will entweder nach New York oder auf die UCLA. Aber ich kann mich nicht entscheiden. Ich bin hin- und hergerissen. Was würdest du denn machen?«

Mom faltet die Hände über ihrem Stapel von Papieren und strahlt. Das ist das einzige Wort dafür. Sie sieht stolz aus, stolz, dass ich irgendwo studieren werde. Und ich weiß, dass mir das ein gutes Gefühl geben sollte, aber es bewirkt nur, dass ich mich absolut mies fühle.

»Das ist nicht meine Entscheidung. Du hast wahnsinnig viel erreicht, Fiona. Du hast es verdient, diese Entscheidung selbst zu treffen.« Sie lehnt sich auf ihrem Stuhl zurück. »Weißt du, als ich in deinem Alter war, hätte ich mich gefreut, wenn ich irgendwo hätte studieren können. Es war schwer für mich, zu sehen, wie meine Freundinnen in die Welt hinauszogen und in den Weihnachtsferien mit Geschichten über ihre Kurse und die Jungs, mit denen sie zusammen waren, zurückkamen. Dein ganzes Leben liegt noch vor dir. Mein einziger Rat ist: Triff die Entscheidung für dich, nicht für irgendwen anders.«

»Ich hab einfach das Gefühl, es zieht mich in zwei verschiedene Richtungen.« Das ist die reine Wahrheit. Was ich allerdings nicht sage, ist, dass es noch viel schlimmer ist. Ich habe Angst, wenn ich mich nicht bald für eine Seite entscheide, werde ich auseinandergerissen und nie wieder ganz sein.

»Das ist völlig normal.« Sie steht auf und setzt sich neben mich aufs Sofa. »Du bist siebzehn, und wo du studieren wirst, ist eine wichtige Entscheidung. Aber es gibt kein Richtig oder Falsch. Es sind bloß zwei verschiedene Wege, und sie werden beide ihre Vor- und Nachteile haben.«

Ich lehne mich an ihre Schulter. »Ich denke nur, am Ende verbocke ich alles.«

»Keine Angst. Du bist so viel klüger, als ich es jemals war«, sagt Mom. »Klüger und besser, und du bist so vernünftig. Wäre ich damals nur mehr wie du gewesen.« Nachdenklich sieht sie mich an. »Weißt du, ich habe mir letztes Jahr ganz schöne Sorgen um dich gemacht. Nicht, weil du dich mit Trixie angefreundet hast. Ich weiß, du denkst, ich hätte sie nicht gemocht, aber das stimmt nicht. Ich hab mir nur Sorgen gemacht, dass du dich verändern würdest, weil jemand anders dich gern so wollte, und du dich dabei verlieren würdest. Und du bist ziemlich toll, wie du bist.«

Ich weiche ihrem Blick aus und lasse den Kopf hängen. Sie irrt sich total. Ich bin nicht toll, wie ich bin, und ich habe mich tatsächlich verändert, weil jemand anders mich so wollte. Das habe ich schon mein ganzes Leben lang gemacht.

»Ich weiß, es war ein hartes Jahr für dich, nachdem du Trixie verloren hast. Aber ich bin unglaublich stolz auf dich, weil du jetzt sogar noch stärker bist.«

Bin ich nicht, will ich schreien. *Ich kann kaum allein aufstehen.*

»Ich war in der Schule so eine Mitläuferin. Ich hab alles gemacht, was meine Freundinnen gemacht haben, auch wenn es sich falsch angefühlt hat. Aber du ... du bist deinen eigenen Weg gegangen.«

Das Kompliment verdiene ich nicht. Der einzige Weg, den ich dieses Jahr verfolgt habe, war die Spur eines verschwundenen Mädchens, das ich nie gekannt habe, und er endete in lauter Sackgassen.

Das Telefon auf dem Schreibtisch klingelt, und Mom zwickt mich in die Wange, bevor sie aufspringt und rangeht, und dann ist sie wieder ganz businessmäßig. Als ich gehe, zwinkert sie mir noch zu, und dann schließe ich die Tür hinter mir.

In einer Sache hat sie recht. Beide Wege werden ihre eigenen Stolpersteine haben, und keiner wird gerade und leicht sein. Dann fällt mir ein, was Jasper nach unserer Suche in Tijuana im Motel zu mir gesagt hat. *Wenn das Leben so einfach wäre, würden alle mitspielen.*

Später klopft Mom an meine Zimmertür. »Ich fahre morgen nach Denver, Süße. Ich bin wahrscheinlich eine ganze Woche weg oder mindestens fünf Tage. Aber wenn ich zurück bin, will ich mit dir essen gehen und deine Entscheidung feiern, wie auch immer sie ausfällt.« Sie küsst mich auf die Stirn wie früher, als ich klein war. »Du wirst die richtige Entscheidung für dich treffen, da bin ich mir sicher.«

Ich wünschte nur, ich könnte ihr glauben.

88

Zu zweit kann man kein Flaschendrehen spielen. Das widerspricht irgendwie der Absicht des Spiels. Es sei denn, man bezweckt etwas völlig anderes.

»Eigentlich nimmt man dafür eine Weinflasche«, sagte er und grinste bis über beide Ohren, und ich hatte noch nie jemanden so glücklich gesehen, noch nie.

Ich sah auf die Flasche in meiner Hand. Mein Blick war verschwommen und ich konnte die Buchstaben auf dem Etikett nicht entziffern, aber es waren Früchte darauf abgebildet. Pfirsiche. Ich setzte die Flasche an die Lippen und nahm einen großen Schluck, bis außer klebrig-süßem Geruch nichts mehr herauskam.

»Die geht auch«, sagte ich.

Ich drehte die Flasche. Sie zeigte zur Waschküche.

Es war egal.

Er warf mich auf den Rücken und presste hungrig die Lippen auf meine. Sein Atem war heiß und roch nach Tequila, und seine Hände waren überall zugleich. Ich fühlte ein Zwicken im Rücken, aber auch das war egal. Vielleicht war es ein Traum, so einer, wo man sich selbst kneift, um zu gucken, ob man träumt.

Ich fasste nach seinem Gürtel. Ich hatte keine Ahnung, was ich da machte, und ein Teil von mir rechnete damit, dass er mich aufhalten würde. Derselbe Teil von mir wartete darauf, dass die Schuldgefühle sich meldeten. *Ich knutsche mit Jennys Freund. Jennys Freund liegt auf mir. Jennys Freund fasst mir an den Busen.*

Es war anders als gedacht. Dabei hatte ich mir gar nicht konkret ausgemalt, wie mein erstes Mal wohl sein würde, aber nach meinen Vorstellungen wäre es zumindest in einem Bett passiert, vielleicht mit leiser Musik im Hintergrund. Nicht auf einem Fußboden, durch den ich die Bässe der Party spürte, wenn ich mein Ohr auf die Fliesen presste. Hinterher fragte ich nicht, wie es mit uns weitergehen würde, denn egal, wie die Antwort ausfiel, sie würde nur für die Nacht gelten und sich vor dem nächsten Morgen in Luft auflösen.

Ich hatte gedacht, dass es wehtun würde. Als Alison von Brad Colton entjungfert worden war, hatte sie mir und Jenny hinterher mit großen Augen und ernstem Ton erzählt, wie schmerzhaft es gewesen war. Doch als Beau meine Beine auseinanderschob und ich ihn zu mir runterzog, sodass sein Herz direkt über meinem lag, und wir zusammen im selben Takt zu keuchen anfingen, tat es überhaupt nicht weh. Später fragte ich mich, wie wir so sorglos hatten sein können, nicht zu verhüten, und ich schwor mir, dass das nächste Mal anders laufen würde. Wenn es denn ein nächstes Mal gab.

Als ich mich hinterher aufsetzte und das Oberteil von meinem Kleid zurechtzog, sah ich das Blut auf dem Boden, und da begriff ich, was das Zwicken in meinem Rücken gewesen war. Ich hatte mich an einer bernsteinfarbenen Scherbe von der Flasche geschnitten, die Beau zerschlagen hatte. Ich drückte den Zeigefinger auf die Wunde, aber es blutete weiter.

Beau hatte seine Hose noch gar nicht wieder richtig an, da verfiel er schon in Panik. »Nein«, sagte er und stolperte über den Saum seiner Jeans und gegen die Wand. »So sollte das mit uns doch nicht laufen. Das ist nicht richtig.«

Ich wollte mich an dem festhalten, was gerade passiert war, ich wollte mich an dem Beau festhalten, mit dem ich eben noch eins gewesen war. Aber der Beau löste sich auf. Er fing an, sich auf die Wangen zu schlagen, zuerst sanft, als wollte er einfach aufwachen, dann fester, so fest, dass er rote Striemen hinterließ.

Ich wischte mit meinem Kleid das Blut vom Boden. Es war ohnehin rot. »Nichts von heute Nacht hat irgendeine Bedeutung«, beruhigte ich ihn. »Das hier ist nie passiert.«

Dann zwang ich mich zu lächeln, auch wenn mir eigentlich zum Heulen zumute war.

89

Als Mom am nächsten Tag losfährt, winke ich ihr durchs Fenster hinterher, obwohl mir beim Aufwachen übel war und ich einfach nur im Bett liegen bleiben wollte. Früher war dies mein Lieblingsmonat. Mai, wenn es draußen saftig grün ist und das Schuljahr sich dem Ende zuneigt. Doch dieses Jahr vergeht die Zeit viel zu schnell, es gibt keinen Anfang und kein Ende, und je weiter das Jahr fortschreitet, desto mehr scheint es, als hätte Trixie nie existiert. Ihre Gesten, ihre Angewohnheiten, ihre Stimme, alles, was ich früher so laut gehört habe, ist nur noch ein Flüstern. *Komm zurück*, will ich durch zum Trichter geformte Hände rufen. *Verlass mich nicht. Gib mir die Chance, dich zu verlassen.*

Ein paar Minuten später, als ich auf dem Weg zurück nach oben in mein Zimmer bin, klingelt es an der Tür. Ich verdrehe die Augen. Wahrscheinlich hat Mom mal wieder etwas vergessen. Ihr Portemonnaie oder ihre Aktentasche oder die Schuhe, die sie zum Geschäftsessen tragen will. Doch als ich die Tür öffne, steht Beau mit seinen Krücken auf der Veranda.

»Hi«, sage ich peinlich berührt, denn ich trage eine riesige Schlabberhose und ein uraltes Pyjamaoberteil, auf dem in rosa Buchstaben MIAU steht.

»Wir müssen reden«, sagt er, während er auf seinem guten Bein hüpft. »Na ja, ich muss mit dir reden. Und ich bitte dich, mir zuzuhören.«

Ich nicke und mache die Tür weiter auf. Vorsichtig kommt er herein und setzt sich auf die unterste Treppenstufe. Mir wird bewusst, dass er noch nie vorher bei mir war, und vielleicht sollte es sich seltsam anfühlen, ihn hier zu haben, tut es aber nicht.

»Du kommst ja ganz gut klar mit den Dingern«, sage ich und zeige auf die Krücken. Ein dumpfer Schmerz macht sich in meinem Unterleib breit und fängt an, stetig zu pulsieren, aber ich ignoriere ihn.

»Ja«, sagt er und lacht. »Ich könnte mich dran gewöhnen. Typen mit Krücken bekommen überall eine Sonderbehandlung.«

Ich setze mich neben ihn auf die Treppe, und auf einmal sieht er mich ganz ernst an. »Ich kann nicht mehr so weitermachen. Die Leute bei den Anonymen Alkoholikern haben recht. Ich bringe mich damit um. Und ich glaube, ich wollte sterben, weil ich mich so schuldig gefühlt habe. Weil es alles meine Schuld war.«

Ich schnappe nach Luft. »Du warst bei einem der Treffen?«

Er starrt auf den Boden. »Ich wollte dich fragen, ob du mitkommst, aber es ist ja nicht dein Kampf. Es ist nicht dein Dämon.«

»Aber ich wäre mitgekommen.«

»Ich weiß.« Er greift in die Tasche seines Kapuzenpullis und zieht ein kleines quadratisches Etwas hervor. »Ich hab was für dich. Ich hab es aus seinem Grab geholt. So was geht tatsächlich.«

Ich strecke die Hand danach aus. Es ist ein Buch. Das, welches er an jenem Abend vergraben hat, als ich nicht aufgetaucht bin. Das Cover ist braun verfärbt, der Titel ist nicht mehr zu erkennen, und die Seiten haben sich in einen zerbröselnden Papierbrei verwandelt. Es ist eigentlich gar kein Buch mehr.

»Das ist Lord Byron«, sagt er. »Ich wusste, dass du das Buch gelesen hast, das ich dir gegeben hatte, also hab ich dir ein eigenes Exemplar gekauft.«

Ich überwinde mich, ihn anzublicken, obwohl es mir wahnsinnige Angst macht, weil es so intim ist, ihn so viele Gefühle auf meinem Gesicht lesen zu lassen, sogar noch intimer, als mich ihm nackt zu zeigen. Doch dann sehe ich, dass auch er rot wird. »Woher weißt du, dass ich es gelesen habe?«

»Ich habe dich beobachtet«, sagt er. »Du hast in deinem Auto gesessen und es gelesen, und ich habe dagestanden und zugeguckt wie so ein Stalker. Da wusste ich es wirklich.« Bevor ich ihn fragen kann, was er wirklich wusste, redet er weiter: »Wie auch immer, es hat über ein Jahr unter der Erde gelegen und ist ziemlich verrottet. Ich kaufe dir ein neues. Du solltest nur wissen, dass dieses Exemplar existiert hat.«

Ich presse den Rücken gegen die Stufe hinter mir. Ich will ihm so vieles sagen. Dass es nicht seine Schuld war und Toby auch so abgehauen wäre. Dass ich ihm verzeihe, was er mit Trixie gemacht hat. Dass alles gut wird. Aber ich weiß nicht, ob überhaupt irgendetwas gut wird.

»Ich werde tun, was du mir geraten hast«, sagt er. »Aber nach der Schule wirst du mich erst mal eine ganze Weile nicht sehen. Ich bin es leid, zu sein, wer ich bin. Ich bin es leid, alles zu vermasseln.« Er lässt den Kopf hängen und zieht am Rand seines Basecaps. »Ich mache einen richtigen Entzug. Mein Vater denkt zwar, wenn man sich genug anstrengt, kriegt man alles allein hin. Aber ich schaffe das nicht. Ich brauche Hilfe.«

Ich strecke die Beine aus. Die Hose hat einen Riss am Knie, und ich hefte meinen Blick auf die Haut darunter. »Das ist gut.« Ich habe einen Kloß im Hals, der sich anfühlt wie ein Stein, und meine Bauchschmerzen sind so stark, dass ich mich vorbeugen muss. »Es wird dir danach bestimmt besser gehen.«

Er ballt die Hände zu Fäusten. »Weißt du, was? Ich habe jeden Tag getrunken, seit Toby nicht mehr da ist. Manchmal nur ein bisschen, manchmal ganz schön viel. Und es hat mich so taub gemacht. Und alle haben es einfach geschehen lassen, alle bis auf du. Ich muss wissen warum.« Er sieht mich mit Tränen in den Augen an.

Weil du mich kennst. Weil ich dir nicht egal bin. Weil du Schnee nach Südkalifornien gebracht hast. Weil du das Unmögliche möglich machst.

»Weil meine beste Freundin verschwunden ist«, sage ich. »Und ich dich nicht auch noch verschwinden lassen konnte.«

»Ich bin irgendwie total aufgeregt. So hab ich mich schon

ziemlich lange nicht mehr gefühlt. Es ist, als würde ich das Licht am Ende des Tunnels sehen, von dem die Leute immer reden.« Er holt tief Luft. »Ich weiß nicht, was passieren wird, nach dem Entzug. Wer ich sein werde. Das macht mir ganz schön Angst, weißt du? Ich habe keine Ahnung, was für ein Typ nachher da rauskommt.«

»Es wird gut für dich werden. Du wirst immer noch derselbe sein.«

»Aber ich will nicht mehr derselbe sein«, sagt er mit eindringlicher Stimme. »Nicht diese Version von mir. Deswegen werde ich nichts mit rübernehmen. Aus diesem Leben. Es ist alles nur eine Erinnerung daran, was für einen Mist ich gebaut habe.«

Ich nicke, auf einmal fühle ich mich ganz klein, wie ein Staubkörnchen. Ich bin Teil des Mists, den er gebaut hat, und er will mich nicht mit rübernehmen. Man kann nicht noch mal von vorn anfangen, wenn man ständig an die Fehler der Vergangenheit erinnert wird.

»Bis auf dich«, flüstert er. »Ich weiß nicht, warum ich mich mit dir so fühle.«

»Wie denn?«

»Als würdest du nicht wollen, dass ich irgendwer anders bin als ich selbst. Als könnte ich einfach sein, wer ich bin, ohne zu versuchen, wie Toby zu sein. Es ist irgendwie, als würden mir alle anderen immer nur Gewichte an die Füße ketten, und du besitzt den Schlüssel, um sie mir abzunehmen.«

»Was willst du mir damit sagen?«, frage ich mit zitternder Stimme. »Was soll das heißen?«

Er sieht an die Decke und ich folge seinem Blick. Ich lächle, denn da sind lauter rosa Flecken, die noch von letztem Sommer sein müssen, als Trixies Dose mit Cream Soda explodierte. Anscheinend habe ich beim Saubermachen die Decke vergessen, und jetzt ist es eine Erinnerung an Trixie, wegen der ich sie ausnahmsweise nicht hasse.

»An diesem ersten Abend, als wir zusammen in den Sternenhimmel geguckt haben«, sagt Beau. »Da wusste ich, dass du dasselbe gefühlt hast wie ich. Aber ich wusste nicht, was ich mit den Gefühlen machen sollte. Verstehst du?«

Mein Herz schlägt einen ungleichmäßigen Rhythmus. Ich verstehe es sehr gut.

»Das war das letzte Mal, dass ich absoluten Frieden gespürt habe. Als wenn alles stehen geblieben wäre und es nur noch dich und mich und die Sterne und diesen einen Moment gab. Das war das letzte Mal, dass die Welt stehen geblieben ist.« Er fährt mit dem Finger die Konturen meines Gesichts nach. »Ich frage mich, ob wir irgendwann dahin zurückgehen können.«

»Aber was ist mit dem, was auf der Party passiert ist, auf der anderen Party? Du hattest solche Angst, dass Jenny es rausfinden könnte. Du hast gesagt, dann wäre dein Leben vorbei.«

Er streicht mir sanft mit den Fingerspitzen über die Lippen. »Ich glaube, mein Leben war tatsächlich vorbei, als ich sie mit dir betrogen habe. Ich habe es total verbockt und alle hängen lassen. Vor allem dich. Aber es war nicht in dem Sinne vorbei, wie ich dachte. Ich weiß es nicht. Ich glaube, ich bin jetzt anders, als ich es da war. Was ich damals für wichtig gehalten habe, ist irgendwie überhaupt nicht mehr wichtig. Und das, wonach ich gesucht habe, was ich brauche, war die ganze Zeit direkt vor mir.« Er blinzelt mehrmals. »Das klingt total lahm. Aber so ist es.«

»Und was ist jetzt meine Rolle dabei? Was willst du, was ich tue?«

»Ich will einen Neuanfang«, sagt er. »Ich will alles richtig machen. Ich will einfach mit dir in den Sternenhimmel gucken, als wäre nichts von dem ganzen Scheiß zwischen damals und heute passiert. Und ich weiß, dass du mit diesem anderen Typen zusammen bist und ich kein Recht habe, dich zu bitten, mit ihm Schluss zu machen, aber ich bitte dich trotzdem darum.«

Die Tränen brennen mir in den Augen. Das ist es, was ich immer hören wollte, aber jetzt, wo es so weit ist, fühlt es sich anders an, besser und schlimmer, viel komplizierter, als ich es je für möglich gehalten hätte. »Warum? Warum ich? Ich bin auch nicht mehr die, die ich früher mal war. Ich bin nicht mehr dieselbe.«

»Nein, du bist nicht mehr die, die du früher warst«, sagt er und wickelt sich eine Strähne meiner Haare um den Finger. »Trixie hat dich verändert, genau wie sie Toby verändert hat. Und mich.« Er schweigt einen Moment. »Wir sind nicht mehr dieselben, aber ich empfinde immer noch dasselbe für dich.«

Ich weiß nicht, wie lange wir so dasitzen und einander ansehen. »Ich ruf dich an«, sagt er schließlich. »Versprochen. Wenn das Ganze funktioniert und ich da heile wieder rauskomme. Und wenn du mit mir reden willst, gehst du ran. Und wenn du mich nicht in deinem Leben haben willst, werde ich dich nicht weiter belästigen.«

Er sagt alles, was ich immer hören wollte, aber ich bin nicht bereit, es zu hören, mich der Idee von Beau wieder ganz hinzugeben. Nach einem langen Schweigen sage ich nicht, was ich denke, dass er hören will, sondern die Wahrheit.

»Ich brauche auch etwas Zeit. Du hast mich ziemlich was durchmachen lassen. Ich muss erst mal rausfinden, wer ich eigentlich ohne jemand anders bin. Das verstehst du sicher.«

Er nickt. Er versteht es. Er war Beau, der Bruder, und Beau, der Freund von Jenny, und Beau, der Football-Star, aber nie einfach nur Beau Hunter. Und ich war die Freundin von Jenny und Alison und die Freundin von Trixie, und jetzt muss ich rausfinden, wer ich eigentlich ohne jemand anders bin.

Nachdem ich ihm hochgeholfen habe und wir uns verabschiedet haben, sehe ich ihm nach, wie er die Einfahrt hinuntergeht und sich die Kapuze über den Kopf zieht. »Ich liebe dich«, sage ich, obwohl er mich nicht mehr hören kann. Oder vielleicht, weil er mich nicht mehr hören kann. Und erst als er ganz außer Sichtweite ist, geht mir ein Licht auf. *Und das, wonach ich gesucht habe, was ich brauche, war die ganze Zeit direkt vor mir.*

Ich renne, so schnell ich kann, die Treppe hoch, und der Schmerz schießt mir rechts durch den Bauch. Mit zitternden Händen ziehe ich die Schublade auf und nehme das Top heraus.

JERSEY GIRL

Ich wühle in den Zetteln auf meinem Schreibtisch herum. Unter dem Zulassungsbrief der New York University und einem ganzen Haufen anderer Sachen ist der Brief von der Princeton, wieder zusammengefaltet und in seinen Umschlag zurückgesteckt. Ich starre auf die Adresse des Absenders. New Jersey.

Das Top, das sie auf der Party anhatte, das die Polizei nachher zusammengefaltet auf ihren Flip-Flops am Strand gefunden hat. Es war ihr viel zu groß, und ich fragte mich an dem Abend, warum sie es überhaupt trug. Das war kein Zufall. Statt eines Abschiedsbriefs hat sie eine Botschaft hinterlassen, bestehend aus zwei Wörtern, einen Hinweis, den ich übersehen habe, obwohl er die ganze Zeit da war und darauf wartete, entdeckt zu werden. Sie hat mir doch eine Brotkrume hingelegt.

Ich öffne meinen Laptop und rufe Trixies E-Mail-Account auf. Meine Finger schweben über den Tasten, ich habe Angst, die Buchstaben zu drücken, denn ich fürchte mich davor, was ich herausfinden könnte.

j-e-r-s-e-y-g-i-r-l

Die zwei Sekunden, die es dauert, bis ihr Posteingang sich öffnet, sind die reinste Qual. Dann sehe ich sie, die ganzen Nachrichten.

Ich fange von vorne an.

90

E-Mails füllen den Bildschirm. Hunderte, alle von Toby Hunter, alle aus demselben E-Mail-Thread mit demselben völlig harmlosen Betreff: *Hey*.

Ich hätte nicht gedacht, dass es mich derart umhauen würde. Schließlich habe ich die ganze Zeit danach gesucht, habe ich es die ganze Zeit vermutet. Trotzdem geht mir der Schock unter die Haut, es fühlt sich an, als würden mir unsichtbare Messer den Bauch aufschlitzen. Ich scrolle bis zum Ende, bis zur ersten E-Mail vom 18. Januar 2017, und fange an, die Unterhaltung zwischen den beiden zu lesen.

the_toby_hunter@gmail.com

Sorry, dass du mit mir als Laborpartner vorliebnehmen musst, ich weiß, ich bin echt schlecht. Aber hey, mit der Zunge bin ich ziemlich gut.

wickedtrix00@gmail.com

Du kannst mich mal.

the_toby_hunter@gmail.com

Ich meinte bei Referaten. Was hast du denn ge-

dacht? Pass auf, tut mir leid, dass ich dich bei der letzten Aufgabe im Stich gelassen habe. Mir ist Football-Kram dazwischengekommen. Kann ich es wiedergutmachen?

wickedtrix00@gmail.com
Und wie stellst du dir das vor?

the_toby_hunter@gmail.com
Komm nach der Schule in die Bibliothek. Ich bringe Kaffee mit und du die Bücher und dein Einstein-Gehirn. (Scherz. Ich bringe mein eigenes Buch mit. Aber du musst dein Einstein-Gehirn mitbringen, denn meins, na ja, funktioniert nicht so toll. Zu viele Schläge auf dem Feld, weißt du.)

wickedtrix00@gmail.com
Wohl eher zu viele Biere.

Ich scrolle weiter hoch und lande mit klopfendem Herzen bei den Mails vom 4. März. Trixies Geburtstag.

the_toby_hunter@gmail.com
Herzlichen Glückwunsch zum Geburtstag, Einstein. Gefällt dir mein Geschenk?

wickedtrix00@gmail.com
Das ist von dir? Hör auf, mich so zu nennen.

the_toby_hunter@gmail.com

Du hast mir erzählt, es ist deine Lieblingspflanze, weißt du noch? Oder habe ich das falsch verstanden? Ich dachte, du hättest Einblatt gesagt. Du hast mir erzählt, du magst Pflanzen, nur keine Blumen, weil Blumen schon halb tot sind.

wickedtrix00@gmail.com

Das hatte ich ganz vergessen. Wie kommt es, dass du dich daran erinnerst?

the_toby_hunter@gmail.com

Weil es wichtig war.

Als ich bei April ankomme, zieht sich mir der Brustkorb zusammen und ich kann kaum noch atmen. Der Schmerz in meinem Bauch wird immer schlimmer.

the_toby_hunter@gmail.com

Tut mir leid, aber ich kann mein Versprechen nicht halten. Ich kann nicht so tun, als wäre es ein Fehler gewesen, der nie wieder passiert. Es war kein Fehler. Und ich will, dass es wieder passiert.

wickedtrix00@gmail.com

Pass auf, wir standen beide neben uns, weil wir gerade ziemlich aufgebracht waren. Ich war sauer auf Jasper und du auf deine Freundin, und wir haben uns geeinigt, dass es nie passiert ist, weil dadurch zu viele Leute verletzt werden würden. Ich bin auch mit jemandem zusammen, weißt du? Es war eine Scheißidee. Jeder hätte uns sehen können. Gott, es war total bescheuert.

the_toby_hunter@gmail.com
Verdammt, jetzt zwing mich nicht so bedürftig rüberzukommen, Einstein. Ich weiß, dass wir es beide gefühlt haben. So wie im Unterricht, das mit dem Gesetz der Anziehung.

wickedtrix00@gmail.com
Was wieder mal beweist, dass du im Unterricht nicht aufpasst.

Ich überspringe ein paar weitere derartige Dialoge, bis ich bei Juni ankomme, kurz nach dem Schulball.

wickedtrix00@gmail.com
Du Wichser. Du bist so ein Arschloch, weißt du das eigentlich? Erst bringst du mich dazu, mich in dich zu verlieben, und dann gehst du mit ihr zu diesem bescheuerten Ball und warst wahrscheinlich hinterher noch mit ihr im Bett. Ich habe es ernst gemeint, es ist vorbei. Nein, das mit uns ist überhaupt nie passiert. Ich lösche dich. Klick.

the_toby_hunter@gmail.com
Einstein, das war alles nur Show. Ich habe dir doch

gesagt, dass ich mit ihr Schluss mache. Wir mussten nur noch diesen blöden Prom mitmachen, weil mein Dad mir damit im Nacken saß. Er hatte extra eine Limousine gemietet und mir eine blöde Ansteckblume bestellt und alles.

wickedtrix00@gmail.com
Ja, weil dein Daddy dein Leben steuert. Ich bin es leid, mir dein Gejammer anzuhören. Gott, komm endlich klar. Ich warte nicht mehr auf dich. Es gibt da jemanden, der mich mehr liebt als du. Er ist besser für mich. Es ist besser, wir gehen beide getrennte Wege.

the_toby_hunter@gmail.com
Aber du liebst ihn nicht.

wickedtrix00@gmail.com
Na und? Man kann jemanden lieben lernen. Das ist nicht so schwer.

Ich scrolle bis zum 11. August, zwei Tage bevor Toby verschwand.

wickedtrix00@gmail.com
Willst du das wirklich machen? Du zerstörst damit dein ganzes perfektes Leben. Und dann gibt es kein Zurück.

the_toby_hunter@gmail.com

Mein Leben ist alles andere als perfekt. Ich habe dieses Versteckspiel satt. Außerdem hat Beau einen Verdacht. Er ahnt, dass irgendwas los ist. Ich bekomme es nicht mehr hin, es zu verheimlichen. Vielleicht, weil ich es einfach nicht mehr will.

wickedtrix00@gmail.com

Was wirst du deinem Vater sagen? Wegen der Verlobung und dem allen?

the_toby_hunter@gmail.com

Ich weiß es nicht. Er wird mich umbringen. Er hat sich schon in den Kopf gesetzt, dass ich Gabby heirate, als ich fünfzehn war.

wickedtrix00@gmail.com

Vielleicht sollten wir einfach abhauen. Wegfahren und niemandem sagen, wohin.

Ich halte die Luft an und ziehe die Knie an die Brust. Das ist es, denke ich. Da haben sie es geplant. Jetzt werde ich finden, wonach ich gesucht habe.

the_toby_hunter@gmail.com

Wir gehen nirgendwohin.

Dann hören die Nachrichten eine ganze Weile auf. Verwirrt starre ich auf den Bildschirm. Mein Bauch krampft sich zusammen, und vor Schmerzen verziehe ich das Gesicht. Das Datum der nächsten Nachricht ist der 1. Juli 2018.

Eine Woche nach Trixies Schulabschluss.

Die Woche, in der sie sich die Haare braun gefärbt hat.

the_toby_hunter@gmail.com

Einstein, ich bins. Bitte, antworte mir.

wickedtrix00@gmail.com

Wenn das ein Scherz sein soll, das ist nicht lustig. Lass mich in Ruhe oder ich rufe die Polizei.

the_toby_hunter@gmail.com

Ich bins. Ich habs gemacht. Ich bin abgehauen, wie du es wolltest. Ich habe mir hier ein Leben aufgebaut. Und jetzt bin ich bereit, dich nachkommen zu lassen. Einstein, du musst mir glauben. Wie kann ich es dir beweisen?

wickedtrix00@gmail.com

Komm bei mir vorbei. Ruf mich an. Nein? Okay, ich rufe die Polizei.

the_toby_hunter@gmail.com

Das kann ich nicht, Einstein. Ich werde beobachtet.

wickedtrix00@gmail.com

Von wem? Wer bist du? Hör auf damit, du machst mir Angst.

the_toby_hunter@gmail.com

Du hast ein Tattoo von einer Rose an der Oberschenkelinnenseite. Ich durfte nur zu dir kommen, wenn dein Dad nicht da war, weil du nicht wolltest, dass er mich so kennenlernt. Du hast mir immer das Peace-Zeichen gezeigt, wenn ich weggefahren bin, und als ich dich danach gefragt habe, hast du gesagt, du wolltest nicht, dass es ein Abschied ist. Wir haben bei strömendem Regen auf der Rückbank von meinem Auto zum ersten Mal miteinander geschlafen. Danach bist du raus in den Regen gestürmt und weggelaufen. Ich habe angefangen, dich Einstein zu nennen, als wir Laborpartner waren, weil du so klug bist.

wickedtrix00@gmail.com

Oh Gott, Toby, wo bist du? Ist dir klar, dass alle denken, du wärst tot? Ich inklusive, bis vor zehn Sekunden. Warum hast du mich das durchmachen lassen? Bitte, bitte, komm zurück.

the_toby_hunter@gmail.com

Ich erkläre es dir, versprochen. Aber du musst zu mir kommen. Ich bin an einem Ort, wo wir endlich zusammen sein können, ohne dass uns jemand in die Quere kommt.

Hektisch klicke ich die einzelnen Mails an, lese das Hin und Her zwischen den beiden, die gemeinsamen Pläne. Ich merke erst, dass ich weine, als die Tränen den Ausschnitt meines Shirts durchnässen. Es tut einfach so weh. Die ganze Zeit, die Trixie mit dem Handy verbracht hat, das eine Mal, als sie mich angefahren hat, weil ich plötzlich hinter ihr auftauchte, als sie am Laptop saß. Es war deswegen. Sie hat sich mit Toby geschrieben.

the_toby_hunter@gmail.com
Ich bin in New Jersey. Ich habe eine Wohnung hier und einen Job. Ein ganz neues Leben. Alles, worüber wir immer geredet haben.

wickedtrix00@gmail.com
Warum New Jersey?

the_toby_hunter@gmail.com
Warum nicht?

Und einen Tag später noch eine Nachricht.

wickedtrix00@gmail.com
Ich habe schlimme Dinge gemacht, nachdem du fort warst. Ich dachte, du wärst tot, und ich wollte auch sterben. Ich habe sogar versucht, mir die Pulsadern aufzuschneiden, aber ich habe nicht tief genug geschnitten. Vielleicht weil ich die ganze Zeit wusste, dass du noch am Leben bist. Aber manches von dem, was ich gemacht habe, kannst du mir sicher nicht verzeihen.

the_toby_hunter@gmail.com

Was auch immer du getan hast, es ist okay. Ich liebe dich. Alles wird gut.

wickedtrix00@gmail.com

Ich komme, Toby. Aber nicht sofort. Ich weiß nicht, wie ich das Fiona und meinem Dad erklären soll. Fiona und ich wollten zusammen nach New York. Sie wird am Boden zerstört sein.

Sie hatte Zweifel. Ich lese sie, die Worte, die sich in mich bohren wie Messer, mein eigener Name eine tödliche Waffe. Ich war nicht nichts für sie. Wir waren wirklich. New York war wirklich.

wickedtrix00@gmail.com

Ich weiß nicht, ob ich das kann. Ich drehe durch, Toby. Ich bin noch nie abgehauen. Mein Dad wird sich die Schuld dafür geben.

the_toby_hunter@gmail.com

Ich liebe dich sehr. Und wenn wir erst einmal zusammen sind, wird es nicht mehr so schwer für dich sein. Es tut mir leid, dass es so laufen muss. Aber wenn das Leben so einfach wäre, würden alle mitspielen.

Ich lese weiter, wie sie den ganzen Plan ausheckten. Ihre Reise nach New Jersey, dass sie den Bus nehmen würde und den Rest per Anhalter fahren und ihren gefälschten Ausweis benutzen, falls sie irgendwo übernachten müsste. Sie haben alle möglichen Szenarien besprochen, jedes mögliche Hindernis. Bis auf eins.

wickedtrix00@gmail.com
Ich lasse nichts zurück, Toby.
Ich komme nie mehr wieder.

Ich krümme mich vor Schmerzen. Ich stelle mir Trixie am Strand vor, wie sie aus den Flip-Flops schlüpft und das JERSEY GIRL-Top auszieht. Sie musste etwas zurücklassen. Ihre Version eines Abschiedsbriefs. Sie hatte Angst, viel zu viel Angst, um alle Verbindungen zu kappen. Und so hinterließ sie eine offensichtliche Spur, aber ich habe sie zu spät erkannt.

Doch dann komme ich bei einer Nachricht an, die mir das Blut in den Adern gefrieren lässt. Einen Tag nach Alisons Party.

wickedtrix00@gmail.com
Wo bist du? Du hast gesagt, du wärst hier.

the_toby_hunter@gmail.com
Ich musste umziehen. Jemand war hinter mir her.
Ich sage dir bald, wo ich bin. Ich liebe dich.

wickedtrix00@gmail.com
Toby, ich drehe durch. Gott, wo bist du?

the_toby_hunter@gmail.com

Es gibt eine Brücke, an der wir uns treffen können. Hier ist die Wegbeschreibung. Heute, um Mitternacht. Ich warte dort auf dich.

Dann enden die Nachrichten auf einmal, von beiden Seiten. Meine Fingerspitzen sind taub, mein Herz rast so schnell, dass es eigentlich jeden Moment versagen muss. Ich zwicke mich in Arme und Beine, weil ich mir sicher bin, dass dies nur ein furchtbarer Albtraum sein kann, aus dem ich gleich erwachen werde. Und gerade als ich denke, dass es nicht mehr schlimmer werden kann, dass meine Schultern zerbrechen, wenn noch ein weiteres Gramm Schmerz mehr darauf lasten sollte, scrolle ich zurück und lese die Worte nicht nur, sondern sehe sie wirklich.

Aber wenn das Leben so einfach wäre, würden alle mitspielen.

Ich schreie laut auf, schlage auf den Tisch. Ich bin wieder mit Jasper im Motel. Meine Stimme tränenerstickt. *Ich verstehe nur nicht, warum sie es gemacht hat. Warum sie unbedingt ihr bisheriges Leben aufgeben musste.*

Jasper, der mir mit dem Finger kleine Kreise auf den Arm malt. *Wenn das Leben so einfach wäre, würden alle mitspielen.*

Weit entfernt höre ich ein Klingeln, vielleicht vom Telefon, vielleicht von der Tür. Oder es ist das Klingeln in meinen Ohren. Ich rolle mich auf dem Teppichboden zusammen, ich wünschte, dass alles verschwindet, dass das vergangene Jahr nie passiert ist, ich nichts von dem allen wüsste. Ich hätte einfach wie alle anderen akzeptieren sollen, dass das Meer ihr Grab ist. Darüber hätte ich hinwegkommen können, aber nicht dies.

Vor mir erscheint ein Paar Schuhe. Klobige schwarze Stiefel, wie Jasper sie trägt. *Ich habe die Tür nicht abgeschlossen.* Er hockt sich vor mich und will mich berühren, aber ich schlage seine Hand weg.

»Du warst es«, schluchze ich. »Du warst es die ganze Zeit. Du hast sie dazu gebracht zu gehen.« Der Schmerz in mir wird immer schlimmer, als würde mein Bauch zerreißen. Mein Schreien dröhnt mir in den Ohren.

»Fiona, wovon redest du?«, fragt er, während ich mich wegdrehe.

»Die E-Mails!«, brülle ich. »Ich habe sie gefunden. Ich weiß, dass du es warst! Ich rufe die Polizei!«

»Warte, bitte«, sagt er und zieht mir die Hände vom Gesicht. »Warte, bitte, sieh mich an. Du weißt doch gar nicht, was du da redest. Können wir bitte darüber sprechen? Was für E-Mails?«

Ich versuche, mich aufzusetzen, aber es tut zu sehr weh. Ich blicke an die Wände, auf die Barbies in ihren Schachteln, die ich nicht übers Herz gebracht habe wegzuwerfen, die Stelle, wo meine Nähmaschine früher stand. Ihn sehe ich nicht an. Ich bin allein mit ihm, und er hat das hier getan, und er könnte mich verletzen, mich zum Schweigen bringen. Ich will nach Beau rufen, damit er zurückkommt, aber er ist weg, und niemand kann mir helfen.

»Du warst es. Wenn das Leben so einfach wäre, würden alle mitspielen? Du warst er. Du … du …«

»Nein«, sagt er und umklammert meine Handgelenke.

»Ich kann alles erklären. Lässt du es mich erklären?« Er hat die Augen weit aufgerissen und blinzelt nicht ein einziges Mal, seine Stimme ist schnell, hoch, panisch, und das ist das Beängstigendste, dass Jasper vor mir zusammenbricht. Ich löse mich von ihm, und er fängt an, den Mund zu bewegen, wie ein Fisch, aber kein Ton kommt heraus. Vielleicht funktioniert das so. Alle bekommen ihr Kontingent an Lügen, und er hat seins aufgebraucht.

»Wie …«, schluchze ich und lehne den Rücken gegen den Tisch. »Wie konntest du ihr das antun? Wie konntest du … vorgeben, du wärst er? Weißt du gar nicht, was du da gemacht hast?« Ich fange an zu weinen, dicke Tränen, die meinen ganzen Körper schütteln.

»Fiona«, sagt Jasper und sieht mich mit großen Augen an, aber diesmal ist es, als wäre er unter Wasser. Ich fange an zu treten, um mich von ihm zu entfernen, doch er kommt immer näher. Seine Hände liegen jetzt auf meinen Schultern. Ich kenne sein Geheimnis. Er weiß, dass ich es kenne. *Was wird er mit mir machen?*

»Ich hatte nicht vor, ihr wehzutun«, sagt er, aber so leise, dass ich fast glaube, ich hätte nichts gehört.

»Was hast du mit ihr gemacht?« Ich rutsche von ihm weg. *Wozu ist er fähig?*

»Es ist einfach passiert. Es war keine Absicht. Bitte. Ich erzähle es dir, ich schwöre, ich erzähle dir die Wahrheit. Aber irgendwas stimmt nicht mit dir.«

»Überhaupt gar nichts stimmt«, sage ich und mein Atem ist nur noch ein Keuchen. »Jede einzelne Sekunde, die ich mit dir verbracht habe, war eine Lüge.«

Ich stehe zu schnell auf und falle beinahe sofort wieder auf die Knie, ich halte mich am Teppich fest. Dieser Schmerz kommt von innen, aus meinem Körper, nicht von Jaspers Worten. Er hat recht – irgendetwas stimmt ganz und gar nicht mit mir. Ich sterbe, ich werde bei lebendigem Leibe von den Geheimnissen anderer Leute aufgefressen, und dieses Geheimnis passt nicht auch noch in mich hinein. Es sind schon zu viele Geheimnisse darin, die miteinander um Platz ringen.

»Du musst ins Krankenhaus«, sagt Jasper. Er ist leichenblass. Ich weiß nur nicht, was seine Panik hervorgerufen hat, dass ich sterbe oder dass ich erzählen könnte, was ich weiß. Vielleicht will er, dass ich sterbe, damit seine Geheimnisse mit mir sterben.

»Nein«, sage ich, aber der stechende Schmerz in meiner rechten Seite wird unerträglich. Etwas ist gerissen. Ein lebenswichtiges Organ.

Ich habe keine Wahl, also lasse ich mich von Jasper zum Auto bringen und auf dem Beifahrersitz anschnallen. Von der Fahrt bekomme ich so gut wie nichts mit, ich spüre nur seine Hand in meinem Nacken. Zuerst schrecke ich vor der Berührung zurück, aus Angst, er könnte mich erwürgen. Was würde er tun, um mich zum Schweigen zu bringen?

»Wo ist sie?«, murmele ich vor mich hin. »Wo ist sie jetzt?«

»Ich werde es alles wiedergutmachen«, sagt er, aber als er mich wieder berührt, zucke ich zurück.

Auf dem Krankenhausparkplatz angekommen will ich nicht reingehen. Ich will im Auto sitzen bleiben, bis ich aus diesem Albtraum erwache. Doch Jasper zieht mich mit wildem Blick aus dem Auto und über den Parkplatz ins Krankenhaus.

»Ich weiß nicht, was sie hat«, sagt Jasper, sobald wir in der viel zu hellen Notaufnahme sind. »Aber sie ist krank.«

Normalerweise muss man in der Notaufnahme warten. Als ich mir einmal beim Obstschneiden mit dem Messer in den Finger geschnitten hatte, musste ich stundenlang im Wartebereich sitzen. Mom hatte mir den Finger mit einem Küchentuch umwickelt und mich in genau dieses Krankenhaus gefahren, sie war absolut ruhig, selbst, als das Blut durchs Küchentuch sickerte.

Heute muss ich nicht warten. Ich werde mit Fragen bombardiert: *Hast du Drogen genommen? Hast du getrunken? Hast du irgendetwas Giftiges zu dir genommen? Hast du Schilddrüsenprobleme?*

Ich will ihnen alles erzählen. Meine ganzen Geheimnisse und besonders, was Jasper getan hat, was auch immer es war, denn ich weiß, es war seine Schuld. Er hat irgendetwas mit ihr gemacht, und sie wird nie wieder zurückkommen.

Doch bevor ich das sagen kann, wird alles schwarz.

91

Über den Zweck des Blinddarms wird schon lange diskutiert. Viele Jahre wurde er als nutzlos angesehen, aber inzwischen glaubt die Medizin, dass er gute Bakterien enthält und an Immunfunktionen beteiligt ist. Wenn das stimmt, hat meiner seinen Job nicht besonders gut gemacht. Meiner hat sich entschieden, mich zu hintergehen, genau wie die Menschen, die ich in mein Leben gelassen habe.

»Die Operation ist sehr gut verlaufen«, sagt der Arzt, als ich hinterher wieder aufwache. »Keine Komplikationen. Wir mussten eine Not-OP durchführen. Wir haben den Blinddarm entfernen können, bevor er geplatzt ist. Du kannst wirklich froh sein.«

Ich nicke. Ich fühle mich benommen und taub und bin überhaupt nicht froh. Er erzählt weiter davon, wie ein entzündeter Blinddarm, der nicht behandelt würde, platzen und sich in den Bauch entleeren könnte. Daran kann man sterben. Etwas, das eigentlich dazu da ist, den Körper zu schützen, kann einen töten.

»Du kannst froh sein, dass dein Freund dich rechtzeitig hergebracht hat«, sagt der Arzt und zeigt zur Tür. »Er hat die richtige Entscheidung getroffen.«

»Mein Freund«, sage ich mit trockenen Lippen. Da ist das Wort wieder, *froh*. Ich bin nicht froh. *Ich hatte nicht vor, ihr wehzutun.* Auch wenn mein Kopf sich anfühlt, als wäre er voller Watte, muss ich die Wahrheit erfahren.

»Er wartet draußen, um dich zu sehen, aber wenn du lieber keinen Besuch haben willst, sage ich ihm, dass er nach Hause gehen kann. Wir haben auch deine Mutter angerufen. Sie ist auf dem Weg hierher.«

Ich will Jasper nicht sehen. Ich will Jasper nie wieder sehen, aber ich muss ihn sehen, denn sonst erfahre ich es nie.

»Hat er mir das Leben gerettet?«

Der Arzt lächelt mich an, als würde ich ihm leidtun, als würde ich die falschen Fragen stellen. »Wenn du erst später ins Krankenhaus gekommen wärst, hätte es viel schlimmer ausgehen können. Aber ich verspreche dir, du hast es jetzt überstanden. Du wirst den Blinddarm noch nicht mal vermissen.«

Er versucht, lustig zu sein, aber ich weiß, was unter seinen Worten mitschwingt. Er denkt, Jasper wäre ein guter Mensch, jemand, der sich um andere sorgt, jemand, der die richtigen Entscheidungen trifft. Jemand, der anderen hilft und sie nicht verletzt. Aber er irrt sich.

Jasper kommt herein und setzt sich mit gesenktem Blick auf den Stuhl neben meinem Bett, als würde er nicht zu viel Raum einnehmen wollen. »Wie geht es …«, fängt er an, aber ich lasse ihn nicht ausreden.

»Du hast ihr was angetan.« Meine Stimme klingt leise und weit entfernt, und ich bin seltsam distanziert von meinen Gefühlen. Vielleicht sind ein paar davon mit dem

Blinddarm entfernt worden. Die nutzlosen, wie Mitgefühl. »Du hast sie verletzt. Wo ist sie, Jasper?«

Er blickt sich um, wie um sich zu überzeugen, dass wir allein sind. Ich wünschte beinahe, wir wären es nicht. Krankenhäuser sind eigentlich sicher, aber er könnte mich immer noch verletzen, wie er sie verletzt hat. Er könnte es wie einen Unfall aussehen lassen.

»Du hast sie glauben lassen, er wäre noch am Leben«, sage ich, als er nicht antwortet, und meine Stimme ist kaum mehr als ein Flüstern. »Ist sie noch am Leben?«

Er seufzt, und dann merke ich, dass er weint, er lässt den Kopf hängen, als wäre er zu schwer für seinen Hals. Ich sehe die blonden Haarwurzeln, sein wirkliches Ich. »Es sollte nie so weit kommen. Eigentlich wollte ich doch nur die Wahrheit wissen. Ich habe geahnt, dass sie sich mit jemand anders trifft. Ich wusste nur nicht mit wem. Aber ich kannte sie gut genug, um zu merken, dass sie mir etwas verheimlicht. Und schließlich sah ich sie mit ihm, wie sie zusammen durch den Regen zu seinem Auto liefen. Ich wollte sie überraschen, ich hatte Blumen für sie, aber dann stand ich einfach nur da und sah ihnen zu.« Er ballt die Hände zu Fäusten.

»Am nächsten Tag im Labor tat sie so, als würde er nicht existieren, genau wie immer. Aber etwas war anders. Ich gab ihr die Gelegenheit, es mir selbst zu erzählen. Ich fragte sie, ob es da jemanden gibt, und sie sagte Nein. Also habe ich ihren E-Mail-Account gehackt und ihre Nachrichten gefunden. Dann ist er verschwunden, und eine Weile dachte ich, sie könnte mit mir glücklich sein. Aber ich konnte sie nie glücklich machen. Ich war so wütend, Fiona. Wütend auf sie und auf mich selbst und auf Toby. Also habe ich mich in seinen E-Mail-Account gehackt und ein ziemlich blödes Spiel angefangen. Sie hatten es mir leicht gemacht. Ihre Passwörter waren der Vor- und Nachname des jeweils anderen.« Er macht eine Pause. »Dann ist es alles total außer Kontrolle geraten.«

Ihr Passwort. j-e-r-s-e-y-g-i-r-l. Sie muss es geändert haben, bevor sie gegangen ist, eine Rettungsboje, abgeworfen für eine Person, die sie gut genug kannte, um nach ihr zu suchen.

»Du hast sie weggelockt«, sage ich. »Was ist dann passiert?«

»Ich bin hingefahren«, sagt er. »Nach New Jersey. In diese Stadt namens Lambertville am Delaware River. Ich hatte vor, da zu sein, damit sie sieht, dass ich derjenige bin, dem sie wichtig ist. Der Typ, der immer für sie da war. Und ich wollte mit ihr zusammen zurückkommen.«

Ich denke an Trixies Beerdigung, die ohne Jasper stattfand. Jetzt weiß ich, wo er war. Ich versuche, mir vorzustellen, wie es Trixie ergangen sein muss, als sie statt Toby ihn sah, wie sich ihre Enttäuschung und der Schock auf ihrem Gesicht abgezeichnet haben müssen.

»Und was ist dann passiert? Wollte sie nicht mit dir zurückkommen?«

Wieder blickt Jasper sich um. Ich bin mir dessen sehr bewusst, dass die Tür zu meinem Zimmer geschlossen ist. Der Arzt hat gesagt, ich kann den Knopf an meinem Bett drücken, wenn ich Hilfe brauche, aber vielleicht würden sie nicht schnell genug kommen. Ich lege die Hand über den Knopf.

»Es war ein Unfall«, flüstert er. »Sie stand auf der Brücke, von der ich ihr gesagt hatte, dass Toby dort auf sie warten würde. Dass ich dort auf sie warten würde. Ich ging von hinten auf sie zu und habe ihr die Hände über die Augen gelegt. Sie hat sich umgedreht und gelächelt, und dann hat sie gesehen, dass ich es war, und ist ausgetickt.« Seine Stimme versagt für einen Moment. »Sie hat mich gegen das Geländer gestoßen. Ich habe ihr erzählt, dass ich es die ganze Zeit schon war, dass Toby nicht mehr wiederkommen wird. Ich habe ihr gesagt, dass wir füreinander bestimmt sind. Aber sie hat nicht aufgehört, mich zu schubsen und nach mir zu schlagen. Ich habe sie festgehalten, damit sie sich beruhigt, aber sie wollte sich nicht beruhigen. Sie hat angefangen zu schreien, und dann habe ich ...« Er bringt den Satz nicht zu Ende.

»Dann hast du was?« Ich habe das Gefühl, mich übergeben zu müssen. Ich balle die Hände kraftlos zu Fäusten, sie sind zu nichts nütze.

»Ich habe sie geschubst. Sie hat mich geschubst, und ich habe einfach zurückgeschubst, ich hatte nicht vor, sie so fest zu schubsen – aber sie hat das Gleichgewicht verloren und ist übers Geländer gestürzt. Sie trug ihren Rucksack und ist sofort untergegangen. Ich wollte ihr hinterherspringen, aber die Strömung war stark und ich konnte sie nicht mehr sehen. Ich bin zum Ufer gerannt, weil ich dachte, sie würde irgendwann angespült werden und dann könnte ich sie retten. Aber sie wurde nicht angespült. Ich bin stundenlang hin- und hergelaufen. Und am nächsten Tag habe ich die Nachrichten nach ihr durchsucht, und am Tag danach auch, und ich mache es immer noch jeden Tag, weil ihre Leiche ja irgendwo da draußen sein muss und irgendwann angespült und von jemandem gefunden werden muss.«

Jetzt fängt er richtig zu weinen an. Offenbar ist dies das erste Mal, dass er es jemandem erzählt, vielleicht sogar das erste Mal, dass er sich selbst gegenüber zugibt, was er getan hat. Ich habe das letzte Jahr mit einem Ungeheuer verbracht. Ich hatte angefangen, mit Jasper zu knutschen, weil ich mich an Trixie rächen wollte, und ich war die ganze Zeit mit ihrem Mörder zusammen.

Mörder.

Trixie ist tot. Sie ist tatsächlich mit ihrem Rucksack auf dem Rücken gestorben. Das Wasser ist wirklich ihr Grab. Nur, dass sie nicht ins Wasser gegangen ist. Sie wurde hineingestoßen. Ich versuche, mir ihre letzten Augenblicke vorzustellen, die Panik, die sie heiß und kalt durchströmt, die Hilflosigkeit, die sie empfunden haben muss, als der Fluss sie runterzog. Ich frage mich, ob sie wusste, dass Jasper der letzte Mensch war, den sie in ihrem Leben sehen würde. Ich frage mich, ob sie an Toby dachte. Ich frage mich, ob sie an ein Leben nach dem Tod glaubte, wo sie wieder mit Toby zusammen sein würde.

Ich kann mich noch Ewigkeiten Dinge fragen, aber eigentlich will ich nur die Zeit zurückdrehen, bis zu diesem wahnsinnig heißen Tag im September, als ich mit Jenny zum Cheerleader-Training ging. Und ich will nichts anderes als mit ihr zum Training gehen und nicht zurück zum Auto laufen.

»Ich rufe die Polizei.« Die Kälte in meiner Stimme erstaunt mich. Jasper bedeutet mir nichts mehr. Welchem Teil von mir auch immer er mal etwas bedeutet hat, er ist nicht mehr da, er liegt begraben in einem Flussbett in New Jersey. Jasper hat einmal gesagt, Byron St. James würde sich an jedes Detail von Trixie erinnern, weil er sie sterben gesehen hat und man es nicht vergisst, wenn man einen Menschen sterben sieht. Dabei hat er die ganze Zeit von sich selbst geredet. Ich frage mich, wie oft am Tag er ihr Gesicht sieht, hört, wie sie auf dem Wasser aufgekommen ist.

»Nein.« Jasper wischt sich übers Gesicht und räuspert sich. »Ruf nicht die Polizei. Ich mache es selbst. Wenn es das ist, was du willst.«

Ich bin kurz davor, den Knopf zu drücken, aber dann fallen mir die Worte des Arztes wieder ein. *Du kannst froh sein. Dein Freund. Er hat die richtige Entscheidung getroffen.*

»Das ganze letzte Jahr war eine riesige Lüge«, sage ich. »Du wusstest, dass sie nicht in Tijuana war. Du wolltest nur nicht, dass ich es rausfinde. Du wolltest mich im Dunkeln tappen lassen. Nur *deswegen* hast du was mit mir angefangen.«

»Nein«, sagt Jasper und greift nach meiner Hand. »Ich bin mit dir nach Tijuana gefahren, damit du erkennst, dass sie nicht mehr da ist. Ich wollte, dass wir beide das Ganze hinter uns lassen und zusammen neu anfangen. Ich liebe dich.«

Ich ziehe meine Hand weg. »Genau, wie du sie geliebt hast.«

»Wir könnten weiter zusammen sein«, sagt er leise. »Das die ganze Zeit vor dir geheim zu halten, hat mich total fertiggemacht. Aber jetzt, wo du die Wahrheit kennst, wo du weißt, dass es ein Unfall war, kennst du alle meine dunklen Seiten. Du weißt, dass ich kein schlechter Mensch bin. Ich habe nur einen Fehler gemacht.«

Es ist verrückt, aber einen Moment lang denke ich darüber nach, wie das aussehen würde, wenn wir beide weiterhin zusammen wären. Niemand würde je die Wahrheit erfahren. Ich bin Trixie nichts schuldig. Ich war ihr nie besonders wichtig, und Jasper bin ich wichtig. Er hat sie geschubst, aber er wollte sie nicht töten. Oder zumindest soll ich das glauben, und er selbst will es auch glauben. Vielleicht wollte er sie doch töten.

Vielleicht hatte er die Brücke ausgesucht, weil er wusste, wie leicht man dort übers Geländer fallen kann. Vielleicht lächelte er, als er hörte, wie sie auf dem Wasser aufkam. Vielleicht lachte er, als er die E-Mails schrieb und sich Trixies Miene vorstellte, wenn sie die Nachrichten las.

»Ich schwöre es, Fiona. Es war ein Unfall. Ich habe etwas Schlimmes getan, und ich muss damit leben. Aber deswegen musst du uns nicht aufgeben.«

Ich weiß nicht, an welche Version von Jasper ich glauben soll. An den Jasper, der Trixie liebte, oder den, der sagt, dass er mich liebt, den, der sie umgebracht hat, oder den, der mir das Leben gerettet hat, als er mich auch einfach mit einem geplatzten Blinddarm in meinem Zimmer hätte sterben lassen können. Ich kann zur Polizei gehen und alles erzählen, oder ich kann es für mich behalten und in mich hineinfressen. Aber zum ersten Mal in meinem Leben weiß ich, was ich zu tun habe. Die Sache mit Entscheidungen ist nämlich: Wenn man die Optionen gegeneinander abwägt, wiegen sie nie das Gleiche.

Eine Seite ist immer schwerer.

92

Sie kommt nicht mehr zurück. Und ich bin mir auch gar nicht sicher, ob ich es wollen würde. Denn ich glaube nicht, dass sie mir je verzeihen würde, und ich weiß nicht, ob ich ihr verzeihen könnte.

Ich sehe sie immer noch hundertmal am Tag, in hundert verschiedenen Mädchen, denen ich auf der Straße begegne, in der Mall, überall. Sie ist jedes Mädchen mit kurzen blonden Haaren und einem Lippen-Piercing. Jedes Mädchen mit langen braunen Haaren und hervorstehendem Schlüsselbein. Sie ist jedes Mädchen mit Zigarette, jedes Mädchen mit abgeschnittenen Jeansshorts. Sie ist jedes lachende Mädchen, jedes weinende Mädchen, jedes Mädchen, das allein dasteht, jedes Mädchen, das mit gesenktem Blick davoneilt. Sie ist überall und nirgendwo, genau wie während der ganzen Zeit, in der ich sie kannte.

Vielleicht habe ich die falsche Entscheidung getroffen, denn ich denke immer noch über die andere Richtung nach, in die sich mein Leben hätte entwickeln können. Ich denke in letzter Zeit viel über Entscheidungen nach. Nicht nur über die riesigen Mammutentscheidungen, die sich wie ein Felsbrocken mitten vor einen pflanzen. Die stürzen einfach auf dich nieder, selbst wenn du dich mit deinem ganzen Gewicht gegen sie stemmst. Dann werden sie dich unweigerlich erdrücken.

Aber die winzigen Bröckchen, die herabrieselnden Kiesel tun es letztendlich genauso. An die denkt man zuerst gar nicht. Sie sind so klein, so unbedeutend. Man klopft sich bloß den Staub ab und vergisst sie. Sollte man aber nicht. Denn manche Menschen werden wirklich lebendig begraben.

An jenem Tag damals entschied ich mich, das Cheerleader-Training zu schwänzen, und ich entschied mich, mit Trixie davonzufahren. Ich entschied mich für sie, und sie entschied sich für mich. Ich glaubte sie zu kennen, aber alles war das genaue Gegenteil. Wenn sie glücklich schien, war sie traurig. Wenn sie traurig schien, war sie eifersüchtig. Wenn sie eifersüchtig schien, war sie wütend. Sie trug ihre Gefühle wie Kleidung, und nichts passte richtig.

Manchmal stelle ich mir Trixie und mich als Personen in einer von Alisons romantischen Komödien vor, nur ohne Happy End. Sie hat mich aus einem bestimmten Grund ausgewählt, nämlich weil sie sich an Beau dafür rächen wollte, dass er ihr Leben zerstört hat. Es war ihr anfangs egal, was das mit mir machte. Aber dann wurde ich für sie zu sehr viel mehr als nur einem Mittel zum Zweck. Ich wurde zu einer Freundin und Schwester, und der Gedanke, dass es ihr schwerfiel, mich zurückzulassen, als sie ging, um Toby zu finden, gefällt mir.

Ich könnte mich auch irren. Aber ich glaube nicht, dass jemand so gut lügen kann.

Epilog

Sechs Monate später

Winter ist genauso, wie ich es mir vorgestellt habe. Mäntel und flauschige Mützen und Handschuhe und Stiefel. Schnee, richtiger Schnee, nicht bloß Rasierschaum und Natron. Manchmal, wenn ich warm eingepackt über den Campus trotte, fühle ich mich winzig, als könnte ich auf dem Weg von meinem Wohnheimzimmer zum Vorlesungssaal einfach verschwinden, und niemand würde es mitbekommen.

Ein Teil von mir ist verschwunden, aber bloß die kaputten Versionen meiner selbst, und ich bin als die, die ich sein will, wiederaufgetaucht. Ich habe mir die Haare kurz geschnitten und mit dem Geld, das Mom mir zum Schulabschluss geschenkt hat, eine neue Nähmaschine gekauft, die in der Ecke meines Wohnheimzimmers steht und viel zu viel Platz einnimmt. Ich habe noch nichts damit genäht, aber das werde ich bald. Zu Dr. Rosenthal gehe ich natürlich nicht mehr, aber ich habe hier eine neue Therapeutin. Ganz allmählich versuche ich, netter zu mir selbst zu sein und mich nicht mehr wie eine Gefangene in meinem eigenen Körper zu fühlen. Vielleicht wird mir eines Tages sogar gefallen, wen ich sehe, wenn ich in den Spiegel blicke.

So langsam verstehe ich Trixie auch besser, warum sie so sehr das Bedürfnis hatte, jemand anders zu werden. Es ist leichter, als ich dachte, meine alte Haut abzuwerfen. Niemand hier weiß über mich oder Trixie oder irgendetwas von letztem Jahr Bescheid. Ich versuche, mit allen zu reden. Ich gehe mit meinem gefälschten Ausweis in die Bar und trinke Bier aus riesigen Pint-Gläsern. Ich sitze mit heißer Schokolade in der zugigen Bibliothek und lerne. Ich habe eine Gruppe Freundinnen, inklusive Alison, die in zwei von meinen Kursen ist. Wir sind nicht so eng, wie wir einmal waren, aber vielleicht kommen wir wieder dahin. Doch im Moment bin ich noch nicht offen dafür. Trixie hat eine Lücke hinterlassen, die nicht nur zu groß ist, sondern auch eine viel zu seltsame Form hat, als dass ich sie jemals füllen könnte, egal wie viele Leute ich versuche hineinzustopfen.

Manchmal denke ich, ich bin bloß eine Wiederholung der Frauen in meinem Leben, die große Fehler machten. Ich bin meine Mom, der als Jugendlicher die Probleme über den Kopf wuchsen. Ich bin Jenny, deren Herz in tausend Stücke zerbrach. Ich bin Trixie, die den falschen Jungen liebte und log, um diese Liebe zu schützen. Aber hauptsächlich bin ich einfach nur ich, ein Mädchen, das auf die harte Tour herausfinden musste, wer sie ist.

Heute kann ich nicht aufpassen, weil der Vorlesungssaal Fenster hat und ich nichts anderes tun will, als zuzusehen, wie draußen der Schnee fällt, dicke, fette Flocken und kleine Schneeschauer. Alles ist weiß. Gelöscht. Ein unbeschriebenes Blatt. Das ist jedenfalls das, was ich mir sage.

Nach *Einführung in Modedesign* wartet er draußen auf der Treppe auf mich. Er hat zugenommen seit letztem Jahr. Seine Kieferknochen sind nicht mehr so kantig, seine Rippen stehen nicht mehr hervor, und seine Arme sind muskulös, wo sie früher drahtig waren. Es gefällt mir, mich dünner zu fühlen als er, und es gefällt mir, wie sich sein Körper in meinem kleinen Bett im Wohnheimzimmer um meinen schmiegt.

Er schlingt einen Arm um mich und küsst mich auf die Wange. Dann hält er mir einen Kaffee hin. Lächelnd nehme ich ihn entgegen, und jetzt, wo er beide Hände frei hat, legt er sie mir auf die Wangen. Eine ist warm und die andere ist eiskalt. Seine Bartstoppeln kratzen mich, als er mich sanft auf die Lippen küsst.

»The heart will break, yet brokenly live on«, flüstert er so leise, dass der Wind die Worte fast davonträgt.

»Lord Byron«, sage ich. Er hat mir ein neues Buch gekauft, wie versprochen, aber ich habe auch das aufgelöste behalten, weil es eine Erinnerung daran ist, dass man die Vergangenheit ausgraben und manchmal wieder in Ordnung bringen kann, was schiefgelaufen ist.

Wir gehen Händchen haltend durch den Washington Square Park. Wir sind inzwischen zusammen, ein Paar, richtig offiziell. Er geht noch nicht zur Uni, aber jetzt, wo er trocken ist und jeden Tag an einem Treffen der Anonymen Alkoholiker teilnimmt, denkt er darüber nach, nächstes Jahr anzufangen und vielleicht Literatur zu studieren. Oder

Astronomie. Er fährt überall mit dem Fahrrad hin, und manchmal fahre ich mit und klammere mich am Lenker fest. Wir können nicht wieder zu den Menschen werden, die wir mal waren, aber die, die wir jetzt sind, fühlen sich irgendwie okay an.

»Ich liebe dich«, sagt Beau, wirbelt mich im Schnee herum und küsst mich. Letztendlich, nach den vielen Malen, die ich es zu ihm sagen wollte, hat er es zuerst gesagt.

Es war immer Beau. Er war immer die Seite, die schwerer wog. Ich habe Jasper nicht angezeigt, weil er, nachdem ich gesagt hatte, dass ich zur Polizei gehen würde, sich selbst angezeigt hat. Er verbringt die nächsten Jahre in einer psychiatrischen Anstalt in Chula Vista. Vielleicht besuche ich ihn eines Tages, aber wahrscheinlich nicht. Wir haben uns noch eine Weile E-Mails geschrieben, was ziemlich makaber ist, wenn man bedenkt, dass die E-Mails zwischen ihm und Trixie Trixie auf die Brücke und aus ihrem Leben geführt haben. Manchmal wünschte ich, ich könnte ihn von ganzem Herzen hassen, allen Kontakt mit ihm abbrechen und so tun, als gäbe es ihn nicht. Doch die Wahrheit ist, er ist die letzte Verbindung, die ich zu Trixie habe, und es könnte sein, dass er mir das Leben gerettet hat. Ich wünschte, diese Bindung würde sich einfach von selbst auflösen, aber das wird sie nie.

Gestern kam ein Brief von ihm an, mit einem Foto von Trixie und mir. Dem Foto, das wir in unserem Spind hängen hatten, das aus seinem Rahmen verschwunden war. Mehr war nicht darin, nur das Foto – keine Erklärung, keine persönliche Nachricht.

Vielleicht haben wir beide alles gesagt, was zu sagen war.

Ich denke daran, wozu ihn seine Eifersucht getrieben hat, und es verschlägt mir den Atem, denn auch ich war früher eifersüchtig. Und neidisch. Eifersüchtig auf Jenny und neidisch auf Trixie, auf Leute, die etwas hatten, was ich nicht hatte. Eifersucht und Neid sind etwas, was wir in uns tragen wie einen entzündeten Blinddarm, etwas, was wir nicht brauchen und das platzen und einen zerstören kann. Vielleicht war ich näher daran, mich davon ruinieren zu lassen, als mir klar war.

Die Liste habe ich immer noch, die mit der Überschrift GRÜNDE FÜR TRIXIES VERSCHWINDEN. Es steht immer noch nur ein einziger Name darunter: Jasper Hart. Wie sich herausgestellt hat, habe ich damit ganz zu Anfang schon richtiggelegen.

»Woran denkst du?«, fragt Beau, als wir einen Hügel hinabgehen und der Schnee unter unseren Stiefeln knirscht.

Ich küsse ihn. Das fragt er mich oft. *Woran denkst du?* Ich sage ihm nie die Wahrheit. Wir reden nicht über Jasper. Wir reden nicht darüber, was zwischen Toby und Trixie war. Ich weiß, dass Beau gern so tut, als wären sie zusammen irgendwo da draußen, als seien sie beide an die Wasseroberfläche zurückgekommen und hätten sich irgendwo auf der Welt wiedergetroffen. Die Vorstellung gefällt ihm – er weist öfter mal darauf hin, dass ihre Leichen schließlich nicht gefunden wurden.

Ich sage ihm nicht, dass ich an sie denke. Das sage ich ihm nie. Angeblich haben wir die Sache hinter uns gelassen. Auf gewisse Weise lüge ich also immer noch und werde es wohl immer tun.

Stattdessen sage ich: »Ich will einen Schneemann mit dir bauen. Einen echten.«

Und mitten zwischen dem Vorlesungssaal und meinem Wohnheimzimmer, irgendwo zwischen meinem alten Leben und diesem neuen Ort, fangen wir also an, einen Schneemann zu bauen.

Danksagung

Ich habe angefangen, dieses Buch zu schreiben, als ich auf Hochzeitsreise nach Costa Rica flog. Ich blickte aus dem Flugzeugfenster auf die endlose Weite der Welt und überlegte, wie einfach es wäre, darin zu verschwinden. Dann fragte ich mich, was jemanden veranlassen könnte, komplett zu verschwinden, und Trixie Heller war geboren. (Der Rest meiner Hochzeitsreise war nicht so morbide, wirklich.)

Ich hatte das unglaubliche Glück, mit einem großartigen Team zusammenzuarbeiten, um *Wer zuletzt lügt* herauszubringen. Ich danke meiner Agentin Kathleen Rushall dafür, dass sie an dieses Buch geglaubt und das perfekte Zuhause dafür gefunden hat. Meiner Lektorin Erin Stein, deren geniale Einfälle die Geschichte sowohl düsterer als auch schlüssiger gemacht haben. Ich danke Dawn Ryan und Kerry Johnson, die mit ihren magischen redaktionellen Fähigkeiten dieser Geschichte eine Form gegeben haben. Danke auch an den Herstellungsleiter Raymond Ernesto Colón und alle anderen bei Imprint, die geholfen haben, *Wer zuletzt lügt* zu einem Buch zu machen.

Ich weiß nicht, was ich ohne meine mir Feedback gebenden befreundeten Autorinnen gemacht hätte. Ich bin Emily Martin unendlich dankbar für die jahrelange Unterstützung und Freundschaft und die vielen Stunden, die sie der Lektüre meiner Arbeit (und meiner langen, ausschweifenden E-Mails) gewidmet hat. Du verstehst meine Bücher so gut und deine Vorschläge machen sie immer um so viel besser. Zieh nach Kanada, damit wir mehr Zeit zusammen verbringen können! Mein herzlicher Dank auch an Samantha Joyce, die immer ein Ohr für mich hat und mein Schreiben unterstützt (und die besten Buchcover-Cupcakes macht). Wein und Käse für Marci Lyn Curtis für die witzigen privaten Chats, ihre Bücherliebe und Jax-Teller-GIFs. (Bitte, schick sie mir weiterhin!) Ich danke all meinen Sweet-Sixteen- und Sixteen-to-Read-Freundinnen – ich fühle mich immer noch geehrt, mit euch auf dieser verrückten Achterbahnfahrt zu sein, seit wir mit unseren Debüts herausgekommen sind, und ich freue mich, wie sich unsere Karrieren als Schriftstellerinnen seitdem entwickeln. Danke, dass ihr mich mit meiner so ermutigt habt.

Die größte Unterstützung waren für mich immer die Menschen, die meine ungebärdige Fantasie genährt haben, allen voran die beiden Personen, die seit jeher wussten, dass ich dazu bestimmt war, zu schreiben: meine Eltern Denis und Lucy Burns. Ich danke euch für buchstäblich alles – angefangen damit, dass ihr mich bei jedem verrückten Traum anfeuert, bis dahin, dass ihr mich immer mit reichlich Essensresten nach Hause schickt, weil ihr wisst, dass ich keine Zeit zum Kochen habe. Ich hoffe, meine Tochter zu einer genauso furchtlosen und forschen Person zu erziehen, wie ihr es mit mir getan habt. Ich liebe euch beide mehr, als ich jemals sagen könnte.

Ich danke meiner Schwester und besten Freundin Erin Shakes – du wirst immer meine Komplizin sein, egal wie alt wir sind. Danke für die vielen Chips-and-Dips-Abende, Shopping-Trips und die vielen (vielen) zusammen geleerten Flaschen Wein. Ich bin so froh, dass wir beide kleine Mädchen haben (Hi, Fiona!), die miteinander aufwachsen können wie wir. Ich danke meinem Schwager Jermaine Shakes – danke für deine Energie und deinen Optimismus und dass du meine Bücher all deinen Verwandten und Freunden empfiehlst.

Ich danke der gesamten Familie Flynn für die unglaubliche Unterstützung, den besten Schwiegereltern Jim und Doreen, und ein besonderer Dank geht an Suzanne, die wirklich jedem von meinem Debüt erzählt hat. Tausend Dank an meine vielen Freundinnen – ihr wisst, wer gemeint ist –, ich schätze mich wirklich sehr glücklich, von so vielen inspirierenden Frauen umgeben zu sein. Ich danke den Ladys der RBF-Reihe dafür, dass sie mich immer zum Lachen bringen (oft über mich selbst). Der erweiterten Familie, insbesondere Tante Linda, Onkel Tom und Tante Pat, die bei all meinen Meilensteinen dabei waren.

Ich danke meinen Schutzengeln Oma Gibb und Oma Burns, von denen ich weiß, dass sie gerade von irgendwoher auf mich aufpassen.

Tausend Schmetterlingsküsse für meine Tochter Astrid, die der Sonnenschein jedes einzelnen Tages und meine ewige Muse ist. Ich möchte über starke, komplexe Mädchenfiguren schreiben, deren Geschichten du eines Tages lesen kannst. (Nur noch nicht jetzt.) Ich danke meinem Mann Steve, der mit meinen schriftstellerischen Launen nachsichtig ist und mir genug Zeit und Raum gibt, damit ich meine Figuren und ihre Geschichten kreieren kann. Danke, dass du mit mir meine Ideen besprichst, meilenweit mit mir durch den Wald läufst, mich umarmst, wenn ich eine Umarmung brauche (immer!), und mich liebst, auch wenn ich gerade in meiner eigenen kleinen Welt bin (auch fast immer). Ich könnte mir ein Leben ohne dich nicht vorstellen. Ich liebe dich unendlich.

Ich danke Abby, meinem Chihuahua – wir kennen uns schon seit dreizehn Jahren, und du hast alles mitgemacht. Ich glaube fest daran, dass du mir Glück bringst. Und ja, Hans, du bist auch ziemlich cool.

Und zu guter Letzt danke ich den Blogger*innen, Buchhändler*innen, Bibliothekar*innen, Lehrer*innen und Leser*innen für ihre Leidenschaft, ihren Enthusiasmus und ihre Liebe zu Büchern. Ich bin so dankbar, Teil dieser Community zu sein. Diese Geschichte gehört jetzt euch – ich hoffe, sie gefällt euch.

EINE TÖDLICHE WAHL

Marisha Pessl
NIEMALSWELT
Hardcover
384 Seiten
ISBN 978-3-551-58400-7
Auch als E-Book erhältlich

SEIT JIMS UNGEKLÄRTEM TOD hat Bee keinen ihrer Freunde mehr gesprochen. Als sich die fünf für ein Wochenende wiedertreffen, entgehen sie nachts nur knapp einem Autounfall. Noch unter Schock kehren sie ins Haus zurück, doch dort eröffnet ihnen ein geheimnisvoller Besucher das Unfassbare: Der Unfall ist wirklich passiert und es gibt nur einen Überlebenden. Die Freunde sind in einer Zeitschleife zwischen Tod und Leben gefangen, in der sie dieselben elf Stunden immer wieder durchlaufen – bis sie einstimmig gewählt haben, wer von ihnen überlebt.

WWW.CARLSEN.DE

CARLSEN

SPIEGLEIN, SPIEGLEIN AN DER WAND

Juno Dawson
SAG NIE IHREN NAMEN
Taschenbuch
336 Seiten
ISBN 978-3-551-31651-6
Auch als E-Book erhältlich

ALS BOBBIE UND IHRE BESTE FREUNDIN NAYA an Halloween den legendären Geist Bloody Mary beschwören sollen, glaubt niemand, dass wirklich etwas passieren wird. Also vollziehen sie das Ritual: Vor einem Spiegel sagen sie nachts Marys Namen – und nichts regt sich. Oder doch?
Schon am nächsten Tag geschehen merkwürdige Dinge und bald wird klar: Etwas wurde aus dem Jenseits gerufen. Etwas Dunkles, Grauenvolles. Sie ist ein böser Hauch. Sie lauert in Albträumen. Sie versteckt sich in den Schatten des Zimmers. Sie wartet in jedem Spiegel. Sie ist überall. Und sie plant ihre Rache.

WWW.CARLSEN.DE

CARLSEN

EIN ZIMMER VOLLER LÜGEN

Megan Miranda
TRÜGERISCH
Klappenbroschur
368 Seiten
ISBN 978-3-551-31785-8
Auch als E-Book erhältlich

SEIT EINEM MONAT IST CALEB TOT. Alle geben Jessa die Schuld an dem Unfall. Und Calebs Mutter verlangt, dass sie seine Sachen wegpackt. Jessa hofft einfach, dass sie so endlich abschließen kann. Doch als sie Calebs Zimmer ausräumt, fallen ihr Dinge in die Hände, die sie ins Grübeln bringen. Die alles infrage stellen, was sie von ihrem Exfreund zu wissen glaubte. Caleb hatte Geheimnisse. Ihre gemeinsame Zeit – und sein Tod – rücken plötzlich in ein neues Licht. Jessa will die Wahrheit wissen. Unbedingt. Und auf eigene Gefahr …

WWW.CARLSEN.DE

CARLSEN

TRAU NIEMALS DEINEM ZWILLING

Teri Terry
BOOK OF LIES
Taschenbuch
400 Seiten
ISBN 978-3-551-31697-4

AUF DER BEERDIGUNG IHRER MUTTER macht Quinn eine unfassbare Entdeckung. Sie hat eine Zwillingsschwester: Piper, die ihr bis aufs Haar gleicht. Doch warum wurden die Schwestern voneinander getrennt? Warum durfte Piper mit ihren Eltern in einem schönen Haus leben, während Quinn bei ihrer Großmutter in Dartmoor weggesperrt wurde wie ein gefährliches Tier? Nach und nach enthüllt sich den Schwestern eine verhängnisvolle Prophezeiung. Und die Gewissheit, dass eine von ihnen lügt.

WWW.CARLSEN.DE

CARLSEN

Carlsen-Newsletter: Tolle Lesetipps kostenlos per E-Mail!
Unsere Bücher gibt es überall im Buchhandel und auf carlsen.de.

MIX
Papier aus verantwortungsvollen Quellen
FSC® C083411
FSC www.fsc.org

Alle deutschen Rechte bei Carlsen Verlag GmbH, Hamburg 2020
Originalcopyright © by Laurie Flynn 2019
Originalverlag: Imprint, a Part of Macmillan Publishing Group, LLC New York
Originaltitel: »Last Girl Lied To«
Umschlaggestaltung und -typografie: formlabor
Umschlagabbildung: Shutterstock / © rangizzz (187540295)
Aus dem Englischen von Stefanie Frida Lemke
Lektorat: Mira Fischer
Herstellung: Björn Liebchen
Satz: Pinkuin Satz und Datentechnik, Berlin
ISBN 978-3-551-58423-6
Printed in Germany